名家
谈诗词

叶嘉莹
主编
陈斐
执行主编

一代宗师、方家泰斗
讲给大家的诗词课

诗的传统与兴味

余冠英 著
刘跃进 蔡丹君 编选 导读

生活·讀書·新知 三联书店 生活書店 出版有限公司

图书在版编目（CIP）数据

诗的传统与兴味 / 余冠英著；刘跃进，蔡丹君编选、导读. —北京：生活书店出版有限公司，2022.8
（名家谈诗词.余冠英卷）
ISBN 978-7-80768-343-8

Ⅰ.①诗… Ⅱ.①余… ②刘… ③蔡… Ⅲ.①古典诗歌－诗歌研究－中国Ⅳ.① I207.22

中国版本图书馆 CIP 数据核字（2021）第 013835 号

责任编辑　程丽仙
特邀编辑　乔姝媛
装帧设计　罗　洪
责任印制　孙　明
出版发行　**生活書店出版有限公司**
（北京市东城区美术馆东街 22 号）
邮　　编　100010
印　　刷　三河市腾飞印务有限公司
版　　次　2022 年 8 月北京第 1 版
2022 年 8 月北京第 1 次印刷
开　　本　880 毫米 × 1230 毫米　1/32　印张 13
字　　数　285 千字
印　　数　0,001–3000 册
定　　价　68.00 元
（印装查询：010-64052612；邮购查询：010-84010542）

总序

叶嘉莹

我从小喜欢读诗、背诗，1945 年大学毕业后就开始登上讲台教授古典诗词。我所以一生以诗词为伴，不是出于对学问的追求，而是古典诗词生发的精神力量对我的感动和召唤，这一生命感发蓄积着古代伟大诗人的心灵、智慧、品格、襟抱和修养。我一生经历很多苦难和挫折，在外人看来，我一直保持乐观、平静的态度，这与我热爱古典诗词实在有很大关系。

诗歌价值在于滋养精神和文化。中国古代伟大诗人往往是用生命谱写诗篇、用生活实践诗篇，他们把自己内心的感动写了出来，千百年后的我们依然能够体会到同样的感动，这就是中国古典诗词的生命力。古典诗词凝聚了中华文化的理念、志趣、气度、神韵，是我们民族的血脉、中华儿女的精神家园。

读诗、讲诗有三个层次。第一个层次是直觉的、感性的。比如李商隐"无题诗"到底说些什么，你可能不懂，可是你一读，觉得它意象很美，声音也很美，这就是你对一首诗的直觉感受。第二个层次是知性的、理性的，即考察一首诗的历史、背景、思想。第三个层次则完全从读者接受角度来读，我们对一首诗的诠释不一定是作者原来的意思。意大利学者墨尔加利就曾经提出来一个术语“创造性背离”，即我们对一个作品的阐释有自己的创造，这个创造很可能不同于作者原意。像王国维在《人间词话》中以古人写爱情的小词说明“成大事业大学问”的三种境界，就是这样一个例子。也就是说，当你在读诗或词时，不仅探讨作者原意，更读出一种真正属于你自己的、从你内心兴发出来的东西。

其实这就是中国古老的、孔子说诗的方法。孔子说诗可以“兴”，是说诗可以给读者兴发感动，引起读者更多感发和联想——这样的感发正是诗歌强大的生命力所在，这样讲诗词才是真正的诗教传承。

我一向认为，“兴”是中国诗歌精华所在，使你内心涌动生生不已的活泼的生命。几千年来，中国有这么多伟大诗人留下这么多诗篇，让千古之下的我们读过之后内心震动，从而豁然兴起，这是一件多么美好的事情！

今天我们诵读诗词，如果只为能背会写，无异于买椟还珠。诵诗读诗，重要的是体会一颗颗诗心，与古人生命情感发生碰撞，进而提升自己当下修为。我的老师顾随先生也曾经讲过“中国说‘诗教’，不是教作诗，是使做好人”。今天我们提倡中华诗教，就是要透过诗词，用今人的生命体悟和古人交流，用诗人的生命品格滋养今人的生命质地，这个过程本身将产生强大的感发作用，使作者、讲者与听者都得到生生不已的力量。在这种以生命相融会、相感发的活动中，自有极大的乐趣。

这些年有关部门和机构推进《中国诗词大会》、“中华经典诵读工程”，2019 年开始举办“迦陵杯·诗教中国”诗词讲解大赛。比赛以我的别号命名，专门面向全国中小学语文教师，鼓励古典诗词的读诵与讲解。去年暑期，虽然我还在病中，但仍然和决赛选手们在南开大学见面，与大家一同齐声高诵我的小诗：“中华诗教播瀛寰，李杜高峰许再攀。喜见旧邦新气象，要挥彩笔写江山。”我衷心希望这个大赛能选拔出一批优秀语文教师，大家一起把古典诗词薪火传续下去。如闻一多先生指出的：“诗人对诗的贡献是次要问题，重要的是使人精神有所寄托”，我们这些诗教传薪者的使命，就在于发掘古典诗词中的感发力量，让中国古典诗词成为更多人生命中的指路明灯。每一代人有每一代人的责任，学人文科学的人更应该担当起传承民族精神命脉的责任。

此时此刻全球抗疫，不知道有多少人可以从中华诗词中获得慰藉和勇气。作为一位 96 岁的老人，我一生经历过很多苦难。记得 2007 年冬季我因肺炎住院，病愈后曾写过一首和友人的小诗：“雪冷不妨春意到，病痊欣见好诗来。但使生机斫未尽，红蕖还向月中开。”数千年来，中华优秀传统文化代有承传，千百年来传诵的古典诗词也必将滋养一代代中华儿女的精神世界。

（本文由南开大学文学院教授张静整理，原题为《红蕖还向月中开》，初刊于 2020 年 3 月 20 日《人民日报》。经叶老授意，作为本丛书总序。）

附记：

余初学诗，读叶嘉莹先生以兴发感动解说诗词的论著，甚为心契。后来读顾随、俞陛云等先生的说诗文字，读《唐诗解》

《山满楼笺注唐诗七言律》等明清诗解、诗说，才慢慢明白，由叶嘉莹先生发扬光大并注入新质的说诗理路，在我国由来已久。当我自己也走上诗词研究之路、对学界状况有所了解后，又恍然觉得：这种真正能够接续中华诗词命脉的说诗理路，在当下面临着严峻的传承危机。盖说诗和引诗不同，引诗可以断章取义、各取所求，说诗则必须符合诗词自身的表意规则及互文语境。诗词表意具有含蓄性、暗示性和跳跃性，“语码”系统更为独特，不像散文语言那样直白、连贯、易解，更与日常生活中使用的社会话语相去甚远。《文心雕龙·知音》云：“夫缀文者情动而辞发，观文者披文以入情。”作诗是抒志摛文、将情志外化为文字的“编码”过程，而说诗则是沿波讨源、通过文字探求情志的“解码”过程。现代学术将“研究”与“创作”断为二事，部分学者的国学功底相对比较浅狭，且缺乏创作体验，对诗词这套独特的“语码”系统不甚了解，难以还原互文语境，故其说诗，难免隔靴搔痒、支离破碎。而一切研究，不管选题、理论、方法如何，都应该奠基于对文本的准确解读之上，否则无异于空中楼阁。欲提高对诗词文本的感悟力和解读力，除了学习写诗丰富创作体验外，揣摩擅于说诗的名家的理路、方法，亦必不可少。

我把自己的这个“杞忧”说给叶嘉莹先生和三联书店的郑勇先生，并提议编选一套“名家谈诗词”丛书，对近代以来国学功底深厚且研究与创作兼擅的名家的诗词研究成果进行梳理、总结，得到了他们的鼎力支持。具体来说，“名家谈诗词”丛书拟分辑陆续推出，每辑十家，每家一本。每一名家，均邀请对其治学比较熟悉的门生弟子或与其研究领域相近的领军学者进行编选：从该名家的所有说诗文字中撷取精华篇章都为一集，以普及性为主，兼顾学术性和代表性。每本卷首，由编选者撰写一篇“导读”，介绍该名家的生平和说诗理念、方法、特点、成就、影响等。整体而言，“名家谈诗词”丛书既由点成线，串联起了近代以来诗词研究的学术史，同时也撷英采华，凝聚了近代以来诗词研究的成果精华，非但普通读者可借此走近、了解中华诗词的“正脉”，专家学者也能由此揣摩路数，提高感悟力和解读力。

“名家谈诗词”丛书从动议到编选都受到叶嘉莹先生的关心、指导。王兆鹏、刘跃进、陈水云、蒋寅四位先生欣然出任丛书编委并进行把关。葛晓音、罗时进、张伯伟、彭玉平、戴伟华、曹辛华、缪元朗等先生愉快地接受编选邀请，他们不仅在选目上精心斟酌，而且撰写了精彩的“导读”。这些“导读”，既通俗扼要，亦不乏学术洞见，有些已先期在《文学遗产》《清华大学学报》等重要学术期刊上发表，颇受好评。丛书策划动议与三联·生活书店一拍即合，郑勇、廉勇等先生为丛书的出版费心费力，他们不放过任何细节、精益求精的精神令人感动。对于以上诸位先生的支持与付出，谨致以诚挚的谢意！

好诗凝聚了人生最美好的心志和情感，读诗可以变化气质、涵养灵魂。中华诗教也就在这“好峰随处改”的快意阅读中传承、光大，社会风气也就在这“润物细无声”的陶冶煦育中好转、净化。希望大家喜欢这套多方殊胜因缘共同襄赞而成的“名家谈诗词”丛书，一起欣赏好诗，共同创造美好的人生和世界！

陈 斐
2020 年 8 月

余冠英先生与夫人陈竹因

余冠英先生全家福

余冠英先生晚年留影

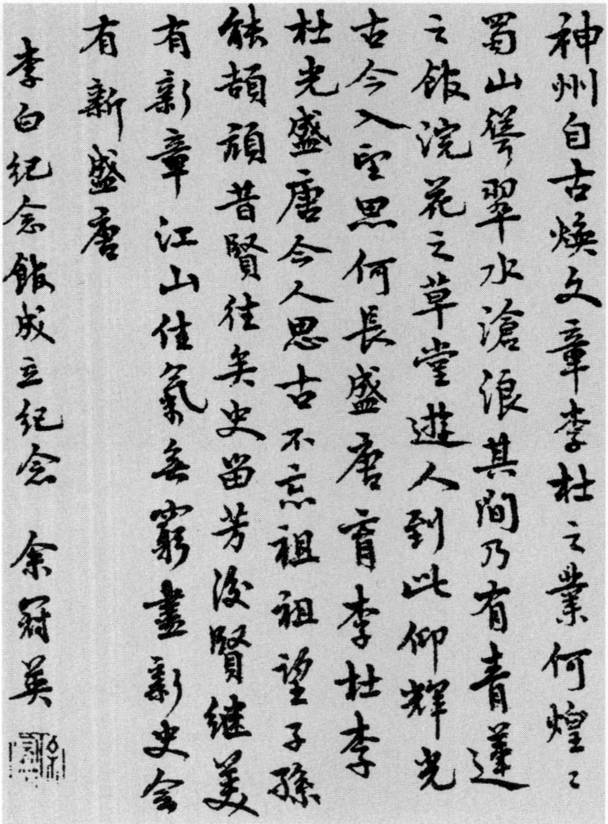
神州自古煥文章李杜之業何煌煌
蜀山鬱翠水滄浪其間乃有青蓮
之館浣花之草堂遊人到此仰輝光
古今入室思何長盛唐育李杜李
杜光盛唐今人思古不忘祖祖望子孫
繼頡頏昔賢往矣史留芳後賢繼美
有新章江山佳氣無窮盡新史會
有新盛唐
李白紀念館成立紀念 余冠英

作者手迹

目　录

考镜诗源

读诗释疑

注诗选摘

导读

刘跃进　蔡丹君

余冠英先生（1906—1995），中国古典文学研究专家、教育家，1906年生于江苏，1995年9月2日卒于北京。1931年，余先生毕业于清华大学后留校任教，抗日战争时期辗转至西南联大任教。1952年全国高校院系调整，余先生调至中国科学院文学研究所任研究员，后任文学所副所长、学术委员会主任、《文学遗产》杂志主编等，直到退休。

余先生将自己的一生都奉献给了古代文学研究的事业。今天，人们提起他，都会想到他选注的诸多经典选本，其中最著名的有：《乐府诗选》（人民文学出版社1953年版）、《三曹诗选》（作家出版社1956年版）、《诗经选》（人民文学出版社1956年版）、《汉魏六朝诗选》（人民文学出版社1958年版）等。这些是他毕生学术成就的精粹，主要集中在中古文学领域。在这些选本之外，余先生还写过很多说诗的论文，除了被收录在《汉魏六朝诗论丛》中的，也有少部分发表在期刊上但没有被收录的。

本书从余先生生平著作中，选出了论述诗歌的文章若干和诗注若干，共分为三个部分：一是余先生考论诗歌发展源流的篇章，共 11 篇，归总为“考镜诗源”；二是余先生讨论具体诗歌作品的学术文章，共 17 篇，归总为“读诗释疑”；三是从余先生诸种诗歌选本中选出的精品注释，名之为“注诗选摘”。这些内容，是余先生平生诗歌研究、讲读的精粹。

一

1906 年，余冠英先生出生于江苏松江县（今上海市松江区），小名松寿。他的父亲是清末武官，重视文化教育，母亲颇知书画。余先生从 3 岁就开始认字，启蒙老师就是母亲。6 岁时，余先生一家迁居扬州，他开始就读于蒙馆私塾。但塾师不够负责，所教内容有限，因此，一年后父母亲便聘请几位先生到家中教他。其中有一位秀才李石钧先生，不但教他古文，还教他写时评——这位先生彼时正为民声报馆写时政评论，是一位思想进步的人。余先生 11 岁时，父亲英年早逝，家境衰落。但母亲仍然时时督促他的学习，尽力提供全部支持。13 岁时，他考入高等小学，16 岁时考入江苏省立第八中学（后改名为扬州中学）。中学阶段，余先生开阔了眼界，接触了革命思想，阅读了不少进步书刊。1925 年“五卅运动”爆发后，扬州地区的学生也兴起爱国运动，成立了扬州学生联合会，余先生被推选为第一任会长。那时候，他怀着极大的热情投入社会工作中，积极组织学生游行，还邀请进步人士到中学演讲，其中最为著名的受邀者是共产党员恽代英[1]。

[1] 韦凤娟：《余冠英先生的生平及其学术活动》，载《文献》1988 年第 2 期。

1926 年，余先生从扬州中学考入清华大学历史系，迎来了人生中的一个重要转折。彼时正值北方军阀奉系集团白色恐怖笼罩之时，他们杀害了李大钊同志，也逮捕了大批进步学生。在此情况下，余先生转到南京东南大学借读一学期；至 1927 年，又转回清华大学。大三时，他又从历史系转到中文系。1931 年夏天，余先生大学毕业，毕业论文题目是《论新诗》。

清华大学的学习和生活，为余冠英先生此后的学习与研究打下了坚实基础。1931 年，他曾以“灌婴”之名用活泼、幽默的笔调写过一篇散文——《清华不是读书的好地方》（载《清华周刊》1931 年 6 月 1 日）。这篇文章感叹清华园的风光之美，同时总结说：“清华虽是一个大学，而同时又是一个园，所以环境并不利于读书，这是我的观察。不过现在我又疑惑了，据我所知，清华的毕业生读书的成绩正被人家评为‘不错’呢，这又当作何解释？呵，我懂了！这叫做‘地灵人杰’，据说山水明秀的地方，灵气所钟，人物自然也会明秀，所以‘水木清华’的清华园，人物也一样非常之‘清华’了。”

清华大学当时的确汇聚了文史哲领域最优秀的一批“人物”。当时的清华园俊彦云集，余先生曾先后向杨树达、陈寅恪、黄节、刘文典、朱自清、俞平伯等先生求教，直到晚年他还能清晰地记得他们的学术风格。这种局面得益于 1924 年清华大学国学院的成立。当时，校长曹云祥聘请梁启超、王国维、陈寅恪、赵元任诸先生为导师。至 1926 年，清华国学院主任吴宓创办中文系，兼系主任，并聘任朱自清担任教授。1929 年，黄节先生回北京大学任教，同时兼任清华大学国学院教授。

清华大学的诸位老师中，对余先生影响最大的是朱自清先生。他们二人在1921年便已相识，那时朱先生是余先生母校江苏省立第八中学的教务主任。1926年余先生考入清华，与朱先生重逢。大三时他又从历史系转到中文系，选修过朱先生的几门课。1930年，朱先生曾为余先生撰写小传，发表于《清华周刊》，称他是“外温然无圭角而内颇有所守”。余先生则认为这是朱先生的自况。他们的性格大概相似，后来的人大多评价余先生是“严谨而平和”。1931年开始，余先生担任朱先生的助教，在他的领导下工作，直到朱先生去世。余先生曾撰写《悲忆佩弦师》（载《文讯月刊》1948年第9卷第1期）一文，叙及清华园岁月，称：“他为我批改文章，也常常拿他的写作和我讨论。”

余先生在诗词方面的水平，在清华大学读书期间就有所展露。他写了一些很有韵味的诗词，大多以“灌婴”的笔名发表在《清华周刊》上。如缠绵悱恻的《齐天乐》(梦闺却听三更雨)是为思念扬州家中的妻子所作，也写过十分壮丽的《浪淘沙》(独自暮凭阑，瘦减青山)来抒发满腔报国豪情。他写过两首《浣溪沙》，第一首模仿晏殊，其中有“白日去依高阁背，黄昏来自小墙阴，两三干叶走空庭”之语；第二首注明为闺情，其中有“语燕忽惊轻梦远，夕阳犹在小银钩”之语，亦颇有宋人风味。此外，他还尝试过绝句、五言古诗的创作，曾发表组诗《小诗一束》，其中有五首诗，分别题为《拟古》(五古)、《绝句》(五绝)、《咏烛》(五绝)、《七夕》(七绝)、《秋雁》(七绝)，风格各不相同。如《诗三首》之《十月二十日夜》模仿汉魏古诗，颇得其神：“皎皎当窗月，流光照我床。客子梦已远，揽衣起彷徨。

出门夜悄悄，路草结严霜。徘徊何所之，摄衣登高冈。登高望四野，白月皓茫茫。江淮烽烟起，故乡不可忘。念我白发亲，泪下沾衣裳。”这些都说明余先生在进行说诗、注诗与研究诗歌之前，已经在创作方面积累了大量的经验与识见。

二

1940 年，朱自清先生在昆明发起创办《国文月刊》。余先生从第 3 期开始担任主编，到第 40 期止，共五年。余先生后来的学术思想与这一期间的工作关系紧密。

《国文月刊》是西南联大开展文学教育改革的试验场，创刊号卷首语开宗明义，说：“本刊的宗旨是促进国文教学以及补充青年学子自修国文的材料。根据这一宗旨，我们的刊物，完全在语文教育的立场上，性质与专门的国学杂志及普通的文艺刊物有别。所以本刊不想登载高深的学术研究论文，却欢迎国学专家为本刊写些深入浅出的文章，介绍中国语言文字及文学上的基本知识给青年读者。”在这一时期，朱先生撰写了《中学生的国文程度》一文（载《国文月刊》1940 年第 1 期），分析了“五四”前后中学生教育的不同，称“五四”后的很多中学生不再有之前的家塾根底，在文言文阅读理解上要差一些。接着，朱先生又发表《再论中学生的国文程度》（载《国文月刊》1940 年第 2 期），再次强调“要使一般中学生能够了解普通的古文和古书，以及白话文学作品，现在的国文训练，特别是中学时代的，实在嫌不充分”。基于抗日战争时期国民语文教育的低水平，当时西南联大诸先生指出中学生语文水平下降的声音十分强烈。罗庸《感与思——

二十九年八月卅一日在本校师范学院国文学会夏令讲习会讲》、浦江清《论中学国文》、和克强《中学生作文成绩低劣的原因及其补救办法》等文章，都发出了一种时代焦虑，甚至，“据社会上一般人的意见，认为现在青年学子的国文程度的低落实为国家的隐忧”(《再论中学生的国文程度》)。这种期望致力于提高国民语文教育水平的社会责任感，弥漫在当时西南联大的治学氛围之中。

《国文月刊》刊登的主要是与国文教学相关的内容。很多大家如陈梦家、吕叔湘、闻一多、浦江清、朱东润、沈从文等先生纷纷为该刊撰稿，发表了一些深入浅出的文章。在《国文月刊》中，专门谈语言的文章占有相当分量，如王力先生的《逻辑和语法》等文章，将语言学原理阐释得浅近明白。朱自清先生以“佩弦”为笔名，撰写了《文病类例（词类）》，连载两期。尤其值得一提的是闻一多先生的《怎样读〈九歌〉》（载《国文月刊》1941年第5期），这篇文章从句式角度解释《九歌》的节奏，进一步剖析了《九歌》的语言结构。这些对文学内部语言的探索，进一步拓展了文学研究的深度。

在此期间，余先生也发表了诸多探讨语言的文章。其中，以“冠英”为笔名的《关于本年度统考国文试题中的文言译语体》一篇（载《国文月刊》1940年第3期），是基于当时人们文言文阅读能力普遍下降的现实提出的一些疑惑：“至于学习文言的用处是否仅在读古书？中国古书中有多少是国人必须一读的？可否请出几位‘通人’将必读的古书选出来，来一次‘文言译语体’，以省一般人学习文言文之劳？”这些发声，说明余先生当时就已经有了初步成型的经典普及思想。另外，他还写过诸如《谈成语错误》（载《国文月刊》1940年第2期），将各种成语错误分为三类，即误用、误写和误改；还有《比较的读文法示例》，比较文章的体裁与性质。以鲁迅的《示众》与徐志摩《我所知道的康桥》为例，同样是引导大家获得读文章的语言学方法。另外就是写作方面的语言探讨，如《信与达》《说雅——文章浅话之二》等，余先生认为："我们如有心学做好文章，首先得认识什么是好文章，然后才须研究怎样做好文章。前者是文章标准，后者是文章方法。"这些探索，为他此后从事文学经典普及工作打下了坚实基础。

余先生的《七言诗起源新论》，最早就是发表在《国文月刊》上。因为读者来信询问这些问题，他也开始思考，七言诗是怎样起来的？起于什么时候？有些文学史对此并无叙述，虽然同样的问题对于五言诗，大多辟有专章（它们详于彼而略于此，未必由于著者有什么轻重成见，不过因为七言诗的来脉不像五言诗那样清楚，不大容易交代明白罢了）。余先生检省文学史中对于七言诗的全部讨论，罗列其观点，一目了然。楚辞句法和七言相近，由楚辞过渡到七言诗其势甚顺；汉人七言诗有杂"兮"字的，足见七言诗由楚辞蜕嬗的痕迹。余先生认为，七言和七言诗是两回事，"七言"在两汉虽不"名"诗，"七言"确实"是"诗。七言是早在西汉便已经产生的新诗体，不过当时只有少数好奇趋新的人，将它拿来运用；一般人对这种新诗体却颇为歧视，不肯将其看作诗的一类。歧视的原因是觉得它不登大雅，从傅玄《拟四愁诗序》"体小而俗"的话就可以看出来。傅玄是肯作七言诗的人，对于七言尚且有菲薄的话，一般人的意见可想而知。晋人如此，汉人的意见更可知了。七言诗是来自“委巷中的歌谣”。楚辞体早已用于庙堂文学，是早已受人尊敬的了。张衡的《四愁诗》在意境上是近于歌谣而远于楚骚的，体制上亦然，否则便不会得到“体小而俗”的考语了。余先生还联系到了铜镜铭文，如举“尚方镜十一铭”所曰“尚方作竟真大好，上有仙人不知老”诸句，认为这些铭辞语极浅俗，是当时模仿谣谚的新铭体。文章发表后，引起了广泛关注。1944 年，李嘉言、余冠英联合署名发表了《关于七言诗起源问题的讨论》，进一步讨论了相关问题。除了这一名篇外，余先生还在《国文月刊》上发表过《谈新乐府》等。

在长达五年的《国文月刊》主编工作中，余先生处理并撰写过大量关于语言的稿件，直面国文语言教育的热点话题。因此，在此后选注文学经典时，他对其中的语言问题是很关注的。

在从事经典选注工作时，余先生会对文学作品中的每一个字句进行反复推敲。例如对卢照邻《长安古意》一首中“啼花戏蝶千门侧，碧树银台万种色”二句，余先生的解释就与过去各家都不一样，他指出“啼花”二句是“借蜂蝶的眼写那些一般人所不能看到的宫内景色”[1]。曹道衡先生同样提到了余先生的这种“反复推敲”，他在与徐公持先生联合署名的《回忆余冠英先生》一文中说：“余先生考虑的不光是要注释得正确，还要使读者能更好地体会到诗的妙处，这种对读者极端负责任的态度永远是我们

---

[1] 中国社会科学院文学研究所编：《唐诗选》，人民文学出版社 1978 年版，第 17 页。

学习的榜样。”[1] 曹先生所讲的“诗的妙处”，范围很宽，它体现在对诗歌把握的方方面面，需要非常深厚的学养。

从语言的角度，余先生在《乐府歌辞的拼凑和分割》中提出：“乐工将歌辞割裂拼凑来凑合乐谱，是乐府诗里常见的情形，如非入乐的诗便不会如此。”而有些诗则“有曾被割裂的痕迹，如《行行重行行》篇。据《沧浪诗话》，宋人所见《玉台新咏》有将‘越鸟’句以下另作一首的，可能这首诗曾被分割过，或因分章重奏，或因一曲分为两曲。这也是乐府诗才有的现象。”

余先生的《汉魏诗里的偏义复词》一文，由浅及深，谈到古文中的这类词；引顾炎武《日知录》卷二十七所举七个例子，如“得失，失也”等；又举例黎劭西、刘盼遂之相关研究，举了一些例子；然后再展开自己对汉魏诗歌中的十七个词来做讨论：“死生”、“东西”、“嫁娶”、“松柏”、“木石”、“公姥”、“作息”、“父母”、“父兄”、“弟兄”、“洒扫”、“冠带”、“西北”（西也）、“西北”（北也）、“存亡”、“丝竹”、“弦望”。

《说公输与鲁班》是为解诗而作，讨论的是公输、鲁班究竟指一个人还是两个人。通过分析，他发现“其实在汉诗里就有一句和‘公输与鲁班’文法完全相同的诗，就是张衡《同声歌》里的‘鞮芬以狄香’”，通过引《拜经楼诗话》可知，鞮芬即狄香。余先生认为：“这样的重叠，我们也可以仿朱乾的调子来加一句说明：言更无第二物也。公输、鲁班是一人，鞮芬、狄香是一物，其间的连接字‘以’和‘与’的意义也没有分别

[1] 曹道衡、徐公持：《回忆余冠英先生》，载《文学遗产》2014 年第 4 期。

（'以''与'古通，说见《经传释词》），所以我说两句文法完全相同。"而且，为了方便读者理解这种文法，他还列举了现代语体中谈到言无二物的时候套用的办法：第一是什么，第二还是什么。

1949年后，在撰写《乐府诗选》时，余先生在序中又提到了朱自清先生。他说，朱先生提倡用白话注解古典文学，他自己曾做过"《古诗十九首》释"；闻一多先生也曾发愿要做这样的工作，他的《风诗类钞》里一部分注解是用白话做的。到了1944年，《国文月刊》登载了林庚先生的《谈曹操歌行》、王瑶先生的《说喻》，都反映了当时国文语言教育和文学经典问题的进一步深化。在余先生的学术思想中，始终将国民语文教育与文学经典普及联系在一起，他的学术工作始终具有强烈的社会责任感，要让学术研究的成果惠及国民。而且，受国民语言教育的引导，他重视剖析文学经典的语言结构，极大地拓展了文学内部的研究。

三

余先生在说诗方面的最大贡献，概括地说，一是他总结了诗的两个传统——民间传统与文人传统；二是他十分擅长通过准确的注诗，来寻到诗的兴味。

余先生曾在《乐府诗选》中总结，中国诗史上有两个突出的时代：一是建安至黄初，也就是曹植、王粲的时代；二是天宝至元和，也就是杜甫、白居易的时代。董卓之乱和安史之乱让这两个时代的人饱经忧患。在文学上，这两个时代各有特色，也有共同之处，一个主要的共同点就是"为时而著，为事而作"的现实主义精神。诗歌“为时为事”是白居易在《与元九书》中提出的口号，把自己为时为事而作的诗，题作“新乐府”，而将作诗的标准推源于《诗经》。

余先生的《诗经选》是将诗歌的“民间传统”往前伸展之作，以此来寻觅“中古”之先声。“五四”以前的《诗经》研究基本上未超出经学范围；“五四”以后虽然有鲁迅、胡适、郭沫若以及古史辨派学者等具有扭转旧风气意义的《诗经》研究，但其研究的深度和广度并未全面伸展开来。此后，闻一多先生的《诗经》研究既开一代风气，又具有无可限量的发展前景，但闻先生英年遇难，给中国《诗经》研究史留下了不可弥补的遗憾。王长华先生曾在《余冠英的〈诗经〉研究》（载《文学遗产》2000 年第 2 期）一文中说：“我以为余冠英先生的《诗经》研究与闻一多先生的《诗经》研究是紧相衔接的。比如说闻一多强调研究《诗经》必先读懂文字，闻一多说《诗经》是诗是文学作品。这些正是余先生后来在《诗经》研究中所反复重申的。”重视诗歌的现实主义精神这个要义也影响到了此后古代文学学者编选的其他选本。此后出版的《唐诗选》是余冠英主持编纂、中国社会科学院文学研究所共同署名的一个选本，被视为新中国成立后最好的唐诗选本之一。这个选本同样十分重视文学作品所表达的现实主义精神。

余先生的乐府研究，体现了他从清华大学诸先生那里接受来的学养。余先生还将古诗视为乐府，这是吸收了梁启超先生的意见，引用了他所说的“流传下来的无名氏古诗亦皆乐府之辞”等语。同时，他在《乐府歌辞的拼凑和分割》一文中还认为，在古诗中出现了对乐府诗的拼凑与分割。如《东城高且长》篇，就是两首诗（各十句）的拼合。《凛凛岁云暮》篇中的“眄睐以适意，引领遥相睎”二句也是拼凑进去的句子，其余如《孟冬寒气至》一首也有拼凑嫌疑。而且，余先生的《乐府诗选》接续了黄节先生的《汉魏乐府风笺》。从二者所选诗歌的上下限就可以看出，余先生将黄节先生所选汉魏乐府往下延，延至南北朝隋代，尤其可贵的是增加了北朝乐府民歌的部分。余先生常直接使用黄节先生的诗注，如《论蔡琰〈悲愤诗〉》注“羊肠坂”，直接说：“参看黄节《汉魏乐府风笺》曹操《苦寒行》注。”而在接续黄节先生之注的基础上，他又有所拓展。如注《饮马长城窟行》(“青青河边草”）时，余先生出按语云：

> 《文选》亦作古辞，《玉台》一作蔡邕诗，《乐府解题》曰“或云蔡邕之辞”。黄晦闻先生《汉魏乐府风笺》云：“李善注云‘此辞不知作者姓名’。案郦道元《水经注》云‘余每读《琴操》见《琴慎相和雅歌录》云：饮马长城窟。及其跋涉斯途，远怀古事，始知信矣’。《琴操》为蔡邕所作而有是篇名，《乐府解题》谓或云蔡邕之词，于此盖可证矣。”……疑作古辞不误。以为蔡邕诗者，盖因《琴操》有是篇名而致误会。

总之，余先生是用两个文学传统——民间传统与文人传统，树立了中古文学研究的基本框架。

余先生的古代文学作品选注工作，促进了文学经典普及工作的系统化，形成了非常独到的阐释方法。在《乐府诗选》序中，“各篇先释字句，后述诗意（明白易晓的诗从略）。间有关于本事或背景的说明和作者介绍之类都附在后面。为了让读者省力，竭力少引书名人名，引用古书的时候，较难的都译为白话。注释者的创说也并不特别说明，因为普通读者不需要知道哪是旧说哪是新解，而专家学者不需说明自能辨别”。他将选本的读者“想象”为“国文修养相当于初中以上的程度，而且对于古典文学有兴趣的”。如今我们的古典文学普及，面对的对象和过去不可同日而语了。但是仍然需要考虑到读者的需求。余先生擅长整理旧说，并以现代语言将之融会。经徐公持先生总结，他发现余先生在选注《诗经》时，从毛诗、三家诗到近代朱自清、闻一多的成果，不下八九十种，他都进行过广泛参考，下了苦功夫，在词句注释上融会之，并开辟新意，从而形成了兼百家之长的特点。[1]

余先生也十分重视诗人、诗歌作品的艺术特点。曹道衡先生在《回忆余冠英先生》一文中曾说，余先生当时在指导他时，很注意为之讲解一些作家的艺术特点。比如曹先生早年对谢灵运评价不高，认为他是个高门贵族大地主，不敢多加肯定，但余先生就多次向他指出：“大谢不能否定，他是语言大师。他在诗歌的贡献，是要好好体会的。”在处理对颜延之与陆机之比较时，余先生也曾提出：“仔细体会的话，颜延之的诗虽学陆机，但在技巧上有发展，手法比陆机老练。”按照这样的指引，曹先生也对经典作家的作品有了更多的涵咏，并有了更多的收获，他说：

[1] 徐公持：《经得住检验的力作——评余冠英的几部古代诗选》，载《文学评论》1982年第3期。

“我后来仔细再读江、鲍的诗，体会到鲍照更近左思，江淹更接近阮籍，一个刚劲，一个深沉。除此之外，余先生还多次讲到谢朓，对谢朓评价甚高。”[1]

余先生在艺术理解方面很有功力，常常能够抉发出他人所忽视或者未能理解到的含义，提出自己的精妙见解。有一次徐公持先生在余先生家听讲，讲的是何逊《送客》，他说：这篇作品前半篇写惆怅情怀，后半篇写江上凄寒景象，过去一般解者都以为这是诗人送客之作；但是何逊集子内还有另外题作《相送》的五篇诗，从内容看，那五篇都是何逊辞别送行者，而非送行他人的，由此联系起来看，可以认为何逊写这诗是他自己上路，辞别送行者。余先生说：“这些都是诗歌的微妙之处，牵涉到每个诗人的写作个性和习惯。稍予疏忽，便难于觉察。所以读诗要非常细心。”[2]

余先生对曹植《杂诗·其六》“拊剑西南望，思欲赴太山”中“太山”一词的解释，超越了黄节先生。他在《汉魏六朝诗选》中说：“赴‘太山’，犹言‘赴死’。汉以来迷信死后魂归于泰山，古乐府《怨诗行》‘人间乐未央，忽焉归东岳’，应璩《百一诗》‘年命在桑榆，东岳与我期’，刘桢《赠五官中郎将》也有‘常恐游岱宗，不复见故人’之句，可见汉魏人惯用这种说法。旧说从地理和时事解释此句，多牵强。”余先生这里的解释非常精彩，可以说是他拨开了在此问题上的千年迷雾。旧说

[1] 同上。

[2] 曹道衡、徐公持：《回忆余冠英先生》，载《文学遗产》2014 年第 4 期。

多不通，如黄节解此句是说“心随（曹）操而东也”。

余先生《诗经选》的注释，既极审慎地多方面吸收前人和当代人的研究成果，又往往独出新见。对于前人的成果，他较多采用今古文兼通的马瑞辰的《毛诗传笺通释》，对今人成果则十分重视闻一多等先生的意见，比如大家都知道的《邶风·新台》“鸿则离之”的“鸿”字，即取闻说。又如对《豳风·东山》“瓜苦”“栗薪”的解释，也同于闻说。余先生以充足的理由反驳了古诗为枚乘、傅毅所作及建安中曹、王所制的两种说法，同时指出它是失志文人所作，这就为近代学者论断的古诗作于东汉桓帝、灵帝时期提供了更多的佐证。

王瑶先生在《汉魏六朝诗论丛》一书的前记中评价余先生的乐府研究说，乐府诗中的词句本来有许多很难解，特别是汉乐府，以前虽也有些人做过解释训诂的工作，但大都是采用“汉人解经”的传统办法，注重出处训诂，对诗意和乐府诗的精神却每多忽略。而余先生解释的态度既不似训诂家之穿凿附会，也不似一些人“不求甚解”式的“以意逆志”，他能本着乐府诗的精神别求新解，使诗焕然生色，而又言必有据，从历史和诗本身来证明这样解释的真确。

余先生《说“小子无官职，衣冠仕洛阳”》一文，是基于乐府相和歌清调曲《长安有狭斜行》中的这个句子，来考证这里的“无官职”和“仕洛阳”是何关系。朱乾认为，是小子官散郎，虽有官衔，并无职事。但是余先生认为，如此解释句子仍然是矛盾的，不可自圆其说。根据句子的上下文，他认为说无官职是指当下，而仕洛阳是指将来。而与此相类者，还有《孔雀东南飞》

中的“汝本大家子，仕宦于台阁”。这样的考证十分精细。

余先生《论蔡琰〈悲愤诗〉》一文，谈到的是一个历史上讨论得很多的问题。蔡琰此作，历来有人怀疑是伪托。蔡琰被俘虏的经过，范晔《后汉书》叙述不详。因此这引起了后人的诸多猜测，沈钦韩、何焯、王先谦等对此都有过论述。余先生以为：“蔡琰如曾做诗来写她的悲愤，可信的倒是五言这一首，而骚体一首断然非真。因为五言《悲愤诗》所叙事实一一和史籍相合，而骚体一首的描写不切于实际的情景。”

《〈乐府诗集〉作家姓氏考异》一文，更是言之有物之论。文章开头即点明意旨：“比读郭茂倩乐府诗集，以涵芬楼影印汲古阁本与其他总集并各史志、专集、类书等互校之，其中夺夫讹乱几乎无页无之。关于古诗及郭氏题解小序中字句之异同已另为校记，其章节编次之谬误及采录未当者亦将于另文论之。今但举书中作家姓氏缺漏而可于他书考见者，与夫本书已著姓氏而复与他书违异者条列于左，间下己意，正其得失。”余先生所论共七十二条，所下功夫尤著。这其中很多是文学文献的问题。如果这些基本的问题解决不好，那么对于理解作品肯定会产生很多错误。如《乐府诗集》第四十卷相和歌辞瑟调曲之《门有车马客行》（“门前车马客，疑是故乡来”一首），“何晏”一词，余先生作按语曰：“案何晏应次陆机前，晏字必误，且诗亦不似魏人作，‘寸心’二句用夜鹊南飞事，尤可证其非平叔诗也。《文苑英华》作何逊，《诗纪》作何妥，此晏字为妥字之误。”这样的例子，不胜枚举。

总之，余先生细读经典之法，对今天的我们仍有启发意义。

回归经典、细读文本，重新找到问题的生发点，是拓宽今后研究道路的必由之路：解决问题，需要详尽的文献收集与整理工作，也需要从理论上阐释清楚，但归根结底，还是要从细读文本开始。

余先生的读书之法，直接承自朱自清先生。朱先生反对囫囵吞枣的读法，因为那样“所得的怕只是声调词藻等一枝一节，整个儿的诗会从你的口头眼下滑过去”，他在《诗多义举例》里面也说过：“断章取义是不顾上下文，不顾全篇，只就一章、一句甚至一字推想开去，往往支离破碎，不可究诘。”但是他又不满足于对旧有解释的解释：“诗是精粹的语言，暗示是它的生命。暗示得从比喻和组织上做功夫，利用读者联想的力量。”[1]

余先生继承了朱先生的这些特点，他的学风和文风，也诚如他自己在《悲忆佩弦师》中对朱先生的评价：“他的文章，也需要细读、多读、久读才能发现那些常言常语中的至情至理，才能发现那些矜慎中的创造性、稳健中的进步性，才能发现那些精炼中的生动、平淡中的绚烂。”

余先生一生对于中古文学研究学科有着充沛的建设热情，不断推动服务社会的文学普及工作。投身语文教育、促进经典普及的志愿，他早年在清华大学、西南联大期间就已经树立。余先生在《悲忆佩弦师》一文中，提及朱自清先生曾说：“‘人生以服务为目的’虽然近乎高调，但有机会为人做点事，到底是个安慰。”这一思想精神也浸透在余先生的学术人生中。直到1992年余先

[1] 朱自清：《古诗歌笺释三种》，上海古籍出版社1981年版，第218页。

生86岁高龄时，他还亲自为青少年儿童做选本工作，编选《余冠英推荐古代民歌》(侯明注释，广陵书社)。他在序中说："说起我的这个夙愿，自然便要提到一件往事。那是打倒'四人帮'之后不久，一个女孩子想要学习《诗经》，又没有凑手的书籍，听说我选注过，便来信打听。她在信中称呼我为'余冠英阿姨'。这自然是一个笑话，但它却告诉我，我距离孩子们已经多么遥远。所以，在我回信告诉她，我不是'阿姨'，而是一个白发老翁的同时，便也萌生了一个想法，那就是，我能否以有生之年，特意为孩子们做一些虽小但却有用的事呢？"

余先生作为学问大家，犹能牵挂着下一代对传统知识的传承，今天的学术界也应该将这种奉献社会的理想传递下去。新的时代，需要新的文学经典选本来承载中华文明的代代流传。这样朴实无华却泽被后世的工作，应该不断弘扬和发展下去。

考镜诗源

《诗经选》前言

一

祖国的文学遗产使我们感到自豪，不仅因为它历史悠久、源远流长，而且因为它丰富灿烂、有优秀的传统，第一部诗歌总集《诗经》就标志着中国文学史光辉的起点和现实主义文学传统的源头。

《诗经》里的三百零五篇作品代表两千五百年前约五百多年间的诗歌创造。《诗经》以外的“逸诗”往往是些零章断句，又多伪托，远不如《诗经》里的作品重要。

这些作品，积累到三百零五篇，编定成一部总集，大约在纪元前6世纪中。《左传》所记吴国季札到鲁国观乐时，鲁国为季札所歌各国风诗的次第，和今本《诗经》是相同的。而“诗三百”一语不止一次出于孔子之口、见于《论语》书中。可见在孔子时代《诗经》里的篇数和今本也是差不多的。季札观乐的事在公元前544年，正当孔子幼年。文学史家假定在那时候已经有了和今本大致相同的《诗经》通行本，是可信的。至于《诗经》

这个名称，当然起于这部总集成为儒家的经典以后。我们现在仍叫这部书为《诗经》，不过是依照习惯，沿用旧称，并非将它看作“圣贤”的著作，或表示它和一般的诗歌总集有何区别。《诗经》分为风、雅、颂三个部分。风雅颂是从音乐得名。风是各地方的乐调，“国风”就是各国土乐的意思。古人说“秦风”“魏风”“郑风”，如同今人说“陕西调”“山西调”“河南调”。“风”字的意思就是声调。

《诗经》有十五国风。其中邶、鄘、卫三风实际都是卫国一国的风，《周南》《召南》都是“南国”之风。这里所谓“南国”泛指洛阳以南直到江、汉的广大地域。全部风诗产生的地域不出陕西、山西、河南、河北、山东及湖北北部。

雅是“正”的意思，周人所认为的正声叫作雅乐，正如周人的官话叫作雅言。“雅”字也就是“夏”字，也许原是从地名或族名来的。雅乐又分为大雅、小雅两个部分。“大”“小”之别向来没有圆满可信的解释。可能原来只有一种雅乐，无所谓大小，后来有新的雅乐产生，便叫旧的为大雅，新的为小雅。《诗经》里的《大雅》全部产生于西周，《小雅》里兼有东周的诗。

颂是用于宗庙祭祀的乐歌。近人王国维《说周颂》道，“颂之声较风雅为缓”，因为颂诗多无韵、不分章、篇制短小，而根据《仪礼》知道奏一首颂的时间是很长的，这些现象都可以用声缓来解释。声缓可能是颂乐的一个特点。清人阮元《释颂》说“颂”字就是“容”字，容就是“样子”，颂乐是连歌带舞的，舞就有种种样子，因为有这一特点所以叫作颂。这一说法近人采取的比较多，但是颂中虽有舞曲，其全部是否为舞曲尚无从证明。

所以阮说只是可供参考的一种假说。（“容”字也有舒缓的意义，读颂为容，可以助成王说。）

颂诗分《周颂》《商颂》《鲁颂》。《商颂》大约是公元前8世纪至公元前7世纪之间宋国的诗，《鲁颂》是公元前7世纪鲁国的诗，体裁风格受了“风”“雅”的影响，和《周颂》不同。

综上所说，风、雅、颂是音乐上的分类。《墨子·公孟》篇道：“儒者诵诗三百，弦诗三百，歌诗三百，舞诗三百。”《史记·孔子世家》道：“三百五篇，孔子皆弦歌之。”《诗经》和音乐关系密切，是无可怀疑的。

三百零五篇中大部分是各地民间歌谣，小部分是贵族的制作。歌谣的采集方法，先秦书中没有明确的记载。汉朝人却做过一些说明。《汉书·食货志》说：“孟春之月，群居者将散，行人振木铎徇于路，以采诗，献于太师，比其音律，以闻于天子。”这是说周朝负责采诗的人是“行人”之官。何休《公羊传注》却说：“男年六十、女年五十无子者，官衣食之，使之民间采诗。乡移于邑，邑移于国，国以闻于天子。”这是说国家为了采集歌谣还养了大批的人。这些大概都是根据汉朝乐府采诗的情形所做出的想象，周人是否有一套采诗制度还是疑问。汉人所想象的情形也是可能有的，但我们以为，各国的歌诗聚集到周天子的朝廷，更可能由于诸侯的进献。《论语》和《左传》有列国之间赠乐的记载，诸侯进献土乐于天子也应该是可能有的事。《左传·襄公十一年》：“郑人赂晋侯（晋悼公）以师悝、师触、师蠲（三人都是郑国的乐师）……歌钟二肆（三十六钟），及其镈磬，女乐二八（女子能奏乐者十六人）。晋侯以乐之半赐魏绛。”晋国是诸侯盟长的地位，可以得郑国赠送音乐，以周天子的地位，列国向他献乐该不是稀有的事。从上引这段记载，更可注意的是乐师可以送给别国。乐师本是掌管音乐的官儿和专家，他们以歌诗诵诗为职业。他们不但熟悉本国的歌谣，还可能是本国采诗工作的负责人或参加者。这些人除了被送给别国之外也能够自由到别国去，如《论语·微子》篇记载着鲁国的“太师挚适齐，亚饭干适楚，三饭缭适蔡，四饭缺适秦……”挚、干、缭、缺都是乐人的名字。乐师们往来于列国，就帮助了各国乐章的传播，他们聚集到王廷，也就使得各国的歌诗汇集于王廷了。

贵族制作的诗，或是为了讽谏与歌颂，或是为了典礼。《国语·周语上》说周厉王“得卫巫，使监谤者。以告，则杀之”。邵公谏道：“为川者决之使导，为民者宣之使言。故天子听政，使公卿至于列士献诗，瞽献曲，史献书……”《国语·晋语六》记范文子的话，也提到“在列者献诗”。《毛诗·卷阿传》也说：“王使公卿献诗以陈其志。”这些由公卿列士作了献上去的诗都是为了“陈志”，陈志不外讽谏和颂美。此外，遇有祭祀、出兵、打猎、宫室落成等事，往往要奏乐唱诗，这类典礼的诗大概出于天子左右的巫、祝、瞽、史之手。

诗的传授者最初是乐官。古代贵族所受教育以诗乐为先，而掌教者就是乐官。《周礼·春官·太师》：“太师掌六律六同……教六诗，曰风、赋、比、兴、雅、颂。”《礼记·文王世子》：“春诵夏弦，大师诏之瞽宗。”这些话都说明乐官兼管教育，他们是诗学老师。到孔子时代，学术、教育出于私门，仍然以诗为教学的重要科目。

古时贵族阶级学诗有其实用的目的，诗和礼乐不能分，礼乐是贵族阶级生活的重要部分。除了上文说到的讽谏与颂美要用诗、典礼要用诗而外，日常生活中还常常要借诗和音乐来表达情意，其作用几乎等于语言的一部分。《周礼·大司乐》说，“以乐语教国子：兴、道、讽、诵、言、语”，这便是以歌辞来表达情意。《荀子·乐论》道，“君子以钟鼓道志”，也是说贵族阶级要用“乐语”来表达情意。以乐歌相语大概由来很古，初民生活中男女恋爱就是用音乐歌唱来交流情感的。这种风俗至今还存留着。

古时贵族阶级借诗言志，在外交场合尤其不可少。《左传》《国语》记载外交上赋诗的事很多，有时只是酬酢，有时完全借诗句办交涉。例如《左传·文公十三年》载郑君和鲁君会于棐地，郑君这时要和晋国修好，希望鲁君为他到晋国去说情。在宴会时郑大夫子家赋《小雅·鸿雁》这篇诗，取这诗第一章侯伯哀恤鳏寡、劬劳于野的意思，暗示需要鲁国哀恤，代郑国往晋国关说；鲁大夫季文子答赋的诗是《小雅·四月》，取首章行役逾时、思归祭祀的意思，表示拒绝。子家又赋《鄘风·载驰》的第四章，取其小国有急难、盼望大国援助的意思；季文子又答赋《小雅·采薇》的第四章，取其“岂敢定居”的意思，表示愿意为郑国奔走。这一场交涉，两方全借赋诗示意。从这类记载可以知道春秋时贵族阶级学诗的用处。孔子是强调学诗的，他说“不学诗无以言”（《论语·季氏》），又说：“诗可以兴，可以观，可以群，可以怨。迩之事父，远之事君，多识于鸟兽草木之名。”（《论语·阳货》）这是说学诗除了帮助言语还有更广泛的用途。

孔门重诗学，孔子以后的儒者也都讽诵和弦歌“诗三百”，他们谈道说理也常常引诗为证，对于诗的解释也有所传授。他们用诗说诗也和赋诗一样，是断章取义的，他们对于诗义的了解并不完全正确。不过他们对于“诗三百”本文的记诵保存是有功的，否则在诗乐分离之后，这些作品会不会散失、能不能流传，是很成问题的。

二

《周颂》产生于西周前半，《大雅》中从西周初到西周末的诗都有。这两部分的诗在《诗经》中时代较早、性质相近。《周颂》多属祭祀诗，《大雅》里也有不少祭祀诗；《周颂》里多数是周人歌颂祖先的诗，《大雅》里也不少。一般地说，这些诗的艺术价值远不如《国风》和《小雅》，但也有一些值得重视的篇章。《周颂》里春夏祈谷、秋冬报赛的祭歌往往陈述农功，有关于农业生产比较细致的描写，如《载芟》篇开端九句：

> 载芟载柞，其耕泽泽。千耦其耘，徂隰徂畛。侯主侯伯，侯亚侯旅，侯强侯以。有嗿其馌，思媚其妇。

这是说除去草木，将土耕散松松地。上千对的人一齐耘田，高田低田都有人耕作着。父、子、兄、弟，一个个筋强力壮、劲头儿挺足。送饭的闹闹嚷嚷地来了，都是些漂亮的娘儿们。这是大规模集体劳动的场面，以简短的文字描绘出复杂的动态，正是中国古代诗歌的特色。又如《良耜》篇写收获的场面道：

> 获之挃挃，积之栗栗。其崇如墉，其比如栉，以开百

室。百室盈止，妇子宁止。

这一节的大意是说：刷刷地收割，多多地堆积；堆得像墙一般高，梳篦一般密；上百个谷仓装满了，女人孩子都得到了休息。这里也是以寥寥几句展示巨幅图景，给人深刻的印象。

叙事诗是《大雅》里的突出部分之一，《绵》《生民》《公刘》三篇是其中更突出的部分。《生民》歌咏周始祖后稷的灵迹和功德，在那些神话化的叙写中反映周人对于这一传说人物的热爱，因为相传他是农业的发明者。

诞寘之隘巷，牛羊腓字之；诞寘之平林，会伐平林；诞寘之寒冰，鸟覆翼之。鸟乃去矣，后稷呱矣。实覃实訏，厥声载路。

这一章写后稷被弃而不死的神异。最初得牛羊喂乳，最后得鸟类覆翼，当群鸟飞去的时候，后稷开始啼哭，声满道路。这些叙写，简洁而生动。三千年前的文学语言已经如此精炼，简直使人不得不惊异了。本篇写后稷试种瓜、豆、禾麻等庄稼：

艺之荏菽，荏菽旆旆，禾役穟穟，麻麦幪幪，瓜瓞唪唪。

写后稷后来种谷的成绩：

实方实苞，实种实褎，实发实秀，实坚实好，实颖实栗。

这里有丰富多变化的形容词。此种对于庄稼的郑重的描写，反映古人对于掌握农业技术的喜悦。

《公刘》篇写周人由邰到豳的一次移民，从准备起程写到定居营建。关于观测地形、经营宫室、分配田亩、君臣宴饮，以及水利、军制，甚至锻冶等事都有叙写。

陟则在巘，复降在原。何以舟之？维玉及瑶，鞞琫容刀。

挂着佩刀，上下山原，这就是勤劳的移民领袖公刘的形象。

于时处处，于时庐旅，于时言言，于时语语。

这就是开始得到安居的大众欢乐笑语的生活图景。

《绵》是写周人在古公亶父的率领下，由豳迁到岐下的又一次移民。诗共九章，从迁岐、授田、筑室直写到对外族的斗争。第三章写岐下土地的肥沃道：

周原膴膴，堇荼如饴。

连苦菜都长得像糖一样甜，见得水土之美，真是善于形容了。第五、六章写开始建筑的情形道：

俾立室家。其绳则直，缩版以载，作庙翼翼。捄之陾陾，度之薨薨，筑之登登，削屡冯冯。百堵皆兴，鼛鼓弗胜。

敲起大鼓本是为了鼓励劳动，但是百堵之墙同时并起，盛土、倒土、持土、削土的声音把鼓声都压下去了。读了这一段，那场地上众多的劳动者和十分起劲的劳动场面一下子就像在读者眼前出现。这真是有声有色的文字。

此外还有《皇矣》《大明》两篇，记文王、武王的武功。五篇连起来便成为一部周人建国的历史。这都是《大雅》中较早的作品，大约产生于周成王时。这些叙事诗也许是祭祀时颂祖之歌，《生民》篇就有人说是郊祀以后稷配天的乐辞。上述三篇虽是歌颂祖德、歌颂英雄，却反映了人民的创造力量、人民的智慧和人民的劳动热情。诗的动人之处就在于此。

西周到夷王、厉王以后，政治腐朽，外患严重，产生了一些士大夫抱怨或讥刺王室的诗，如《板》《荡》《抑》《桑柔》《瞻卬》《召旻》等篇（厉、幽两代产品），暴露了统治阶级内部的矛盾，也反映了社会的混乱与人民的怨恨。这些诗也是《大雅》的重要部分。为了方便，在下章和《小雅》里的同类诗合并起来谈。

三

《小雅》里也有不少责斥现实、反映丧乱的诗。这些诗大致产生于西周末叶与东周初年，多数为幽王时代产品，和上举《大雅·召旻》等篇或为同时，或相衔接。

西周的盛世并不长，自昭王穆王以下时时感到承嗣为艰。到夷、厉时代，社会危机便充分暴露。厉王是在“民不堪命”的环境中被“国人”所流逐的。宣王号称“中兴”贤王，对外虽然能抵抗异族，对内反而因为剥削过重，加深了危机。幽王以后一蹶不能复振。东迁以后的周室，共主的资格便名存而实亡了。

《大雅·桑柔》相传是厉王时代的诗，形容那时危急的情形道：

> 乱生不夷，靡国不泯。民靡有黎，具祸以烬。于乎有哀，国步斯频（濒）。

这是说当时动乱之中人民死丧离散，仅存的人有如焚烧后的余烬，国运已经走到了尽头。《大雅·召旻》相传是幽王时代的诗，形容那时不可收拾的局势道：

> 旻天疾威，天笃降丧。瘨我饥馑，民卒流亡。我居圉卒荒。

这是说在饥馑流亡的同时四面受敌，边陲尽陷于荒乱。在这样的时代里，便有些诗人为了追究责任尖锐地指责统治者的昏乱、荒淫、腐朽。《大雅·抑》(厉王时诗)道：

其在于今，兴迷乱于政，颠覆厥德，荒湛于酒。女(汝)虽(唯)湛乐从，弗念厥绍。

这是说当时的执政者倒行逆施，百事俱废，只知饮酒作乐，全不想继承先人的事业。《小雅·十月之交》道：

皇父卿士，番维司徒，家伯维宰，仲允膳夫，聚子内史，蹶维趣马，楀维师氏，艳妻煽方处。

这里列举幽王的佞臣七人，是当时的权门。“艳妻”指褒姒。他们内外勾结，炙手可热。这都是大胆的揭露。

另外一些诗则指出了社会的不平。《小雅·正月》道：

佌佌彼有屋，蔌蔌方有谷。民今之无禄，天夭是椓。哿矣富人，哀此茕独！

那些猥陋小人都拥有财产，安乐地生活，而一般人都吃不消灾变，处于悲惨的境地。这是贫富之间的苦乐不均。《小雅·北山》道：

或燕燕居息，或尽瘁事国；或息偃在床，或不已于行。或不知叫号，或惨(懆)惨(懆)劬劳；或栖迟偃仰，或王事鞅掌。或湛乐饮酒，或惨(懆)惨(懆)畏咎；或出入风议，或靡事不为。

这是写贵贱之间的劳逸不均。从这样尖锐的对比，可以清楚地看到贵贱的鸿沟，贵者奢逸享乐，贱者被压在劳役重负之下。这篇诗虽说是发个人的牢骚，却实在道出了普遍的不平。

《小雅·大东》篇反映了东方诸侯(殷、奄诸族)与周人之间的矛盾。诗中说在西方的周人掠夺之下，“小东大东，杼柚其空”。而东人与西人相比，一切都是不平等的。诗云：

东人之子，职劳不来。西人之子，粲粲衣服。舟人之子，熊罴是裘。私人之子，百僚是试。

在这样的对比之下，见出东人被剥削、被奴役的地位和劳苦贫困的生活。

这诗后半列举天上星宿有空名无实用，来说明不合理的现象无处不存在，表示上天也不能有助于东人。

维天有汉，监（鉴）亦有光。跂彼织女，终日七襄。虽则七襄，不成报章。睆彼牵牛，不以服箱。东有启明，西有长庚，有捄（觩）天毕，载施之行。维南有箕，不可以簸扬。维北有斗，不可以挹酒浆。维南有箕，载翕其舌。维北有斗，西柄之揭。

这是说，天上的银河照人只有光没有影，织女星织布不能成纹，牵牛星拉车也不成；天毕星张在路上，用得不得其当，簸箕星不能拿来簸糠，斗星也不能拿来舀酒浆。末尾说斗星不但不能舀酒浆，而且它的柄向西方高举着，言外之意似乎是说它像是授柄给西人向东方挹取似的，也就是说苍天也像是帮助西人对东人进行剥削。这篇诗的意思极为沉痛，想象非常生动，表现手法也是不平凡的。

四

《小雅》里大部分是贵族的作品，小部分是民间歌谣；《国风》里大部分是民间歌谣，小部分是贵族的作品。在本章里我们试从《国风》《小雅》来分析当时的民歌对于生产和战争的反映。《诗经》里许多民歌的产生时代是不能确定的。《国风》里的诗篇，就其中可以考知时代的部分说，最早的是《豳风·破斧》（周成王时），最晚的是《陈风·株林》（春秋中陈灵公时），其余大多数产生于周室东迁以后。因此文学史家按时代排列《诗经》中各部时总是先《周颂》，次《大雅》，次《小雅》，次《国风》，次《商颂》《鲁颂》。这自然是大致的排法。对于某些歌谣，我们既不能知道它被记录于何时，更不知道它在口头流传了多久，怎么能把它归入西周或东周呢？由于这种情形，我们讨论和引用这些民歌时不能像上文那样，完全依照时代的顺序。

诗歌本来起源于劳动。歌谣和劳动的关系向来是密切的。《诗经》里的歌谣不但记录和描写了劳动生活，而且常常借劳动比兴。如“采葑采菲，无以下体”（《谷风》）、“伐柯伐柯，其则不远”（《伐柯》）之类是以劳动为譬喻；“爰采唐矣”（《桑中》）、“伐木丁丁”（《伐木》）之类是借劳动来起兴。而《周南·芣苢》则是一首劳动歌曲：

> 采采芣苢，薄言采之。采采芣苢，薄言有之。采采芣苢，薄言掇之。
>
> 采采芣苢，薄言捋之。采采芣苢，薄言袺之。采采芣苢，薄言襭之。

这是妇女采集芣苢（车前子）时所唱的歌，全首三章十二句，只更换了六个动词，却写出了采集所得由少而多的进展。抓紧这诗的节奏，揣摩诗中的情调，设想夏天芣苢结子的时候，山谷里或原野上到处是采芣苢的妇女，到处响着歌声，是怎样的一种光景。方玉润说得好：“读者试平心静气，涵咏此诗，恍听田家妇女，三三五五，于平原绣野、风和日丽中群歌互答，余音袅袅，若远若近，忽断忽续，不知其情之何以移而神之何以旷。”（《诗经原始》）简单的言语，简单的韵律，产生巨大的感染力量，这就是民歌的特征。

正如我们从《芣苢》篇能够感染到劳动中的欢乐，我们从《魏风·十亩之间》也能够感染到一番紧张劳动之后休息时的愉快：

> 十亩之间兮，桑者闲闲兮。行与子还兮！十亩之外兮，桑者泄泄兮。行与子逝兮！

这似乎是采桑结束时，采桑者招呼同伴回家的歌唱。这里有鲜明的景色、浓厚的气氛，也是民歌中的上乘了。

《小雅》里有关农事的诗如《信南山》《甫田》《大田》等篇都不是以人民自己的眼光来反映劳动的诗，这里不去说它，单说《豳风·七月》。这篇诗叙述了农家男女全年的辛苦生活，充分反映了被剥削的痛苦。诗中的农民是男为主人耕，女为主人织，还要为主人打猎、盖房子、做衣服、藏冰、造酒。自己的生活是衣不蔽体，吃的是极粗糙的东西，住的是破屋，而他们的辛酸还不只是冻饿，本诗第二章道：

> 春日载阳，有鸣仓庚。女执懿筐，遵彼微行，爰求柔桑。春日迟迟，采蘩祁祁，女心伤悲，殆及公子同归。

清代诗人王士祯盛赞这一章能写出阳春的明丽。但是在这样的和风暖日之下，那些青年女子的心却是悲凉的，她们不但劳苦穷困，而且随时有被主人霸占蹂躏的危险。当时农民的悲惨生活在这篇诗里是深刻地描写出来了。

《国风》里还有一些民歌不但反映了剥削和被剥削的关系，而且也反映了被剥削者的反抗思想。例如《魏风·伐檀》：

坎坎伐檀兮，寘之河之干兮，河水清且涟猗。不稼不穑，胡取禾三百廛（缠）兮？不狩不猎，胡瞻尔庭有县（悬）貆兮？彼君子兮，不素餐兮！

设想河边上一群伐木的劳动者，对于不劳而食的“君子”，你一言，我一语，做这样的冷嘲怒骂，仇恨的情绪表现得岂不是很尖锐吗？那个“胡取禾三百廛兮”的质问提出来是了不起的，这充分表现人民对于现实的清醒的理解。“不稼不穑”而“素餐”的剥削越加重，农民的反抗便更强烈。《魏风·硕鼠》道：

硕鼠硕鼠，无食我黍！三岁贯女（汝），莫我肯顾。

逝（誓）将去女（汝），适彼乐土。乐土乐土，爰得我所。

这里包蕴着更强烈的愤恨。用“硕鼠”来比剥削阶级，非常恰当地揭示出阶级的本质。农民发出这样的诅咒，并且决心逃亡，可见剥削已残酷到使农民活不下去的程度了。所谓“乐土”（没有剥削的社会）在那个时代当然只是空想罢了，但农民的逃亡并不是因为他们相信世上真有一块乐土，而是为了反抗。他们都知道“没有乡下泥脚，饿死城里油嘴”的真理，他们这一“去”对于那些“硕鼠”确实是一个沉重的打击。

统治者对于人民除了剥削还要奴役。《诗经》里许多篇什表现了人民在徭役重压之下的呻吟和怨恨。《唐风·鸨羽》道：

王事靡盬，不能艺稷黍。父母何怙？悠悠苍天，曷其有所！

为了应役，荒废耕作，使父母无人养活，这怎能不怨恨呢？《王风·兔爰》道：

我生之初，尚无为，我生之后，逢此百罹。尚寐无吪！

人民忍受不了无休止的奴役，以至于宁愿早早结束生命。还有比这更沉痛的陈诉吗？

所谓“王事”自然包括各种劳役，但主要的还是征戍。在人剥削人、人奴役人的社会里，战争对于统治者不过是满足贪欲的寻常手段，对于人民却是莫大的灾祸。因此，除了抵御外族侵略，挽救国家危亡的战争，人民总不会和统治者态度一致。《诗经》里有关战争的民歌，什九是反映战争带给人民的痛苦和人民对于战争的憎恨。国风里最早的诗《豳风·破斧》便是参加“周公东征”的兵士所作，诗中写到久战归来武器残破的狼狈情况，也写到庆幸生还和痛定思痛的心情；可并不曾有一字半句歌颂周公这位“圣人”的武功。《豳风·东山》相传是周公东征奄国时的产品，这诗写远征的兵士役满还乡，当他在还乡路上迈第一步的时候就兴奋地想象到家后换上平民服装，不再参加那人民所不需要的战争。诗云：

我东曰归，我心西悲。制彼裳衣，勿士（事）行枚。

这兵士又想到离家太久，家园可能已经荒废，但他却认为无论它怎样荒废，并不是可怕的而仍旧是可怀念的地方。所以又说：

果蠃之实，亦施于宇，伊威在室，蟏蛸在户。町畽鹿场，熠燿宵行，不可畏也？伊可怀也！

《破斧》流露对战争的憎恶，《东山》反映对和平生活的热爱，本是一件事情的两面。《小雅·何草不黄》相传是周幽王时的诗，当时征伐不息，征夫怨恨统治者将人不当人，驱使他们奔走四方。“哀我征夫，独为匪民”“匪兕匪虎，率彼旷野”，说得够沉痛的了。《采薇》大约也是西周的诗，写戍边的兵士久历艰苦，在还乡的路上又饱受饥寒，末章八句，痛定思痛，最为感人，是几千年来传诵的名句：

昔我往矣，杨柳依依。今我来思，雨雪霏霏。行道迟迟，载渴载饥。我心伤悲，莫知我哀。

诗人因归途的景物回忆起来时的风光，无限感触都因这一回忆勾引起来，真情实景和动人的音节构成强烈的感染力量。“昔我”四句被晋人谢玄目为三百篇中最好的诗。从曹植以下，许多诗人一再模仿。这不是偶然的。

在这一个选本里还有《邶风·击鼓》《魏风·陟岵》都是写出征兵士的怀乡恋土之情，《卫风·伯兮》和《王风·君子于役》则是写军人的家属怀念远人，这也是一件事情的两面。以上这些诗所关涉的战争，除了少数不可考的之外，都是统治阶级的内战和侵略战争，其为人民所憎恨是当然的。但是一旦遇到正义的战争，人民便踊跃奔赴，一点也不踌躇，《秦风·无衣》就表现了这种精神：

岂曰无衣？与子同袍。王于兴师，修我戈矛。与子同仇。

秦国和周民族的死敌西戎相邻，常常有战争而且是有关民族安全的战争，是可以想象的。这样的战争自必为人民所支持。热爱和平与坚决勇敢地抵御外族，捍卫国土，同是中华民族的传统，表现于《秦风·无衣》的慷慨从军的精神和表现于《何草不黄》等诗的憎恶战争的情绪是并不矛盾的。

五

在《诗经》里的民歌中占数最多的是有关恋爱和婚姻的诗。“无郎无姐不成歌”（江苏民歌），这情形古今并无二致。朱熹《诗集传序》道：“凡诗之所谓风者，多出于里巷歌谣之作，所谓男女相与咏歌，各言其情者也。”男女言情之作确实是风诗的主要内容之一。这些诗产生于不同的地域，时代也不完全相同，其中所反映的风俗不可能一致，不过大致可以看出《诗经》时代劳动人民男女之间的恋爱生活是比较自由的。这些诗大多数是当事者率真大胆的表白，感情大都是诚挚、热烈、素朴、健康的。虽然同属爱情的题材，内容却很少重复，凡属恋爱生活里所有的忧喜得失、离合变化都在这些诗里得到了表现。

对于女子到了适当年龄尚无配偶唯恐耽误青春的心理，《召南·摽有梅》表现得非常真切。

摽有梅，其实七兮。求我庶士，迨其吉兮。

摽有梅，其实三兮。求我庶士，迨其今兮。

摽有梅，顷筐塈（摡）之。求我庶士，迨其谓之。

诗分三章，表现一天比一天更迫切的期望，因为用了非常贴切的比喻，使人只觉这种表白天真动人，而不觉其过于直率。

有些诗表现两情未通的时候单方面的爱慕想望，如《郑风·东门之墠》：

东门之墠，茹藘在阪。其室则迩，其人甚远。

东门之栗，有践家室。岂不尔思？子不我即。

“室迩”是说形迹并不疏远，“人远”是说感情还有距离。这两句写情是很深刻的，已经成为后人常常借用的言语了。

青年男女经过了“投我以木瓜，报之以琼琚”（《卫风·木瓜》）的定情阶段进入密恋生活，在国风里有多种多样的反映。有些诗写幽期密约，如“期我乎桑中，要我乎上宫”（《鄘风·桑中》），或“静女其姝，俟我于城隅”（《邶风·静女》）。有些诗写同歌共舞，如，“叔兮伯兮，倡予要女（汝）”（《郑风·萚兮》），和“君子阳阳，左执簧，右招我由房”（《王风·君子阳阳》）。有些诗写相思离别，如“彼采萧兮。一日不见，如三秋兮”（《王风·采葛》），或“未见君子，忧心钦钦。如何如何？忘我实多”（《秦风·晨风》）。有些诗写别后重逢，如“既见君子，云胡不夷”（《郑风·风雨》），或“亦既见止，亦既觏止，我心则降”（《召南·草虫》）。有些诗在叙写某一对情侣的恋爱生活的同时也反映了群众的欢乐，如《郑风·溱洧》写三月上巳，郑国的男男女女，包括这首诗中一对主人公在内，到溱洧两水的岸边欢度节日。那里的景象是“士与女，方秉蕑（兰）兮”，“维士与女，伊其相谑，赠之以勺药”。又如《陈风·东门之枌》写陈国男女拣了好日子在平原之上婆娑共舞，有一位在本诗作者眼中像一朵荆葵花（“视尔如荍”）的姑娘，就在这个场合送给本诗作者一把花椒子儿（“贻我握椒”）作为礼品，传达了情意。这些诗所描写的是顺利美满的恋爱生活，反映出来的也是比较自由的恋爱环境。

但是，在另外一些诗里却见出这种自由的限制，“父母之命”是子女婚姻必须通过的一关。从《郑风·将仲子》篇就见出父母对子女恋爱活动的干涉。诗中写一个女子不敢允许她的情人逾墙来相会，因为既怕父母和诸兄的责骂，又怕旁人的闲言闲语。可见不得父母同意的恋爱也要受舆论指责，是不能公开的。《鄘风·柏舟》篇也反映出当事人的意愿和父母之命的矛盾，《柏舟》是一个少女在婚姻受到阿母干涉时的表白，虽然她的意志是坚强的，她勇敢地宣称“之死矢靡它”，仍不得不伤心地叫出“母也天只！不谅人只”。读者设想那阿母如果始终“不谅”，这少女的命运又将如何呢？

在漫长的封建社会中，劳动阶级的妇女和男子比较起来地位更低，她们所受的痛苦也就更多些，在恋爱问题上也不例外。历代的弃妇诗便很清楚地反映了这个情况。在《诗经·国风》里也有两篇弃妇诗，那就是《邶风·谷风》和《卫风·氓》。《谷风》的女主人公和《氓》的女主人公性格不同，前者比较柔顺，后者比较刚强，前者在被弃逐的时候还徘徊顾恋，希望那暴夫回心转意，后者却是拉倒就拉倒的态度，只是自悔错认了人罢了。不过她们的遭遇却是同样的不幸，都是糟糠之妻终于下堂。《氓》的女主人公从她自己的痛苦经历认识了两性在恋爱生活上的不平等。她无限哀怨地唱道：

于嗟鸠兮，无食桑葚！于嗟女兮，无与士耽（酖）！士之耽兮，犹可说（脱）也；女之耽兮，不可说也。

这不是一人一时的牢骚，而是千百万女性的真实悲愤心情的反映。旧社会的妇女痛苦多，或许这就是向来民歌中女性的歌唱占多数的主要原因吧。

我们不必再为《诗经》民歌里的恋爱诗与婚姻诗的各种内容

一一举例，但是像《郑风·出其东门》这样的民歌却值得特别一提。这首诗反映了劳动人民对于性爱问题的严肃态度。诗云：

出其东门，有女如云。虽则如云，匪我思存。缟衣綦巾，聊乐我员。

东门游女如云都不能引起这位诗人的注意，只有那“缟衣綦巾”、衣饰朴素的一位姑娘永远占据他的心。这样的表白是一往情深的。这诗和《鄘风·柏舟》同样表现了爱情的专贞。其实《诗经》民歌中绝大多数情诗都反映着劳动人民忠诚老实的品质、热烈健康的感情和严肃认真的态度。过去的卫道先生们一见《诗经》中那些大胆的爱情表白和赤裸裸的恋爱生活描写便大叫“淫奔之诗！淫奔之诗”，有些人甚至主张来一次“删诗”，把它们从《诗经》中抹去。他们对于这样自然率真的健康的两性关系不敢正视，而劳动人民看不顺眼的倒是剥削阶级在虚伪的礼文遮掩下的荒淫混乱。在《诗经》里就不乏讽刺和揭发统治阶级荒淫生活的民歌。例如《邶风》中的《新台》,《鄘风》中的《墙有茨》和《鹑之奔奔》,《齐风》中的《南山》《载驱》,《陈风》中的《株林》等篇都属于此类。这些诗表现了人民对于统治者淫行丑史的强烈憎恶，如云：“中冓之言，不可道也。所可道也，言之丑也。”（《墙有茨》）又云：“鹊之彊彊，鹑之奔奔。人之无良，我以为君。”（《鹑之奔奔》）这可以说是深恶痛绝了。其中尤以《新台》篇形象化的讽刺给人深刻印象，其最后一章道：

鱼网之设，鸿则离之。燕婉之求，得此戚施。

这诗是讽刺卫宣公的，卫宣公娶了他儿子（名叫伋）的新娘，为了迎娶新娘还在黄河上造了一座新台。卫国人民讥刺这件事，将卫宣公比作癞蛤蟆。

这些诗说明劳动人民在恋爱生活上和其他方面一样，也表现了比剥削阶级高得多的道德水平。

六

《国风》里还有一些抒情诗不属于上述的范围，其中值得特别注意的是《秦风·黄鸟》，这诗是人民对于统治者残暴行为的公开抗议。据《左传》，秦穆公任好遗命使子车氏的奄息、仲行、鍼虎三人殉葬（当时殉葬者共一百七十人），秦国人民同情这些死难者，为他们唱出这首挽歌。诗共三章，分挽三人，每章都以"如可赎兮，人百其身"二句做结。对于被迫害者表示高度的同情，同时也是对于迫害者表示强烈的愤怒。《邶风·北风》是反映卫国百姓反对虐政、相携逃亡的诗，诗中以风、雪喻朝政，以狐、乌比君臣。《陈风·墓门》是刺不良执政者的诗，"夫也不良，歌以讯之"，明白说出作诗的目的。这一类诗都明显地表现了人民的反抗性。

在丰富多彩的国风中，《豳风·鸱鸮》是非常别致的一篇。这篇全用一只母鸟的口吻诉述她遭受的迫害、育子和营巢的辛苦以及目前处境如何艰难危殆。第一章母鸟对鸱鸮说：

> 鸱鸮鸱鸮，既取我子，无毁我室。恩斯勤斯，鬻子之闵斯。

一开始就哀痛迫切，使读者深受感动。末章不但做鸟的口吻，简直模仿了鸟的声音：

> 予羽谯谯，予尾翛翛。予室翘翘，风雨所漂摇。予维

音哓哓。

这是最早的"禽言诗"，可能是以鸟拟人，别有寄托。但即使作为单纯描写鸟类生活的诗也是很有艺术价值的了。这篇诗使人联想到汉乐府里的《枯鱼过河泣》《雉子班》《蛱蝶行》等篇，都带童话诗的风味，是歌谣中特有的境界。

国风里的诗并非全是劳动人民的创作，有的出于统治阶级最下层的分子，如《邶风·北门》，抱怨劳逸不均和"终窭且贫"，和《小雅·北山》同类。有的出于没落贵族，如《秦风·权舆》，悲叹过去住大屋高房，如今这顿愁着那顿粮。有的出于上层贵族、国君或君夫人，其中穆姬（许穆夫人）的《载驰》是表现了爱国精神的动人名篇。作者是卫戴公的妹妹，嫁给了许穆公。公元前 660 年，卫国被狄人攻破，卫人迁到黄河以南，暂时安顿在漕邑。许穆夫人回国慰问并为卫国计划向大国求援，但许国君臣因为国小怕事，竭力阻挠她的行动，引起她的极大愤懑。诗的第二、三章对劝阻她的许国大夫们宣告：

既不我嘉，不能旋反。视尔不臧，我思不远。既不我嘉，不能旋济。视尔不臧，我思不閟（毖）。

末章语气更为坚决，有百折不回的气概。

大夫君子，无我有尤！百尔所思，不如我所之。

读者从这里仿佛直接听到那爱国女诗人充满战斗精神的声音。

《邶风·泉水》和《卫风·竹竿》据魏源《诗古微》的研究可能也是穆姬所作。《泉水》写作者为卫国奔走的种种计划，表现了和《载驰》篇相同的炽盛的感情。《竹竿》写对于祖国和旧日生活的怀念，也是真切委婉的动人作品。《诗经》里可考的作者是极少的，其事迹比较清楚、流传作品较多的只有穆姬一人。

《国风》和《小雅》里有些以美妙的描写被人传诵的名篇，如《卫风·硕人》之描写女性体态，《小雅·斯干》之描写建筑形状，《小雅·无羊》之描写牛羊生活，都是动人的艺术表现。这些诗未必都是劳动人民的创作，但是和民歌民谣的风格是接近的。

七

以上重点地介绍了风、雅、颂各类诗歌，大致可以看出《诗经》的精华部分是《国风》和《小雅》，特别是其中的民歌民谣。这些民歌民谣是人民以自己的声音歌唱生活，以自己的眼光观察现实，“饥者歌其食，劳者歌其事”，直接道出人民的劳苦和他们的幸福、所爱与所憎、他们所受的损害和侮辱、他们的反抗和斗争，直接表现了他们的品德、智慧和天才。这些作品被统治阶级所占有、利用之后不免被改窜和曲解，但它们的光辉终不可掩。这些诗一般都具有一目了然而挹之无尽的单纯而深厚的美，这本是人民素朴的生活和真淳的感情的反映。其重章复沓的形式特点以及多用叠字的语言特点，与它们是歌唱的诗这一特点是分不开的。那些民歌以外的优秀作品也一定程度地反映了社会的真实矛盾和人民的思想感情，或艺术地表现了各阶层生活里的一些片段。后代的优秀诗人往往从《诗经》的现实主义精神得到启发，也从《诗经》简练生动的语言和丰富多样的艺术表现吸取营养。所以“风雅比兴”便成为“百世楷模”。

这本《诗经选》是《诗经》的缩本和普及本，编选目的是把《诗经》里优秀的作品择要推荐给一般文艺爱好者。《诗经》

的解说向来是分歧百出的，注释工作不能完全撇开旧说，一空依傍。我们相信正确的态度是不迷信古人也不抹煞古人。正确的方法是尽可能多地参考从汉至今已有的解说，加以审慎的抉择，辨别哪些是家法门户的成见，哪些是由于断章取义的传统方法而产生的误解，哪些是穿凿附会、武断歪曲，哪些是由于诗有异文或字有歧义而产生的分歧。最后一类尽管彼此不同而各有根据，就必须更细致地去比较长短。无论是选用一条旧说，或建立一条新解，首先应求其可通。所谓可通，首先是在训诂上、文法上和历史观点上通得过去。同样可通的不同解说可以并存，如稍有优劣，就仍当加以区别，决定去取，主要应从原诗的思想性和艺术性着眼。例如《伐檀》篇，尽管“二千余年纷纷无定解”（方玉润语），今天读者的看法却渐趋一致，大家都承认这首诗的主题是对于剥削者的讽刺。现存的分歧仅在“彼君子兮，不素餐兮”二句，但这种分歧并不影响篇义的了解，而且也并不是不能解决的。这诗中的“素餐”二字有人解为不劳而食，又有人解为非肉不饱，两说都有根据，都可通。但究竟“不劳而食”和“非肉不饱”何者更能说明剥削者的本质呢？其实是可以区别的。这诗中的“君子”有人认为指被讽刺的剥削阶级的大人先生，也有人以为指理想中的圣君贤相，也都可以讲得过去，但是仔细体味原诗的感情和语气，究竟用哪一说才是更有力的表达呢？这也不是不能轩轾的。本书的注释并不墨守一家，也不是全用旧说，其斟酌标准大致如上文所述。

最后还有两点说明：一、本书以阮刻《毛诗注疏》本做底本。如遇某一字有异文优于这个本子，就将异文注在字下，括以括弧。毛诗用借字的地方，除了在注中说明它的本字外，还选择较重要的注在正文字下，如诗用古字，就在字下注明今体。这类的注字也都加上括弧。二、诗中罕见的字都注出读音，一般的字只注今音，韵脚读今音不协者同时注明古音。古音的标注以江有诰的《诗经韵读》为主要依据，注法以直音为主。《诗经》用韵是很复杂的，注者缺乏音学知识，疑难的地方不少，北京大学王了一教授和周祖谟教授曾在这一方面给予注者很多帮助，应该在这里特别致谢。

1955 年 6 月

（原载《诗经选》人民文学出版社 1956 年版）

《汉魏六朝诗选》前言

从汉兴到隋亡约八百年。在这一段时间里，诗歌园地中生长了不少花果。我们想通过这个选集向读者介绍其中重要的部分。

这里选录的诗约三百首，其中有几组或几家的诗选得比较多，从数量上可以看出这些是重点部分。在汉代诗歌里重点部分是乐府歌辞中的民歌和无名氏的五言诗（包括“古诗”和曾经被误认为李陵、苏武所作的那些“别诗”），魏代的重点是曹植和阮籍的诗，西晋的重点是左思的诗，东晋的重点是陶渊明的诗，刘宋一代以鲍照的诗为重点，南齐以谢朓的诗为重点，南北朝的乐府民歌各为重点之一，庾信的诗也是一个重点。从这些重点部分可以看出乐府民歌和无名氏的作品在汉魏六朝诗里占了不小的分量。

这个选集分为九部分：汉诗、魏诗、晋诗、宋诗、齐诗、梁诗、陈诗、北朝诗、隋诗。

从汉魏六朝诗的发展过程看来，两汉是由于民歌被大量集中、整理、加工，在《诗经》《楚辞》之后开创诗坛新局面，又在这些民歌的丰富营养和《诗经》《楚辞》的一定影响之下，产生五言诗体的时代。魏晋诗歌（以五言为主）在曹植、阮籍、左思、陶渊明这些优秀作家的手里，沿着一条现实主义道路继续发展，形成“古诗”之后新的典范。在东晋、宋、齐，长江流域和汉水流域产生大量民歌，宋、齐是诗歌在民歌的新影响和其他新条件、新要求之下变化翻新的时代。梁至隋是“宫体诗”逆流泛滥、形式主义的影响较大、杰出作品比较稀少的时代。北朝诗歌除民歌呈现异彩之外，文人诗的作风和梁、陈大体相似。

关于各阶段诗歌的具体特征，在下文还要说明。

一

在汉初的六七十年间诗坛还十分寂寞，高祖唐山夫人的《安世房中歌》和韦孟的《讽谏诗》《在邹诗》，曾经被封建时代的文人认为“大文字”，其实这些文字不过是模仿《诗经》、因袭《楚辞》，毫无意义，还不如《垓下》《大风》之类的抒情短歌表现新鲜的风格。这两首都是楚歌体，楚歌原是楚地的民间形式。我们以《垓下歌》和《大风歌》填充这一段空白，可以表示汉初诗歌和楚文学的衔接。

从汉武帝立乐府、采诗合乐以后，许多闾巷歌谣被记录、集中，因而流传。尽管这些民歌在记录和配乐的时候不免被统治阶级所改动，但它们“感于哀乐，缘事而发”的现实主义精神和劳动人民的粗犷气息终不能掩。

这些诗真实地直接描写了下层人民的悲苦生活。例如《妇病行》写一个穷人，妻死儿幼，向人乞讨；《十五从军征》写一个老兵，从十五岁服兵役直到八十岁，临了却无家可归。只有生活在这些受难者之间的人，才会以那样同情的精神歌唱这些故事。

这些诗也反映了人民对于这种生活的不满和反抗，例如《东门行》，写一个贫民因为无衣无食铤而走险；《战城南》和《东光》写军士对于战争的诅咒，都有鲜明的斗争性。

这些诗也描写了上层社会的生活，用人民的眼光来做批评。例如《陌上桑》暴露了使君的丑恶和愚蠢，赞美了罗敷的坚贞。《陇西行》称扬了一个独力支持门户的“健妇”。其中的爱憎褒贬，显然和统治阶级文人所持的标准有别。

上面所举的例子都是叙事诗。徐祯卿《谈艺录》云：“乐府往往叙事，故与诗殊。”以叙事为主确实是汉乐府民歌最显著的特色。《诗经·国风》里没有叙事诗，南朝乐府民歌里也没有叙事诗，北朝乐府民歌里只有一首《木兰辞》，而汉代叙事乐府在十五篇以上。本书所选还有《孤儿行》《艳歌行》《孔雀东南飞》《上山采蘼芜》等篇，这些诗或写生活中小小的片段，或叙有头有尾的故事，反映了社会上大大小小的矛盾。汉乐府因为多叙事，篇幅一般也比较长，像《孔雀东南飞》那样一千七百多字的长篇，代表汉乐府叙事诗发展的顶峰，在文学史上是非常突出的。

汉乐府里的民歌正与《诗经·国风》和南北朝乐府里的民歌相似，不乏表现男女爱情的作品，但是在汉乐府里却有几篇因为特别慷慨、强烈，给人不同的印象。例如《上邪》篇，一气连举五件事来发誓，说明除非天地合并、世界毁灭，否则爱情不会终止。这与《诗经·鄘风·柏舟》的“之死矢靡它”和吴声歌曲中《欢闻变歌》的“没命成灰土，终不罢相怜”本是同样的感情，但这里却写得如此的奔放。又如《有所思》写相思变态，那样激动；《公无渡河》写悲歌长号，那样地如闻其声，都是淋漓尽致，给人很强烈的感动。

不仅写男女之情是这样，像《古歌》写旅客的哀愁，《蒿里》写死生的伤感，前者气象惨急，后者简直高亢，都是喷涌而出、不加含蓄的。在汉代的乐府民歌里此类例子也见特色。

比兴的运用在汉乐府民歌里有所推广。《豫章行》和《南山石嵬嵬》通篇用树木喻人，《枯鱼过河泣》《乌生》和《艳歌何尝行》通篇将鱼鸟拟人，都显出活泼的想象力，使读者感到“奇趣”。在《诗经·国风》里只有《鸱鸮》一篇可比。

今天还存在的汉乐府民歌并不多，但内容却异常丰富，它们真实地揭露了封建社会种种矛盾，艺术特色又极鲜明，不但本身是文学宝库里灿烂的珠玉，而且给作家无穷的启发，引起热烈的模仿，影响了诗歌发展的道路。

汉乐府民歌原来句式没有一定，汉初的《薤露》《蒿里》两歌和武帝、宣帝时代的铙歌都是杂言，后来却趋向整齐的五言诗体。文人仿作乐府，兴趣偏于五言，到了汉末便形成五言诗特别繁荣的气象。

汉末的许多五言诗，因为作者的姓名不可考，从晋代以来就被称为“古诗”。其中有十九首被萧统收入《文选》，代表当时五言诗最高的成就。这些“古诗”大多数是文人模仿乐府民歌而作，其中有许多是入乐的歌辞[1]。

关于“古诗”的作者，在齐、梁时代曾有一些传闻臆测之词，《文心雕龙·明诗》篇：“古诗佳丽，或称枚叔。其《孤竹》一篇，则傅毅之词。”《诗品》上：“《去者日以疏》四十五首……旧疑是建安中曹、王所制。”其实“古诗”不可能产生于枚乘时代，钟嵘就有“王、扬、枚、马之徒，辞赋竞爽，而吟咏靡闻”（见《诗品·总论》）之说，西汉除少数五言歌谣之外并无五言诗，所有传为西汉之作的五言诗实际都是东汉作品，这些经近人考订已有定说，不需要详细说明了。“古诗”也不可能产生于傅毅时代。傅毅与班固同时，班固有《咏史》五言诗一首，钟嵘评为“质木无文”（《诗品·总论》），其时文人才开始试作五言诗，还不可能有《冉冉孤生竹》这样的成熟之作。如果傅毅曾作五言诗，钟氏《诗品》竟不提一字，也是不可能的。

如果说“古诗”产生于曹植、王粲的时代，也有很多疑问。因为《古诗·青青陵上柏》所描写的洛阳情况还是第宅罗列、冠盖往来。另一首与洛阳有关的《古诗·驱车上东门》也并未反映洛阳的残破。到曹、王时代，洛阳早经过董卓的焚烧，已变成“垣墙皆顿擗，荆棘上参天”（曹植《送应氏》）了。此其一。《世说新语·文学篇》记载王恭称“所遇无故物，焉得不速老”为“古诗”佳句[2]。王恭是晋代人，晋代人对于魏代的诗不应该不知

---

[1] “古诗”的《青青陵上柏》《迢迢牵牛星》《兰若生春阳》《上山采蘼芜》等篇，唐、宋人引用时称为“古乐府”。其余又有诗句像歌人口吻或体制上带有乐府歌辞的特色，都表明它们曾经入乐。

[2] 这两句属于《古诗十九首》中的《回车驾言迈》篇。

道作者而称为“古诗”；如果属于曹、王等名家，更不应该不知道。此其二。曹植诗曾受到“古诗”的一些影响，例如《怨歌行》《浮萍篇》《游仙》和《门有万里客行》等篇都有用“古诗”或仿“古诗”词句的地方。显然“古诗”应在前。此其三。

由于上述理由，我们相信近代一般文学史研究者的看法，“古诗”应是东汉桓帝、灵帝时代的产品。不过这也是大概的说法，“古诗”各篇的风格虽然大致相近，终究不是一人一时之作，很难说其中没有少数诗篇略早或略晚于桓、灵之世。尤其是建安时代，紧相衔接，现存的建安诗和“古诗”相似的也不少，“古诗”中杂有少数建安时代的作品也并非绝对不可能。“古诗”中既有许多曾经入乐的歌辞，它们在传唱中也许屡经润饰。郑振铎先生怀疑《古诗十九首》到建安曹、王之时才润饰到如此完好（《插图本中国文学史》），这也是可能的。

“古诗”的作者既然姓名不彰，何以见得其中大多数是出于文人之手，而不是出于民间呢？这是从“古诗”内容可以看出来的，像“驱车策驽马，游戏宛与洛”“思君令人老，轩车来何迟”“昔我同门友，高举振六翮”等等，所反映的生活都不是下层人民的生活。又如“盛衰各有时，立身苦不早”“不如饮美酒，被服纨与素”“何不策高足，先据要路津”“委身玉盘中，历年冀见食”“人倘欲我知，因君为羽翼”等等，所反映的思想都不是下层人民的思想。其次，从诗的语言也可以判定。像“晨风怀苦心，蟋蟀伤局促”，用《诗经》中的篇名，“道路阻且长”用《诗经》中的成语，“弃我如遗迹”用《国语》中的词汇，这类的例子很多，表明“古诗”中有许多知识分子语言。此外，《涉江采芙蓉》篇用《楚辞》的意境，也见出是文人之作。

“古诗”中杂有少数民歌，这也是从内容和语言可以辨别的。像《十五从军征》和《上山采蘼芜》所反映的生活都属下层，语言风格具有民歌的特征，和乐府中的“街陌谣讴”没有分别，断非文人所能模仿。这类诗，本书虽从一般选本惯例列在“古诗”，但注中已说明它们和一般古诗的区别，上文已经将它们作为乐府民歌的例子来举述了。

“古诗”的大多数虽是文人之作，但因为它们是模仿乐府民歌的，题材并没有超出乐府民歌中最普遍的相思、离别、客愁和一般的人生慨叹等等。“古诗”也常常套用乐府民歌的句子，如“相去日已远，衣带日已缓”“浮云蔽白日”“弃捐勿复道”“客从远方来”等等。有些“古诗”可能是根据民歌加工改写的，痕迹显明者如《生年不满百》篇，将原系杂言的乐府民歌《西门行》改为五言。正如《玉台新咏》所载的《飞鹄行》把杂言的《艳歌何尝行》改为五言。模仿与加工改写就是民歌过渡到文人制作的一般过程。

“古诗”作者专仿乐府民歌中的抒情之作，而表现方法却倾向于委曲含蓄，婉而多讽。其中游子他乡和失志彷徨之词表现作者处于衰乱之世的苦闷，哀怨虽深却只是“平平说出，曲曲说出”[1]，至于模拟思妇之词更是如此。后代评论者往往称赞它们“直而不野”[2]，或“清和平远”[3]。“古诗”的语言虽然带文人诗的

[1] 朱自清语，见《朱自清文集》四。

[2] 见《文心雕龙·明诗》篇。

[3] 沈德潜语，见《古诗源》卷上。

色彩却不失生动自然，和乐府民歌相去不甚远，所以给读者的印象是“若秀才对朋友说家常话”[1]。

过去称为苏、李赠答的那些五言诗同样具有上述风格特征。所以王士禛《渔洋诗话》说：“《河梁》之作与《十九首》同一风味。”钟嵘《诗品》提到“古诗”的篇数有五十九首[2]，现存的“古诗”却不足此数，很可能因为被人附会，加上作者名字而划到“古诗”以外去了。所谓枚乘《杂诗》，苏、李赠答，都是这样采的。枚乘的《杂诗》本是“古诗”，比较容易辨明，因为有《文选》做证。苏、李赠答既与《十九首》相类，我们也不妨这样揣测。本书将过去题为苏武、李陵作的五言诗改题为《别诗》（因其内容都写离别），列在“古诗”之后，表示它们属于相同的时代，同是建安诗的前驱。

二

魏、晋两代共约二百年，这时期是五言诗发展的重要阶段，是文人五言诗优良传统构成的关键时期。

紧接“古诗”时代的是建安时代。建安文学以曹氏父子为中心，其他重要作家都是曹氏的僚属。“七子”中除孔融和阮瑀之外都活到公元216年曹操立为魏王以后。曹操本人既算作魏代诗人，其余作者自当放在魏代叙述。

建安诗人写作了许多乐府歌辞，从民歌吸取营养，五言的抒

---

[1] 谢榛语，见《四溟诗话》卷三。

[2]《诗品》上：“陆机所拟十四首。文温以丽，意悲而远，惊心动魄，可谓几乎一字千金。其外《去者日以疏》四十五首，虽多哀怨，颇为总杂。”

情诗是他们作品中的主要部分。其中有些和“古诗”很相近，例如曹丕的《漫漫秋夜长》《西北有浮云》，曹植的《明月照高楼》《浮萍寄清水》等篇都和《古诗十九首》相似。不过总的说来，这两个时代的诗歌风格是不同的。

关于建安诗歌，《文心雕龙》总括地说明道：“文帝、陈思……王、徐、应、刘……慷慨以任气，磊落以使才。”（《明诗》篇）又道：“观其时文，雅好慷慨，良由世积乱离，风衰俗怨，并志深而笔长，故梗概而多气也。”（《时序》篇）作为建安诗风格特征的正是这“慷慨任气”，而“古诗”的风格，如果同样用《文心雕龙·明诗》篇的话来说明，就是“怊怅切情”。

建安诗的慷慨有两种主要内容：一是对于乱离中人民疾苦的悲悯之心，一是要求澄清天下、建功立业的热情壮志。前者在那些具体叙写丧乱的诗中表现得最明白，如曹操的《薤露行》《蒿里行》，王粲的《七哀》都是。后者表现于那些忧时与自述的诗句，例如曹操《秋胡行》道：“不戚年往，忧世不治。”《步出夏门行》道：“烈士暮年，壮心不已。”曹植《鰕䱇》篇道：“高念翼皇家，远怀柔九州。抚剑而雷音，猛气纵横浮。泛泊徒嗷嗷，谁知壮士忧！”《薤露行》道：“人居一世间，忽若风吹尘。……怀此王佐才，慷慨独不群。”这些慷慨之音，不但反映了社会的丧乱，也反映了这个时代文人的积极精神。用曹植的话说，正是所谓“烈士多悲心”（《杂诗》），和《古诗十九首》中的那些哀怨显然是不同了。建安时代社会大动乱尚未平定，和还处在暴风雨前夕的桓、灵之世不同。建安作家是半生戎马或备历忧患、能深深体会时代苦难的知识分子，和仅仅因为处在衰世而彷徨苦闷或因漂泊失意而忧伤慨叹的“古诗”作者也不同。因此反映在他们作品里的情调，有上述的差异，是不难理解的。

曹植由于政治上受压抑的特殊遭遇，要求表现才能，要求从“圈牢”中解放和要求传名后世的心特别迫切，因此产生一些求自试的诗，歌颂游侠的诗，或借游仙、咏史、赠别及寓言表示苦闷、发抒抑郁的诗。这些诗也往往带着强烈的感情，表现鲜明的个性。

建安诗比“古诗”题材更丰富，境界较阔大，这些是显而易见的。在曹植的诗中有了诗人自己的“我”，有了更华茂的词采，这都是作家诗的特色。不过在曹植的笔下依然保存着闾里歌谣刚健清新、明白诚恳的本色，不致因为运用“雅词”而致柔弱，或丧失自然。曹植也有些五言诗和“古诗”相近，上文已经举例了。他的赠别诗和所谓苏、李诗也有很相似的，《送应氏》第二首尤为显然。语言风格自然是这些诗的共同特色，它们所属的时代本来就相去不远啊。

钟嵘《诗品》认为“古诗”和曹植的诗都“出于国风”，如果这话的意思是说它们导源于民歌，却是不错的，它们都和汉乐府民歌有密切的关系。不过它们也都受到楚辞的影响。除开词语的沿用不论，“古诗”里那些“失志”之作（如《古诗·明月皎夜光》等）就通向楚辞，其独语、叹喟的情调近于《九辩》。曹植诗中的《盘石篇》和《游仙》诸作，命意都像《远游》。其余忧谗畏讥、牢骚哀怨之作也通向楚辞。五言诗从“古诗”到曹植，再进一步到阮籍笔下，文人化的程度加深了，楚辞的影响也更加浓重了。

阮籍的《咏怀诗》八十五首（其中八十二首是五言诗）离开了乐府民歌和“古诗”里的游子、思妇等普遍的内容，集中地写他的嗟生、忧时、愤世、嫉俗的思想感情。他的诗第一显著特点就是隐晦难懂。颜延之说他“虽志在刺讥而文多隐避，百世而下难以情测”(《咏怀诗注》)。他处在曹氏和司马氏争夺政权的夹缝中，对曹魏的腐败和司马懿父子的暴横都不能不憎恨。憎恨使他不能沉默，但又不能明白痛快地倾吐，于是“隐避”便成为不得不用的手法。他“本有济世志”(《晋书》本传)，但在那样政治窒息的时代，他却不得不力求韬晦，甚至避世。这种矛盾产生苦闷，却只能用诗来发泄。他的苦闷太深沉了，发为文章不免“反复零乱”，这也会产生隐晦难懂的结果。沈德潜说“遭阮公之时自应有阮公之诗”(《说诗晬语》卷上)，读阮诗应该注意到作者的忧患背景。

畏祸避世是作者思想中的消极部分，文字隐晦也不能不说是艺术上的缺点，虽然在作者是不得已，读者却不能肯定这些方面。阮诗动人之处当然也不在这些方面。

阮籍本是老、庄的信徒，他以道家思想为武器来反对统治阶级所利用的名教礼法，在当时是有进步意义的。他在《大人先生传》里所写的理想人格，在诗里也不断地歌颂；他所憎恶的如“虱处裈中”的那些庸俗人物，在诗里也加以鞭挞。他也歌颂壮士，歌颂气节，赞美“临难不顾生，身死魂飞扬”，承认“忠为百世荣，义使令名彰”。他虽然提出“千秋万岁后，荣名安所之”的怀疑，但也表示了“生命几何时，慷慨各努力”的态度。

从《咏怀诗》中的歌颂与刺讥看出作者强烈的爱与憎，也见到一定的斗争性。严羽《沧浪诗话》说阮诗“有建安风骨”。阮诗也是“慷慨任气”的，所以和建安诗有共同之点。

阮诗往往述神话，有奇丽的想象，多用比兴，托于鸟兽草木之名，所以和楚辞又有类似的色彩。大致阮籍有所继承的古人主要是庄周和屈原。钟嵘说“其源出于小雅”（《诗品》上），或许因为阮诗“志在刺讥”，和《小雅》中某些内容近似，汉刘安曾说：“《国风》好色而不淫，《小雅》怨诽而不乱，若《离骚》者可谓兼之。”钟嵘的话也使人将阮诗和《离骚》做联想。

诗发展到晋代渐渐产生模拟古人、与现实生活不发生关系和宣扬老庄思想、“平典似道德论”的诗，这都是反现实主义的逆流。在这样的逆流中特别显出左思、刘琨、陶渊明这些作家的可贵。

《咏史八首》是左思的代表作，这八首诗借歌咏古人古事抒写作者自己的怀抱，同时批评了当时的社会。当时门阀制度已渐形成，仕进的道路被世家大族所垄断，出身寒微的人不得不屈居下位。《咏史》诗正反映了这种高门与寒门之间的矛盾。《咏史》虽只八首，却清楚地说明了作者由希企用世到决心归隐的思想变化过程。他抱着“铅刀一割”的雄心和攀龙附凤的幻想移家洛阳。现实的教育渐渐使他对环境有了清醒的认识，破灭了他的幻想。当他明白了“世胄蹑高位，英俊沉下僚”是牢不可破的陈规之后，他的不平和反抗情绪被激发起来了，于是决心退出“攀龙客”之群，“被褐出阊阖，高步追许由。振衣千仞冈，濯足万里流”就是作者向统治势力宣告决裂的宣言。诗中并没有一般失意者叹老嗟卑的言语，却把高度的蔑视投向那些权贵，唱出：“高眄邈四海，豪右何足陈。贵者虽自贵，视之若埃尘；贱者虽自贱，重之若千钧。”

豪迈高亢的情调和劲挺矫健的笔调是左思《咏史》诗的特色，这也就是钟嵘所说的“左思风力”[1]。这个“左思风力”和“建安风骨”正是一脉相承的。

刘琨原是贵公子出身，青年时代曾经和石崇等人在金谷园追游酣宴，过的是浮华生活。当时虽有吟咏，并未流传。到中年以后，汉族和当时居于西北地区民族的矛盾严重起来，他投身前线，做极艰苦的斗争，思想有了剧烈的变化。他在《答卢谌书》中道：“昔在少壮，未尝检括。远慕老、庄之齐物，近嘉阮生之放旷。……自顷辀张，困于逆乱，国破家亡，亲友凋残，负杖行吟则百忧俱至，块然独坐则哀愤两集。……然后知聃、周之为虚诞，嗣宗之为妄作也。”从这里可以看到时代现实和生活实践对于一个作家的教育。

现存的刘琨诗仅有三首，都是中年以后的作品，都充满爱国的热情。本书所选的两首尤其悲壮。钟嵘称刘诗“自有清拔之气”（《诗品》中），刘勰说“刘琨雅壮而多风”（《文心雕龙·才略》篇），都是中肯的评语。元好问《论诗绝句》将他和曹操并举[2]，正因其悲歌慷慨，彼此有类似之处。

陶渊明的生活主要是隐居躬耕，他的诗以很多的篇什歌咏隐逸、描写田园，因此称他为“隐逸诗人”或“田园诗人”都

[1]《诗品》中“陶潜”条：“其源出于应璩，又协左思风力。”

[2]《论诗绝句》第二首：“曹刘坐啸虎生风，四海无人角两雄。可惜并州刘越石，不教横槊建安中。”

是恰当的。不过“隐逸”还不能说明陶渊明的全部思想，“田园”也不能代表他的全部诗篇。鲁迅就曾举出《读山海经》“刑天舞干戚，猛志固常在”等句说明陶诗有“金刚怒目”的一面，又举《述酒》一篇说明陶渊明也关心政治，对于世事并未遗忘。[1]他也写过《桃花源诗》谈他的政治理想，向往于没有剥削的社会。这确是陶诗的重要一面，绝不能忽略。此外还须注意到陶渊明歌咏隐逸的诗也并非全属“飘飘然”，描写田园的诗也并非都是“静穆”的；往往是冲淡中有勃郁，达观里有执着，必须善为辨别。

陶渊明因贫而仕，由仕而隐。他之所以“归田”“辞世”，是由于高傲，耻“为五斗米折腰”；是为了自洁，不肯参加污浊的政治；是由于慕自然，以仕途为“尘网”或“樊笼”；也是为了避祸保身，用他自己的话就是“庶无异患干”。这些想法有一些近于左思，也有一些同于阮籍，但结果却和左、阮不相同。他走向田园之后就接近了农民，参加了劳动。“商歌非吾事，依依在耦耕”，他从此找到更充实的生活，由于热爱这种生活，所以没有缄默，反而写出许多田园诗来。他写的是生活和生活的感受而不是虚无缥缈的游仙想象。

山水、友朋、耕耘、收获，是他的隐逸生活的内容。“平畴交远风，良苗亦怀新；虽未量岁功，即事多所欣。”“时复墟曲中，披草共来往；相见无杂言，但道桑麻长。”平淡地写来，随

[1] 见《且介亭杂文二集·题未定草》和《而已集·魏晋风度及文章与药及酒之关系》。

处表现作者怡然自得的心情。他也写到饥寒、辛苦，但并不为此忧戚，因为经过思想斗争，已经安心了。他说："贫富常交战，道胜无戚颜。"安贫守贱便成了他的信条。写得较频繁的是饮酒，在饮酒的描写中有时表现友朋之乐，如"过门更相呼，有酒斟酌之"之类；有时是劳动后的一点安慰，如"盥濯息檐下，斗酒散襟颜"之类；也有时是为讽刺而言酒，如《饮酒》（"羲农去我久"）一首，在"如何绝世下，六籍无一亲。终日驰车走，不见所问津"之下忽然写道："若复不快饮，空负头上巾。"好像与上文不相连接，其实是说"六籍"中的道理已经被某些人抛弃干净，那我除了饮酒，还有什么事可做呢？原是很深的讽刺。所以接着又说"但恨多谬误，君当恕醉人"，以醉人自解，更显出讽刺语气。又如《饮酒》第十三首"一士长独醉，一夫终年醒"云云，对于热衷仕进者的讽刺更属显然。此外，陶渊明的饮酒有时也不免是安于现状的麻醉。如"悠悠迷所留，酒中有深味"之类，分明是醉乡的歌颂了。至于"欲言无予和，挥杯劝孤影"云云，则说明陶渊明在农村有时也不免有精神上寂寞之感，不得不用酒来消解。

陶渊明在《杂诗》中写道："日月掷人去，有志不获骋。念此怀悲凄，终晓不能静。"这种感慨一再流露于他的诗中，大约他原来也和阮籍一样有济世之志，像他在《感士不遇赋》里所说的"大济于苍生"，所以在隐居中才不甘寂寞，借《拟古》《读山海经》和一些咏史的题目抒发有关政治的感慨。他在《九日闲居》诗中曾说："栖迟固多娱，淹留岂无成？"这种竟然能够使他有满足之感的成就又是什么呢？大约是文学事业吧？他在《咏贫士》第六首曾赞美张仲蔚“翳然绝交游，赋诗颇能工”，同时表示：“人事固以拙，聊得长相从。”分明是要学张仲蔚的样子以诗赋为业，这就有点像曹植在政治上失意之后只好以“骋我径寸翰，流藻垂华芬”来自慰。从这里也可以看出陶渊明对于自己的作品并不是看成无足重轻的啊。

陶渊明的诗在当时是“罕所同”的，因而也不为当时所重视。他的诗是当时形式主义风气的对立面，他不讲对仗，不琢字句，“结体散文”，只重白描，——和当时正统派文人相反。在前代作家中比较和阮籍相近，但没有阮诗那种奇丽和恍惚。陶诗的特征正如《诗品》所谓“文体省净，殆无长语”，他把深郁的感情表达得很平淡，风格是淳朴自然的。这和他所表现的田园生活内容有关，但很可能也有力矫当时文风的主观努力。

玄言诗的影响陶渊明是沾着一些的。他的诗实际上也宣扬了老庄思想，而这种思想在当时是苟且偷安、怯于斗争的统治阶级的精神麻醉剂。陶渊明当然和那些统治阶级上层的士大夫不同，和玄言诗作者孙绰等人也不同，但他的思想并不曾超出“远慕老庄之齐物，近嘉阮生之放旷”，像刘琨那样大彻大悟，彻底批判，而走上隐逸的道路。隐逸的道路基本上是逃避现实的，因此他的诗中不免有知足保和、乐天安命的消极成分，也不能鲜明地反映现实中的主要矛盾。他曾经在想象中构造了一个避乱的桃源，从《桃花源诗》也可以看出他反对“王税”的剥削，反映了人民的愿望，但他并不曾直接描写现实中的“乱”、直接揭发现实中的剥削。也许我们可以找到一些原谅他的理由，但总不免有这么一些不足之感。

曹植、阮籍、左思、陶渊明是魏、晋的代表作家（刘琨也很重要，但作品太少，影响不大），他们的作品主要是五言诗，他们的道路基本上是现实主义的。不假雕琢、刚健、自然，是其共同的色彩。从正始以下的作家没有不受建安诗影响的，但继承方面却不尽相同，有人只模仿其形式，效法其中的对仗、用事、炼字、敷采而大加发展，趋向于形式主义。陆机的诗源出于曹植，但并不能继承“建安风骨”，就是由于这个缘故。继承“建安风骨”必须由现实主义的方向，而且要有深厚的感情和雄健的笔力，阮籍、左思、陶渊明都具备这些条件，所以和建安作家一脉相承，构成五言诗的优良传统。

三

东晋、宋、齐是南方民歌产生最多的时代。南方民歌大多数属于南朝清商曲中的吴声歌曲和西曲歌两部分。吴声歌曲产生于江南，以当时的首都建业（今江苏南京）为中心地带。西曲歌产生于长江中流和汉水两岸的城市——荆（今湖北江陵）、郢（今湖北宜昌）、樊（今湖北襄樊一带）、邓（今河南邓县）之间。

南朝乐府民歌的数量虽多于汉乐府民歌和北朝乐府民歌，内容却比较单调，几乎全部都是关于男女爱情的。在古今的民歌中情歌照例很多，但像南朝乐府民歌这样地清一色，却是很特殊的现象。大约因为这些民歌产生于少数繁华的城市或其附近，不是来自广大的农村，它们所反映的民间生活本来不广泛；或者也由于当时统治阶级只采集民间的情歌而把其余的抛弃了。后一种可能性似乎更大些。

据《南史·徐勉传》，梁武帝后宫的女乐有吴声和西曲两部，并且以这种女乐赏赐宠臣。可知今所传的吴歌、西曲是当时的女乐。设想为了统治阶级声色之娱而采集民歌该用什么标准呢？大概不会什么都采吧？江南也并非绝无另外一种样子的歌谣，例如吴孙皓初童谣云："宁饮建业水，不食武昌鱼。宁还建业死，不止武昌居。"这是吴民反对孙皓迁都的怨声（类似的歌谣后来还有）。这种歌谣的体制和《子夜》《欢闻》之类并无不同，但是统治阶级绝不会有兴趣拿它来施于女乐。

现存的吴歌、西曲中确实有一些过于"艳"的，也有以文字雕饰不像民歌的，可能出于文人仿作，或经修改。但一般而论，吴歌、西曲是"刚健清新"、天真活泼的。

《子夜歌》说："郎歌妙意曲，侬亦吐芳词。"吴歌、西曲里都有男女赠答之词，但多数还是女性的歌唱。这些歌唱往往热烈真挚。例如：

夜长不得眠，明月何灼灼。想闻欢唤声，虚应空中诺。

——《子夜歌》

怜欢敢唤名，念欢不呼字。连唤"欢"复"欢"，两誓不相弃。

——《读曲歌》

上举两首都是吴歌，西曲除了反映商妇估客的别情较多，内容和吴歌无大区别。在形式上南朝民歌有一个显著的特点，就是双关隐语很多，吴歌尤其如此。有的是同字双关，如"朝霜语白日，知我为欢消"，"消"字双关消融和消瘦；有的是同音双关，如“雾露隐芙蓉，见莲不分明”，“莲”字谐怜爱之“怜”。也有比这些更曲折或复杂一些的，如“石阙生口中，衔碑不得语”，“碑”字谐“悲”，又以“石阙”作为“碑”的同义语。又如“风吹黄檗藩，恶闻苦离声”，以“黄檗藩”隐“苦篱”，以“苦篱”谐“苦离”。这些双关语用得巧妙自然的时候也能增加语言的活泼性，但多少带有文字游戏的性质，这种玩意是文人们最感兴趣的，所以仿作者纷纷。吴歌中双关隐语这样地多，我怀疑其中也羼有文人的仿作。

除这种双关语之外，南方民歌给文人诗的影响，在内容上就是艳情的描写，在形式上就是五言四句的小诗的流行。这在下文还要论到，这里不举例了。

宋、齐两代诗风的变化比较大。宋代一般趋向是更重数典隶事，也就是抄书；刻画山水成为重要的题材，描写更加工细，用字更加琢炼。齐武帝永明年间（483—493），“声律说”大盛以后，诗文力求谐调，对于形式技巧更加侧重。鲍照是这时期成就最高的诗人，谢朓仅次于鲍照。他们除继承过去的传统之外，又从民歌汲取了新的营养，各有新鲜的创造，影响下一步的发展。

鲍照在自己的文章里自谓“北州衰沦，身地孤贱”[1]，又自称“负锸下农”[2]“田茅下第”[3]，可见他的家世是低微的。他曾幻想凭才智取得名位，献诗给临川王刘义庆。后来遇到忌才的孝武帝刘骏，不得不深自掩抑，连文学才能也不敢多表现了。他的

[1] 见《拜侍郎上疏》。

[2] 见《解褐谢侍郎表》。

[3] 见《谢永安令解禁止启》。

遭遇比之左思还要差些，因此他比左思有更多的不平之气，对于现实也有更清醒的认识。他说："丈夫生世会几时，安能蹀躞垂羽翼？弃置罢官去，还家自休息。"（《拟行路难》）不平和傲气正像左思。他在《瓜步山揭文》说："才之多少，不如势之多少远矣。"这个"势"就是左思《咏史》诗所说的地势。这是对于社会不合理制度的揭露和批评。他在《拟古》（"束薪幽篁里"）诗中写贱隶的卑辱："岁暮井赋讫，程课相追寻。田租送函谷，兽藁输上林。……笞击官有罚，呵辱吏见侵。"在另外一些诗里又写到穷老还家的兵士，也写到豪家后房中像笼鸟养着的女子。他写这些是为了寄托自己的愤慨，但因此也反映了社会上的种种不平。这一类的作品继承着汉乐府和建安时代社会诗的传统精神。

从鲍照的五言乐府诗和拟古、咏史诸体见出他对于前人的优点常有所效法，不过他自己的特色还是很鲜明。他的《代东门行》就非常逼肖汉乐府，但是那急管高弦似的调子却是鲍诗所独有的。他的《咏史》和左思的《咏史》劲健处很相似，但是夸丽的色彩也是鲍诗所独有的。鲍照在这类作品中和在他的抒情诗里一样，常常寄寓着牢骚。《学刘公幹体》五首每首都是"才秀人微"的感慨。拟古而目的不在模仿，所以和陆机不同，因其表达的是自己的思想感情，自然地也就掩盖不住自己的艺术特色。

鲍照写山水的五言诗不少，在他记述行旅的诗中也往往刻画景物，这本是时代风气。在这些诗中用字造句非常锻炼，这也是时代风气。在一些写景的"险句"中也往往见出特色。

但是，更能表现特色的是七言和杂言的乐府诗，这些诗可分两类。《白纻曲》一类的七言本是旧体，《行路难》一类才是创格。在后一类中往往音节错综、感情奔放、笔力雄肆，给人崭新的印象。《行路难》是汉代的歌谣，见《乐府诗集》引《陈武别传》。晋人袁山松曾改变其音调，并造新辞。《晋书·袁瓌传》云："旧歌有《行路难》，曲辞颇疏质，山松好之，乃文其辞句，婉其节制，每因酣醉纵歌之，听者莫不流涕。"可见《行路难》本是声调慷慨的歌曲。鲍照依旧曲填新词，有无受前人影响之处已经无法知道，古辞和袁辞都不存在了。齐、梁续作者显然都是模仿鲍照的。除《行路难》之外鲍照还有《雉朝飞》《梅花落》《淮南王》等首，题是乐府旧题，诗体却是前所未见的七言或以七言为主的杂言。这种诗体是整齐的五言诗和旧体七言诗的解放，鲍照慷慨奔放的感情得到这种最适合的表达形式之后就更显出风起云飞的异彩。对于后代诗人（如李白）影响最大的也就是这一类。

鲍照除向古代乐府民歌汲取营养之外，也受到当时民歌的影响，他的五言四句的短诗二十余首，形式就是从江南民歌来的。鲍诗也写男女的爱情，多属仿民歌之作。丽词和艳情在鲍诗中并不远于民歌的健康情调，到梁、陈宫体中就成为淫靡腐朽的恶诗了。

鲍诗中间或出现专事清绮的一种，如《玩月城西门廨中》"归华先委露，别叶早辞风"等句，就和谢朓的诗相类，这种诗在鲍照并非常格，不过也值得举出来，以见其和齐、梁新体的一点联系。

鲍诗今存约二百首，据虞炎《鲍照集序》，鲍照身后著作散佚，收集起来的不过半数而已，但已经见出其包罗宏富，向多方面发展，对后来的影响也是多方面的。他最重要的成就当然还是乐府诗，可以和曹植并驾齐驱。

谢朓是鲍照以后南朝最优秀的作家，不过和有大家气派的鲍照相比，作品的内容不如鲍诗丰富。谢朓是“永明体”的代表诗人，“永明体”讲求音韵铿锵、平仄调协。谢朓有些作品和谐合律，已经和唐代的近体诗相似，所以宋人有诗云：“玄晖诗变有唐风。”王闿运《八代诗选》将齐以后这种和唐人近体诗比较接近的诗称为“新体诗”。谢朓的新体诗如《入朝曲》《离夜》等首确是很像唐人的律诗。新体诗中包括五言四句的短诗，谢朓有一些乐府诗用了这种体，仿自吴声歌曲，如《有所思》《玉阶怨》《王孙游》等首语出天然、情深味长，对于唐人五言绝句极有影响。

新体诗在《谢朓集》中只是少数，不过他的古体诗中也常常有些片段合于新体诗的标准[1]。总之，无论新体、古体，音律的调谐确是谢朓诗的特点之一。齐、梁人极推重他的诗，和这个特点大有关系。沈约《伤谢朓》诗云：“调与金石谐，思逐风云上。”上句正是赞美这一特点。

在内容上，自然景物的描写是谢朓诗的主要部分，传诵的名句都属模山范水之作。《诗品》说“其源出于谢混”，但他也不

---

[1] 例如“窗中列远岫，庭际俯乔林”（《郡内高斋闲望答吕法曹》），“凉风吹月露，圆景动清阴”（《和王中丞闻琴》），“徒念关山近，终知返路长”（《暂使下都夜发新林至京邑赠西府同僚》）都极似唐人律诗中的一联。又有一些片段，截取下来就和唐人五绝无甚分别，如“远树暧芊芊，生烟纷漠漠，鱼戏新荷动，鸟散余花落”（《游东田》），“北窗轻幔垂，西户月光入。何知白露下？坐视阶前湿”（《秋夜》）。

免受谢灵运的影响，常常将灵运的诗句变化运用，例如灵运诗云“首夏犹清和，芳草亦未歇”，谢朓诗云“首夏实清和，余春满郊甸”。灵运又有句云“既露干禄情，始果远游诺”，谢朓诗云“既欢怀禄情，复协沧洲趣”。前一例是变其意，后一例是用其调。不过谢朓所仿效或汲取于前人的并不限于一二家，如《大江流日夜》一首，最为浑壮，是学建安人诗；《入朝曲》风调高华，很像曹植；《宣城郡内登望》一首气格苍莽，又和鲍照相近；《始出尚书省》《游山》等诗，研炼精实，又似受颜延之的影响。总之，谢朓诗渐启唐风而去古未远，他的时代正是新旧变化之际，所以如此。

谢朓诗风格秀逸，虽不废雕刻和藻绘，还能够归于自然和清绮，所以有动人之处，使唐代大诗人李白、杜甫也击节称赏[1]。但思想性不高、题材不丰富，其所写限于个人生活的圈子，而生活圈子又不广大，虽然不乏情致，究竟变化太少，甚至令人觉得“篇篇一旨”[2]。所以成就不能和鲍照相比。

四

梁代的诗沿着“转拘声韵，弥尚丽靡”的道路发展[3]。梁初的作者，江淹虽过于热心仿古，毕竟意境比较深，也比较有骨

[1] 李白在诗中常常称道谢朓的作品，例如《宣州谢朓楼饯别校书叔云》诗云：“蓬莱文章建安骨，中间小谢又清发。”杜甫在《寄岑嘉州》诗中也说：“谢朓每篇堪讽诵。”

[2] 陈祚明语，见《采菽堂古诗选》卷二十。

[3] 《梁书·庾肩吾传》：“初，太宗（简文帝）在藩，雅好文章士；时肩吾与东海徐摛、吴郡陆杲……同被赏接。及居东宫，又开文德省，置学士。肩吾子信、摛子陵、吴郡张长公、北地傅弘、东海鲍至等充其选。齐永明中，文士王融、谢朓、沈约，文章始用四声，以为新变，至是转拘声韵，弥尚丽靡，复逾于往时。”

力，可是他的诗无甚影响。当时有影响的诗人是沈约。沈约是发明四声、制定“八病”的主要人物之一，他的影响就在声律宫商的技巧和数典用事的功夫。那时的诗坛完全让形式主义做了统帅，确实是到了诗的衰弱时期。当时一般作家的集子里都填塞着应酬诗、咏物诗、拟古诗，甚至出现“县名诗”“药名诗”“兽名诗”“鸟名诗”“车名诗”“船名诗”等诗题。这是编押韵的类书，做无聊的消遣，可见得作家生活的空虚。

梁简文帝提倡新体，好作艳诗[1]，庾肩吾、徐摛等人推波助澜，产生了“宫体诗”。宫体诗是用雕藻浮华的形式寓色情放荡的内容，反映统治阶级极端腐朽的生活和病态的思想感情，标志着诗的堕落，不仅是衰弱了。这种风气，陈、隋两代继续发展，相沿近百年。

当时能够自拔于这种风气之中有所树立的作家太少了。何逊、阴铿也只是在山水诗中稍稍有一些清爽气息。在那样时代里的作家，如果生活没有巨大的改变，纵使天才过人，也不可能有杰出的成就。庾信的作品之所以能比较深刻地反映现实，有较高的艺术成就，主要由于生活改变引起思想感情的变化，如果没有这种变化，他的成就也不会超出徐陵等人的水平。

庾信生活的变化开始于四十三岁。在此以前他是梁朝宫廷的文学侍从之臣，做过简文帝的抄撰学士，集中有一些宫体的诗赋和一些“奉和”简文帝和元帝流连光景的诗，都是早年“浮艳”

[1]《梁书·简文帝纪》：“雅好题诗，其序云：余七岁有诗癖，长而不倦。然伤于轻靡，时号宫体。”

之作。公元554年，庾信由江陵出使西魏，被强留在长安，接着在强迫下做了北周的官。这是丧失民族气节的行为，对于庾信既是耻辱又是痛苦。他被强留在北方二十八年，在这期间的作品主要表现了悲痛亡国、怨羁留、思故土的情感和对于自己贪生失节的谴责。这些情感的集中表现就是《哀江南赋》和《咏怀》诗，但在其他许多作品里也随时流露。“娼家遭强聘，质子值仍留”（《咏怀》），“遂令忘楚操，何但食周薇”（《赠司寇淮南公》），是自述被迫仕周。“唯有丘明耻，无复荣期乐”“木皮三寸厚，泾泥五斗浊”（以上《和张侍中述怀》），是自责觍颜事敌。“抱松伤别鹤，向镜绝孤鸾”，是不忘故君之词。“不言登陇首，唯得望长安”（以上见《咏怀》），是羁留之恨。“还思建邺水，终忆武昌鱼”（《言志》），“仿佛新亭岸，犹言洛水滨”（《率尔成咏》），是故土之思。“胡尘几日应尽，汉月何时更圆”（《怨歌行》），是望归之心。“虽言异生死，同是不归人”（《和王少保遥伤周处士》），是绝望之痛。“昏昏如坐雾，漫漫疑行海”（《咏怀》），“见月长垂泪，花开定敛眉”（《伤往》），是深愁永恨的总述。这些诗不只是写出了身世之痛，也流露着故国之思。这些情感往往难于自由倾吐，不无隐避压抑之处，典故和比兴也增加其隐曲，但苍凉沉郁、情真语挚，感人的力量还是强烈的。

梁、陈的诗一般都是柔弱的，庾信的诗体也就是梁、陈人的诗体，但笔力的雄健远远超过同时的作家。七言如《燕歌行》可以上追鲍照，五言如《咏怀》令人联想杜甫。所谓笔力也是由感情充沛形成的，并非由于锻炼之功，归根结底还是决定于作者的生活。

杜甫在《咏怀古迹》诗中道：“庾信平生最萧瑟，暮年诗赋动江关。”在《戏为六绝句》里又道：“庾信文章老更成，凌云健笔意纵横。”说明了庾诗的成就在晚年，也说明了他的生活遭遇决定了他的艺术成就。

北朝作家诗师法南朝，并无显著的特色，除庾信外也没有突出的成就。但是北方的民歌却表现出亢健、直率、粗犷的独特面貌。梁鼓角横吹曲中保存了六十多首北歌，就这些歌辞看来，除二三曲可能是沿用汉魏旧歌外，其余都是北朝民间所产。这些歌辞是现存北朝民歌的主要部分，其余大都被收入《乐府诗集》的《杂歌谣辞》和《杂曲歌辞》。

北方民歌题材广泛，反映了社会生活的许多方面，这一点和汉乐府民歌相似。与战争有关的诗以《木兰辞》为最重要，这首诗中的女英雄既勇敢又机智，反映了人民的种种优良品质，而且功成不受赏，简直就是左思所歌颂的高尚人格。这个故事的创造和对于这个女英雄的歌颂，打破了重男轻女的封建传统观念。另一首民歌《陇上歌》歌颂壮士陈安的勇猛善战。此外如《企喻歌》是描写从军生活的，《隔谷歌》是反映俘虏生活的，单是战争一类已经显得相当丰富。其余如歌唱宝刀、骏马的《琅邪王歌》，歌唱骑射的《折杨柳歌》和《李波小妹歌》都见出北人豪勇的风俗。这种内容形成了北歌的最大特色。

《雀劳利歌辞》云：“雨雪霏霏雀劳利，长嘴饱满短嘴饥。”《幽州马客吟歌辞》云：“黄禾起羸马，有钱始作人。”虽然是极短小的歌辞，却反映出贫富不均的矛盾。北方遭外来的蹂躏，除增加人民的饥寒之外还逼得人民流离迁转，这在民歌里也有反映。《紫骝马歌》云：“高高山头树，风吹叶落去。一去数千里，何当还故处？”所写似属大乱中的流亡，不像平常的游子诗。《琅邪王歌》中有一首道：“客行依主人，愿得主人强。猛虎依深山，愿得松柏长。”这一首反映了“五胡乱华”时期一种特殊背景，也不是泛泛的羁旅之词。当时人口迁移，往往数千百家组织起来。平民不得不依附大族同行，因为大族带着部曲，旅途比较安全，到了异乡也可依靠。不能或不肯迁移的往往保聚以自卫，保聚的方法是集结上千的人，依山阻水，建筑一个“坞”，也称作“壁”或“堡”“垒”，聚积兵器食粮，推举出“坞主”做领袖。强有力的坞堡就成了独霸一隅的地方武装集团（以强宗豪族为核心），流人来依附的往往很多。本篇所谓“主人”可能指逃难时拥有部曲的大族，也可能指保聚自卫的坞堡主（无论是哪一种“主人”，都必须是“强”的，不强就不能保障安全，避免劫掠）。从第三句的比语看来，更像是指坞堡主。保聚是为了抵抗“胡人”的，参加保聚不仅是消极的避难，而且意味着抗“胡”，无怪其有自比“猛虎”的气概了。

反映恋爱和婚姻的诗在北歌中也不少，往往直率痛快，和南方民歌宛转缠绵的风格不同。如“天生男女共一处，愿得两个成翁妪”（《捉搦歌》），“月明光光星欲堕，欲来不来早语我”（《地驱乐歌》），真是“没遮拦”的表情法。北歌语言质朴往往如此，和南歌的艳丽显然不同。

以上把汉魏六朝诗的重点部分，简括地做了一些说明，作为本书的前言。

1958年8月30日，北京

《三曹诗选》前言

一

建安时代[1]在中国文学史上，特别是在文人诗的传统里，是一个很突出、很辉煌的时代。钟嵘《诗品》说：

> 自王、扬、枚、马[2]之徒，词赋竞爽而吟咏靡闻。……诗人之风顿已缺丧。东京二百载中惟有班固《咏史》[3]，质木无文。降及建安，曹公父子笃好斯文，平原兄弟郁为文栋，刘桢、王粲为其羽翼。次有攀龙托凤，自致于属车者，盖将百计。彬彬之盛大备于时矣。

这时文学的主要体裁已经从辞赋转变为五言诗，而作家之盛达到前所未有的程度。沈约《宋书·谢灵运传论》又说：

> 至于建安，曹氏基命，三祖陈王咸蓄盛藻。甫乃以情

[1] 建安是汉献帝的年号，从196年起到220年止。不过文学史上所谓建安时代大致指汉末魏初，并非严格地限于这二十五年。

[2] 指王褒、扬雄、枚乘、司马相如，都是西汉的赋家。

[3]《咏史》是最早的一首文人的五言诗，写孝女缇萦救父的故事。

纬文，以文被质。

“以情纬文，以文被质”说明了建安文学不同于两汉作家“王、扬、枚、马”所代表的以歌颂帝王功德为目的、以讽谕鉴戒为幌子的文学[1]，而是有感情有个性的抒发性的文学；也不同于班固《咏史》那样“质木无文”，而是情文兼具、文质相称的文学。这些都是显著的变化，尤其是从颂扬鉴戒到抒情化是一个重大的变化。上面所引的钟嵘和沈约的话虽然简单，但可使我们感觉到建安时代是一个文学史上的新时代。

在这个文学新时代活跃的作家以“三曹”和“七子”为代表。“三曹”是曹操和他的儿子曹丕、曹植，就是上引《诗品序》所说的“曹公父子，平原兄弟”。“七子”是曹丕《典论·论文》所评述的七个作家[2]，《诗品序》提到的刘桢、王粲便是其中的冠冕。七子在政治关系上是三曹的僚属，在文学事业上是三曹的“羽翼”（其中孔融稍不同，请参看注［2］）。当时三曹在文学上和政治上一样是处在领袖地位的，他们的文学才能和实际成就也配得上这个地位，其中的曹植尤其是历来公认的当时最优秀的作家。

建安诗篇流传下来的不足三百首，其中曹植的诗最多（约八十首），其次是曹丕（约四十首），再其次是王粲和曹操（各二十余首）。诗人的作品保存下来或多或少，可以有种种原因，但其质量是否禁得起时间淘汰往往是主要原因之一。从现存建安

---

［1］两汉典型的赋都是铺写帝王的生活和功业，目的在娱悦和歌颂帝王，但往往在末后加上讽谏的尾巴。

［2］这七个作家是孔融、陈琳、王粲、徐幹、阮瑀、应玚和刘桢。其中孔融年辈较高，死得较早（建安十三年被杀），不在邺下文人集团之内。

诗的质量看来，曹王四家也正该排在建安诗人的最前列。由于三曹在当时诗坛的领袖地位，其作品成就较高，留存的又较多，便自然地成为后人研究建安诗的时代特征的主要资料，因而他们的代表性也就较高于同时的作家。这就是三曹（主要是曹植）诗在建安作品中值得我们首先注意的原因。

二

曹操生于155年，卒于220年。他的父亲曹嵩是汉桓帝时宦官曹腾的养子，《三国志》说“莫能审其生出本末”，可见得他的先世在社会上地位是不高的。曹操二十岁举孝廉，在灵帝朝曾因“能明古学”被任命为议郎，又曾以骑都尉的军职参加镇压黄巾起义。献帝初，地方“豪右”起兵讨董卓，曹操因陈留人卫兹的资助，招募了五千人，加入讨董联军。后来因为收编青州黄巾三十余万，实力雄厚起来，便成为“逐鹿”中原的“群雄”之一。等到他击破了他最大的竞争对手袁绍之后，就以“相王之尊”挟天子令诸侯，成为北方的实际统治者。

曹操和袁绍属于当时统治阶级内部的不同的社会阶层。袁氏四世三公，是所谓士族大家，属于东汉最有权势、社会地位最高、一向把持政治的大官僚地主阶层。曹氏出于地主阶级里的小族，袁绍曾骂他“赘阉遗丑，本无懿德”[1]。这个阶层在东汉末叶才开始走上政治舞台，成为新兴的势力。（黄巾起义削弱了上层士族地主

[1] 见于陈琳代袁绍所作的檄文。这篇檄文历叙曹操的三代，见出当时人对于门第家世的观念。后来陈琳降曹操，曹操责问他道：“卿昔为本初移书，但可罪状孤而已，恶恶止乎其身，何乃上及父祖耶？”可见这种诋骂很使曹操难堪。

阶级的统治力量，相对地造成了下层非士族地主抬头的机会。）

曹操和袁绍虽然同属于和农民相敌对的阶级，他们对农民的政策却有显著的歧异，袁氏要维持其本阶层固有的特权，“使豪强擅恣，亲戚兼并，下民贫弱，代出租赋”（曹操《抑兼并令》）。而曹氏则在一定程度上采取压抑豪强、对农民让步的政策，限制土地兼并。这种歧异也反映两个阶层的矛盾[1]。曹操对于当时的社会形势有清醒的认识，深知黄巾军虽被镇压下去，农民的反抗力量仍然是不可轻视的，唯有采取对农民让步的政策才能缓和阶级斗争，也唯有如此才能使得被他收编的农民武装真正为他出力。因此他的政治措施在当时军阀中是比较开明的，所以能战败强敌、统一华北，使多年极度混乱的社会安定下来。他的法治主义和屯田制度是有力的武器，这些都可视为对士族地主势力的摧抑，抑止兼并不过是最露骨的罢了。

正因为曹操对农民既有新的镇抚，对曾被农民运动所削弱的旧豪强势力又予以新的打击，于是他的新的统治势力便壮大和巩固了，他对于旧统治阶层的传统也就不予尊重。他在政治设施和文学倾向上都表现为一个反对两汉传统（也就是反正统）的人物。他的《求贤》《举士》《求逸才》诸令强调用人唯才[2]，便打

[1] 这种歧异又表现在对起义农民的政策上，袁绍对起义农民一贯屠杀，曹操对青州黄巾，对张燕、张鲁都采取招抚政策。

[2]《求贤令》道：“若必廉士而后可用，则齐桓其何以霸世？今天下得无有被褐怀玉而钓于渭滨者乎？又得无有盗嫂受金而未遇无知者乎？二三子其佐我明扬仄陋，唯才是举。”《求逸才令》道：“昔伊挚、傅说出于贱人，管仲，桓公贼也，皆用之以兴。……今天下得无有至德之人放在民间……或堪为将守，负汙辱之名，见笑之行，或不仁不孝而有治国用兵之术，其各举所知，勿有所遗。”

破“经明行修”这个传统的仕进标准，其目的就在于打破家世门第的限制，从各阶层提拔人才。这样就摧抑了士族地主的特权，而扩大了非士族地主阶层的势力。

曹操“外定武功，内兴文学”(《魏志·荀彧传》引《魏氏春秋》)，他所提拔的人才首先是“有治国用兵之术”的，其次就是文学之士。照曹植《与杨德祖书》所说的情形看来，曹操对当时四方知名的文士竭力收揽，几乎网罗无遗。文学人才的大量集中就是造成当时“彬彬之盛”的条件之一。由于一般文学之士本身原是非士族地主，曹操的政权正代表他们的利益，同时对于愿意和曹氏合作的少数士族地主出身的文士，曹操也竭力笼络，因而曹操对待文学之士就自然不像过去的统治者那样将他们当作倡优来畜养，而是使他们成为国家的官吏，如王粲所称颂的“置之列位”[1]。

《宋书·臧焘传论》道：“自魏氏膺命，主爱雕虫，家弃章句。”分析儒家经籍的章节句读就是汉朝的经术，经术本是名门世家士族地主的传统，也是维持旧统治势力的一种工具。到东汉末年，它随着旧统治势力的衰微而衰微，到新兴势力曹氏政权巩固之后便普遍无人过问，而完全被文学所代替了。

曹操自己的文学路线和写作态度对于其他作家起着更具体的领导和倡导作用。《文心雕龙·时序》篇说：“魏武以相王之尊雅

[1] 曹操入荆州后辟王粲为丞相掾，赐爵关内侯。王粲称颂他道：“及平江汉，引其贤俊而置之列位，使海内回心，望风而治，文武并用，英雄毕力。此三王之举也。”(《三国志·王粲传》)可见王粲对于这种待遇是很满意的，可以代表当时非士族文人的心理。

爱诗章。"《三国志》注引《魏书》说他"登高必赋。及造新诗，被之管弦，皆成乐章"，曹操的文学事业就是乐府歌辞的制作。他本是多才多艺的人物，他爱好音乐，自己也是这方面的行家。《魏书》说他"倡优在侧，常以日达夕"，他所爱好的音乐是本来产生于民间的相和歌[1]。他自己就在这些乐府民歌的影响之下写作了许多歌辞。他现存的二十几首诗全部是乐府歌辞，大部分运用出于乐府民歌的五言体和杂言体。

曹操的乐府诗是用旧调旧题写新内容。《薤露行》和《蒿里行》以挽歌写时事，前者叙何进误国与董卓殃民，后者写群雄私争使兵灾延续。这两首批评政治、叙写现实的诗被后人称为"汉末实录"，称为"诗史"[2]。作者叙董卓焚烧洛阳、居民被驱入关的情形道：

播越西迁移，号泣而且行。瞻彼洛城郭，微子为哀伤。

——《薤露行》

叙当时兵祸的惨状道：

铠甲生虮虱，万姓以死亡。白骨露于野，千里无鸡鸣。生民百遗一，念之断人肠。

——《蒿里行》

---

[1]《宋书·乐志》云："相和，汉旧曲也，丝竹更相和，执节者歌。"又云："凡乐章古辞，今之存者，并汉世街陌谣讴，《江南可采莲》《乌生十五子》《白头吟》之属是也。"又云："但歌四曲，出自汉世，无弦节，作伎最先唱，一人唱，三人和，魏武帝尤好之。"

[2] 明代人钟惺评曹操《蒿里行》云："汉末实录，真诗史也。"《唐书》说杜甫的诗"善陈时事……世号诗史"，是"诗史"这个词的来源。

这些诗真实地反映了那个丧乱时代人民的苦难。

曹操在《对酒》篇里描写了理想的太平时代。他想象那时候执政的人都能像父兄对子弟一样地爱护百姓，但是赏罚严明；社会上都讲礼让，没有争讼；农民安心地从事农业，不必奔走四方，人人过着和平丰足的生活，终其天年。作者在这里所表现的政治理想似乎是儒家和法家的混合（但曹操在具体的设施和作风上则显出浓厚的法家色彩）。在《度关山》篇强调正刑和节俭，反对“劳民为君”，和《对酒》篇的意思大致相同。《短歌行》（“周西伯”篇）歌颂周文王、齐桓公和晋文公。作者以这三人来自比，说明自己尊奉汉室、谨守臣节，如文王之事殷，桓、文之尊周，这是表明政治态度的诗。作者本是一个政治家，为了了解他的思想，这一类作品是可注意的。

抒情成分比较多的诗以《苦寒行》《却东西门行》《龟虽寿》（即《步出夏门行》第五章）、《短歌行》（“对酒当歌”篇）这几首最被人传诵。前两首写行军征戍的痛苦和怀乡恋土的感情，是和乐府民歌情调相近的五言诗。《龟虽寿》的正文有十二句：

> 神龟虽寿，犹有竟时，腾蛇乘雾，终为土灰。老骥伏枥，志在千里，烈士暮年，壮心不已。盈缩之期，不但在天，养怡之福，可得永年。

写有志进取的人虽然知道年寿有限而雄心壮志不为之减少，且不信成败夭寿全由天定，认为人力也可以有所作为。这种积极乐观的精神是很可贵的。晋朝王敦常在酒后吟咏“老骥伏枥”四句，用如意敲唾壶来打拍子，壶口都敲缺了（《世说新语·豪爽》

篇）。可见得它是如何地脍炙人口。

《短歌行》也是四言的名篇。开端“对酒当歌，人生几何？譬如朝露，去日苦多”四句表现这个丧乱时代中有些人容易感到的“人生无常”的苦闷，但作者的思想并不是消极颓废的，只消玩味结尾“山不厌高，海不厌深。周公吐哺，天下归心”四句便觉察到作者的积极情感。作者在《秋胡行》（“愿登”篇）有两句诗道：“不戚年往，忧世不治。”可以说明这种感情。

钟嵘《诗品》曾指出曹操“颇有悲凉之句”。上文所举各诗有不少的句子是颇为“悲凉”的，可见作者感慨很多，但是这种感慨却是和对民生疾苦的同情或对丰功伟业的追求紧密结合着的。曹植有诗道：“烈士多悲心。”曹操的感慨就是所谓烈士的悲心吧？本来一个上升阶层作家的慷慨悲歌和没落阶层的感伤是大异其趣的，我们玩味这个区别，对于了解建安诗歌的精神将会大有帮助。

曹操又被人称为复兴四言诗的作家，因为《诗经》以后四言诗很少动人的作品，到曹操才有几篇佳作。除了上面所举的，还有一首《观沧海》（即《步出夏门行》第二章），这首诗气魄雄伟、想象丰富，是描写自然景物的名篇。完全写景的诗在这以前还不曾有人作过。曹操的四言诗之所以成功，因其具有新内容、新情调，句法、词汇也不模仿“三百篇”，不像过去傅毅、蔡邕等人所作的只是《诗经》的仿制品。但真正代表曹操创作的新倾向、产生影响、成为当时主要文学形式的，却是那些乐府民歌化的色彩更显著、语言更通俗的五言诗。我们说曹操的文学倾向是反正统的，主要的一点是在诗的创作上摆脱了古典的束缚而从民间文学吸取营养，换句话说就是诗的民歌化。这一特征在他的五言诗里才是表现得最清楚的。

三

曹丕生于187年，卒于226年。他是曹操的次子，他的哥哥曹昂早死，所以曹操的爵位归他继承。由于曹操造成的局势，他在220年水到渠成地受汉朝“禅让”，做了大魏皇帝，在位五年又七个月。曹丕的政治理想不同于曹操，他追慕汉文帝的无为政治。这时中原已经统一，士族地主和曹氏政权合作已成事实，曹丕便改变了曹操依靠非士族地主及压抑豪强的政策而开始和士族地主妥协。曹丕缺乏曹操那样的雄才大略，在政治和军事上都没有什么突出的表现，但在执政期间也还有一些算是开明的设施，如令宦人为官不得过诸署、轻刑罚、薄赋税、禁淫祀、罢墓祭、诏营寿陵力求俭朴等，表示他在努力做一个“明君”[1]。据他的《典论·自叙》，他生长在戎旅之间，自幼娴习弓马，骑射和剑术都异常精妙；他的文化修养是“备历五经四部，史汉诸子百家之言靡不毕览”。他自己的著述“所勒成垂百篇”（《三国志·文帝本纪》）。他的文学制作现存辞赋或全或残共约三十篇，诗歌完整的约四十首，据钟嵘《诗品》原有百余首。他的《典论》一书现存三篇，其中《论文》一篇是文学批评的重要文献。他说：

> 盖文章经国之大业，不朽之盛事。年寿有时而尽，荣乐止乎其身，二者必至之常期，未若文章之无穷。是以古之

---

[1] 郭沫若先生在《论曹植》文中说曹丕是“一位旧式明君的典型”。

作者，寄身于翰墨，见意于篇籍，不假良史之辞，不托飞驰之势，而声名自传于后。

重视文学也许是当时一般的看法，但以曹丕的地位来发这样的议论，又如此强调，显然有提倡文学、鼓励著述的用意。文学史家论建安文学的繁荣和进步往往归功于曹氏父子的提倡与领导，他们在这方面的作用虽不宜估计过高，却是不可湮没的。

当许多文士被曹操收罗，集中在邺下之后，公宴倡和，形成一个文学集团。当时曹操的地位不免高高在上，曹植比较年轻，这个集团的真正中心和主要领导人物乃是曹丕。曹丕和那些文士们"行则连舆，止则接席……酒酣耳热，仰而赋诗"（曹丕《与吴质书》），结成很亲密的文友。他在《典论·论文》和《与吴质书》里论到已故的文友，盛道各人的长处，也指出他们的短处，见解公允，自己立足在较高的地位而措词婉和谦逊，不失为一个领袖的风度。其悼念诸子的话恻恻动人，见出爱才的真情。《文心雕龙·时序》篇说三曹"并体貌英逸，故俊才云蒸"，就是说他们都能对才士加以礼貌，所以当时作者众多。曹操的"体貌英逸"是提拔文士们做官，曹丕、曹植是和他们结为朋友，而曹丕最能重视他们的创作事业，提倡鼓励的作用更大。

曹丕自己作诗更明显地倾向民歌化。在歌谣各体的仿作和通俗语言的运用上他比曹操更努力。他最出名的《燕歌行》是现存最古的七言诗，七言体在汉代谣谚中是普遍的，但在文人笔下出现，当时还是凤毛麟角。《令诗》和《黎阳作》是六言诗，也是新体，这时代才开始有人尝试。《陌上桑》以"三三七"句式为主，这个形式也是出于歌谣，在当时同样是少见的。曹丕的五言诗更多，占全集的一半。在他的许多杂言诗中，《大墙上蒿行》长到三百六十四字，气魄很大。句子短的三字，长的到十三字，参差变化、形式新异。王夫之评这首诗道："长句长篇，斯为开山第一祖。鲍照、李白领此宗风，遂为乐府狮象。"这些例子都能说明他在各种新形式上的大胆尝试。形式的多样性是曹丕诗的一个特色，也给与当时和后代作家以一定的影响。

在语言和风格上最逼近乐府民歌的是《钓竿行》《临高台》《陌上桑》《艳歌何尝行》《上留田行》等篇。《杂诗》《清河作》等则与《古诗十九首》相近，大都明白自然，确是通俗化的语言。钟嵘《诗品》说他的诗"百许篇，率皆鄙质如偶语"，就是说不加雕饰，如同白话，其实也就是语言民歌化。例如"富人食稻与粱，上留田，贫子食糟与糠"（《上留田行》），"长兄为二千石，中兄被貂裘，小弟虽无官爵，鞍马駸駸，往来王侯长者游"（《艳歌何尝行》），确是近乎口语，和汉乐府民歌的语言几乎没有分别。他的诗里也采用现成的乐府民歌词句，如《临高台》"我欲躬衔汝，口噤不能开。欲负之，毛衣摧颓"，出于古辞《双白鹄》。《艳歌何尝行》"但当饮醇酒，炙肥牛"，出于古辞《西门行》；"上惭仓浪之天，下顾黄口小儿"，出于古辞《东门行》。这些语言上的特色也是其作品民歌化的一个方面。

《诗品》还说应璩的诗"祖袭魏文，善为古语"，又说陶渊明"其源出于应璩……世叹其质直"。我们知道应璩的诗是多用白话，被后人称为"朴拙"的，陶渊明的诗是"豪华落尽""质而自然"的；从这些叙述和评论也可以见出曹丕诗的语言特色。

再从内容考察，曹丕往往取材于"闾里小事"，或歌咏劳人思妇的感情，同于民歌“感于哀乐，缘事而发”[1]的精神。如《燕歌行》是“悯征戍”的诗，《陌上桑》和《善哉行》(“上山”篇)是“悲行役”的诗，《上留田行》是反映社会贫富不均的诗，《艳歌何尝行》是讽刺贵家游荡子弟的诗，这些作品都有现实性和社会意义，是受了乐府民歌的启发或直接模仿乐府民歌的作品。

和同时作家比较起来，曹丕写男女相恋和离别的诗特别多，本来这类题材在民歌里是最普通的，离别尤其是这时代最普遍的主题，爱好民歌的作家免不了在这方面有所模仿。除《秋胡行》《燕歌行》等可以代表他这一方面的乐府外，他的徒诗里还有这么一类题目：《清河见挽船士新婚与妻别作》《代刘勋出妻王氏作》《寡妇》(有序云：“友人阮元瑜早亡，伤其妻孤寡，为作此诗。”)，这都是代别人言情，好像作者凡遇言情的题目都不肯放过似的。曹丕这一类的诗也显著地受到了民歌的影响。

民歌化是建安诗的一大特征，这个特征在曹丕的诗里特别显著，我们读曹丕的诗会首先发现这一点。

四

曹植生于192年，卒于232年。他也是“生于乱、长于军”，在汉末极纷乱的社会里也有过一些阅历。204年，曹操打倒袁绍，取得邺城做根据地，那时曹植正是十三岁。此后直到二十九岁，生活比较安定。在邺中文人集团诗酒流连的生活里，他是很活跃

[1]《汉书·艺文志》云：“自孝武立乐府而采歌谣，于是有赵、代之讴，秦、楚之风，皆感于哀乐，缘事而发。”

的。他自幼在古典文学的修养方面就打了基础，十岁时就能诵读诗论及辞赋数十万言。他也爱好民间文学，对“俳优小说”也能大量熟记。[1]他的文学创作生活开始得很早，他自己曾说“少小好为文章”(《与杨德祖书》)，又说“少而好赋，其所尚也，雅好慷慨，所著繁多”(《文章序》)。他自己曾删定少年时代作品编成《前录》七十八篇。

他在兄弟中表现得最有才能，曹操爱重他不仅因为他长于文学，并且认为他“最可定大事”(《三国志》注引《魏武故事》)，所以曾考虑立他做太子。曹氏的僚属中也有人拥护他。但因为他“任性而行，饮酒不节”(《三国志·陈思王植传》)，动摇了曹操对他的信任，此议终于不曾实现，却因此引起曹丕对他的猜忌。220年曹丕即位之后便不断打击曹植，起初是杀掉一向拥护曹植的丁仪和丁翼，对曹植严密监视，不久又借故贬了他的爵位。从此曹植便时刻感到“身轻于鸿毛，谤重于泰山”(《黄初六年令》)，不能不提心吊胆。六年后曹丕死了，明帝曹叡即位，曹植仍然是被猜忌的，生活上所受到的限制甚至越来越多。他“汲汲无欢”地又活了六年，到了四十一岁就死了。

曹植在他的哥哥和侄儿两代皇帝的压迫之下痛苦地活了十二年，十二年中他最大的痛苦是自由被剥夺。朝廷不让他在一个地方久住，常常改换他的封地，也不许他和亲戚来往，更不给他参与政事的机会。用他自己的话来形容，就是成为“圈

---

[1]《三国志·王粲传》注引《魏略》记载曹植会见邯郸淳的时候对他背诵“俳优小说数千言”。

牢之养物”(《求自试表》)。他的物质生活也是困苦的，他自谓“连遇瘠土，衣食不继”(《迁都赋序》),“块然守空，饥寒备尝”(《社颂序》)。这许多艰辛在他的诗里都有反映。

如以220年10月（曹丕在这时即帝位）为界，把曹植一生分为前后两期，由于他的生活前后不同，诗的内容也见出差异。[1]前期的一部分作品确如谢灵运所说“但美遨游，不及世事”(《拟魏太子邺中集序》)，如《公宴》《斗鸡》《侍太子座》等诗和一些“叙酣宴”的乐府，是他在邺城度过的安逸生活的留影，也是邺下文人集团生活的留影。但是更值得注意的是那些关涉社会的诗，如《送应氏》第一首描写了洛阳的残破，为时代的灾难留下了影像。乐府诗《名都篇》则以繁盛时期的洛阳为背景，暴露都市贵游子弟的骄逸生活。又有题作《情诗》的“微阴翳阳景”篇也反映人民在军役不息的时代所受的痛苦。这类作品和后期的《泰山梁甫行》等最能说明曹植诗的（也是建安作者共同的）现实主义精神。

曹植是有热情壮志的人，《白马篇》歌颂游侠，歌颂扬声边塞、为国捐躯，说明他对于壮烈事业和英雄生活的憧憬。但是他始终没有机会在政治军事上负担重要责任，所以他的前期生活虽然平顺，但在政治上仍然有不得志之感。《美女篇》以女子“盛年处房室”比喻自己虽有才具而无可施展，牢骚不平意在言外。《赠徐幹》诗道：“宝弃怨何人？和氏有其愆。弹冠俟知己，知己

[1] 曹植的诗有些可以据其所关涉的事实来考定写作时期，有些可以从诗中表现的情感来大致分别前后。本文有关曹植诗写作时期的地方大致依据古直的《曹植诗笺》。

谁不然？”一面说徐幹怀才不遇，有待于知己（作者自指）的推荐，一面又说知己的境遇也没有什么不同。这是更明显的牢骚。

建安时代的作家大都能摆脱儒家思想的束缚。“魏武好法术”“魏文慕通达”（傅玄《举清远疏》），都跳出了儒家的圈子。曹植的思想自然也会带着时代的烙印，他在《赠丁翼》诗中道：“滔荡固大节，时俗多所拘。君子通大道，无愿为世儒。”吴淇《选诗定论》云：“其曰‘滔荡固大节’，晋室放诞之风已肇于此矣。”

从以上所引的诗句大致可以见出作者前期的生活、思想、感情。

曹植后期的诗是由他的痛苦生活培育出来的，因此更多慷慨之音。他的名作《赠白马王彪》七章是交织着哀伤、愤慨和恐惧之情的长诗。这诗作于黄初四年（223）。在这一年的五月，他和任城王曹彰、白马王曹彪同到洛阳朝会。曹彰到洛阳后就不明不白地死了[1]。曹植和曹彪在七月初回封地，本打算同路东行，但朝廷强迫他们分道。他们在曹丕的猜忌压迫之下前途茫茫，分手的时候那情绪确是够复杂的。这诗第三章“鸱枭鸣衡轭，豺狼当路衢，苍蝇间白黑，谗巧令亲疏”四句痛骂小人播弄是非，离间骨肉。他对朝廷的愤怒情绪只能这样发泄。第六章写生离死别之感，对着将离去的曹彪想到永逝的曹彰，从曹彰的结局想到自己的前途，悲惧交集。第六章勉强对曹彪宽慰却又掩藏不住自己的

[1]《三国志》注引《魏氏春秋》说曹彰到洛阳后因文帝不即时召见，“忿怒暴薨”，但《世说新语》说文帝忌惮曹彰骁壮能用兵，将毒药放在枣里，害死了他。

悲伤。都是真情实感自然动人的表现。

在《赠白马王彪》诗里作者的情感迸涌而出，比较地不加掩蔽。在别的许多诗里往往用曲折隐微、比兴寄托的方法来表现。如《吁嗟篇》以转蓬长去本根比喻自己和兄弟隔绝。《七步诗》用萁豆相煎比喻骨肉相残，这都是读者最熟悉的。又如“种葛南山下”“浮萍寄清水”“揽衣出中闺”等篇，做怨女思妇的口吻，借夫妇写君臣，是向曹丕表示心曲的诗。《怨歌行》叙周公待罪居东的故事，借古讽今，是对曹叡剖白自己的诗。还有一些游仙诗，也应该当作咏怀诗来体味，像“九州不足步”（《五游》），“中州非我家”（《远游篇》），“人生不满百，岁岁少欢娱”（《游仙》），“四海一何局，九州安所如”（《仙人篇》）等句，分明都是“忧患之辞”，而不是“列仙之趣”。作者在《赠白马王彪》诗中明说“松子久吾欺”，又曾著《辨道论》骂过方士，可见他并不迷信神仙，游仙诗无非借升天凌云的幻想来发泄苦闷而已，作者隐然自比于屈原的“不容于世，困于谗佞，无所告诉”（王逸《楚辞·远游》序），游仙诗有心仿效《楚辞》，上引各句就是《楚辞·远游》“悲时俗之迫厄”的意思。至于《五游》《远游篇》的诗题就是学《楚辞》，那是更明白不过的了。

此外还有一篇《盘石篇》，所写“经危履险阻”“南极苍梧野”，也都是想象境界，虽然不是游仙诗，命意也类似《楚辞·远游》。这诗结尾“仰天长太息，思想怀故邦”，和《远游》“忽临睨夫旧乡，仆夫怀余心悲兮”的心情正是一样。

曹植对于勋业、荣名的追求却是执着的，他虽在忧患之中不曾厌弃人生，也不想逃避现实。他自谓“怀此王佐才，慷慨独不群”(《薤露行》)。偏偏在有为的壮年不能去建功立业，却被人软禁着，其苦闷是可以想象的。当他按捺不住的时候，也曾上书给明帝要求让他参加对吴蜀的战争。但愈是这样积极愈使得曹叡认为他有野心，猜忌反而加甚，防范也就更严了。当他感觉到“戮力上国，流惠下民，建永世之业，流金石之功”(《与杨德祖书》)的希望完全断绝的时候，便想博个身后之名。这一点在他似乎确有把握，他说：“骋我径寸翰，流藻垂华芬。”(《薤露行》)不过，仅仅做个诗人在他还是不甘心的。

他在政治上的失意和生活的艰辛增长了他对人民疾苦的关心，他的《泰山梁甫行》反映“边海民”的贫困。《门有万里客行》道出流浪人的悲哀，《转蓬离本根》(《杂诗六首》之二）描写“从戎士”的饥寒，都贯注了悲悯之情。

曹植自己说“雅好慷慨”，上述这些苦闷而复杂的感情构成了他诗里的慷慨情调。钟嵘《诗品》评曹植的诗道：“骨气奇高，词采华茂。”“骨气”和这种慷慨的情调是分不开的，而“词采华茂”则说明曹植在诗的语言提炼上的成就。他的古典文学修养有助于提炼诗的语言，但他是在乐府民歌的基础上来提炼的，不是走向汉赋的“深覆典雅”，而是发展乐府民歌的“清新流丽”。其成就正如黄侃《诗品讲疏》所说的“文采缤纷，而不能离闾里歌谣之质”。

曹植对于民间文学的看法见于《与杨德祖书》，他说：“街谈巷说必有可采，击辕之歌有应风雅。”在诗歌创作的实践上和他的父兄一样，道路是乐府民歌化。他的诗一半以上是乐府歌辞，五言诗是主要的形式，在句调上随处见出乐府民歌的影响，例如：

借问谁家子？幽并游侠儿。少小去乡邑，扬声沙漠垂。

——《白马篇》

披我丹霞衣，袭我素霓裳……带我琼瑶佩，漱我沆瀣浆。

——《五游》

茱萸自有芳，不若桂与兰；新人虽可爱，不若故所欢。

——《浮萍篇》

拔剑捎罗网，黄雀得飞飞。飞飞摩苍天，来下谢少年。

——《野田黄雀行》

本是朔方士，今为吴越民。行行将复行，去去适西秦。

——《门有万里客行》

借问叹者谁？自云客子妻……君若清路尘，妾若浊水泥。

——《七哀》

欢会难再逢，芝兰不重荣。人皆弃旧爱，君岂若平生？

——《杂诗》

从这些例子可以看出民歌像清泉流过花园似的浸润着曹植的诗篇。我们还可以借《美女篇》来较具体地说明他在乐府民歌基础上的提高。《美女篇》的前半显然采取了古辞《陌上桑》第一解的表现方法而加以变化。《陌上桑》第一解云：

日出东南隅，照我秦氏楼。秦氏有好女，自名为罗敷。罗敷喜蚕桑，采桑城南隅。青丝为笼系，桂枝为笼钩。头上倭堕髻，耳中明月珠。缃绮为下裙，紫绮为上襦。行者见罗敷，下担捋髭须。少年见罗敷，脱帽着帩头。耕者忘其犁，锄者忘其锄，来归相怨怒，但坐观罗敷。

《美女篇》前半云：

美女妖且闲，采桑歧路间。柔条纷冉冉，落叶何翩翩。攘袖见素手，皓腕约金环。头上金爵钗，腰佩翠琅玕。明珠交玉体，珊瑚间木难。罗衣何飘飖，轻裾随风还。顾眄遗光彩，长啸气若兰。行徒用息驾，休者以忘餐。借问女安居，乃在城南端。青楼临大路，高门结重关。容华耀朝日，谁不希令颜？

两诗各自写了一位女性的居处、采桑、服饰和容貌。内容相同，风格情调也相近，但叙述的次第和详略、描写的重点和手法有同有不同。我们试比较下列这几处：一，《陌上桑》在叙述句“采桑城南隅”之下用了两句描写采桑的用具。《美女篇》在叙述句“采桑歧路间”之下也用了两个描写句，但不是描写用具而是描写桑树。从“柔条冉冉，落叶翩翩”的描写见出那桑是被“采”着的，和下面“攘袖见素手”一句紧紧连接。这个对动作的叙述是《陌上桑》所没有的。二，《陌上桑》“头上倭堕髻”以下四句写女子的穿戴，《美女篇》从“皓腕约金环”到“轻裾随风还”也是写女子的穿戴，同样用铺排的写法，但是后者不像前者从头部的装饰写起而是从手腕写到头上。因为那手正在采桑，高出于头，从桑而手而头，才是顺序而下。“缃绮”两句和“罗衣”两句同是写衣裙，但后者不去描写颜色而描写衣裙的飘动，这样就和上文对柔条落叶的描写相应。三，《美女篇》用“顾眄”两句写女子的丰神态度，刻画那“美女”的“美”，这也是《陌上桑》所没有的。四，《陌上桑》“行者见罗敷”以下八句从旁人的举动托出罗敷的美，是诗中精彩之处。《美女篇》作者并不肯呆板地模仿，而将那八句的意思压缩成两句（后者的简练和前者的铺排各有好处）。这两句里的“息驾”“忘餐”又和上面的“遗光彩”“气若兰”紧相连接，见出动人的是声音笑貌之美，不只是穿戴华丽。从这几点的对照可以看出曹植写《美女篇》确实受到《陌上桑》的影响，但不是模仿，而且有所提高。因为描写更细致饱满，形象也就更具体生动（这里比较的是局部的描写，不是全篇）。曹丕的作品受民歌影响处有时还显露模拟的痕迹，给人以半成品的印象，如《临高台》就是，这是曹植所没有的缺点。

五

上文介绍了三曹诗歌的重要作品，那些作品的主要共同特征（也是建安诗歌的共同时代特征）就是现实性、抒发性和通俗性。抒发性可以说明这时代文学的现实性特点，通俗性则是现实性的内容所决定的。这里就这三点再补充一些说明，为了方便还是先从抒发性谈起。

从两汉辞赋的发展看来，建安以前辞赋的内容以颂扬鉴戒为主，到建安时代便由颂扬鉴戒而抒情化。从乐府诗歌的发展看来，汉乐府民歌本以叙事为主，到建安作家手里便由叙事而抒情化。两者都表明抒发性是建安文学的特色。

谢灵运《拟魏太子邺中集序》说王粲“遭乱流寓，自伤情多”，说应玚“流离世故，颇有飘薄之叹”，说陈琳“述丧乱事多”，说曹植“有忧生之嗟”；刘勰《文心雕龙·才略》篇说刘桢

“情高以会采”；钟嵘《诗品》说曹操“颇有悲凉之句”，又说王粲“发愀怆之辞”。从这些说明都可以看出建安诗歌的抒发性。

关于建安诗歌，《文心雕龙》又总括地说明道：“文帝、陈思……王、徐、应、刘……慷慨以任气，磊落以使才。”（《明诗》篇）又道：“观其时文，雅好慷慨，良由世积乱离，风衰俗怨，并志深而笔长，故梗概而多气也。”（《时序》篇）慷慨之音就是建安诗歌抒发性的具体表现。当时文人饱经流离，生活感触多，这种感触便是慷慨之音的由来。他们一般都有恐惧生命易尽、急于乘时立业、追求不朽之名的思想。如陈琳诗云：“骋哉日月逝，年命将西倾，建功不及时，钟鼎何所铭？”（《游览》二首之一）和曹操的“壮心不已”、曹植的“慷慨不群”正相类似。这种感情和“愍乱离”的感情都是建安诗慷慨之音的共同内容。这种内容不但反映了社会的丧乱，也反映了这个新时代文人的积极精神。这样的慷慨悲歌永远有一种强烈的感人力量，后人所谓“梗概多气”或“建安风骨”便是指这种力量。

建安诗歌不但在思想内容上反映了社会现实，而且还具体地描写了社会生活，前面曾从三曹的作品里举过这一类的例子，其余如王粲的《七哀》、陈琳的《饮马长城窟行》、阮瑀的《驾出北郭门行》、蔡琰的《悲愤诗》等，各自写出社会苦难的一面。这些作家或半生戎马，或历经忧患，实际生活的接触面广，感受得多，体验得深，所以作品的现实性强。另一方面，乐府诗的现实主义精神也给予建安作者直接影响。乐府民歌本是直接描写人民生活的，像《孤儿行》《战城南》一类的乐府对于建安社会诗有直接影响。

乐府民歌对于建安文人诗是从内容到形式都产生影响的。上面谈过三曹诗的民歌化，“民歌化”便包含着语言的通俗性这一特征。将一般建安诗和两汉正统文学——赋颂和四言诗——比较起来，通俗化的色彩是很明显的。尽管比起最初的五言诗（如班固的《咏史》)，建安作品显得文采化，比起质朴的民歌来又不免“雅词”化，但基本上还是明白自然的语言，不曾失掉“乐府性”。这一点在当时词采最华茂的曹植诗里也还是很显著的。

这里再略述建安以前文学语言通俗化的趋势。散文方面，在1世纪下半，思想家王充（27—100）已经主张而且实行使用朴实通俗的文字。在辞赋方面，汉灵帝时曾有以乐松、江览为首的“鸿都门学”派，大量制作以“连偶俗语”为形式特征的辞赋。这一派作家曾被世家大族阶层的正统派文人学者所攻击，骂他们为“群小”、为“驩兜”，比之为“俳优”。[1]这派作品并未保存下来，但从《后汉书·蔡邕传》的叙述，知道那是颇为通俗化的。同时有一位名士赵壹做了一篇《刺世疾邪赋》，赋里夹有两首五言诗，其第一首云：“河清不可俟，人命不可延。顺风激靡草，富贵者称贤。文籍虽满腹，不如一囊钱。伊优北堂上，肮脏倚门边。”这里面颇有俗语，全诗是很近乎白话的。五言诗本是民歌体，从班固以来间或有文人偶然模仿作一两首，现在用来夹在辞赋里，也可以见出时代风气的转移。这种趋势说明建安时代民歌化通俗化的诗体一方面为现实性的内容所决定，另一方面也是从一定的基础上发展起来的。

[1] 详见《后汉书》的《蔡邕传》《杨赐传》和《阳球传》。

我们在这篇文章的开头曾引用沈约“以情纬文，以文被质”两句话，假如读者问，这“情”是怎样的情？“质”是怎样的质？“文”是怎样的文？现在便可以从以上三点的说明得到答复。

1956 年春

【附记】

借这次重印的机会，增选了三首诗——曹丕《十五》一首，曹植《离友诗》二首。注文增改较多。此外，为了与后编的《汉魏六朝诗选》《唐诗选》等一致，体例、格式做了较大的改动。

1978 年夏

《乐府诗选》前言

一

乐府诗是由乐府机关搜集、保存，因而流传的，我们谈乐府诗不得不走一条老路，从这个机关开头。根据东汉历史家班固的话，我们知道汉武帝刘彻是“始立乐府”的人。“乐府”是掌管音乐的机关，它的具体任务是制定乐谱，搜集歌辞和训练乐员。这个机关是相当庞大的，人员多到八百，官吏有“令”“音监”“游徼”等名目。

经过汉初六十年休养生息，中国人口增加了不少，财富也积累了不少，好大喜功的刘彻凭这些本钱一面开疆辟土，一面采用儒术，建立种种制度，来巩固他的统治。由于前者，西北邻族的音乐有机会传到中国来，引起皇帝和贵人们对“新声”的兴趣；由于后者，“制礼作乐”便成为应有的设施。这两点都是和立乐府有关的。班固《两都赋序》说：

> 大汉初定，日不暇给。至武宣之世，乃崇礼官，考文章。内设金马石渠之署，外兴乐府协律之事。

这里说明了刘彻这时才有立乐府的需要，也才有立乐府的条件。《汉书·礼乐志》说：

> 至武帝定郊祀之礼……乃立乐府，采诗夜诵。有赵、代、秦、楚之讴。以李延年为协律都尉。多举司马相如等数十人造为诗赋，略论律吕以合八音之调，作十九章之歌。

这里说明了乐府的任务，其中最重要的当然是“采诗”，就是搜集民歌，包括歌辞和乐调。《汉书·艺文志》说：

> 自孝武立乐府而采歌谣，于是有赵、代之讴，秦、楚之风，皆感于哀乐，缘事而发。亦可以观风俗，知薄厚云。

这里说明了采集歌谣的意义，同时说明了那些歌谣的特色。刘彻立乐府采歌谣的目的是为了“兴乐教”“观风俗”，还是为了宫廷娱乐或点缀升平，且不去管它，单就这个制度说是值得称许的。一则当时的民歌因此才有写定的机会，才有广泛流传和长远保存的可能；二则因此构成汉朝重视歌谣的传统，使此后三百年间的歌谣存录了不少。这在文学史上是大有关系的事。

有人以为在刘彻之前已经有了乐府机关，说班固弄错了事实，因为《史记·乐书》说：

> 高祖崩，令沛得以四时歌舞宗庙。孝惠、孝文、孝景无所增更，于乐府习常隶（肄）旧而已。

但这也许是以后制追述前事。《汉书·礼乐志》也曾有“孝惠二年使乐府令夏侯宽备其箫管”之文，正是同类。其实立乐府是小事，采诗才是大事。乐府担负了采诗的任务，才值得大书特书。从“习常肄旧”这句话正可以看出武帝以前纵然有乐府，也不过是另一种规模的乐府，那时绝没有采诗制度。既然如此就不必相提并论了。

乐府采诗的地域不限于“赵、代、秦、楚”,《汉书·艺文志》著录的各地民歌有:

吴、楚、汝南歌诗十五篇;

燕、代讴,雁门、云中、陇西歌诗九篇;

邯郸、河间歌诗四篇;

齐、郑歌诗四篇;

淮南歌诗四篇;

左冯翊、秦歌诗三篇;

京兆尹、秦歌诗五篇;

河东、蒲反歌诗一篇;

雒阳歌诗四篇;

河南、周歌诗七篇;

周谣歌诗七十五篇;

周歌诗二篇;

南郡歌诗五篇。

从这里看出采集地域之广、规模之大。但总数一百三十八篇却并不算多,大约此外还有些不曾入乐的歌谣。也许汉哀帝刘欣“罢乐府”这件事不免使乐府里的民歌有所散失。《汉书·礼乐志》说刘欣不好音乐,尤其不好那些民歌俗乐,称之为“郑卫之声”。偏偏当时朝廷上下爱好这种“郑卫之声”成了风气,贵戚外家“至与人主争女乐”,使刘欣看着不顺眼,便决心由政府来做榜样,把乐府里的俗乐一概罢去,只留下那些有关廊庙的雅乐,裁革了四百四十一个演奏各地俗乐的“讴员”。此后乐府不再传习民歌，想来散失是难免的了。

东汉乐府是否恢复刘彻时代的规模制度，史无明文，但现存古民间乐府诗许多是东汉的，可能东汉的乐府是采诗的，至少东汉政府曾为了政治目的访听歌谣。据范晔《后汉书》的记载，光武帝刘秀曾“广求民瘼，观纳风谣”[1]。和帝刘肇曾“分遣使者，皆微服单行，各至州县，观采风谣”[2]。灵帝刘宏也曾“诏公卿以谣言举刺史、二千石为民蠹害者”（注云：谣言，谓听百姓风谣善恶，而黜陟之也）[3]。由此也可推想当时歌谣必有存录，而乐工采来合乐也就很方便了。

到了魏、晋，乐府机关虽然不废，采诗的制度却没有了[4]。旧的乐府歌辞，有些还被继续用着，因而两汉的民歌流传了一部分下来。六朝有些总集专收录这些歌辞[5]，到沈约著《宋书》，又载入《乐志》。

南朝是新声杂曲大量产生的时代，民歌俗曲又一次被上层阶级所采取传习，不过范围只限于城市，内容又不外乎恋情，不能和汉朝的采诗相比。

后魏从开国之初就有乐府。那时北方争战频繁，似乎不会有采诗的事。但横吹曲辞确乎多是民谣，传入梁朝，被转译保存，流传到现在。

---

[1]《后汉书·循吏传叙》。

[2]《后汉书·李郃传》。

[3]《后汉书·刘陶传》。

[4] 参看萧涤非《汉魏六朝乐府文学史》。

[5]《隋书·经籍志》有《古乐府》《古歌录钞》等书。

从上述事实看来，汉、魏、六朝民歌的写定和保存，主要靠政府的乐府机关。但由于私家肄习、民间传唱而流传的大约也不少。汉哀帝罢除乐府里的俗乐之后，一般“豪富吏民”还是“湛沔自若”[1]，那时期该有不少民歌靠私家倡优的传习才得保存。现存古乐府歌辞有些是不出于《乐志》而出于“诸集”的[2]，大约都和官家乐府无关。像《孔雀东南飞》这篇名歌，产生时期是汉末，见于记录却晚到陈朝[3]，在民间歌人口头传唱的时间是很长的。

二

顾亭林《日知录》说：“乐府是官署之名……后人乃以乐府所采之诗，即名之曰乐府。”“乐府”从机关名称变为诗体名称之后，又有广狭不同的意义。狭义的乐府指汉以下入乐的诗，包括文人制作的和采自民间的。广义的连词曲也包括在内。更广义的又包括那些并未入乐而袭用乐府旧题，或模仿乐府体裁的作品，甚至记录乐府诗的总集，如《乐府诗集》之类，也简称“乐府”。

这一本选集所收的只是从汉到南北朝的乐府诗，主要是入乐的民间作品，而以少数歌谣作为附录。

这些诗在宋人郭茂倩所编的《乐府诗集》里分别隶属于“鼓吹曲”“相和歌”“杂曲”“清商曲”“横吹曲”和“杂歌谣辞”六类。《乐府诗集》是收罗乐府诗最完备的书，其分类方法

[1]《汉书·礼乐志》。

[2] 如《陇西行》古辞，《乐府解题》云：“此篇出诸集，不入《乐志》。”

[3] 徐陵《玉台新咏》开始记录这篇诗。

也被后人所沿用。前五类正是乐府诗的精华所在。

鼓吹曲是汉初传入的“北狄乐”，用于朝会、田猎、道路、游行等场合。歌辞今存铙歌十八篇。大约铙歌本来有声无辞，后来陆续补进歌辞，所以时代不一，内容庞杂。其中有叙战阵，有纪祥瑞，有表武功，也有关涉男女私情的。有武帝时的诗，也有宣帝时的诗，有文人制作，也有民间歌谣。

铙歌文字有许多是不容易看懂，甚至不能句读的，主要原因是沈约所说的“声辞相杂”[1]。“声”写时用小字，“辞”用大字。流传久了，大小字混杂起来，也就是声辞混杂起来，后世便无法分辨了。其次是“字多讹误”[2]。这些歌辞《汉书》不载，到《宋书》才著录，传写之间，错字自然难免。再其次是近人朱谦之所说的“胡汉相混”[3]，这是假定汉铙歌里夹有外族的歌谣，那也并不是不可能的。本编选录三分之一，都是民歌。

相和歌是汉人所采各地的俗乐，大约以楚声为主，歌辞多出民间。《宋书·乐志》说：“凡乐章古辞，今之存者，并汉世街陌谣讴，《江南可采莲》《乌生十五子》《白头吟》之属是也。”便是指相和歌说的。内容有抒情，有说理，有叙事，叙事一类占主要地位（叙事诗是汉乐府的特色所在）。所叙的以社会故事和风俗最多，历史及游仙的故事也占一部分。此外便是男女相思和离别之作、格言式的教训、人生的慨叹等等。其中的大部

[1]《宋书·乐志》四篇末所附识语云：“汉鼓吹铙歌十八篇按《古今乐录》，皆声辞艳相杂，不复可分。”

[2]《乐府诗集》卷十六引《古今乐录》云：“汉鼓吹铙歌十八曲，字多讹误。”

[3] 见朱谦之《音乐文学史》。

分被选入本编。

《乐府诗集》的“杂曲”相当于唐吴兢《乐府古题要解》的“乐府杂题”，其中乐调多“不知所起”，因为无可归类，就自成了一类。这一类也是收存汉民歌较多的，和相和歌辞同为汉乐府的菁华之菁华。本编也选录其中大部。

南朝入乐的民歌全在清商曲之部。郭茂倩将这些民歌分为吴声歌曲、神弦歌、西曲歌三部分。吴声、西曲与相和曲及舞曲同属于隋唐清商部。《乐府诗集》将相和歌与舞曲另别门类，所余吴声、西曲等，因为本是清商的一部分，就姑从其类，名为清商[1]。上述三部共四百八十五首，本编选入七十首。

横吹曲是军中马上所奏，本是西域乐，汉武帝时传到中国来。汉曲多已亡佚。《乐府诗集》的梁鼓角横吹曲是从北朝传来，其歌辞除二三曲可能是沿用汉魏旧歌（也是因流行于北方，辗转传到江南的）外，都是北朝民间所产。其中一部分从“虏言”翻译，一部分是北人用“华言”创作的[2]。本编选入三十八首。

《乐府诗集》的“杂歌谣辞”一类收录上古到唐朝的徒歌与谣、谶、谚语。其中最可注意的是那些民谣。民间歌谣本是乐府诗之源，附录在乐府诗的总集里是有意义的。不过《乐府诗集》所收，有些是伪托的古歌，有些是和“诗”相距很远的谶辞和谚语；另一方面，有些有意思的歌谣又缺而不载，其采录标准是有问题的。本编附录的歌谣不以《乐府诗集》所收者为限。

---

[1] 据王易《乐府通论》。

[2] 详见孙楷第《梁鼓角横吹曲用北歌解》，《辅仁学志》第十三卷第一第二合期。

本编也选入几首“古诗”，这里应该说明。所谓古诗本来大都是乐府歌辞，因为脱离了音乐，失掉标题，才被人泛称作古诗。朱乾《乐府正义》曾说：“古诗十九首皆乐府也。”虽不曾举出理由，还是可信的。从现存的“古诗”（不限于“十九首”）观察，其中颇有些痕迹表明它们曾经入乐，一是诗句属歌人口吻，如“四座且莫喧，且听歌一言，请说铜炉器，崔嵬象南山”[1]。梁启超认为：“正与赵德麟《商调蝶恋花》序中所说‘奉劳歌伴，先调格调，后听芜词’，北观别墅主人《夸阳历大鼓书引白》所说‘把丝弦儿弹起来就唱这回’相同，都是歌者对于听客的开头语。”梁氏并据此判定“流传下来的无名氏古诗亦皆乐府之辞”[2]。二是有拼凑成章的痕迹，如“十九首”之一的《东城高且长》篇就是两首（各十句）的拼合[3]。《凛凛岁云暮》篇中的“眄睐以适意，引领遥相睎”二句也是拼凑进去的句子[4]，其余如《孟冬寒气至》一首也有拼凑嫌疑。乐工将歌辞割裂拼搭来凑合乐谱，是乐府诗里常见的情形[5]，如非入乐的诗便不会如此。三是有曾被割裂的痕迹，如《行行重行行》篇。据《沧浪诗话》，宋人所见《玉台新咏》有将“越鸟”句以下另作一首的，可能这首诗曾被分割过，或因分章重奏，或因一曲分为两曲。这也是乐

---

[1]《玉台新咏》，《古诗八首》之一。

[2]《中国美文及其历史》。

[3] 张凤翼《文选纂注》、王渔洋《古诗选》、刘大櫆《历朝诗约选》都将此篇分作两首。此篇后十句和前十句不但意思不连接，情调也不同，显然是两首的拼合。

[4] 胡克家《文选考异》曰：“‘六臣本’校云：善无此二句。此或‘尤本’校添，但依文义，恐不当有。”

[5] 详见余冠英《汉魏六朝诗论丛·乐府歌辞的拼凑和分割》。

府诗才有的现象。[1] 四是用乐府陈套，如用“客从远方来”五个字引起下文，就是一个套子。[2] 惯用陈套又是乐府特色。五是古诗《生年不满百》一篇和相和歌《西门行》大同小异，正如《相逢行》和《长安有狭斜行》的关系，可能是“曲之异辞”。六是有几篇古诗在唐宋人引用时明明称为“古乐府”，如《迢迢牵牛星》《兰若生春阳》等[3]。这些情形似乎够证明朱乾和梁启超的假定了。“古诗”里有些反映农村，如《上山采蘼芜》《十五从军征》，有些反映城市，如《青青陵上柏》《西北有高楼》，都是“一字千金”。本编所选以具有上述第六项条件者为限。

三

汉魏六朝乐府诗所以是珍贵的文学遗产，一则因为它本身是反映广大人民生活，从民间产生的或直接受民间文学影响而产生的艺术果实；二则这些诗对于中国诗歌里现实主义传统的形成起了极大的作用。为了说明这两点，得先提《诗经》。

《诗经》本是汉以前的“乐府”，“乐府”就是周以后的《诗经》。《诗经》以“变风”“变雅”为菁华。“乐府”以“相和”“杂曲”为菁华。主要的部分都是“感于哀乐，缘事而发”的里巷歌谣，都是有现实性的文学珠玉。诗经时代和乐府时代隔着四百年，这四百年间的歌声却显得很寂寞。并非是人民都哑

[1] 详见余冠英《汉魏六朝诗论丛·乐府歌辞的拼凑和分割》。
[2] 同上。
[3] 前者见《玉烛宝典》，后者见李善《文选注》，另有几篇详见本书注释。

了，里巷之间“饥者歌其食，劳者歌其事”[1]还是照常的，可不曾被人采集记录。屈原曾采取民间形式写出《九歌》《离骚》等伟大诗篇，荀卿也曾采取民间形式写了《成相辞》，而屈、荀时代的民歌却湮灭不见，这是多么可惜的事！因此我们更觉得汉代乐府民歌能够保存下来是大可庆幸的。

汉乐府民歌被搜集的时候正当诗歌中衰的时代，那时文人的歌咏是没有力量的。将乐府民歌和李斯的《刻石铭》、韦孟的《讽谏诗》或司马相如等人的郊祀歌来比较，就发现一面是无生命的纸花，一面是活鲜鲜的蓓蕾。《江南可采莲》《枯鱼过河泣》的手法固然不是步趋“骚”“雅”的文人所能梦见，孤儿的哭声、军士的诅咒也不是“倡优所畜”的赋家所肯关心。乐府之丰富了汉代诗歌，简直是使荒漠变成了花园，这是有目共睹的事实，说明倒是多余的了。南北朝民间乐府在颜延之、谢灵运、任昉、沈约的时代，又是文学的新血液、新生命；情形也正相似。

那么，这些诗和《诗经》相比怎样呢？就诗的精神说，《诗经》和乐府是相同的；就具体的诗说，乐府绝不是《诗经》所能范围，虽然传统的看法是《诗经》的地位高得多。里巷歌谣也是发展进步的，四百年后的里巷歌谣必然有其“新变”。最显著的当然是诗形的进步，从语言观点看，五言的、七言的、杂言的乐府诗体当然胜过以四言为主的《诗经》体。再就题材说，像《雉子班》《蛱蝶行》《步出夏门行》《孤儿行》《妇病行》《东门行》等无一不是新鲜的。就是拿题材相同的诗来比，乐府还照样给人

[1] 见何休《公羊传注》。

新鲜之感。将写爱情的《上邪》比《柏舟》，写战阵的《战城南》比《击鼓》，写弃妇的《上山采蘼芜》比《谷风》和《氓》，写怀人的《青青河畔草》《冉冉孤生竹》比《卷耳》和《伯兮》，或各擅胜场，或后来居上，绝不是陈陈相因。假如把最能见汉乐府特色的叙事诗单提出来说，像《陌上桑》《陇西行》《孤儿行》《孔雀东南飞》那样相应着社会人事和一般传记文学的发展而发展起来的曲折淋漓的诗篇，当然更不是诗经时代所能有。

总之，从乐府回顾汉武帝以前的文学，可以见出乐府的推陈出新；如再看看建安以下的文学，又可以发现乐府的巨大影响。

中国诗史上有两个突出的时代，一是建安到黄初[1]，二是天宝到元和[2]，也就是曹植、王粲的时代和杜甫、白居易的时代。董卓之乱和安史之乱使这两个时代的人饱经忧患。在文学上这两个时代有各自的特色，也有共同的特色。一个主要的共同特色就是“为时而著，为事而作”的现实主义精神。“为时”“为事”是白居易提出的口号。他把自己为时为事而作的诗题作“新乐府”，而将作诗的标准推源于《诗经》。[3]现在我们应该指出，中国文学的现实主义精神虽然早就表现在《诗经》，但是发展成为一个延续不断的、更丰富、更有力的现实主义传统，却不能不归功于汉乐府。这要从建安黄初所受汉乐府的影响来看。

建安黄初最有价值的文学就是那些记述时事、同情疾苦、描写乱离的诗。例如曹操的《薤露行》《蒿里行》，以乐府述时事，

---

[1] 公元196—226。
[2] 公元742—820。
[3] 见白居易《与元九书》。

写出汉末政治的紊乱和战祸的惨酷；王粲的《七哀诗》也描写出当时的乱离景象；陈琳的《饮马长城窟行》、阮瑀的《驾出北郭门行》和曹植的《泰山梁甫行》又各自写出社会苦难的一面。

此外如曹丕六言诗"白骨纵横万里，哀哀下民靡恃"，也是写乱后情形，和曹操、王粲所注目者相同。至于蔡琰的《悲愤诗》，记亲身经历，更是惨痛。诗中写"胡羌"的残暴说：

> 卓众来东下，金甲耀日光。平土人脆弱，来兵皆胡羌。猎野围城邑，所向悉破亡。斩截无孑遗，尸骸相撑拒。马边悬男头，马后载妇女。长驱西入关，迥路险且阻。还顾邈冥冥，肝脾为烂腐。所略有万计，不得令屯聚。或有骨肉俱，欲言不敢语。失意几微间，辄言毙降虏。要当以亭刃，我曹不活汝！岂复惜性命，不堪其詈骂。或便加棰杖，毒痛参并下。旦则号泣行，夜则悲吟坐。欲死不能得，欲生无一可。彼苍者何辜，乃遭此厄祸！

也有不用乱离疾苦做题材，而从另一面反映社会的诗，如曹植的《名都篇》，暴露都市贵游子弟的生活。这也是有现实性的。这些例子表明这一个时代的文学精神，这精神是直接从汉乐府承受来的。这些诗百分之九十用乐府题，用五言句，用叙事体，用浅俗的语言，在形式上已经看出汉乐府的影响。如再把《东门行》《妇病行》《孤儿行》等篇和曹、王、陈、阮的社会诗比较，更可看出他们的渊源。这些诗人一面受西汉以来乐府诗影响，或许一面也受当时民歌的影响。当时的民间既产生《孔雀东南飞》，料想还有其他同类的民歌。

由于曹操父子的提倡，邺中文士大都勇于接受从乐府发展出来的通俗形式，也承受乐府诗“缘事而发”的精神。他们身经乱离，遭受或目击许多苦难，所以肯正视当前血淋淋的现实，不但把社会真相摄入笔底，而且贯注丰富的感情。这样的文学自有其进步性。晋宋诗人没有不受建安影响的，傅玄、鲍照独能继承上述的文学精神。到南齐、梁、陈，“众作等蝉噪”[1]，文学被贵阀和宫廷包办。许多作者生活腐烂，许多作品流于病态，建安以来的优良传统几乎斩断。幸而为时不长，唐代诗人从各阶层涌出，文学标准又有转变，“汉魏风骨”再被推崇[2]。陈子昂的《感遇诗》，大半讽刺武后朝政[3]，格调和精神都“可使建安作者相视而笑”[4]，而且为“杜陵之先导”[5]。到杜甫时代，社会苦难加深。杜甫有痛苦的流离经验，有深厚的社会感情，了解生活实在情况，他继承建安以来的文学精神，并且大大地发扬了它。元稹、白居易佩服他的“三吏”“三别”一类诗，尤其称赞他“即事名篇，无复依傍”[6]，就是说他作乐府诗而能摆脱乐府古题，写当前的社会。他们也学杜甫的榜样，作“因事立题”的社会诗，称为“新题乐府”或“新乐府”。不过这种叙事写实的诗体还是从汉乐府来的，这种诗的精神也是从汉乐府来的，不是创自元、白，也不是创自杜甫。仇兆鳌说杜甫的《新婚别》“全祖乐府遗意”[7]，为

[1] 韩愈诗。
[2] 陈子昂《与东方左史虬修竹篇序》。
[3] 参看陈沆《诗比兴笺》。
[4]《与东方左史虬修竹篇序》。
[5]《诗比兴笺》。
[6] 元稹《古题乐府序》。
[7]《杜少陵集详注》。

了指明传统，这样的说法是有意义的。

这个时代里许多作者如元结、韦应物、顾况、张籍等都有反映社会、描写现实的诗（大都用乐府题目和形式）。元、白两人且大张旗鼓来宣传提倡，他们事实上继承了汉乐府和建安诗人的传统，但同时抬出《诗经》来做旗帜。这时的诗人对《诗经》的看法已经和汉朝人不同，他们已经认识“风雅比兴”的真精神了。不过说到影响，比较起来汉乐府对于他们还是较切近、较直接的。在中国文学史上里巷歌谣影响文人制作并不止这一回，但是在内容上发生这么大作用的例子还不多，汉乐府在文学史上的价值也可以从这里去估量。

四

以下是关于本书体例的话：

一、关于选诗。选的范围和标准从上文已经可以见出。大致汉代乐府古辞选得最宽，因为流传的篇数本来少。其形形色色、方方面面大都影响后来文学，也大都有值得注意之点。从本编所选，大体上可以认识汉乐府的精神和面貌。其次是北朝民间乐府，反映社会的面也算是广大的，其直率伉爽的风格，在中国诗里很突出，对唐诗颇有影响。本编也尽量多选。又其次是南朝（指东晋至陈末）民间乐府。这一类多写男女私情，题材既少变化，形式也差不多，选的时候着眼在感情的真挚健康与否，和表现手法的新鲜与否。去其重复和太“艳”的。附录歌谣，取其反映人民对于统治阶级的反抗，或歌颂民族英雄，描写人民生活、歌咏大自然，而艺术可观的。

二、关于校勘。各篇以影印汲古阁本《乐府诗集》做底子，和其他总集、乐志、专集、类书等互校。凡遇可供参考的异文便用小字夹注在正文之下，其中如有正误优劣很显明，校者认为应从“一本”的，便在夹注的字旁加着重点来表示。十分显明的误字就随手改正。必要的校语附在注释里。如有衍文或只表声音并无意义的字，用〔 〕表明。

三、关于注释。各篇先释字句，后述诗意（明白易晓的诗从略）。间有关于本事或背景的说明和作者介绍之类都附在后面。为了让读者省力，竭力少引书名、人名，引用古书的时候，较难的都译为白话。注释者的创说也并不特别说明，因为普通读者不需要知道哪是旧说、哪是新解，而专家学者不需说明自能辨别。至于篇题的解释往往从缺，因为乐府题只可从声调去解释，而声调久已失传，不可得闻。过去也有人“望文生义”地去求乐府题之“义”，那显然是行不通的。

笔者想象本书读者是语文修养相当于初中以上的程度，而且对于古典文学有兴趣的。注释虽用白话，有时为了依从习惯，省略字句，并不曾全汰去文言。例如“以，用也”或“亲交犹亲友”，都不是白话，但相信不会增加阅读困难。

朱自清先生曾提倡用白话注解古典文学，他自己曾作过《古诗十九首释》[1]。闻一多先生也曾发愿要做这样的工作，他的《风诗类钞》里一部分注解是用白话作的。[2]本书注释曾参考他们的

---

[1] 见《朱自清文集》第二册。

[2] 见《闻一多全集》辛集。

方法。

四、关于排列。各篇大致以时代为序。铙歌是西汉辞，排在最前。其次是相和歌，小部分是西汉辞，大部分是东汉辞。其次是杂曲，小部分时代不明，大部分是东汉辞（南朝杂曲二首，移到清商曲后）。再其次是清商曲，是晋、宋、齐辞。又其次是北朝歌，是苻秦到后魏的产品。附录歌谣，大都反映历史，全依时代排列，并未打乱《乐府诗集》的分类，这样对于读者也有方便。

有几篇汉乐府“本辞”以外又有“晋乐所奏”的辞，因为字句有出入，可以参看，往往两辞同时选录。本编先列本辞，后列晋辞，和《乐府诗集》相反。

以上就是本书的凡例。笔者不敢妄想这本书成为完善的本子，但总希望它是一个可读的本子。在注释方面，不敢妄想解决乐府诗字句上所有的疑难问题，但希望比以往的注释多解决几个问题。这类工作本该是积累经验、逐渐进步的，假如做得有一点成绩，并不值得满足，不过表示不曾敷衍塞责罢了。临了儿，谢谢给我许多帮助的吴组缃先生、俞平伯先生和马汉麟先生。他们都曾对我的工作提过宝贵的意见，使我随时发现应修改的地方。吴先生和我讨论的次数最多，并曾将本书原稿细细校阅过一遍，指出每一个他认为可商量的地方，连标点符号也不曾放过。

现在这本书疏漏的地方一定还不少，希望读者随时指出来，帮助我改正。

1950年10月24日，清华园

七言诗起源新论

引　言

本刊（《国文月刊》）的读者刘煦堂君来信说：本刊第六期《乐府与五言诗》一文引起他探索七言诗起源的兴趣，希望我复信就这个问题详细谈谈，并要我将对这个问题叙得较详确的中国文学史和单篇文章介绍给他做参考。我的见闻很隘陋，曾否有人发表过关于这一题目的论文，实无所知。至于时贤所著的本国文学史，我读过的也不多。就我所见到的几部说，其中颇有我所佩服的。但是恰恰关于刘君所要参考的部分，我找不出可以介绍的来。

七言诗是怎样起来的？起于什么时候？有些文学史对此并无叙述，虽然同样问题关于五言诗的，大多辟有专章。（它们详于彼而略于此，未必由于著者有什么轻重成见，不过因为七言诗的来脉不像五言诗那样清楚，不大容易交代明白罢了。）至于稍稍论到这问题的书，对这问题的解答似乎只有两种：一是指出一二首真伪尚成问题的七言诗歌（如《玉牒辞》等）作为七言诗之祖，另一种是认为七言诗从楚辞系的诗歌蜕变而成。前者自然不可信从，后者也还不成定说。这问题是很可以讨论一番的。我对此有一点粗浅的意见，很愿意借答复刘君的机会，写出来请大家指教。现在分几部分来谈。

一、七言诗由楚辞系蜕变说之疑问

明胡应麟《诗薮》以《九歌》为七言诗所自始，他是将《垓下》《大风》一类的骚体诗歌也称为七言诗的，无怪其然。至于像曹丕《燕歌行》那样句体完整的七言诗，现代中国文学史著者也有认为渊源于楚辞的，如梁任公先生《中国之美文及其历史》、陈钟凡先生《汉魏六朝文学》、容肇祖先生《中国文学史大纲》及日人青木正儿《中国文学概说》等书均有说。综观各家的论据，有两个重要之点：

一、楚辞句法和七言相近，由楚辞过渡到七言诗其势甚顺。（参看《中国之美文及其历史》）

二、汉人七言诗有杂“兮”字的，可见出七言诗由楚辞蜕嬗的痕迹。

所谓楚辞句法和七言诗相近者，约有下列数式。隋（树森）译《中国文学概说》云：

> 七言诗，我想或系由楚歌系变化者。盖因在“□□□兮□□□”之“兮”上，填一个有意味的字，则生七言……

《中国文学史大纲》云：

> 七言诗大概是从楚声起的，《九歌》中的《山鬼》《国殇》已有近于七言体的趋势。楚汉之际项王的《垓下歌》、

高帝的《大风歌》，都是汉代七言诗的滥觞。

《山鬼》《国殇》的句子也是“□□□兮□□□”式，上两说都认为此种句式近于七言，为七言诗所从出。按楚辞“兮”字本为托声字，有时兼有文法作用。本刊第五期闻一多先生《怎样读九歌》文中，以虚字代释《九歌》，谓“若有人兮山之阿”犹“若有人于山之阿”，“操吴戈兮被犀甲”犹“操吴戈而被犀甲”。这也可以帮助说明《山鬼》《国殇》的句式之近于七言。——这是第一式。

《中国之美文及其历史》云：

> 《楚辞·招魂》篇“魂兮归来入修门些”以下若将每句“些”字删去便是七言诗,《大招》篇每句删去“只”字亦然。

按此说古人已有之,《日知录》卷二十云:“昔人谓《招魂》《大招》去其‘些’‘只’即是七言诗。”这是梁先生说之所本。《九章》“后皇嘉树，橘徕服兮”“受命不迁，生南国兮”诸句也属于这一类。——这是第二式。

《中国之美文及其历史》注云：

> 《九辩》的“悲忧穷蹙兮独处廓，有美一人兮心不怿，去乡离家兮来远客……”若将“兮”字省去便是七言。

按《招魂》篇的“乱”中有“湛湛江水兮上有枫”“目极千里兮伤春心”二句亦是此类。——这是第三式。

此外还可补充二式：

仿第二式，从《天问》篇也可以找到近似七言的句子，如“遂古之初，谁传道之”“上下未形，何由考之”等句去其“之”字，“厥萌在初，何所意焉”“璜台十成，谁所极焉”等句去其

“焉”字，也成七言。——这是第四式。

《离骚》《九章》《九辩》中时有“□□□□□□□兮”式的句子，若删去“兮”字，也成七言。如“荃不察余之中情兮”“朝饮木兰之坠露兮”“吾将荡志而愉乐兮”“万变其情岂可盖兮”“春秋逴逴而日高兮”“白日晼晚其将入兮”等。——这是第五式。

除此之外在《楚辞》里还可以找到许多现成的七言句，如“夫惟捷径以窘步”“夕餐秋菊之落英”“惟此党人其独异”“吾将远逝以自疏”等见于《离骚》；“吾方高驰而不顾”“固将愁苦而终穷”“固将重昏而终身”“至今九年而不复”等见于《九章》；“冬又申之以严霜”“恨其失时而无当”“后土何时而得漧”“凤愈飘翔而高举”“何云贤士之不处”“阴阳不可与俪偕”“明月销铄而减毁”等见于《九辩》。

由此看来，所谓楚辞句法和七言相近，自可相当地承认，不过若因此便认为七言诗和楚辞有怎样密切的关系，就大有疑问了。

从上面所举的例子，可以见到《楚辞》中全篇句式皆和七言相近的只有《山鬼》和《国殇》。而《山鬼》《国殇》的句子，虽近于七言句，实在说来，这种七言句和七言诗里的七言句并非一类。七言诗的句子除极少数的变格外，都是上四下三。而《山鬼》《国殇》的句子是上下各以三字为一截，中间用“兮”字连接起来。如把这种句子（或将“兮”字代以虚字）吟讽一番，便可觉察它和七言诗句的差别了——七言诗句念起来前四字须两字一顿，用图表示应该是“□□—□□—□□□”，而《山鬼》《国殇》的句子便无法念成这样子。

所以《山鬼》《国殇》演化为三言诗是很自然的（汉郊祀歌中《练时日》《天马》等篇即由此出），而变成七言诗，就不见得有同样的可能性了。

除此以外，上文所举的那些七言和近于七言的句子，不过是散见于《楚辞》各篇，若是将这些散见的七言和近于七言的句子指为七言诗之源，那就不如上溯到《诗经》了。

“诗三百”里不乏近于七言的句子，如从“汉有游女，不可求思”(《周南·汉广》)，“一日不见，如三秋兮”(《王风·采葛》)，“胡瞻尔庭有县貆兮”(《魏风·伐檀》）等式的句子去掉托声字，或是“嗟行之人，胡不比焉”(《唐风·杕杜》）和“既夷既怿，如相酬矣”(《小雅·节南山》）一类句子去掉末尾的虚字都是七言，和上文从《楚辞》所举的例子，并没有什么区别。至于现成的七言句，见于《周颂》的如“学有缉熙于光明”(《敬之》)，见于《大雅》的，如“维昔之富不如时”“维今之疚不如兹”“今也日蹙国百里”(《召旻》)，见于《小雅》的，如“如彼筑室于道谋”(《小旻》)、“君子有酒旨且多”(《鱼丽》）和“祈父予王之爪牙”(《祈父》)，见于《国风》的如“式微式微胡不归”(《邶风·式微》)、“彼其之子美如英”(《魏风·汾沮洳》)、“人之为言胡得焉”(《唐风·采苓》）和“交交黄鸟止于桑”(《秦风·黄鸟》）等，较诸《楚辞》里的七言句也不算怎么少了。

《诗经》里既然也有不少七言和近于七言的句子，或比《楚辞》更有资格做七言诗之祖罢。不过上面这一段话意思仅在说明和七言相近的句子并非楚辞所独有，楚辞和七言诗接近的程度并不特别高而已，并非要为《诗经》争什么地位。无论《楚辞》或《诗经》，其中既无完整的七言诗，至多也只能算作七言诗的远祖。如为七言诗认了这样的远祖，不能就算明白了它的世系，对于了解七言诗体如何成立，还是没有帮助。我们须认识和它较近的先代才有用处。这是下面的文章，此处暂且不谈。现在再看一般认为七言诗由楚辞系蜕化的步骤是怎样的？

陈钟凡先生《汉魏六朝文学》云：

> 七言诗是从楚调诗变来的。最初汉人做的七言诗，如高祖《大风歌》，武帝《瓠子歌》《秋风辞》《天马歌》，昭帝《黄鹄歌》《淋池歌》及李陵《别歌》等，皆每句中间夹用“兮”字，这是第一期的七言，中间惟有司马相如《琴歌》夹用无“兮”字句。如“有艳淑女在闺房，室迩人遐毒我肠，何缘交颈为鸳鸯？胡颉颃兮其翱翔”。中间三句不用“兮”字，夹置于一首之中。至东汉安帝时张衡作《四愁诗》除第一句外，其余皆为七言。如一思曰：“我所思兮在泰山，欲往从之梁甫艰，侧身东望涕沾翰。美人赠我金错刀，何以报之？英琼瑶，路远莫致倚逍遥，何为怀忧心烦劳？”以下三首皆一例用“兮”字句起，用七言句接，这是由楚调派变成七言诗的遗迹，可算得第二期的七言诗。至曹子桓作《燕歌行》，七言诗乃完全成立。

《中国文学概说》云：

> 唐山夫人的《房中祠乐》中“大海荡荡水所归，高贤愉愉民所怀。太山崔，百卉殖。民何贵？贵有德”一首，上二句偶成七言，下半依然是楚歌形。又如《汉书·乌

孙传》所载乌孙公主之作“吾家嫁我兮天一方，远托异国兮乌孙王”云云六句，虽然也是楚歌形，但若除去“兮”字，则七言诗就成立了罢。如《文选》所载后汉张衡的《四愁诗》四首，每篇自七言七句构成，而仅其第一句如“我所思兮在太山”取楚歌形，其余都是纯粹的七言诗。把这些过渡的作品看一看，则其发展之迹，大体可以探索得到吧。

如将这些话和梁任公先生“秦汉间诗歌皆从楚辞蜕嬗而来”（《中国之美文及其历史》）之说参合起来看，似乎从楚辞渐变到曹丕的《燕歌行》，有一个清清楚楚的程序。不过事实上这个程序恐只是一个错觉而已（构成这个错觉的重要的因子便是张衡的《四愁诗》）。

假如骚体诗渐变为七言的步骤果如上文所引之说，那么早则在张衡《四愁诗》之前，迟则在曹丕《燕歌行》之前，便不会有七言诗了，而事实上怎样呢？

在这里且不必去谈那些真伪成问题、时代难确定的《饭牛歌》《鸡鸣歌》《柏梁台诗》等，也不必举那些算不得诗的字书如司马相如《凡将》、史游《急就》和纬书中的韵语。七言的歌谣现在也暂不提。我们只消将史书中所著录的有主名的“七言”列举一下，对于这个问题，也就可以找着答案了。

《汉书·东方朔传》说东方朔著有“八言七言上下”，据晋灼的解释就是“八言七言诗各有上下篇”，这是西汉已有七言诗的明证（东方朔的七言现存一句，见于《文选》李善注）。而同时的董仲舒也曾作七言《琴歌》二首（《文选》孔德璋《北山移文》

注引《董仲舒集》)。

稍后，刘向也有七言，现存四句，也见于《文选》注，现在将它们抄在下面：

山鸟群鸣我心怀。

——见嵇叔夜《赠秀才入军》第三首注

博学多识与凡殊。

——见张平子《西京赋》注

朅来归耕永自疏。

——见颜延年《秋胡诗》及张景阳《杂诗》注

安座从容观诗书。

——见谢玄晖《拜中军记室辞隋王笺》注

东汉东平宪王苍曾作七言，见《后汉书》本传。

崔骃亦有七言，“皦皦练丝退浊污”一句见《文选》郭泰机《答傅咸诗》注引，“鸾鸟高翔时来仪，应治归得合望规，啄食楝实饮华池”三句见《太平御览》卷九一六。其余杜笃、崔琦、崔瑗、崔实等人，都曾作过七言，并见《后汉书》本传。刘苍、杜笃、崔骃都在张衡之前，崔琦、崔瑗、崔实也都在曹丕之前。

根据上面所举的事实，是否可断言七言诗在张衡、曹丕之前已经发生呢？上文所述如有些人所想象的那个从楚辞渐变为七言诗的程序，是否靠得住呢？

我们在这里暂且提出这一二个简单的疑问，以明七言诗由楚辞系蜕化之说的不可信。在下面的讨论中将会发现其他的理由，加深我们对此说的怀疑。

二、七言与七言诗

也许有人要问："你所说的这些'七言'既然没有一首完整的留存在世间，你能断言它们和所谓七言诗者确是一样的东西吗？"这疑问是该有的，因为两汉的那些七言在当时似乎不称为诗歌。我们试看《后汉书》卷七十二《东平宪王苍传》：

> 诏告中傅封上苍自建武以来章奏及所作书记、赋、颂、七言、别字、歌诗……

又卷八十九《张衡传》：

> 所著诗、赋、铭、七言……凡三十二篇。

皆于诗歌之外，别著七言，可见七言不在诗歌之列。(《国学丛编》第一期第三册吴承仕先生《絸斋读书记》有"七言不名诗"之说，可参看）不独七言如此，《后汉书》卷七十下《班固传》云：

> 固所著典引、宾戏、应讥、诗、赋、铭……六言，在者凡四十一篇。

又卷一百《孔融传》云：

> 所著诗、颂、碑文、论议、六言……凡二十五篇。

可知"六言"也不叫作"诗"。原来那时只承认四言、骚体和五言是诗歌正体。六言和七言虽有作者但还不普遍，一般人并不当它是诗。不过就其实质而论，却没有理由否认它是诗。上文所引刘向的七言虽然只是寥寥几个断句，七言的体制却不难由此窥见。其中以"殊""书""疏"为韵者显然同出一篇，形式上它与后世的七言诗应无分别，可以断言；至于内容，从"山鸟群鸣我心怀""朅来归耕永自疏"等语看来，它们既非谚语，又非歌诀，分明是抒情的。如何能说不是诗呢？（从崔骃的七言也可以得同样的印象。）我们还可以拿六言来做一番比较。六言和七言在当时地位是相同的。孔融的“六言”现存三首，其第三首云：

从洛到许巍巍，曹公忧国无私。灭去厨膳甘肥，群僚率从祈祈。虽得俸禄常饥，念我苦寒心悲。

将孔融这首六言和他的五言诗相比较，除每句多一字外，不过用语较为浅俗而已，更无其他区别。按后世的标准说，它自然是诗，由六言也可以推论七言。

因此我们可以推想当日七言不名诗，仅仅乎因为七言不是向来所谓诗的形式，并非在内容上，七言只限于写另外一种东西。上文提到董仲舒曾作七言《琴歌》，《后汉书》卷九十上《马融传》载马融的著作也有七言《琴歌》。《琴歌》是诗，毫无问题。两汉《琴歌》的正体用骚体，观司马相如和蔡邕所作可知。这里加上“七言”二字，不过表示它有异于正体而已。由此也可以明了七言和正体诗的区别全在形式而不在内容。董仲舒、马融的《琴歌》和司马相如、蔡邕的《琴歌》同一题材，在形式上虽可别为二体，在内容上能说是两类吗？

再看晋傅玄《拟四愁诗》的序文：

张平子作四愁诗，体小而俗，七言类也。……

可知一般人认为七言诗之始的《四愁诗》，它的体裁正是七言之类。如我们承认张平子的《四愁》是诗，便不必怀疑七言是不是诗了。

所以“七言”在两汉虽不“名”诗，“七言”确实“是”诗。

七言是早在西汉已经产生的新诗体，不过当时只有少数好奇趋新的人，将它拿来运用，一般人对这种新诗体却颇为歧视，不肯认为它是诗的一类。歧视的原因是觉得它不登大雅，从傅玄《拟四愁诗序》“体小而俗”的话可以看出来。傅玄是肯作七言诗的人，对于七言尚且有菲薄的话，一般人的意见可想而知，晋人如此，汉人的意见更可知了。

看不起七言诗体，不只是两汉魏晋的人如此，南北朝人也还是如此，宋汤惠休是作七言诗的，颜延之便说他的制作是“委巷中歌谣耳”。鲍照也是作七言诗的，颜延之也就将他和惠休等量齐观。后来《文心雕龙》和《诗品》的著者，都不曾将七言诗看在眼中。钟嵘评鲍照的诗说“颇伤清雅之调”，谅亦兼指他的七言诗，和傅玄说张平子《四愁诗》“体小而俗”是一样的意思，都是觉得七言之体难登大雅。

七言诗获得地位是陈隋以后的事。姚思廉《陈书·江总传》：“少好学，能属文，于五言七言尤善。”始以七言与五言并举。这可以代表唐初人的观念。不过其他崇古的人还觉得七言的地位比五言低得多，如李白即曾说：“兴寄深微，五言不如四言，七言又其靡也。”（《本事诗》引）

七言诗体为什么在汉魏六朝时那样被歧视呢？讨论到这一层，便重又接触到它的起源问题了。

原来七言和五言一样在起初都是“委巷中歌谣”之体，五言诗体初被文人应用是在东汉时，并不比七言早些，但因为乐府中所收的歌谣多五言，五言普及得很快，到魏晋已经升格为诗歌的正体了。七言虽早已有人用之于诗，但并未能流行起来。未能流行起来的原因，我想一是两汉的那些七言中佳制太少，除张衡的《四愁诗》外很少流传人口，因而不曾引起多数人仿作；二是七言歌谣在汉时不曾有一首被采入乐府，没有音乐的力量来帮助它传播，自然难以普及。后者应是最主要的原因。在中国文学史上，凡是普及的诗体，莫非出于乐府，即初时皆借音乐的力量而流传。七言的乐府辞应以曹丕的《燕歌行》为第一首，这是文人偶然仿歌谣而制作的乐府辞，当时也没有别人做，并不普遍。晋宋时《白纻》等舞歌是七言，但也并不甚多。所以到汤惠休、鲍照的时代，七言仍只流行于委巷歌谣中，七言的身份仍然是民间体，在士大夫眼中仍然是"俗"的。所以汤、鲍偶然仿作仍然不免于被颜延之那样的贵族诗人所轻蔑讥评。

至于楚辞体，早已用于庙堂文学，是早已受人尊敬的了。假如七言诗是从楚辞系蜕化出来的，那么七言在唐以前被歧视的缘故，便不可解释了。这也是七言由楚辞系蜕变说的一个疑难。此说以张衡的《四愁》为附会的根基，而不知《四愁》在意境上是近于歌谣而远于楚骚的，体制上亦然（下文有说），否则便不会得到"体小而俗"的考语了。

三、谣谚与七言诗

上文说七言诗体本出于委巷歌谣，还不过是一个假定。这个假定能否成立，还须看考察事实的结果。首先我们得看看七言在谣谚中发展的情形。

先秦歌谣以四言为主，间或有以七言为主的，如《礼记·檀弓》所载的《成人歌》："蚕则绩而蟹有匡，范则冠而蝉有緌，兄则死而子皋为之衰。"

战国末有以七言为主的劳动歌曲，从荀卿的《成相辞》可以知之。“成相”之“相”就是《礼记·曲礼》篇“邻有丧，舂不相”的“相”，据郑玄注“相”是“送杵声”。人在劳动时常有讴歌，建筑工人杵地时必有“杭唷”之声，其曲即谓之“相”。《成相辞》诸章屡以“请成相”三字起头，这三字，据卢文弨说就是“请奏此曲”的意思，所以知道《成相辞》是采用民歌的体式和腔调的。从它复沓的形式也可以看出来。其第一章云：

请成相，世之殃，愚暗愚暗堕贤良。人主无贤，如瞽无相何伥伥。

其结构以七言句为主体是很显明的。至于完整的七言歌谣，在汉以前似无有。宁戚《饭牛歌》“南山矸”一首出应劭《三齐记》，“沧浪之水”一首出《艺文类聚》，都不一定可靠。

现存的歌谣中汉初似尚无完整的七言。《文选》陆士衡《挽歌诗》注及《草堂诗笺》二四引崔豹《古今注》《薤露歌》云：“薤上朝露何易晞，露晞明朝更复落，人生一去何时归！”七言三句。但《乐府诗集》载此诗无“朝”字，崔豹又谓《薤露》《蒿里》本是一曲。故原诗未必全为七言。《乐府诗集》又有《鸡鸣歌》，赵翼《陔余丛考》谓为汉初歌谣，梁启超《中国之美文及其历史》认为东汉末作品，时代也不能定。武帝太初中谣“三七末世鸡不鸣，犬不吠，宫中荆棘乱相系，当有九虎争为帝”出于《拾遗记》，亦不足据。直到汉成帝时方见一首《楼护歌》（见《汉书》卷九十二《游侠·楼护传》）只一句云：

五侯治丧楼君卿。

和一首《上郡歌》(见《汉书》卷七十九《冯野王传》):

大冯君，小冯君，兄弟继踵相因循。聪明贤知惠吏民，政如鲁卫德化钧。周公康叔犹二君。

后一首还杂入两句三言。不过以三三起头是七言歌谣和后世七言诗的常例，这一首也可以认为完全的七言了。至于完全七言的谚语较为早见，《汉书》卷五十一《路温舒传》载路温舒上书引谚曰：

画地为狱议不入，刻木为吏期不对。

此谚亦见《说苑》。司马迁《报任少卿书》有“画地为牢，势不可入；削木为吏，议不可对”云云，亦用此谚而变其句法。可知此谚产生于武帝时，或武帝前。

就现存的谣谚看来，西汉时七言还很少，在成帝以前只能确信有七言的谚语，而七言的歌谣有无尚难断言。不过从谣谚以外的材料观察，武帝时七言在歌谣中必已甚普遍，完全七言的歌谣在这时必已流行。

汉乐府中有不少的七言句，铙歌中如《艾如张》:“山出黄雀亦有罗，雀以高飞奈雀何？”《上之回》:“令从百官疾驱驰，千秋万岁乐无极。”《战城南》:“野死不葬乌可食……腐肉安能去子逃……禾黍不获君何食，愿为忠臣安可得。”《有所思》:“秋风肃肃晨风飔，东方须臾高知之。”《临高台》:“下有清水清且寒，江有香草目以兰，黄鹄高飞离哉翻。”等等皆是。汉铙歌的时代虽不一致，其中有一部分为武帝时的歌辞是无疑的；铙歌的内容虽杂，其中有一部分是民歌，也是无疑的。

又相和歌古辞《董逃行》“吾欲上谒从高山，山头危险大难言……采取神药若木端……奉上陛下一玉柈……陛下长与天保守”等句亦是七言。相和歌现存古辞本是“汉世街陌谣讴”（语见《宋书·乐志》）。《董逃行》据“乐府原题”是作于汉武之时。早于此者尚有《薤露》《蒿里》二曲（据《古今注》均出田横门客），前者全首四句，七言占一半（据《乐府诗集》）；后者也是四句，七言占其三。由这些例子看来，到武帝时民间歌谣中，七言一定是常见的。

前面曾提及司马相如的《凡将》篇，这是一部以七言为句的字书，是口诀文体。后来元帝时黄门令史游规模《凡将》作《急就篇》，书中大部分亦用七言。（《凡将》文句传者虽少，尚可考见，《急就》现存。）这都是教蒙童的书，所以用口诀。口诀的作用是便人记诵。编口诀的人绝不会自创一种世人不熟习的韵文体，他们所用的必是“街陌谣讴”中流行的形式，诵读起来才容易顺口成腔。秦代的《仓颉篇》四字为句，战国时的《史籀篇》据王国维先生说体制当同。《凡将》《急就》不依前人体例作四言，而故意改为七言，若非为了便利流俗，为的是什么呢？（司马相如似乎是喜用民间体的作家，他的《琴歌》即于骚体中杂七言。汉郊祀歌有一部分是相如做的，《天门》《天地》等篇有很多的七言句，大约即出于相如之手。）我们由《凡将》《急就》等口诀的形式，可以推想当时七言歌谣必已流行。

又《汉书·东方朔传》载东方朔射覆语云：“臣以为龙又无角，谓之为蛇又有足，跂跂脉脉善缘壁，是非守宫即蜥蜴。”东方朔口占这四句韵语，亦必不是自创之格，我们相信这是当时

“街陌”流行之体、流行之腔调，作者平昔习惯于唇吻之间，所以冲口而出。（东方朔曾作七言上文已提及）射覆的事是东方朔滑稽故事之一，正因为是“街陌”流行之体，用于宫廷中方见滑稽趣味，犹之乎今日的绅士偶然仿《莲花落》调子说话，亦可以逗笑乐也。由此也可以推想当时七言歌谣的流行。

现存的西汉歌谣是极少的一部分，我们要观察当时歌谣的体制，从现存的寥寥几首中绝不能见其全，所以不得不根据其他材料来推测。可惜的是《汉书·艺文志》所著录的那些吴楚燕代各地的歌诗讴谣全都佚去；否则可以添出二百多首西汉歌谣供我们研究，我们的了解当然要清楚得多了。

东汉七言歌谣现存者较多，据丁福保《全汉诗》，光武时有《董宣歌》《郭乔卿歌》，和帝时有“城上乌”谣，安帝时有《陈临歌》（二首）及《黎阳令张公颂》，桓帝时有《范史云歌》、“小麦青青”谣、“游平卖印”谣、《京都童谣》《任安二谣》《二郡谣》，献帝时有《建安初荆州童谣》及《阎君谣》，共十四首。

东汉七言谚语，据丁辑有“戴侍中”“井大春”“刘太常”“杨子行”“许叔重”“冯仲文”“鲁国孔氏”“胡伯始”“考城谚”“帐下壮士”“缪文雅”“许伟君”“王君公”共十三首。

东汉是五言乐府已盛，五言诗已萌芽的时代，但乐府以外的五言歌谣却不如七言的多。据丁辑东汉五言歌谣仅有《凉州歌》《崔瑗歌》《吴资歌》（二首）、《陈纪山歌》《城中谣》六首。和七言相较不及二之一。五言谚语仅有“紫宫谚”“缝掖”“时人语”三首，仅及七言谚语四之一。再据《全汉诗》比较这时杂言歌谣中五七言句的数目，七言共十四句，五言八句；杂言谚语中七言句三，五言句无，可知在这时的谣谚中，七言实较五言普遍。

两汉七言歌谣大都是每首一句至三句；最长的四句，只二首；长一点的七言歌谣到晋代才多起来，如《并州歌》《豫州歌》《陇上歌》《大风谣》等皆四句以上。《陇上歌》不但较长，情事亦较复杂，其词云：

> 陇上健儿曰陈安，躯干虽小腹中宽，爱养将士同心肝。騄骢骏马铁锻鞍，七尺大刀配齐镮，丈八蛇矛左右盘，十荡十决无当前。百骑俱出如云浮。追者千万骑悠悠。战始三交失蛇矛，十骑俱荡九骑留，弃我騄骢攀岩幽，天非降雨追者休。阿呵呜呼奈子何！呜呼阿呵奈子何！（据《赵书》）

《晋书·载记》曰："……安善于抚按，吉凶夷险与众同之。及其死，陇上为之歌。曜（刘曜）闻而嘉伤，命乐府歌之。"这也许是七言歌谣入乐府的第一首罢？（假定《薤露歌》非七言）

我们对两汉魏晋的谣谚做一番考察之后，发现几个特可注意之点：

一、七言谣谚中很多以一句成章的，为三、四、五、六言所无，骚体歌诗亦无此例。大概七言句音如特别缓长，一句就可以咏唱（往往句中第四字与第七字叶韵），两句也许就是复沓了。（七言诗中有短至两句的，如后汉李尤的《九曲歌》云："年岁晚暮时已斜，安得力士翻日车？"因为它短，向来以为是残缺不完的诗，其实这在歌谣中是极普通的。）这是七言诗的特点。这可以说明七言歌谣和早期的七言诗为什么每句都押韵，而每一篇的句数不论奇偶都可以，不似三、四、五言的诗绝不能每句押韵，且每篇句数多为偶数。（南朝小乐府中五言歌辞间有以三句成篇者，为极少数的例外。）尤其是那个很特别的诗体——七言联句的由来可从此得一解释。七言联句是每人作一句诗，和他体联句不同，原因是七言诗一句即可算得一章，虽然名为联句，事实上倒是复叠，是唱和。这种体最先有传为汉武帝君臣所作的《柏梁台诗》，其后有谢安叔侄的《咏雪联句》。《柏梁台诗》疑者甚多，但是并未能确证为伪作。顾炎武以来认为这篇诗是伪作的，不过因为题下所注作诗年代为“元封三年”，诗中所注作者名字中又有“梁孝武王”，而梁孝武王是在孝景帝时已经死了的。其余作者有“光禄勋”“大鸿胪”等官，这些官名又都是太初元年所更名，不应在元封中预书。但原来记载这篇诗的《三秦记》早已亡佚，原书是否有这样的注还是疑问。近人日本铃木虎雄说宋敏求《长安志》所引《三秦记》无“元封三年”字样，也没有梁孝王名字，但称梁王（胡光炜先生《中国文学史》引其说）。可见原书的附注所传不一，很难依据它断定这诗的真伪。

从文辞和体制看来，这诗可能产生在西汉时。至于郭舍人和东方朔的谐谑，有人以为有失君臣间的体统，因而疑及这篇诗。其实这并不成为问题，一则这两人的身份本是弄臣倡优，说诨亵的话并不为奇；二则七言在当时尚为不登大雅之体，如柏梁台联句果有其事，不过是以“打油”为笑乐而已，和作“颂”作“赋”完全不同。所以在全诗中，不独郭舍人、东方朔两人所作有欠庄重，丞相、大将军和太官令的诗句都有诙谐意味。我以为这些谐谑成分倒可增加这篇诗的可信程度。后来谢家的联句也是一时供笑乐的事，并非正正经经地作诗，从《世说》的记叙和诗句的本身都可以见出。

二、七言歌谣常常以两个三言句起头，从《越谣歌》以下，例不胜举。在两个三言句之间有时联上一个“兮”字，例如《晋书·五行志》所载童谣“南风起兮吹白沙。遥望鲁国何嵯峨。千岁髑髅生齿牙”。一本无“兮”字。无“兮”字就成为两个三字句，有“兮”字就是楚辞《山鬼》《国殇》的句式。张衡《四愁诗》每章第一句作“□□□兮□□□”式，遂使人疑为楚辞形式之残留，而造成七言诗由楚辞系蜕化的错觉。哪晓得这不过是三三句的变形，是从歌谣来的。三三句常用作七言歌谣的起头，它的变形“□□□兮□□□”式亦用于起头，《南风谣》如此，《四愁》亦如此。《文选》魏文帝《芙蓉池作》诗李善注引东方朔七言“折羽翼兮摩苍天”句，一定也是起句。

三、七言句很早就用于歌谣，《诗经》中已不一见，到楚辞体产生的时候，七言在歌谣中已经占主要地位了，此后历秦汉魏晋，七言一直是歌谣里最普遍的句式。可以见得在歌咏中七言句是很天然的，无待乎文人从楚辞体去改制。

四、七言谣谚和其他七言韵语之流行早于五言。（五言歌谣之始为汉成帝时的《黄爵谣》和《尹赏谣》，其他五言韵语在这时以前也不曾有过。）这可以打破“七言晚于五言”的成见。有些人泥于“文体由简而繁”这一公例，确信五言诗未产生以前绝不会有七言诗，对于产生较早的七言诗，便据这一个理由判定为不真，未免为自己的幻觉所欺骗了。

五、七言入乐府的时期很晚。文人制作七言的乐府歌辞始于三国，除魏文帝的《燕歌行》二首外缪袭有《旧邦》一首，为魏鼓吹曲辞之一；韦昭有《克皖城》一首，为吴鼓吹曲辞之一。

七言歌谣被采入乐府，直到晋代才有，以《陇上歌》为第一首。(《乐府·杂曲歌辞》里有一篇《东飞伯劳歌》虽相传是古辞，实为南朝人诗，可不辩。）比之五言歌谣入乐的时期实在迟得多了。这是七言的幸运不如五言之处。五言歌谣入乐府在东汉时（想因当时流行的音乐最宜五言歌辞）。我们看东汉五言歌谣保存在乐府里的有那么多，可想当时必有许多七言歌谣因为未得入乐而致亡失。现存的歌谣多靠史传记录，方得流传。靠史传记录，当然写定较迟。而且史书记录歌谣和乐府搜集歌谣的标准是不同的，史书所录只取其和政事有关，而乐府所收的歌谣多富于文学趣味。这个只需将乐府内外的五言歌谣做一比较就明白了。所以我们相信七言歌谣亡失的部分一定有许多叙写“赠芍”“采莲”“桑间”“陌上”“狭路”“秦楼”，乃至“孤儿”“弃妇”等类情事的文学珠玉。

歌谣入乐必须经过精选，也不免经过润饰，其胜于一般歌谣是可以想见的。更因音乐的力量，流布广远，和文人接触的机会便多起来，容易引起大批的仿作，自属当然之理。五言“古诗”便是这样产生的。五言在古代歌谣里的流行不及七言，五言韵语的产生后于七言，而五言诗之盛反早于七言，其原因系于入乐的早迟是很明显的。（晋宋七言诗稍盛，多为《燕歌》《白纻》等乐府歌辞的仿作。）

未入乐府的歌谣被模仿的机会自然要少得多，所以七言歌谣的仿作在晋以前只见到《四愁》和《燕歌行》等少数的例子。两汉的那些七言中谅不免有直接仿自歌谣的，可惜没有完整的材料供我们研究，不能下什么断语了。

五言体从歌谣提升到文人诗里去，经过乐府的媒介，七言便不相同。大约七言体从歌谣升到文人诗里去，有直接的，也有间接的，直接的远如《成相辞》，近如《燕歌行》。七言联句，似乎也是直接仿效谣谚的游戏诗。但七言体从谣谚升到文人笔下不一定都成为诗，它可以是歌诀，如《凡将》《急就》等字书，上文已述及。道书中如《黄庭经》亦用七言韵语，或者也有歌诀的作用。这里抄几句《急就》示例："急就奇觚与众异，罗列诸物名姓字。分别部居不杂厕，用日约少殊快意……"

也可以是铭辞。东汉有许多镜铭皆是七言韵语，如尚方镜六铭曰：

> 尚方御竟真毋伤。巧工刻之成文章，左龙右虎辟不详（祥），朱鸟玄武调阴阳，子孙备具居中央。上有何人以为常？长保二亲乐富昌，寿数今（金）石如侯王。

又尚方镜十一铭曰：

> 尚方作竟真大好。上有仙人不知老，渴饮玉泉饥食枣，浮流天下敖四海，非回名山采之（芝）草。寿如金石为国保。

这些铭辞语极浅俗，是当时模仿谣谚的新铭体。

也可以是评语。两汉（尤其是后汉）盛行一种七字评，完全仿自民间的谣谚。西汉七字评如"欲不为论念张文"（《汉书》曰：成帝为太子，及即位，以张禹为师，禹以上难数对已问经，为《论语章句》献之，诸儒为之语云云。），"关西孔子杨伯起"（《东观汉纪》曰：杨震少学，受欧阳尚书于太常桓郁，经明博览，无不穷究，诸儒为之语云云。），东汉七字评如"难经伉伉刘太常"（华峤《后汉书》曰：刘恺为太常，论议常引正大义，诸儒为之语云云。）及“天下模楷李元礼，不畏强御陈仲举，天下俊秀王叔茂”（范晔《后汉书》曰：诸生三万余人，郭林宗、贾伟节为其冠，并与李膺、陈蕃、王畅更相褒重，学中语曰云云。）。这些评语或出“诸儒”或出太学生。而他们的范本就是《楼护歌》《郭乔卿歌》《二郡谣》等。这些可以称之为文人谚。

也可以是谶纬。谶纬本是童谣的变形，童谣多七言，所以谶纬亦多七言。光武初即皇帝位其祝文引谶记曰：“刘秀发兵捕不道，卯金修德为天子。”纬书中有不少七言句，但很零散。谶辞之出于文人笔下者如《晋书》载王嘉所作《歌谶三章》，录之以见其体：“帝讳昌明运当极，特申一期延其息。诸马渡江百年中，当值卯金折其锋。”“欲知其姓草肃肃，谷中最细低头熟，鳞身甲体永兴福。”“金刀利刃齐刈之。”

也可以是杂著。如王逸所作《楚辞注》往往用整齐有韵的句子而赘以一个“也”字，如将“也”字删去便成韵文。其七言者如《哀郢》注云：“哀愤结緍虑烦冤。哀悲太息损肺肝。心中诘屈如连环。”《怀沙》注云：“言己忧思念怀王。伫立悲哀涕交横。良友隔绝道坏崩。秘密之语难传诵。忠谋盘纡气盈胸。含辞郁结不得申。诚欲日日陈已心。思念沉积不得通。思托要谋于神灵。云师径游不我听。思附鸿雁达中情。”《思美人》注云：“草创宪度定众难。楚以炽盛无盗奸。委政忠良而游息。天灾地变始存念。臣有过差赦贯宽。素性敦厚慎语言。遭遇靳尚及上官。上怀忿恚欲刑残。内弗省察其侵冤。专擅君恩握主权。欲罔戏弄若转丸。不审穷核其端原。放逐徙我不肯还。”王逸有七言诗《琴思》

一篇，梁任公先生云“疑亦某篇之注”。

又可以是赋的一部分。古的如宋玉《神女赋》中“罗纨绮缋盛文章，极服妙采照万方”二句。较近者如张衡《思玄赋》系曰：“天长地久岁不留，俟河之清只怀忧。愿得远渡以自娱，上下无常穷六区。超逾腾跃绝世俗，飘颻神举逞所欲。天不可阶仙夫稀，柏舟悄悄吝不飞。松乔高跱孰能离，结精远游使心携。回志朅来从玄諆，获我所求夫何思。”（实质上这就是诗，不过名称还不是诗罢了。所以选汉诗的往往收入此篇，题曰《思玄诗》。）

这些韵文的体裁均来自七言歌谣。诗人自然也不免因它们的影响而作七言。

此外还可以是假造的古诗歌或神仙诗歌，如应劭《三齐记》所载的宁戚《饭牛歌》，王嘉《拾遗记》所载的《皇娥歌》及《白帝子答歌》，干宝《搜神记》的《丁令威歌》，都可以认为记录者或其同时人所假造（作为假造者那个时代的诗歌还是有用的材料）。但这类诗歌不过是传说或故事里的一点点缀，造者也并不是要做假古董骗人，所以他们用的诗体也就是当时民间谣谚中流行之体。——这也可以作为七言体从歌谣直接升到文人笔下之一例。

四、结　论

我们承认楚辞句法有近于七言诗之处，楚辞体未尝无蜕变为七言诗体的可能，但虽有此可能，并未产生此事实。事实上七言诗体的来源是民间歌谣（和四五言同例）。七言是从歌谣直接或间接升到文人笔下而成为诗体的，所以七言诗体制上的一切特点都可在七言歌谣里找到根源。

所以，血统上和七言诗比较相近的上古诗歌，是《成相辞》而非楚辞。

至于七言诗产生的时期，应是西汉，不似一般所想象的晚到张衡时。东方朔、刘向都是七言诗作者，各存有少数断句。《柏梁台联句》也可能是一首西汉诗。

1942 年 5 月

关于七言诗起源问题的讨论

答李嘉言先生论七言诗起源书

嘉言兄：

十二月二十五日手书关于七言诗起源问题诚恳赐教，至为欣感，但对于尊说各点，仍未敢苟同。兄谓七言诗“因时代之不同，有先后二源”，认为《燕歌行》以前的七言诗出于楚辞，以后的七言诗出于歌谣。此说意主调停，但于事实恐未符合。我以为七言诗的渊源只有一个，就是谣谚。主七言句出于楚辞之说者恐系为一种错觉所蔽，由错觉而生成见。来书排列秦汉楚辞体诗歌若干首，表示其中七言句逐渐增多，到张衡的《思玄赋》系辞即变为完全的七言诗。以为从其中可以见出由楚辞到七言诗逐渐演化的程序。这种排列也曾有别人做过，那是着眼于张衡的另一首七言诗《四愁》，其实无论着眼于《思玄赋》或《四愁》，其白费工夫是同样的。这种排列只能造成楚辞演化为七言诗的错觉，而不能作为七言诗源于楚辞的证明。试想，楚辞句法既然和七言诗那么相近，楚辞句改为七言诗句既然是那么容易（依尊说只须减一个“兮”字），蜕变为七言诗自可一步完成，何须逐渐演化？若依尊说，今日减一个“兮”字，明日减两个“兮”字，这人变一句，那人变两句，经过三百年才变成功，乍听似颇有步骤，细想却悖于事理。我们只要看一看三言诗产生的情形，便知这样的演化程序是不需要的。三言诗正是出于楚辞，正是从楚辞句式减掉“兮”字变成的。试问从楚辞到汉郊祀歌中《练时日》《天马》等篇何尝经过这么一个“逐渐演化”的程序？这无中生有的演化程序能证明些什么呢？

假如我兄所拟想的七言诗产生情形可以成立，则《思玄赋》系辞自当为七言诗的第一首，然而事实上张衡以前已有七言诗，拙作《七言诗起源新论》曾指出自东方朔以下，刘向、刘苍、杜笃、崔骃均著有七言，观察现存的刘向七言断句，知道那就是七言诗。此外《柏梁台联句》也可能是一首西汉诗。如非故意抹煞事实，便不能说七言诗到张衡时才产生。

退一步言，即使不信《柏梁台联句》是西汉诗，亦不信刘向等人的七言是诗，总不能否认在张衡之前早已存在着许多的七言韵语。除那些名为“七言”的以外，这些七言韵语还包括东方朔射覆口号，《凡将》《急就》等歌诀，及汉成帝以来的七字评等，这都是我那篇拙文已经举出的。这里我再引戴良的《失父零丁》：

> 敬白诸君行路者，敢告重罪自为祸，积恶致灾天困我，今月七日失阿爹。念此酷毒可痛伤！当以重币用相偿，请为诸君说事状。我父躯体与众异，脊背伛偻卷如韯，唇吻参差不相值。此其庶形何能备？请复重陈其面目，鸱头鹄颈獦狗

啄，眼泪鼻涕相追逐，吻中含纳无牙齿，食不能嚼左右蹉。□似西域□骆驼，请复重陈其形骸，为人虽长甚细材，面目芒苍如死灰，眼眶臼陷如羹杯。

戴良是后汉人，略前于张衡。此文见《太平御览》五九八，全文显为七言句组成（偶有参差，或由脱误），且有韵。既然张衡以前已有这许多七言韵语，他的七言诗自然是采用现成的体制，并无理由说它们是从骚体诗歌变化而来。

从“七言不名诗”这一层看来，知道当时人对于七言韵语视为俗体。从傅玄《拟四愁诗序》看来，知道晋人观念亦尚如此。（傅玄谓《四愁》“体小而俗，七言类也”，这“七言”二字自是指刘向等人所曾作的七言之体，兄于此语似略有误会。）从歌诀、零丁都用七言这一事实看来，可以知道七言韵语确为当时流行的俗体。从七言韵语为当时俗体这一层看来，可以知道其渊源应是谣谚而非楚辞。至于谣谚与七言诗的关系我以前已详论，现在没有什么补充，不再赘。以下更就我兄的“零碎意见”，稍事商榷。

关于“成相”的解释，我仍信俞说。兄谓“相”即瞽之相导者，引《周礼·春官·乐师》“令相”注“瞽师盲者，皆有相导之者”为说。然瞽之掌乐为世官，不一定都是盲者。汪容甫对此有解说，见《述学》。

关于《世说》所载王子猷“昂昂若千里之驹，泛泛若水中之凫”两句话，兄以为这是为七言诗举例，我以为绝不是。王子猷此语的真正意思我实在不了解，但这是形容七言诗而非举例，则可断言。这两句虽各为七字，但实非诗句。他既欲举例，不举现成的七言诗句，而故意将《卜居》之语“斩头去尾”，似无此理，若因为他借用了《卜居》之语来形容七言诗，便说他认七言诗出于楚辞，似亦无此理。

此外来书对拙文有些误解之处，虽属枝节，似乎也不可以不辩。我曾说《四愁》每章开端的形式，是从七言歌谣中“三三七”这一个普通的发端形式变来。兄谓我既认三言诗出于楚辞，即是认《四愁》亦出于楚辞。这是很大的误会。三言诗与七言诗中的三三七发端形式并不是一回事。三言诗确是出于楚辞，那是到汉武帝时才产生的；三三七句式并非出于楚辞，那是《越谣歌》《成相辞》中已经有的。若混为一谈，就不免缠夹了。

其次，我曾说七言谣谚和其他七言韵语之流行早于五言，五言诗之盛反早于七言，其原因系于入乐的早迟。兄意不谓然，说：“三言入乐较五言尤早，如郊祀歌之《练时日》《天马》等，而三言诗为何不发达呢？可知谓一体之盛衰系于入乐早迟之说，尚有讨论之余地。”这里我首先否认我曾说过“一体之盛衰系于入乐早迟”的话，我的意思只是将五七言诗做比较，我将五七言诗做比较的缘故，是因为五七言诗都是源于谣谚。三言诗不在讨论之列，因为它不是出于谣谚，诗体盛衰并不系于入乐早迟，但五言诗之盛所以早于七言诗，却是因为它入乐早于七言诗。我现在仍然这样想。

总之，我那篇拙文的“七言与七言诗”一章似乎未蒙多予注意，对一些小地方又略有误解，所以对我的结论不以为然。现在希望对我的补充和辩正处再赐指教。即颂时祺。

弟冠英再拜二月五日于昆明蒜村（一九四四）

附：与余冠英先生论七言诗起源书

冠英兄：

弟上年教文学史，对于七首诗起源，只照一般的说法，略微提及。今年重教此课，将《国文月刊》所载大作《七言诗起源新论》细细拜读一过，不胜钦佩。然亦不无疑问，乞教正焉。兄谓：

> 七言歌谣常常以两个三言句起头……《四愁诗》每章第一句作“□□□兮□□□”式……是“三三”句的变形，是从歌谣变来的。

但在另一节又说：

> 《山鬼》《国殇》演化为三言是很自然的。

是兄虽明说《四愁》不源于楚辞，而实际还是认为《四愁》是源于楚辞的。与其说“□□□兮□□□”是“□□□□□□”的变形，何如不让它“变”呢？（在另一节兄又认为楚辞也是歌谣）

今欲证明《四愁》源于楚辞，还得从头说起。兄将楚辞之近于七言者分为五六个式子，以弟之见，可将此五六个式子并为三式：

（一）甲：子慕予兮（也）善窈窕——《山鬼》

援玉枹兮（以）击鸣鼓——《国殇》

乙：五子用失乎家巷——《离骚》

至今九年而不复——《九章》

丙：余将董道而不豫（兮）——《九章》

太公九十乃显荣（兮）——《九辩》

（二）上下未形，何由考（之）——《天问》

璜台十成，谁所极（焉）——《天问》

受命不迁，生南国（兮）——《九章》

天地四方，多贼奸（些）——《招魂》

（三）悲忧穷蹙（兮）独处廓，有美一人（兮）心不怿——《九辩》

湛湛江水（兮）上有枫，目极千里（兮）伤春心——《招魂》

这样子一排列，可以看出楚辞渐渐演化为七言诗的大概程序。第三式最近七言诗，第三式《九辩》《招魂》也最晚出。下至秦汉的楚辞体的诗歌，便接着这个程序渐渐变为完整的七言句了。今为明白事实起见，将秦汉楚辞体的诗歌，依其时代先后，照抄如下：

风萧萧兮易水寒（第一式）壮士一去兮不复还（第三式）

——《易水歌》

大风起兮云飞扬（第一式）威加海内兮归故乡，安得猛士兮守四方（第三式）

——《大风歌》

秋风起兮白云飞（第一式）草木黄落兮雁南归（第三式）

——《秋风辞》

吾家嫁我兮天一方，远托异国兮乌孙王，穹庐为室兮毡为墙……（第三式）

——乌孙公主《悲愁歌》

桂树丛生兮山之幽，偃蹇连卷兮枝相缭，山气巃嵸兮石嵯峨……（第三式）

——淮南王《招隐士》

径万里兮度沙漠……（第一式）老母已死，虽欲报恩将安归（完整的七言句）

——李陵《别歌》

秋素景兮泛洪波，挥纤手兮折芰荷（第一式）凉风凄凄扬棹歌，云光开曙月低河，万岁为乐岂云多（完整的七言句）

——昭帝《淋池歌》

天造草昧，立性命兮。后心弘道，惟圣贤兮。浑元运物，流不处兮。保身遗名，民之表兮。舍生取谊，以道用兮。忧伤夭物，忝莫痛兮。皓尔太素，曷渝色兮。尚越其几，沦神域兮（第二式）

——班固《幽通赋》乱辞

天长地久岁不留，俟河之清只怀忧，愿得远渡以自娱，上下无常穷六区，超逾腾跃绝世俗，飘飖神举逞所欲，天不可阶仙夫稀，柏舟悄悄吝不飞，松乔高跱孰能离，结精远游使心携，回志朅来从玄諆（案见引刘向七言"朅来归耕永自疏"，亦见此句李善注），获我所求夫何思。（完整的七言诗）

——张衡《思玄赋》系辞

观以上诸例，可得以下结论：

一、七言诗源于楚辞，毋庸怀疑。楚辞体的李陵《别歌》及昭帝《淋池歌》中的七言句，如使其恢复楚辞的形式，只须于其句中加一“兮”字便得。同理，张衡的《四愁诗》除第一句仍保持楚辞原形外，以下的句子如“欲往从之梁甫艰，侧身东望涕沾翰”，亦只须于其句中或句尾加一“兮”字或“些”字，便又回到楚辞的第二、三式。曹丕的《燕歌行》亦然，这只消将《燕歌行》和《秋风辞》比较便知：

草木黄落兮雁南归

——《秋风辞》

草木摇落（兮）露为霜

——《燕歌行》

至于其内容，《四愁》序明说“效屈原以美人为君子，以珍宝为仁义”。《燕歌行》的头三句亦显然脱自《九辩》“悲哉秋之为气也，萧瑟兮草木摇落而变衰……燕翩翩其辞归兮……雁嗈嗈而南游兮”。

二、七言诗完全是从楚辞第二、三式变来的。由《秋风辞》“草木黄落兮雁南归”至《燕歌行》“草木摇落露为霜”是第三式变为七言诗的实例。《幽通赋》乱辞变为《思玄赋》系辞是第二式变为七言诗的实例（《思玄赋》原为模仿《幽通赋》而作，同出《离骚》）。第二、三式原可互用，第二式可以改为第三式，第三式也可以改为第二式。吾兄于用笔行文时，思想只集中在第一式之不能变为七言，故未及注意第二、三式变为七言之事实。

三、历来论七言诗者多举张衡《四愁》为例，而不举其《思玄赋》系辞，实则后者较前者尤为重要。

四、七言诗之源出楚辞既昭然若此，故当晋朝一般人尚不知七言为何物时，王子猷却独具只眼，最先说出七言诗源出于楚辞的话来，《世说新语·排调》篇载：

王子猷诣谢公，谢曰："云何七言诗？"子猷承问，答曰："昂昂若千里之驹，泛泛若水中之凫。"

注曰：出《离骚》，案注云《离骚》当指《卜居》而言，《卜居》原作："宁昂昂若千里之驹乎？将泛泛若水中之凫乎？"子猷为之斩头去尾略易其文耳。此例虽不甚好，要可借悉王子猷乃最早认为七言诗源出楚辞者。

兄又谓："七言谣谚中很多以一句成章的……这是七言诗的特点，这可以说明七言歌谣和早期的七言诗为什么每句都押韵。"但《楚辞》及楚辞体的诗歌亦多有句句押韵的，如：

有美一人兮心不怿，去乡离家兮来远客

——《九辩》

天地四方多贼奸些，像设君室静闲安些，高堂邃宇槛层轩些

——《招魂》

其余《易水歌》《秋风辞》《淋池歌》，亦莫不然，尤其《思玄赋》系辞，也是句句押韵，如果承认《思玄赋》出自《离骚》，便不能说其系辞又出自歌谣。

兄又引傅玄评《四愁》语"体小而俗，七言类也"及颜延之评汤惠休语"委巷歌谣"，似为吾兄立说之所本。但颜延之的话是否指汤惠休的七言而言，本不能确定，如沈德潜《古诗源》于惠休五言《怨诗》行下注云："颜延之谓'惠休制作委巷中歌谣耳'，方当误后生，岂因其近于艳耶？"由"误后生"的话看来，

似乎不会是指其七言，七言没有误后生的罪过。沈德潜的猜测，纵不中，亦必不远。因此推论傅玄评《四愁》的话，大概也是指其“俗艳”而言，《四愁》原系仿效屈原美人香草之旨，原打算“兴寄深微”，而结果适得其反，所谓“体小而俗”，便是拿它和《离骚》比较的结果，说它比之《离骚》为体小而俗，“俗”就是“兴寄深微”的反面，并不是说它出自俗谣，至于为何它不能兴寄深微，由傅玄所说“七言类也”一句可知系体裁使然，即是说七言的形式根本不宜于兴寄深微。这可由多方面证明之：

一、《文心雕龙·明诗》篇说：“若夫四言正体，则雅润为本。五言流调，则清丽居宗。”《本事诗》引李白说：“兴寄深微，五言不如四言，七言又其靡也。”李白的说法实出自《文心》。

二、盛唐边塞诗派以气势为主，无须兴寄深微，故此派多七言；自然诗派以意为主，需要兴寄深微，故此派多五言。

三、沈德潜《古诗源》于鲍照七言《拟行路难》下注云“悲凉跌宕，曼声促节，体自明远独创”，这说明了七言不宜于兴寄深微之故，即因其曼声促节，也说明了鲍照为唐边塞派之先声。

关于荀卿的《成相辞》，兄取曲园先生之说，认为“相”是送杵声，因而推论《成相辞》是采用民歌的体式和腔调。弟则以为当取卢文弨“瞽必有相”及王念孙“请成相者，请言成治之方也”二说而论之。《尔雅·释诂》：“相，导也。”《周礼·春官·乐师》“令相”注曰“瞽师盲者，皆有相导之者”。《成相辞》既明谓“如瞽无相何伥伥”，可知“相”即瞽之相导者。《成相辞》盖即借相导瞽者之意，以申明人主成治之方。不知兄谓然否？

又兄谓“现存的西汉歌谣只是极少的一部分”。正因为其少，故欲证明其为七言之源，颇嫌不足。至于东汉歌谣虽渐多，但其与汉民间乐府，在七言诗的起源上说来，都已失去重要性了。因为汉乐府的时间无法确定，若大概而论，恐多为东汉的作品。如《西门行》“人生不满百，常怀千岁忧……自非仙人王子乔，计会寿命难与期”，似变“十九首”而为者，而先此的张衡，早就有了《思玄赋》系辞的完整的七言诗了。再一层，汉乐府句多质直，如《有所思》《战城南》等所有的七言句，与《四愁》《燕歌行》亦不类。若说陈琳《饮马长城窟行》及缪袭《克官渡》一类的七言诗近于汉乐府，倒无不可。

又兄谓“七言谣谚和其他七言韵语之流行早于五言”“五言诗之盛反早于七言，其原因系于入乐的早迟是很明显的”“五言歌谣入乐府在东汉时”，但三言入乐较五言尤早，如郊祀歌之《练时日》《天马》等，而三言诗为何不发达呢？可知谓一体之盛衰系于入乐早迟之说，尚有讨论之余地。五言所以早于七言发达，恐与字数多寡以及“兴寄深微”有关。李白说兴寄深微七言不如五言，则有之；五言不如四言，则未必。我不想再多事揣测了。

总之，兄文对于七言诗起源问题所谈颇广，不独对弟甚多启发，即在文学史上亦将永垂不朽。惟弟读书多疑，兄所素知；因揭《四愁诗》及《燕歌行》当源于楚辞之荦荦大者，竭诚请教（其他零碎意见，亦并附求正）。至若以稍后于《四愁》《燕歌行》之陈琳《饮马长城窟行》及缪袭《克官渡》等七言诗观之，则尊说仍为不刊之论。此亦犹如绝句，因时代之不同，故有先后二

源，不知兄谓然否？专此顺颂
箸祺。并候
赐正。

弟嘉言上十二月二十日深夜于兰州十里店

冠英兄：

前函去后，续见马融《长笛赋》赞辞亦系完整的七言诗，可补在张衡《思玄赋》系辞之后，今录其辞于下：

> 近世双笛从羌起，羌人伐竹未及已。龙鸣水中不见已，截竹吹之声相似。剡其上孔通洞之，裁以当篴便易持。易京明君识音律，故本四孔加以一。君明所加孔后出，是谓商声五音毕。

又宋玉《神女赋序》有似王子猷所举《卜居》的句子，可列为楚辞近于七言诗之第四式，今亦照抄如下：

> 耀乎若白日初出照屋梁……皎若明月舒其光……则罗纨绮缋盛文章，极服妙采照万方……婉若游龙乘云翔。

吴声歌曲里的男女赠答

乐府清商等中有些是一倡一答、男女互赠的诗，在西曲歌里曾有少数被人注意到，如《那呵滩》二首：

闻欢下扬州，相送江津湾，愿得篙橹折，交郎到头还。

篙折当更觅，橹折当更安，各自是官人，那得到头还。

“到”就是“倒”，篙橹都折，就只能倒转而还了。前一首女子词，后一首男子答。谭元春云“二首一语一应”，范大士云“一种相调之情写来如话”，是也。这种赠答诗在西曲歌里很稀罕，此例之外只有齐释宝月的《估客乐》“大艑珂峨头”和“初发扬州时”两首[1]。但在吴声歌曲里这类诗却不少见，似乎一向不曾有人留心过。例如《欢闻变歌》：

金瓦九重墙，玉壁珊瑚柱，中夜来相寻，唤欢闻不顾。

欢来不徐徐，阳窗都锐户；耶婆尚未眠，肝心如推橹。

前诗是男子埋怨责备的口吻，后诗是女子的回答，语意很明显。

---

[1] 此二诗《乐府诗集》不题作者姓名，从左克明《古乐府》作宝月诗。

又如《前溪歌》：

忧思出门倚，逢郎前溪度。莫作流水心，引新都舍故。

为家不凿井，担瓶下前溪。开穿乱漫下，但闻林鸟啼。

前溪沧浪映，通波澄渌清。声弦传不绝，千载寄汝名，永与天地并。

逍遥独桑头，北望东武亭。黄瓜被山侧，春风感郎情。

逍遥独桑头，东北无广亲。黄瓜是小草，春风何足叹，忆汝涕交零。

黄葛结蒙笼，生在洛溪边，花落逐水去，何当顺流还？还亦不复鲜！

黄葛生烂漫，谁能断葛根？宁断娇儿乳，不断郎殷勤！

第一首女子词，第二首男子答。“声弦”或是说琴音，因为前诗提到“流水”，就与高山流水的故事做联想，以琴音长在人心，喻相忆永无断绝。第三首女子词，第四首男子答。这两首句句针对，赠答的意味更明显。第五、第六仍是女倡男答，前诗是“终不罢相怜”的口吻，后诗则似表示“覆水难收”，是所谓决绝之词。《乐府诗集》载《前溪歌》共七首，这六首成为三对。另一首原来也该有匹偶，可惜已经亡佚了。

我想，如要在吴声歌曲里发现更多的男女赠答之词，应该到大群的《子夜歌》里去搜寻。论理，《子夜歌》应该全部是男女赠答之词。因为它本是歌谣（从《大子夜歌》“歌谣数百种，子夜最可怜”两句可以知道），其内容又都是言情，自当和今时湘滇两广的山歌一样，有倡有答。但因为现存的《子夜歌》不完全[1]，又和文人的作品羼混[2]，一一分别实在不容易。不过，话虽如此，现在能够分别出来的也还不算太少，大约够得上一半罢。这里且在《子夜歌》里举十首，在《子夜四时歌》里举十六首做例。(各诗均见《乐府诗集》)

子夜歌

(一)落日出前门，瞻瞩见子度，冶容多姿鬓，芳香已盈路。

(二)芳是香所为，冶容不敢当，天不夺人愿，故使侬见郎。

(三)始欲识郎时，两心望如一，理丝入残机，何悟不成匹。

(四)见娘善容媚，愿得结金兰，空织无经纬，求匹理自难。

(五)崎岖相怨慕，始获风云通，玉床[3]语石阙，悲思两心同。

(六)今夕已欢别，合会在何时?明灯照空局，悠然未有期!

(七)自从别郎来，何日不咨嗟?黄檗郁成林，当奈苦心多!

[1] 子夜春夏歌皆二十首，秋歌只十八首，冬歌只十七首，显有亡佚。

[2]《乐府诗集》载《子夜歌》四十二首，其中“恃爱如欲进”“朝日照绮窗”二首《玉台新咏》题作梁武帝诗，二首与他诗作风迥异，郭书误录无疑。其余作风不似歌谣者尚多。

[3]《乐府诗集》作“玉林”，从《古乐府》改正。

（八）高山种芙蓉，复经黄檗坞，果得一莲时，流离婴辛苦！

（九）感欢初殷勤，叹子后辽落，打金侧玳瑁，外艳里怀薄。

（十）初时非不密，其后日不如，回头枇栉脱，转觉薄志疏。

上例（一）是男子词，（二）是女子答。后诗第一句答前诗第四句，第二句答前诗第三句，三四答前诗一二。（三）是女子词，（四）是男子答。两诗同以布匹之匹喻匹配之匹，词意恰恰相应。（五）（六）也是情人的对话，（五）是倡，（六）是答，不过何首属男，何首属女，却不显明。前诗“玉床”“石阙”都代替“碑”字。和《读曲歌》“伏龟语石板”一句相同。“碑”与“悲”同音。崎岖已度，风云始通，正是苦尽甘来的时候，为什么又同有悲思呢？欲明其故须看答诗。答诗第一句“欢”“别”两字不能连读，别无欢理。这句诗是说欢罢又别，看下文才能明白。“明灯照空局”就是说“不见棋”，“不见棋”也就是“未有期”，“期”“棋”同音，隐语双关。前诗“始获风云通”一句是后诗“欢”字的注脚，后诗“别”字又是前诗“悲思两心同”一句的注脚，所以两诗必须合看，不能分割。（七）是女子词，以黄檗的苦心喻相思的苦心。（八）是男子答词，黄檗之外又添用一个比喻，以“莲”隐“怜”。是说彼此历经困苦，才得一次相怜（爱）的机会，也就是说不经困苦就不能得此机会，语气之间有感叹，也有慰勉。这两首诗也必须合看。（九）是男或女词，（十）是女或男答。前诗“打金侧玳瑁”，是说金箔镶嵌在玳瑁上，"箔"与"薄"同音双关。"外艳里薄"表面上说的是金，骨子里说的是人——薄情郎或负心女。这是责怨对方情衰的诗。答诗直认不讳，且针锋相对，毫不躲闪。第三句隐着一个"梳"字，"梳""疏"同音。梳篦日久变疏，本不足怪，人情渐疏不也很自然吗？这意思和《读曲歌》"君行负怜事，那得厚相于，麻纸语三葛，我薄汝粗疏"相似。这两首也是分割不开的。

下面再从《子夜四时歌》举例：

春　歌

（一）妖冶颜荡骀，景色复多媚，温风入南牖，织妇怀春意。

（二）朝日照北林[1]，初花锦绣色，谁能不相思，独在机中织。

（三）自从别欢后，叹音不绝响，黄檗向春生，苦心随日长。

（四）昔别雁集渚，今还燕巢梁，敢辞岁月久？但使逢春阳。

夏　歌

（一）高堂不作壁，招取四面风，吹欢罗裳开，动侬含笑容。

（二）反覆华簟上，屏帐了不施，郎君未可前，待我整

[1] 此用曹植诗句。《乐府诗集》作"明月照桂林"，春歌而言桂花，显有误，花作锦绣色亦不似月下光景，据《玉台》改正。

容仪！

（三）春倾桑叶尽，夏开蚕务毕，昼夜理机缚，知欲早成匹。

（四）田蚕事已毕，思妇犹苦身，当暑理絺服，持寄与行人。

秋 歌

（一）风清觉时凉，明月天色高，佳人理寒服，万结砧杵劳。

（二）白露朝夕生，秋风凄长夜，忆郎须寒服，乘月捣白素。

（三）开窗秋月光，灭烛解罗裳，合笑帷幌里，举体蕙兰香。

（四）凉秋开窗寝，斜月垂光照，中宵无人语，罗幌有双笑。

冬 歌

（一）渊冰厚三尺，素雪覆千里，我心如松柏，君情复何似？

（二）未尝经辛苦，无故强相矜，欲知千里寒，但看井水冰。

（三）何处结同心？西陵松柏下。晃荡无四壁，严霜冻杀我。

（四）蹑履步荒林，萧索悲人情，一唱泰始乐，枯草衔花生。

春歌（一）是男子词，意谓这样的季节，织妇的情思该有点异样了吧！（二）是女子答：正是如此。（第三句《玉台新咏》作“谁能春不思”，语气更相应。）（三）是女子词，是“道苦”之诗。（四）是男子答：别离的日子虽不少，能及时而归也就可慰了。夏歌（一）是男子词，（二）是女子答。后诗“整容仪”三字从前诗“罗裳开”三字来。（三）是男子词，（四）是女子答。和下面秋歌（一）（二）两首同类。秋歌（三）（四）是子夜歌群中最艳的诗，前一首似当属男子，“蕙兰香”似是对女子的赞美。冬歌（一）是女子词，（二）是男子答。“相矜”指前诗“我心”两句说。（三）是女子词，（四）是男子答。“荒林”即指“西陵松柏下”，“一唱”两句答前诗“晃荡”两句。

在《子夜歌》和《子夜四时歌》里还有十几组（以一赠一答为一组）的诗可以做例，如“宿昔不梳头”和“自从别欢来”，“朝思出前门”和“别后涕流连”，“遣信欢不来”和“怜欢好情怀”，“年少当及时”和“侬年不及时”，“夜长不得眠”和“夜觉百思缠”，“春园花就黄”和“碧楼冥初月”，“开春初无欢”和“春别犹春恋”，“青荷盖渌水”和“春桃初发红”，“秋风入窗里”和“鸿雁搴南去”，“昔别春草绿”和“寒鸟依高树”，“适见三阳日”和“严霜白草木”等首，赠答之意都很显著。此外有十几首也可能是赠答诗，但欠明显，征引从略。

这种赠答的形式间或也见于当时文人的模仿作品里，如谢灵运的《东阳溪中赠答》二首：

可怜谁家妇，缘流洒素足，明月在云间，迢迢不可得。

可怜谁家郎，缘流乘素舸。但问情若为，月就云中堕。

这两首诗自是模仿当时江南的民歌，在谢集中很显得别致，被选录在《玉台新咏》卷十。《玉台新咏》同卷又有梁武帝[1]《欢闻歌》二首：

艳艳金楼女，心如玉池莲，持底报郎恩？俱期游梵天。

南有相思木，合影[2]复同心，游女不可求，谁能息空阴？

这两首也是赠答。《乐府诗集》里《欢闻歌》收第一首，第二首放在《欢闻变歌》里。左克明《古乐府》只载第二首，也题作《欢闻歌》。徐陵并录这两首诗，或者也见出它们互相关应之处罢？《欢闻歌》也是吴声歌曲，也许这歌原来就是赠答体，梁武帝这两首也许正是保存原式。

这类少数例子，或有人以为是偶然巧合，但如《子夜歌》里属于赠答形式的既然那么多，就不会是偶然了。我们觉得有理由相信《子夜歌》原来都是男女赠答之词，不但《子夜歌》，从上面所举的例子看来，《前溪歌》也正是如此。

1947 年 2 月

[1]《乐府诗集》作王金珠诗，《古乐府》同。

[2]《玉台》原作“含情复同心”，似非，此从《乐府诗集》及《古乐府》。

唐诗发展的几个问题[1]

一

唐代诗歌标志着我国古代文学发展极其重要的阶段，呈现出空前繁荣的景象，代表了我国古代诗歌的最高成就。

从现存近五万首诗歌来看，唐诗广泛而深刻地反映了唐代的社会生活，诗歌题材的领域得到前所未有的开拓。唐代又是一个诗人辈出的时代。仅《全唐诗》所录即达二千多家。李白、杜甫、白居易等都是负有世界声誉的伟大诗人。唐代开宗立派、影响久远的大家，不下二十人。其余特色显著、在文学史上有一定地位的诗人，也有百人之多。唐代诗坛多种艺术风格争奇斗艳，诗歌体制完备成熟，形成了百花齐放的伟观，可以和思想史上战国时代的百家争鸣前后媲美。唐诗，是我国文学遗产中最灿烂、最珍贵的部分之一。

在唐诗研究中，困难不在于描述唐诗繁荣的盛况，而在于正

[1] 本文为余冠英、王水照合撰，是人民文学出版社《唐诗选》前言的前三部分，此处有个别删改。

确解释繁荣的原因。我们在下面提出一些粗浅的看法，希望能引起进一步的探讨。

唐诗繁荣的局面是当时经济、政治、文化等特定条件所促成，也是诗歌自身传统发展的结果。

唐诗的繁荣首先跟唐代的经济高涨和文化高涨是密不可分的。文学艺术的发展，和政治、法律、哲学等其他上层建筑一样，总是以经济的发展为基础的。恩格斯在论及 18 世纪法国和德国哲学繁荣的原因时指出，“哲学和那个时代的文学的普遍繁荣一样，都是经济高涨的结果”[1]。由于隋末农民大起义对于魏晋以来世族庄园经济的摧毁，由于唐初“均田制”的推行以及其他一些有利于生产发展的措施，促成了唐初一百多年的经济高涨，出现了我国封建社会经济发展的一个高峰。唐时的中国是当时东方最强大的封建国家。正是劳动人民，主要是农民阶级的辛勤劳动，创造了雄厚的社会财富，成为包括诗歌在内的唐代文化发展的物质基础。唐代国际文化的广泛交流，国内各民族文化的密切融合，唐王朝对思想文化采取相对自由的政策，儒、佛、道思想容许同时并存等，都是促成唐代文化普遍高涨的有利因素。而音乐、绘画、书法、舞蹈等艺术部门，当时都获得高度的成就，更对诗歌发生直接影响。没有唐代音乐的普遍发展，就不可能出现白居易《琵琶行》、韩愈《听颖师弹琴》、李贺《李凭箜篌引》这类描摹各种器乐曲达到出神入化境界的诗篇。唐代的一部分诗歌是可以合乐歌唱的，王昌龄、王之涣、高适同饮旗亭听唱的传

---

[1]《马克思恩格斯选集》第四卷 485 页。

说[1]，元稹的“数十诗”曾由余杭一位善弹箜篌的歌女商玲珑演唱[2]，都是例证。唐代题画诗的兴起显然派生于绘画艺术的发展。像王维既是山水诗的大家，又是南宗山水画的开创者，他自称“宿世谬词客，前身应画师”（《偶然作六首》之六）。这些艺术品种之间的创作精神和原则是相通的，它们互相吸收，彼此促进：画家吴道子曾学书法于张旭，提高了自己的画境；张旭观公孙大娘的《剑器浑脱》舞，“自此草书长进，豪荡感激”[3]；杜甫的名作《观公孙大娘弟子舞剑器行》，诗风也宛如雄武健美的舞蹈，表现出相似的矫捷奔放的气势。张旭的草书、李白的诗歌、裴旻的剑舞，就被并称为“三绝”[4]。可以说，唐代的各种艺术品种共同形成了一个时代的高度艺术水平，这为唐代诗人从事创作提供了丰富的文化积累和艺术营养。

庶族地主阶层是唐代诗坛的主要社会阶级基础，唐诗的繁荣又决定于这一阶层力量的勃兴和发展。

列宁指出：在封建社会中，“阶级的差别也是用居民的等级划分而固定下来的，同时还为每个阶级确定了在国家中的特殊法律地位”。他还指出，封建社会的“阶级同时也是一些特别的等级”，“等级的阶级”正是封建社会区别于资本主义社会的一个重要特征。[5]唐代正处在以新的封建等级制度代替旧的封建等级

[1] 唐薛用弱《集异记》中“王涣之”（即王之涣）条。

[2] 见元稹《重赠》自注及“休遣玲珑唱我诗”句。

[3] 杜甫《观公孙大娘弟子舞剑器行》序。

[4]《新唐书》卷二〇二《李白传》。

[5]《列宁全集》第六卷93页注。

制度的时代，在地主阶级和农民阶级这一主要矛盾的制约和影响下，统治阶级中的世族地主和庶族地主的势力发生了急剧的不同变化。如上所述，隋末农民大起义，沉重地打击了以占有奴婢、部曲等劳动人手为特征的世族地主的经济力量，庶族地主的势力便应运而生，得到巨大的发展。经济地位的改变必然引起政治地位的改变。庶族地主与世族地主发生重新分割政治权力的斗争。李唐皇族原是陇西大姓，但与山东旧族（指居住在华山以东地区的王、崔、卢、李、郑等世族）存在尖锐矛盾。在这一斗争中，皇族地主是和庶族地主站在一起的。唐太宗李世民下令重修《氏族志》，高士廉等竟然仍定崔姓为第一，皇族李姓为第三。李世民直接规定“不须论数世以前，止取今日官爵高下作等级”[1]，用官职品级代替门第、身份作为划分氏族等级的新标准，借以贬抑世族。高宗李治时，宰相李义府因“耻其家代无名，乃奏改此书（即指《氏族志》）”，进一步规定“皇朝得五品官者，皆升士流。于是兵卒以军功致五品者，尽入书限，更名为《姓氏录》。由是缙绅士大夫多耻被甄叙，皆号此书为‘勋格’”[2]。“地实寒微”的武则天执政时，更破格任用了一些庶族地主中的人物，其中许多就是因文学见长而被提拔的。这样，唐王朝虽然仍是整个地主阶级对农民阶级的专政，但庶族地主阶层却已形成一种新的政治力量，走上了历史舞台。

庶族地主阶层属于剥削阶级，是整个地主阶级的一部分，因而在根本上是坚决维护封建制度的。但是他们的社会地位不高，

[1]《旧唐书》卷六十五《高士廉传》。

[2]《旧唐书》卷八十二《李义府传》。

不像世族地主享有许多封建特权，比较了解人民的某些愿望和要求。他们是唐代历次“党争”中地主阶级革新派的阶级基础，也是唐代诗坛的主要社会基础。

已知的唐代二千多诗歌作者，来自不同的社会阶层，有工匠、舟子、樵夫、婢妾等被剥削被压迫的劳动人民，也有出身世家豪族的贵族诗人，但其基本队伍是寒素之家的知识分子。他们虽然积极跻身于封建统治的上层，但大多数仍然沉沦下僚，流浪江湖，经历了种种坎坷不平的遭遇，比较接近下层，加深了对于社会生活和斗争的认识。尤其重要的，确定一个诗人是什么阶级或阶层的代表，不仅仅决定于他的出身。即使像杜甫那样出身于世代“奉儒守官”的家庭，“生常免租税，名不隶征伐”（《自京赴奉先县咏怀五百字》），享有免赋免役的封建特权，但他的思想仍然反映了当时庶族地主阶层的物质生活和社会地位所决定的利益和要求，也不能越出庶族地主阶层所越不出的根本的阶级界限。他也是这一阶层的代表诗人。没有庶族势力在经济、政治上的勃兴，也就不可能会有代表他们利益和要求的诗人们在诗坛上的活跃。这在下面还将论及。

唐代以诗赋取士为重要内容的科举制度，是打破世族垄断政治、为庶族大开仕进之门的新的官僚选拔制度，也是促成唐诗繁荣的一个直接因素。曹魏以来实行的九品官人法，造成了世族对政权机构的世袭垄断。[1]唐承隋制，发展了科举制度，设置进士、

[1] 唐柳芳《姓系论》：“魏氏立九品，置中正，尊世胄，卑寒士，权归右姓（大姓，即望族）已。”（见《全唐文》卷三七二）。

明经等八科来选拔人才。后又以明经、进士两科并重，又逐渐演变为进士科最为时所崇尚[1]，台省要职、州县官吏多为进士科出身者所占据。而进士应试的主要科目就是诗赋。从过去依门第、身份得官，改为凭诗赋入仕，进而改变等级地位，这个重大变化不能不在地主阶级内部两派之间引起激烈的斗争。不少世族的政治代表公开反对进士科，我们可举唐中叶的几个宰相为例。杨绾认为进士科造成“幼能就学，皆诵当代之诗；长而博文，不越诸家之集”的“积弊”，要求取消。[2]郑覃“虽精经义，不能为文，嫉进士浮华，开成（836—840）初，奏礼部贡院宜罢进士科”[3]。说得最明白的是李德裕。他首先申明：“臣无名第，不合言进士之非。”这一自辩正好说明阀阅门第之家对进士科的敌视。他接着说：“朝廷显官，须是公卿子弟。何者？自小便习举业，自熟朝廷间事，台阁仪范，班行准则，不教而自成”，而“寒士纵有出人之才”，“固不能熟习也”。他家甚至不置《文选》，鄙薄进士科的词章之学，“恶其祖尚浮华，不根艺实”[4]。李德裕在唐后期不失为一位有所建树的宰相，但在进士科问题上，却典型地反映了世族的观点。世族势力的反对虽然一度影响到进士科的一些设施，然而终有唐一代，这一制度仍相沿不变。[5]进士科不仅吸引

[1]《唐摭言》卷一《散序进士》：“进士科始于隋大业中，盛于贞观、永徽之际，缙绅虽位极人臣，不由进士者，终不为美，以至岁贡常不减八九百人。其推重谓之‘白衣公卿’，又曰‘一品白衫’。其艰难谓之‘三十老明经，五十少进士’。”

[2]《旧唐书》卷一一九《杨绾传》。

[3]《旧唐书》卷一七三《郑覃传》。参看《新唐书》卷四十四《选举志》。

[4]《旧唐书》卷十八上《武宗纪》。参看《新唐书》卷四十四《选举志》。

[5]《唐会要》卷七十六《贡举中 · 进士》：“进士举人，自国初以来，试诗赋、帖经、时务策五道。中间或暂改更，旋即仍旧。”

庶族，甚至也吸引世族。要求取消进士科的杨绾，自己就是进士进身的，而且参加唐玄宗李隆基亲自主持的考试，以诗赋名噪一时。李德裕在上面我们所引的话之前，也承认他祖父李栖筠在天宝末年因“仕进无他伎（伎，技能。《新唐书》作“岐”，指没有其他门路）”，不得不举进士。世族反对进士科的失败，其原因不是像某些封建史家那样归结为帝王的“好雕虫之艺”，而是皇族地主为了巩固他的政权，通过科举尽可能地扩大他的统治基础，吸收当时日益强大的庶族地主力量参加政权。李世民在端门“见新进士缀行而出”，高兴地说“天下英雄入吾彀中矣”[1]，就透露出这个消息。

唐代诗人大都是庶族出身的举子。诗歌成为他们进入仕途的捷径。虽然试帖诗由于内容的陈腐和形式的呆板，很少有什么好诗，但以诗取士的制度，对于重视诗歌、爱好诗歌的社会风尚的形成，对于诗人们一般诗歌技巧的培养和训练，对于诗歌艺术经验的积累和研究，无疑起了重要的作用。宋代严羽说：“或问唐诗何以胜我朝？唐以诗取士，故多专门之学，我朝之诗所以不及也。”[2]以诗取士，使得整个知识分子阶层几乎都是诗歌作者，确实使诗歌成为唐代文化领域中的一个“专门”，成了知识分子毕生学习、钻研的必修科目。唐代诗歌的繁荣，是离不开这个诗歌大普及的局面的。

与以诗取士的影响相辅相成，诗歌在唐代的社会应用价值得

[1]《唐摭言》卷一《述进士上篇》。

[2]《沧浪诗话·诗评》。

到空前的提高。这在我国古代文学史中是任何一种文学样式在任何时代所罕见的。诗人们可以利用诗歌来博取帝王贵族的赏识，也用它作为傲视上层社会的资本，“千首诗轻万户侯”[1]。向达官名流干谒求进用诗，送人出使、还乡，慰人贬官、下第，也得用诗。诗歌的影响遍于许多社会阶层。元稹、白居易的诗曾传诵于“牛童、马走之口”，“炫卖于市井”之中，写在“观寺、邮候墙壁之上”，歌妓演唱，村童竞习。[2]从李世民延请“四方文学之士”，备极奖掖，时人羡称“登瀛洲”[3]，到前面已提及的王昌龄等人旗亭听唱的传说，诗人们凭借诗歌赢得了社会的尊重和荣誉。唐诗与社会生活这种特殊的联系，与诗人们的生活、地位如此休戚相关，这种情况，既是唐诗繁荣的反映，也是唐诗繁荣的一种原因。

除了上述社会条件之外，唐诗的繁荣还取决于诗歌自身传统的发展。我国诗歌以《诗经》《楚辞》为最早的高峰，但四言诗和辞赋在唐以前已经衰落和僵化。一种新的诗体——所谓近体诗，在六朝时逐渐酝酿、发展。齐永明以后诗人讲究声律，创作“新体诗”，到梁、陈时更加细密，终于在唐初沈佺期、宋之问手里产生了完整的五律和七律。长篇排律也在唐初出现。五绝源于六朝乐府和文人的联句，到唐初开始流行；七言四句的诗体起于六朝乐歌，文人写作七绝始盛于武则天和中宗李显时期。近体诗经历了长达二百年的逐渐演进的过程，正展示着广阔的发展

[1] 杜牧《登池州九峰楼寄张祜》诗。

[2] 元稹《白氏长庆集序》及白居易《与元九书》。

[3]《通鉴·唐纪五》。

前景。唐初的两个现象很值得注意：一是有关声律对偶的著作大量出现，一是大型类书的成批刊行，都适应了律诗发展的需要。而歌行、乐府等古体诗也仍然具有别辟蹊径、另开新面的广大可能。当时其他的文学样式，如骈文已近僵化，短篇小说（传奇）和词在唐代后期才逐渐兴起，戏曲还处在萌芽状态。除了散文在反对骈文的斗争中获得重要成就外，只有诗歌，才具备广阔发展、不断创新的内在条件，是作家们反映生活、述志抒情、驰骋才华的理想领域。这就是唐诗繁荣的一个内在因素。

二

我国古代诗歌在唐以前的长期发展中逐渐形成了一个优良的思想传统。唐代诗人面对自己的时代，广泛而深刻地反映了这个特定历史时期的社会面貌，表现了新的思想特色，从而丰富和发展了这个传统的内容。

唐代诗歌，特别是盛唐诗歌的一个重要的思想内容，是强烈地追求“济苍生”“安社稷”的理想，热情地向往建功立业的不平凡的生活。李白是惯用大鹏鸟来象征自己的豪迈气概和不羁精神的：“大鹏一日同风起，抟摇直上九万里。假令风歇时下来，犹能簸却沧溟水。”（《上李邕》）杜甫的“致君尧舜上，再使风俗淳”（《奉赠韦左丞丈二十二韵》），正面提出了理想；陈子昂《登幽州台歌》的感叹也包含着对创业的强烈渴望。此外许多诗人都表示了从军报国的热情。我国诗歌大量而集中地表现诗人的政治抱负，始于建安时代。曹操父子的作品往往表达了平定战乱的要求，带有那个历史动荡时期所特有的悲壮色彩。表现这种思想内容的诗歌传统，到了两晋南北朝几乎中断。唐代的许多诗人又大量地表达政治理想，充满着积极乐观的精神。李白和杜甫的“布衣卿相”的抱负就是典型的代表。李白在《代寿山答孟少府移文书》中说：“申管、晏之谈，谋帝王之术，奋其智能，愿为辅弼，使寰区大定，海县清一。”杜甫在《自京赴奉先县咏怀五百字》中说：“许身一何愚，窃比稷与契。”这都表现了以前的诗歌中较为罕见的宏图壮志。

这些唐代诗人的政治理想的产生有它的社会和阶级根源。唐初的经济繁荣、政治统一、国力强盛，提高了民族自信心和自豪感，激发了诗人们对于建树功勋的种种幻想。当然，对于这种民族自信心和自豪感也必须进行阶级分析。如前所述，唐代庶族地主阶层作为一种新的政治力量，活跃于历史舞台，他们表现了革新政治的精神。李世民时的魏徵、马周、刘洎，李隆基时的张九龄等，都是庶族出身的著名宰执大臣。从布衣至卿相，不是诗人们一时的狂言大语，而是有现实依据的。总之，唐代这些有代表性的诗人所歌唱的理想，在实质上正是代表了这一阶层的政治要求。

唐代庶族出身的知识分子，大都无视世族门阀那一套家教礼法，思想上狂傲豁达，不拘儒学正宗，行为也放浪不羁，“不护细行”，一直被世族所讥笑、鄙弃。其实，他们借助“任侠”的形式，“好语王霸大略”、要“游说万乘”等，正是他们的政治理想的另一种说明或补充，他们的纵情狂放有时表现了理想不得实现后的牢骚情绪。而对权贵的蔑视和傲兀，则是一股冲击封建礼教的力量。李白是这种思想的杰出代表。他“一醉累月轻王侯”

（《忆旧游寄谯郡元参军》），“天子呼来不上船”（杜甫《饮中八仙歌》），真是“戏万乘若僚友，视俦列如草芥”[1]。在这一点上，他发展了左思、陶渊明、鲍照的反抗权贵的精神，为后代对封建社会有不满情绪的人们所仰慕和学习。然而，这种思想性格有它软弱和消极的一面。由于庶族地主的阶级属性，李白实际上无法“不屈己，不干人”（《代寿山答孟少府移文书》），无法脱离对封建统治阶级上层人物的依附。李白又美化了他的放诞生活和傲世态度，并导向避世退隐、访仙问道的消极倾向，这些容易产生坏的影响。

唐王朝和我国境内各少数民族之间的战争，几乎没有停止过，这是我们多民族国家形成过程中的历史现象。根据民族斗争实质上是阶级斗争的原则，对于这些战争的性质应该进行具体的分析。大致说来，天宝以前主要是解除少数民族统治者的侵扰，保卫北方和西北地区的和平生产，保卫河西走廊的国际通道；天宝以后转为唐王朝对少数民族的征伐；安史之乱后被侵扰的局势又逐渐形成。边塞诗历来就有歌颂和反对战争两种态度。六朝乐府中的《陇头水》《出塞》《入塞》《从军行》等，偏重于战争苦难的描写。唐诗同时发展了这两方面的内容，尤以歌颂较为突出。唐代岑参、高适等边塞诗人正确地歌颂了将士们抵御少数民族统治者侵扰的英雄气概，但他们常常把爱国和封建忠君混淆起来，“丈夫誓许国”（杜甫《前出塞》）和“归来报天子”（王维《从军行》）在他们看来是同一个东西；他们还往往在“所愿除国

[1] 苏轼《李太白碑阴记》。

难，再逢天下平”（张籍《西州》）的理想中，夹杂着“将军天上封侯印，御史台中异姓王”（高适《九曲词》）这一类对功名的庸俗追求。唐代一些诗人还谴责了统治者的穷兵黩武，揭露了军中苦乐不均的尖锐对立，同情人民的苦难，但有的却抽象地反战，无原则地要求和平，这在中晚唐诗中存在不少的例证。

田园山水的描写也是唐诗的一个重要内容。陶渊明是我国田园诗传统的奠基者。他的田园诗固然表现了避世思想，但他有“躬耕”的劳动体会，对劳动的农民有较为真切的感情，同时又含有洁身自好、不与统治阶级合作的反抗意味。唐代田园诗人隐居田园，有的是政治失意后的归宿，有的是正在做官偶居“别业”，有的是致仕告退优游养性，有的则是当作仕进的“终南捷径”，因而大都失去对现实黑暗政治不满的意义；由于他们的生活条件，又大都失去歌颂劳动和劳动人民的内容。不少诗人笔下的“田叟”“溪翁”，实际上是隐士的化身。他们对于陶渊明的追慕，着重在“陶潜任天真，其性颇耽酒”（王维《偶然作》），“日耽田园趣，自谓羲皇人”（孟浩然《仲夏归南园寄京邑旧游》），很少认识陶诗的积极内容。因此，唐代以王、孟为代表的田园诗派，其思想价值是不高的。至于农民所受的压迫和剥削，和陶渊明一样，他们也没有接触到。这样的思想内容是后来由像元稹的《田家词》、王建的《田家行》、柳宗元的《田家》、聂夷中的《咏田家》等来发挥的。

自然山水是客观存在，反映自然山水的艺术作品却总是渗透着作者的生活情趣和审美要求，因而具有不同的思想意义。六朝时的谢灵运、谢朓是山水诗的著名作者，他们的作品以细致而逼真地描摹山容水态为特点，曾给唐代诗人以有益的影响。在唐代写景诗中，一类是描写祖国山河的壮丽，给人以雄伟的艺术感受，如李白、杜甫等的许多名作，能够加深人们对祖国山河的热爱。唐代诗人差不多写遍祖国的名山大川，留下一幅又一幅的彩色画卷，是对六朝谢灵运、谢朓以来山水诗的巨大发展。另一类描写的境界比较狭小，给人以幽邃闲寂的感觉，这又常常跟作者的隐逸思想有关联，如王维、孟浩然、储光羲、刘长卿、韦应物的一些作品。自然，它们从发掘自然美的多样性来说，也具有一定的美学价值。

安史之乱是唐代社会矛盾的大爆发，也是唐代由盛而衰的历史转折点。地主阶级和农民阶级这一基本矛盾的尖锐化，交织着已经激化的统治阶级内部矛盾、民族矛盾，形成了唐代后期复杂、混乱、动荡的社会生活的主要内容，也是进步的文学创作的源泉。以阶级斗争为中心的各种矛盾和斗争，极大地深化了诗歌的现实性和思想性，推动了诗歌创作的发展。诗人们正视严酷的现实，收敛起浪漫主义的热情和理想，把揭露社会矛盾、同情人民疾苦作为共同的思想倾向，从而把唐诗的思想内容提到一个新的高度。杜甫的现实主义精神照耀整个诗坛。白居易明确地提出“文章合为时而著，歌诗合为事而作”（《与元九书》）的创作纲领，开创了新乐府运动，其影响一直延续到晚唐。这个主题在我国诗歌史上历代都有吟咏，然而，从作家队伍的广泛和作家的自觉性来看，却是唐代的一个新特点。

其次，唐代诗人对现实生活做了比较全面的观察，因而在反映现实的广阔性上也大大超过前代。他们从许多方面接触到统治阶级和被统治阶级的对立等重大社会矛盾，如统治者穷奢极侈、横征暴敛、拒谏饰非、斥贤用奸和农夫、织女等被压迫群众的种种痛苦。他们还提出了妇女问题、商人问题及其他社会问题，其中不少方面是前代诗人很少接触或没有接触到的。如反映宫女生活的诗篇，一方面写出这些失去青春和自由的女子的哀怨，另一方面也反映了宫廷中的夺爱争宠、钩心斗角的现象。宫廷中的等级壁垒实质上是封建等级制度的反映，同样存在着阶级压迫。又如随着唐中叶商业经济的发展，出现了不少描写商人活动的诗篇。像元稹的《估客乐》、白居易的《盐商妇》、刘禹锡的《贾客词》、张籍的《贾客乐》《野老歌》、姚合的《庄居野行》等，都揭露了商人“高赀比封君，奇货通幸卿”的豪富，并和农民的贫困做了鲜明的对比。这就比过去《估客乐》等乐府旧题有了更多的现实内容。

唐代诗人揭露社会矛盾、同情人民疾苦的诗篇具有比前代诗歌更大的批判力量。他们对于由贵妃、权臣、贵宦以及各级官吏、差役所组成的统治机构的腐败和罪恶，大胆加以揭露和谴责，有时甚至把矛头指向皇帝。如杜甫的《兵车行》《忆昔二首》《解闷十二首》、李商隐的《马嵬二首》、曹邺的《捕鱼谣》等，都直接针对最高统治者，或则委婉讥讽，或则尖锐揭发，在我国诗史上是很少见的。白居易曾说自己的诗曾使“权豪贵近者相目而变色”“执政柄者扼腕”“握军要者切齿”（《与元九书》），正说明这些诗篇的战斗作用。唐代诗人虽然还没有提出许多新的进步思想，然而他们对社会问题的观察确比前人深入一步。过去也有一些揭露贫富不均的诗歌，杜甫却把这些现象概括为“朱门酒肉臭，路有冻死骨”这样惊心动魄的名句。概括得高由于感受得深。杜甫、白居易等对于阶级对立的事实当然不能达到资产阶级的阶级论的认识水平，更不能和马克思主义阶级论做任何类比，但他们的感受确较深切。杜甫反复地做过这种对比：“朱门任倾夺，赤族迭罹殃”（《壮游》）、“高马达官厌酒肉，此辈（指劳动人民）杼轴茅茨空”（《岁晏行》）。白居易的《伤宅》《买花》《轻肥》《歌舞》等更用全篇对照，使人们对于这个最重大的社会问题获得深刻的印象。晚唐诗人在整个社会动乱的背景下，对社会贫富不均所进行的批判，实际上已预示着唐末农民大起义革命风暴的来临。

当然，由于地主阶级的根本属性，唐代诗人不可能怀疑整个封建剥削制度。例如他们反对过重的官税徭役，对劳动人民表示了同情，但是他们对于十倍乃至二十倍于官税的私家的高额地租剥削[1]，却一无反映。他们对社会矛盾的揭露，最终目的仍然是为了维护封建统治的巩固，防止矛盾激化引起农民起义。至于那些歌颂愚忠、粉饰太平的作品也绝不是少量的存在，即使在一些优秀作品中也往往掺杂着不少封建性的糟粕。我们对待唐诗，和其他文学遗产一样，都必须采取分析、批判的态度。

三

唐诗之所以有卓越的成就，也因为许多作者能够在艺术上

---

[1] 见唐陆贽《陆宣公翰苑集·奏议》卷六《均节赋税恤百姓》中“论兼并之家私敛重于公税”条。

推陈出新。“若无新变，不能代雄”[1]。唐代诗人能学古更能变古。精熟《文选》是唐代诗人普遍的文学修养，但他们的作品很少是“选诗”的翻版，不像后代诗人常常产生一些唐诗的仿制品。这是唐诗艺术的一项宝贵经验。

整个唐诗发展的过程就是推陈出新的过程，不过在那二百八十多年间“因”和“变”的程度时有升降。大致可以分为八个阶段，这里试就各段的“新变”做简括的说明。

一、唐初三四十年，诗坛沉浸在“梁陈宫掖之风”里。一代“英主”李世民也要作作宫体诗，劝他别作宫体诗的虞世南自己也不免作宫体诗。[2]其他宫廷诗人如杨师道、李义府、上官仪等无不追随梁、陈，风格轻靡。只有个别作者，如王绩，诗风平易率真，能自拔流俗，成为例外。

二、开元前的五六十年间，以“四杰”、沈、宋、陈子昂、杜审言等为代表的诗风，变化渐多。一方面由于律诗绝句的规范化已经完成，音调圆美谐和；另一方面由于歌行的组织辞赋化，篇幅加大，气势稍见壮阔。更重要的是题材从宫廷扩展到比较广阔的社会现实，内容充实。虽然还带着六朝的色彩，气象却显然不同了。陈子昂有意打复古的旗号做革新的事业，要拿汉魏风骨来矫正六朝的“采丽竞繁”，以《感遇》三十八章为标志的新变，开创了唐代五言古诗的新面貌。

三、从开元之初到安禄山之乱前夕，约四十年间，诗歌发展

---

[1] 梁萧子显《南齐书》卷五十二《文学传论》。

[2]《唐诗纪事》卷一“太宗”条。

成跃进的形势。最显著的变化表现在七言歌行，高适、岑参、李白等作家都能突破初唐歌行的形式，以纵肆的笔调、多变的章法，写壮伟宏丽的题材，表现豪迈的气概。尤其是李白，以高度创造的精神、淋漓尽致的笔墨作乐府诗，许多乐府旧题在他的笔下获得新生命。他的歌行打破初唐整齐骈偶的拘束，杂用古文和楚辞的句法，比汉魏乐府和鲍照的杂言更加解放，确是一种崭新的诗体。他的五言古诗具备汉魏六朝的多种格调，变古的程度不如七言歌行，但是仍然具有豪放飘逸的特色。大致说来，唐代诗人的古诗比前人写得放，写得尽。明钟惺曾批评唐代五言古诗“不能”或“不肯”减省字句[1]，这虽然带着偏见，却说中了唐代古诗较放较尽的特点。唐代诗人把许多原来只用散文写的内容写进诗，自然会把一些散文的特点带到诗里；而在李白个人，由于意气豪迈、才思横溢，为了表现胸襟、逞足笔力，写得放、写得尽也是自然的结果。七言绝句也是唐代乐府歌词常用的形式，李白、王昌龄、王维、王之涣、高适、岑参等都擅长此体，他们的作品是唐代七绝的代表作。

唐代的田园、山水诗在艺术上发展了陶渊明和二谢的传统。这时期的王维、孟浩然都能熔铸陶、谢而自成一家。王维尤其突出，常常用含蓄简省的文字描绘出一幅画境而绝去雕琢的痕迹。

这时期的诗歌，无论古体、近体都不再以组织辞藻为贵，齐、梁以来靡丽之体到此已经基本上扫尽，“六朝锦色”纵有残

[1]《唐诗归》卷十五李白《寻鲁城北范居士失道落苍耳中见范置酒摘苍耳作》诗，钟惺评云：“事妙诗妙矣，只觉多了数语，减得便好。却又不能，或不肯。唐五言古往往受此病。李杜不免。”

余，已经不足为病，反倒是一种点缀了。

四、从安史之乱前夕到大历初十几年间的诗坛为杜甫的光芒所笼罩。杜甫论诗既承认传统必须继承，又指出历代各有创造，所谓“后贤兼旧制，历代各清规”(《偶题》)。他主张广泛地同时有批判有选择地学习古人，“转益多师”而又“别裁伪体”(《戏为六绝句》)。他的创作实践表明他确实能多方面地学习前人的优点，更能创造性地加以发展。推陈出新的成绩超过了同时代的一切作家。

杜甫一生把许多国家变故、民间疾苦，自己的所经所历、所感所思，都写在诗里。诗歌题材在他手里又大大扩展。杜诗形式多创新，首先由于内容的新。他的许多乐府诗直接写当时实事，不但没有“依傍”古题的必要，而且非摆脱古题的限制不可，所以才有“即事名篇”的创举。

在杜甫的五言古诗里，汉、魏、晋、宋诗歌的影响有些还有迹可寻。他从汉乐府和建安诗所吸取的似乎更多些。有时全用古调而青出于蓝[1]，更多的是融古于今，自成杜体。他的《自京赴奉先县咏怀五百字》《北征》等篇，沉郁顿挫、包容博大、夹叙夹议、诗中有文，确是有诗以来未有的奇观。唯有这样的形式才能诗史似的表现那个时期的重大题材，抒写作者胸中如山如河的郁积，展放作者碧海掣鲸的笔力，因而最能见出他的特色。

杜甫和李白的七古同样代表唐代这一诗体的最高成就。杜

---

[1] 例如《遣兴》(“下马古战场”) 全是建安诗的音调，奔放苍凉，凌驾于建安作品之上。

甫能用七古表现多样题材，有时叙写生活里的平凡情事也能寄寓深沉的感慨，如《茅屋为秋风所破歌》《楠树为风雨所拔叹》等，甚至像《醉为马坠诸公携酒相看》这样的题材也写成七古，议论滔滔，生发不穷。这是杜甫以前未曾有过的。

杜甫把律诗发展到完全成熟的阶段。杜诗今存一千四百首，律诗近九百首。在这么多的律诗里，内容和语言都极少重复，可以想见其丰富多彩和善于变化。他在秦州时期，五言律诗数量多、变化大，悲壮的特色最显著。晚年在夔州更多律诗，许多著名的七律组诗和长律都集中在这时期。杜甫自谓“晚节渐于诗律细”，往往“不烦绳削而自合”。像《登高》(“风急天高猿啸哀”)全篇对仗，《秋兴八首》(“昆明池水汉时功”)色泽极浓，但读起来会忘了它是讲究对偶和修饰词藻的，原因在于感情的激越、内容的动人。这是杜律一大特点。他的有些七律参用古诗的音调和句法，间有标明为“吴体”的，都是所谓拗体。这些拗体并非率意为之，而是为了追求别一种声律有心创造出来的。读者对于杜诗声律的“细”处，也可以从他的拗体去体会。

元结和他所选《箧中集》的作者孟云卿等，专尚质朴，是当时诗歌主流以外的一小股支流。元结诗的生硬处似乎预示着韩愈、孟郊诗风的特点。

五、从大历初到贞元中二十余年是唐诗发展停滞的时期。这时期除韦应物之外没有杰出诗家。刘长卿的古近体诗都近似王维，韩翃的七律近似李颀，顾况、李益有些作品像李白，他们都不能越出开元时诗人的范围，也不能达到开元时诗人的水平。韦应物的古近体诗都可观，白居易说他“五言诗又高雅闲淡，自成一家之体”(《与元九书》)。大历诗人中只有他较为突出。

六、从贞元中到大和初约三十年间（主要是元和、长庆时期）诗坛又出现大活跃的景象。白居易曾说“诗到元和体变新”(《余思未尽加为六韵重寄微之》)，所谓“变新”实际上包括题材、形式、风格等方面的发展。例如元稹、白居易、张籍、王建的古题和新题的乐府，比李、杜反映了更多方面的现实问题，扩大了社会诗的内容。同时，白居易的新乐府为了明白易晓和便于合乐，有意写得“质而径”“顺而肆”，就在歌行中增加一种新形式、新风格。又如白居易的《长恨歌》《琵琶行》和元稹的《连昌宫词》等故事歌行使人耳目一新，韩愈的《陆浑山火一首和皇甫湜用其韵》，大写火神请客的故事，更是新异。用诗来写故事显然是这时期的新风气，可能受当时传奇小说发达的影响。唐代的故事歌行发展了《孔雀东南飞》和《木兰辞》一类的乐府诗，既开创了新的体裁，也扩展了诗歌的题材。此外，刘禹锡、白居易等仿民歌的《竹枝》《杨柳枝》《浪淘沙》等词，在绝句中平添一格，同时也丰富了文人诗的内容。

从语言风格来说，元、白尚坦易，韩愈、孟郊尚奇险。韩、孟号称善于学古，远则汉魏，近则杜甫，对他们都有影响，但是他们各具特色，都有显著的创造性。在语言上刻苦推敲、追求奇异，是当时的风气，不仅韩、孟如此，卢仝、刘叉、贾岛都在不同程度上表现出这种倾向。李贺诗的奇诡瑰丽、新辞异采、妙思怪想，固然也受韩、孟诗风的影响，但他却在韩、白之外自创了独特的艺术境界，不同凡响，别有天地。

这时期诗体有进一步散文化的倾向，这在韩愈的诗里最为显著。如果说李、杜诗中有文，韩愈有时却简直是以文为诗。白居易的古诗一般都写得铺放详尽，滔滔如话。主张诗贵含蓄的人，可能对韩、白这类诗不很满意，但不能否认它们各为诗中一格，它们不但丰富了“唐音”，而且影响了后代。

七、从大和初到大中初约二十年间唐诗的艺术还在发展。这时期的作者以李商隐、杜牧最为杰出，不论古体、近体，都有成就。他们的长篇五古，继承杜甫《北征》等篇的精神和创作手法，叙事明晰、气势宏伟、题材重大。但尤以李商隐的七律和杜牧的七绝最有特色。李商隐的七律在前人已多方开拓、几乎难以为继的情况下，异军突起、独树一帜。他对语言、对仗、声律和典故，无不经过精心的选择和组织，开阖顿挫，变化万千，造成一种精丽和富于暗示的诗风，成为唐诗灿烂的晚霞。当然，这个特点同时包含着它的长处和短处：诗意隽永、耐人吟诵，但又因堆砌多、跳跃大而晦涩难懂。这对后世发生过好坏不同的影响。杜牧的七绝以清新俊逸的风格见长，在王昌龄、李白等人之后，犹能自成一家。温庭筠旧称与李商隐齐名，他的秾艳虽为唐诗增添一种色彩，但思想和格调是不高的。

八、从大中以后到唐末约五十年，不曾再出现大的作家和新的变革。这时期作者虽多，只是贞元以来各大家的学步者，例如杜荀鹤之于张籍、白居易，方干、李频之于贾岛、姚合，吴融、韩偓之于李商隐、温庭筠。这时期的诗，篇幅狭小，内容虽有感愤时事现实性强的特点，艺术表现力和创造力都不如以上几个阶段，只能算是唐音的“余响”了。

从以上的叙述可以看出，唐诗重大的变革和主要的成就都产生于陈子昂时代和李商隐时代之间。其间以李、杜时代最为突出，其次是韩、白的时代。每一时期的艺术成就都和自觉的革新要求密不可分，也和继承旧有的优良传统息息相关。从唐代诗人的创作实践可以看到“转益多师”“别裁伪体”的批判继承和“陈言务去”“词必己出”的创造精神相结合。唐诗在艺术上有不少值得我们借鉴之处，其中很重要的就是这种推陈出新的经验。

（原载《文学评论》1978年第1期）

《中国古代山水诗鉴赏辞典》序

自从山水诗和山水画兴起以后，对于登山临水兴趣浓厚而条件受到限制的人，这两种艺术作品都是“卧游”之一助。不过诗和画在描写山水的工具和方法上不相同，其所能表现的境界略有广狭之别。大致说来，画笔表现山水的形象和色彩较鲜明，诗笔表现作者从山水引发的情、趣和各种感受办法较多。山容水态常有变化，因为不能不受到阴晴晦明和风云变幻等各种影响。绘画难于表现变化中的容态，而诗歌却有此手段。更明显的是画笔不能表现声音、气味等感觉，而诗中却能做到。

上面提到的情况可以举些实例来说明，如李白诗《独坐敬亭山》：“众鸟高飞尽，孤云独去闲。相看两不厌，只有敬亭山。”诗中写鸟已飞尽，画无可画，云已飞远，或许可画，但是“闲”字如何画出？恐不免为难，诗写人与山相看不厌，似乎彼此有情。此情诗中表现出来了而画家却难着笔。又如王维《鹿柴》诗的首二句“空山不见人，但闻人语响”，因为“不见人”所以说是“空山”，其实那里并非无人，至少有一个人在，就是诗人自己。听到“人语响”的就是他。这情景诗中写来明白，但画家如何表现也是难题。

又如黄庭坚《鄂州南楼书事》：“四顾山光接水光，凭栏十里芰荷香。清风明月无人管，并作南来一味凉。”在这首诗中，“山光”“水光”虽然画之不易却还不是毫无办法，至于那“芰荷香”的香和“一味凉”的凉，却真是画笔所不能到的了。

以上借山水画做比较，或能说明山水诗更适于作卧游之助。至于抄集诗篇比之搜集画幅，大有难易之别，那就是次焉者了。

山水是大自然中的一部分，有人说大自然是一部大书。诗是文学宝库中的一部分，以山水为题材的诗仅是其中的一部分，本书所收又是山水诗中的一小部分，是一部很小的小书。人们在生活中谁都接触过大自然，或多或少有些印象和感受。是否可以在读大书的时候参考参考这部小书，将自己的经验和感受同其中一些诗人的感受做些比较，或许在审美情操上能得些陶冶，也是提高精神修养之一助。

1989年2月21日

《古代爱情诗词鉴赏辞典》序

编者按[1]**：**《古代爱情诗词鉴赏辞典》已由辽宁大学出版社出版。这部辞典不仅是古代爱情题材的诗歌作品的精粹选本，而且是一部大型鉴赏工具书，将文学鉴赏与工具书融为一体。对入选的每首诗歌作品，都有精当透辟、深入浅出的赏析，对帮助读者深刻理解作品的思想内容和艺术特色，具有指导性和启发性。现在，特将中国古代诗歌研究专家、《古代爱情诗词鉴赏辞典》顾问余冠英先生为此书所撰写的序言发表于此，以飨读者。

我们的国家是一个诗的泱泱大国。丰富多彩的爱情诗歌以其独特的魅力和多样的体式，在文学史的长河中居于十分重要的位置。认真研读古代爱情诗歌作品，揭示其思想意蕴和艺术特色，既是广大读者的迫切要求，也是古典文学研究者义不容辞的责任。

[1] 此“编者按”为本文1989年发表于《辽宁大学学报》时编者所加。

恩格斯曾说："人与人之间的，特别是两性之间的感情关系，是自从有人类以来就存在的。"（《路德维希·费尔巴哈和德国古典哲学的终结》）中国古代表现男女之间的相悦、相思和情爱的诗歌有着悠久的历史。

在标志着中国文学史光辉起点的《诗经》中，占数最多的是有关恋爱和婚姻的诗。朱熹《诗集传序》道："凡诗之所谓风者，多出于里巷歌谣之作，所谓男女相与咏歌，各言其情者也。"男女言情之作是风诗的主要内容之一。虽然这些诗产生于不同的地域，时代也不尽相同，但却有一个共同点，即这些诗大多数是当事者率真大胆的表白，感情大多是诚挚、热烈、素朴、健康的。可以说，凡属恋爱、婚姻生活里所有的忧喜得失、悲欢离合都在这些诗里得到了生动的表现。

在中国漫长的封建社会里，劳动妇女和男子比较起来地位更低下，她们所受的痛苦也就更多些，在恋爱婚姻问题上尤其如此。《诗经》里的两篇弃妇诗《邶风·谷风》和《卫风·氓》很清楚地反映了这种社会现实。《诗经》民歌中还有很多情诗显现出劳动人民忠诚老实的品质、对于性爱问题的严肃态度。过去的卫道先生们一见《诗经》中那些热烈的爱情表白和真实的恋爱生活的描述便大叫"淫奔之诗！ 淫奔之诗！"，有些人甚至主张来一次"删诗"，把它们从《诗经》中抹去。他们对于这样自然率真的健康的两性关系描写不敢正视，而劳动人民看不顺眼的倒是剥削阶级在虚伪的礼文遮掩下的荒淫无耻。

汉乐府民歌、南北朝乐府民歌以及明清时期的民歌，也多有反映爱情生活的动人之作。汉乐府《上邪》篇，一气连举五件不可能之事来发誓，表示除非天地合并、世界毁灭，爱情不会终止。这和《诗经·鄘风·柏舟》的“之死矢靡它”和吴声歌曲中《欢闻变歌》的“没命成灰土，终不罢相怜”，都是抒发了一种坚贞不渝的感情。代表汉代乐府最高成就的《孔雀东南飞》，以长达三百五十余句、一千七百多字的篇幅，展示了在封建礼教压迫之下的一对青年男女的爱情悲剧。作者以十分同情的态度叙述了这个故事，以其相当出色的艺术表现，揭露了封建势力的罪恶，歌颂了忠于爱情的美好品格。在南北朝时期，在江南民歌基础上发展起来的吴声歌曲和西曲歌，绝大部分是清丽委婉的情歌，其体制短小精悍，情调缠绵悱恻，大量运用双关语。被称为“言情之绝唱”的《西洲曲》，长达三十二句，创造了情景相生、浑然一体的艺术境界，是南朝乐府中最值得珍视的成熟作品之一。北朝乐府展现了比较广阔的社会生活，但鼓角横吹曲辞中也不乏情歌，不过，它以质朴直率见长，呈现出与南朝乐府迥然不同的美学风貌。如《捉搦歌》其二：“谁家女子能行步，反著裌禅后裙露。天生男女共一处，愿得两个成翁妪。”《折杨柳枝歌》：“门前一株枣，岁岁不知老。阿婆不嫁女，那得孙儿抱。”出语直截了当，十分豪爽坦率。确实如梁启超论北朝民歌时所说，他们“心直口快，有一句说一句。他们的情感是没有遮拦的，你说好也罢，说坏也罢，总是把真面孔搬出来”（《中国韵文里头所表现的情感》）。

毋庸讳言，在强大的封建礼教的压迫、摧残之下，无数追求美满爱情的青年男女往往以失败的悲剧而告终。但是，哪里有压迫，哪里就有反抗。随着封建大厦的日趋崩塌，爱情诗歌中反抗的呼声越发强烈。在明清民歌中，有的女子由于违背“父母之命，媒妁之言”，大胆追求自己热恋的情郎，遭到母亲的毒打，她坚强不屈地表白：“乞娘打子满身青，寄信教郎莫吃惊；我是银匠铺首饰由渠打，只打得我身时弗打得我心！”（《山歌·打要》）甚至小尼姑也鼓起冲出佛门的勇气，到“红尘”中去追求人生的欢乐和寻找理想的姻缘：“小小尼姑双垂泪，合下经本紧皱着蛾眉。叹人生枉生世界难消退，恨爹娘自把银牙来挫碎。念了声南无，奴要少陪；逃下山，要配姻缘自己配。叫师父：得罪、得罪，真得罪！”（《小小尼姑双垂泪》）这些作品讴歌争取爱情自由和婚姻自主的反抗行为，已经明显带有新兴市民阶级个性解放的色彩，具有不容忽视的认识价值和审美价值。

有一些著名的古代诗人也程度不同地表现和反映过爱情、婚姻生活，留下了许多优秀的诗篇。以西晋潘岳《悼亡诗》为发端，古代诗人创作了大量“忆内”“寄内”“悼亡”之类的爱情诗词。元稹的《遣悲怀》：“同穴窅冥何所望？他生缘会更难期。唯将终夜长开眼，报答平生未展眉。”李商隐的《无题》：“春蚕到死丝方尽，蜡炬成灰泪始干。”李清照《一剪梅》：“此情无计可消除，才下眉头，却上心头。”纳兰性德的《蝶恋花》：“若似月轮终皎洁，不辞冰雪为卿热。”这些诗词之所以感人，在于它充满着“望庐思其人，入室想所历”（潘岳《悼亡诗》）的真挚情感，决不是“以情欲为主体，听凭情欲为所欲为，表示对情欲的同情”（丹纳《艺术哲学》），它表现的是一种男女之间除了相互爱慕之外，别无其他动机的人性的审美关系。朱光潜说：“中国爱情诗大半写于婚媾之后，所以最佳者往往是惜别、悼亡。”（《中西诗在情趣上的比较》)这是符合历史事实的。

论及古代文人的爱情诗歌，不能不提到宋代婉约词。由于宋诗有一个爱讲道理、好发议论的通病，所以，宋代五、七言诗讲“性理”或“道学”的比比皆是，而写爱情的少得可怜。宋代诗坛几乎成了被爱情遗忘的角落。关于这一点，钱锺书先生说得好：“宋人在恋爱生活里的悲欢离合不反映在他们的诗里，而常常出现在他们的词里。如范仲淹的诗里一字不涉及儿女私情，而他的《御街行》词就有‘残灯明灭枕头攲，谙尽孤眠滋味；都来此事，眉间心上，无计相回避’这样悱恻缠绵的情调，措词婉约，胜过李清照《一剪梅》词‘此情无计可消除，才下眉头，却上心头’。据唐宋两代诗词看来，也许可以说，爱情，尤其是在封建礼教眼开眼闭的监视之下那种公然走私的爱情，从古体诗里差不多全部撤到近体诗里，又从近体诗里大部分迁移到词里。”(《宋诗选注序》)这“词”主要指婉约词。婉约词将爱情作为自己的基本题材，唱出了惯于诗以言志的诗人们隐蔽的心声，这正是它为传统的文化心理所排斥、抨击的原因。但是，如果我们考虑到这样一个事实：“西方关于人伦的诗大半以恋爱为中心。中国的诗言爱情的虽然很多，但是没有让爱情把其他人伦抹煞。朋友的交情和君臣的恩泽，在西方诗中不甚重要，而在中国诗中则几与爱情占同等地位。把屈原、杜甫、陆游诸人的忠君爱国爱民的情感拿去，他们诗的精华便已剥丧大半。”(朱光潜《中西诗在情趣上的比较》)那么，婉约词可以说是在封建主义的磐石下艰难曲折地生长起来的花草，与豪放词相较，固然有不可企及之处，然而它的存在自有其合理性，简单粗暴地一律骂杀不能不说是过于偏颇的。婉约词中，有一些作品反映了诗人与歌妓的亲密关系，这从宋人笔记、诗话、词话的诗词本事中可以看出来。当然，有些所谓本事可能出于附会和虚构，不能轻易相信本事的记载，把有关词作视为纪实性的作品，但多数本事还是对诗词创作的缘由和动机提供了最重要的参考资料，有着不容轻视的价值。对这样的词作应取审慎的态度，不能一概看成无行文人的“狎妓”之作。在封建社会里，当词人政治失意、仕途坎坷，陷入抑郁寡欢的苦闷境地时，从歌妓那里得到同情、理解和敬慕，一种“同是天涯沦落人”之感油然而生。随着时间的流逝，甚至发展为“婚外恋”的爱情关系。词人将这种心灵深处的声音婉转地写进婉约词中，使我们得以看到在充满虚伪和冷酷的封建社会里，还有高尚的心灵、善良的德性和深挚的爱情。这些作品无疑对封建礼教有某种冲击力量，应该实事求是地给予评价。需要指出的是，这类词作虽不乏庸俗、低劣之例，却不可粗暴对待、一律否定，否则，又会闹出把婴儿和洗澡水一起倒掉的笑话来。

呈现在我们面前的这部《古代爱情诗词鉴赏辞典》，收入并赏析了有关爱情生活的一千多首诗歌，是一部展现古代人民爱情史和心灵史的宏伟画卷。从作者而言，有中国诗歌史上的第一流诗人（屈原、李杜、苏辛等），也有普通黎民百姓的无名歌手（《诗经》、汉乐府、南北朝民歌等作者）；从语言形式来说，有唐代的五、七言律绝，宋代“调有定句，句有定字，字有定声”的长短句，四言的《诗经》，五言的六朝诗等；概括其内容，则有少男少女们对纯洁爱情的执着追求，有异地而居的恩爱夫妻的真诚思念，有热恋者花前月下的海誓山盟，有悼亡者睹物思人的悲怆之音。许多名篇脍炙人口，家喻户晓，是千古不朽的艺术珍品。它使我们形象地感受到古人为挣脱封建枷锁、争取幸福生活而进行的艰苦斗争，以及为此而付出的昂贵的代价，从而增进对扼杀青春和爱情的封建社会的深刻认识，激发对社会主义的无比热爱。

这部辞典不仅是古代爱情诗歌作品的精粹选本，而且是一部大型鉴赏工具书，将文学鉴赏与工具书融为一体。对入选的每首诗词，都逐篇进行赏析。领衔撰稿的是老一辈古典诗词专家，参加撰稿的还有年富力强、文思敏捷的中青年学者。他们精当透辟、深入浅出的赏析，娓娓动听、引人入胜，足以帮助读者揭开古代爱情诗歌的深层意蕴和艺术奥秘，提高审美鉴赏能力。这里，应该向他们表示衷心感谢。

（原载《辽宁大学学报》1989 年第 6 期）

中国古代民歌的成就

一

民歌，是由人民大众集体创作、流传，并在流传过程中逐渐完善的一种口头文学样式。它最早起源于劳动，并且模仿劳动的节奏，获得了诗的节奏。远古的民歌，一般是合乐的，因此，它可以哼唱，又根据各地不同的方言，形成了不同的曲调。《诗经》中的十五国风，便是各地的土乐。另外，中国古代还有许多徒歌谣语，也是我们现在所谓“民歌”的一部分。除同样古老的神话传说之外，民歌几乎是远古人类的唯一的文学样式。从这个意义上来说，民歌不但是后代诗歌的滥觞，甚至也是整个后代文学的源起。

当然，那时并没有“民歌”这名目，甚至连文学的自觉意识也没有；当时的“民歌”也很少被保存下来。上古的诗歌被编为一部总集得以存留，大约是在纪元前6世纪中叶的事。《左传》记载，周景王元年（前544），吴国季札到鲁国观乐，鲁国为季札所歌的诗，分类名目、先后次第和今本的《诗经》相差无几。

至于“诗经”这个名称，当然起于这部总集成为儒家经典之后；当初，人们却只把它称为“诗”或者“诗三百”。

《诗经》分为风、雅、颂三个部分。风、雅、颂是由音乐而得名——风是各地方的乐调；雅是正的意思，周人所认为的正声叫作雅乐，产地是西周王畿，因此，如果从广义上理解，雅也正是一个地方的歌乐；颂是用于宗庙祭祀的乐歌，也只是从使用的角度强调，而并不涉及它是如何产生的。所以除风诗大多为民歌作品之外，我们也并不能断言雅诗乃至颂诗便绝无民间创作。

其实，这又涉及了一个民歌的定义问题。民歌到底是什么？区分民歌与非民歌有否一个固定的科学的标准？以前我们分析《诗经》中的作品，往往把“反映贵族生活”的诗算作一类，而把“反映下层劳动人民生活”的诗划为另一类，以为后者才是民间歌谣。现在看来，这样理解民间歌谣，颇有值得商榷之处。民歌是一种体裁，它的特点在于是民间的集体创作，而并不在乎它的内容如何。民歌是与文人的诗歌创作相对而言的，只要不是文人有意创作的诗歌，无论它所写的是什么题材，无论它是爻辞、是祭乐、是徒诗，还是谣曲，我们都应该认为它是民间创作，并把它称作民歌。

《诗经》中保留的民歌，其产生的年代，最早可以上溯到西周前期周武王至周孝王这个时期。因为是各地的土风，所以《诗经》中民歌的产地包括了很广大的地区，相当于今天的陕西、山西、河南、河北、山东及湖北的北部，这在交通极不发达、人口也相当稀少的两千五百多年以前，其显得距离既遥、音讯又隔绝难通，是可想而知的。在这种情况和条件下，不管是周廷采集的也好，还是诸侯进献的也好，如果不是有人有意识地把它们集中在一起，而只是依靠民间的自然的流传的话，那么，《诗经》的形成，便是无法想象的事。

大约与《诗经》成书的时间相同，在江汉流域的楚国，也开始出现了《越人歌》式的地方民歌，其几十年后的《孺子歌》，已经很圆熟、很清丽了：

沧浪之水清兮，可以濯我缨；
沧浪之水浊兮，可以濯我足。

这些在句式上与《诗经》不尽相同的民歌，与其他条件一起，在二百年后，孕育了我国文学史上第一位伟大的诗人屈原，又通过屈原，浇灌出我国诗歌史上的又一朵奇葩——《楚辞》。

以《诗经》和《楚辞》为标志的我国诗歌史的第一个高峰期，就这样形成了。

公元前221年，秦统一中国，但这个帝国也只存在了15年，便被西汉所代替。汉初统治者吸取秦亡的教训，与民休息，历六十年，使中国增加了许多人口，也积累了不少财富。于是好大喜功的汉武帝便据此开始对外开拓疆土、伸展势力，对内采用儒术、建立各种制度，以巩固他的统治。他的这些举动，为偏远地区民乐的传入与交流提供了可能，引起皇帝和贵人们对“新声”的更大兴趣。这样，在汉武的朝中产生了一个以“采诗”为主要任务，旨在借此兴“乐教”、“观风俗，知薄厚”的专门的音乐机构。

汉武帝刘彻的采诗成法，虽然在一百多年以后，受过他自己后嗣哀帝刘欣的洗劫冲击，西汉乐府采集的各地民歌虽然在当时并不多（据《汉书·艺文志》著录，共138篇），而后来得以存留的则更少（40首左右），但这起码说明了一个问题，那就是，民歌曾经作为一个时代的文学的主体而受到统治者的重视、保护和提倡，相当地繁荣过。也正是这种有意无意的提倡与这种提倡所造成的社会风气，这种风气所产生的深远影响，使自东汉、魏、晋，直至南北朝时期的朝野，在一定程度上把传习民歌俗曲当成了爱好，形成了习惯，使民歌得以在这将近六百年的漫长岁月中，不但发展了自己，而且也明显地、强有力地沾溉了文人诗歌创作。应该说，如果没有乐府民歌的几百年的繁荣耸翠，便没有建安文人“借古题而写时事”的拟古乐府，便没有“建安风骨”的昭彰和“五言腾踊”局面的形成，这样的话，以李白为代表的歌行体诗歌，以杜甫为代表的“即事名篇”的新题乐府，以白居易为代表的“诗歌合为事而作”的新乐府运动，也就无从谈起，更不用说唐代这个诗歌历史颠峰时期的到来了。

唐代是诗歌的全盛期，但唐代文学实际上标志着诗坛主体结构与风头的逆转。由民歌所哺育的文人诗歌创作，最终却掠了民歌的美，代替了民歌在诗歌领域内的崇高的主体地位，这是诗歌发展所必将导致的结果，正说明了诗歌自身发展的日新月异。

唐以后，词调的风行、戏曲的勃兴、白话小说的崛起，使宋、元、明、清的文坛呈现出了各自不同的繁茂景象。但文人创作的兴盛并成为文学主要收获，并不意味着民间文学的消亡，也不能取代民间文学的成就，更不能抹煞民间文学对文人创作随时随地的滋养。同样，在诗歌的发展过程中，民歌的长期存在，广泛地产生影响并且一如既往地取得成就，也是无可否认的事实；

甚至当具备了某些必需的条件时，民间歌调也可能焕发出昔日的光彩，以它的清新活泼，取得文人诗歌所无法取得的成就。比如明代那些反映着强烈的个性意识和叛逆精神、闪烁着绚烂的智慧火花的民间情歌等，就是这样。

鲁迅先生说过："旧文学衰颓时，因为摄取民间文学或外国文学而起一个新的转变，这例子是常见于文学史上的。"(《门外文谈》) 这也是我们今天在讨论民歌在文学史上的意义与价值时，所愿意强调的一句话。

二

远古民歌的保存，为我们展示了那个时候人们生息、繁衍、创造的历史；同时，民歌作为人民大众的集体创作，它在产生与广泛流传过程中，内容得到了逐渐的丰富，思想性也得到了空前的提高，所以，它对各个时代社会生活的反映，便不但非常广阔，而且异常深刻。民歌，是社会的一面镜子。

《国风》是《诗经》的主体，成就也最高。在这里，"饥者歌其食，劳者歌其事"，所回荡的大都是被剥削者、被奴役者的声音。其中，首先应该提到的，是那些反剥削、反压迫的作品。《伐檀》通过对不合理现象的反复暴露，直接道出了对不劳而获者的怨愤，这只是一种意识的觉醒，只是一种口头上的不满。到了《硕鼠》，这种不满，终于导致了反抗行为的爆发。《硕鼠》中的"我"，已经绝不是眼睁睁地看着自己的劳动果实被剥夺、但却仅仅站在一旁哀叹了，他发誓要离开"无食我黍"的贵族老爷，到那没有剥削、没有压迫的"乐土"去。虽然这逃跑并不是解决问题的根本方法，那“乐土”也只不过是无法实现的“空想”，但是，这种本能的反抗意识，这原始的、简单的反抗方式，却无疑将是推动社会向前发展的动力。

此外，《唐风·鸨羽》等篇，也对沉重的徭役进行了沉痛的控诉。

关于婚姻和恋爱的诗，在风诗中所占比重最大，表现得率真大胆、诚挚热烈，感情也是纯朴、健康的。这里，有对爱的誓言（《鄘风·柏舟》），有对爱的渴望（《召南·摽有梅》），有写定情初恋（《卫风·木瓜》），有写幽期密约（《邶风·静女》），有写离别相思（《邶风·绿衣》），有写别后重逢（《郑风·风雨》），有写家庭生活的和满（《郑风·女曰鸡鸣》），有的也写到了婚姻的不幸、弃妇的痛苦（《邶风·谷风》《卫风·氓》）。如此丰富多彩、耐人寻味的诗作，确能使我们从中感受到美，并给我们以生活的启迪。

汉魏民歌继承了《诗经》所开创的现实主义传统，在创作中以大量的篇幅反映了民间的疾苦。这里有痛苦的呻吟，有悲愤的控诉，也有深刻的揭露、受难者的反抗……闪耀着现实主义的光辉。

产生于汉末的著名民歌《孔雀东南飞》，是我国第一首长篇叙事诗。它通过一个家庭悲剧的叙写，有力地揭露了封建礼教的罪恶，是我国古代现实主义诗歌的杰作，代表着汉代乐府民歌发展的高峰。

南朝民歌的搜集，仅限于少数城市，故我们现在所能见到的南朝民歌，很少有反映广大农村生活的作品，较少泥土气息。这些产生于江南建业一带的吴声歌曲，和产生于长江中游汉水两岸荆（今湖北江陵）、郢（今江陵附近）、樊（今湖北襄樊）、邓（今河南邓县）等地的西曲歌，最早出现在东吴，最晚为萧梁时的作品，题材内容主要是情歌。

与南朝民歌截然相反，北朝民歌以广泛地描写社会生活见长，尤其是反映战争的民歌，如《慕容垂歌》《企喻歌》等，使北朝民歌具有了一种勇悍好武的气质。而《木兰辞》这篇叙事诗，则通过木兰代父从军这个特殊的故事，将北朝民歌推向了一个新的高峰，受到了后人的喜爱。

在北朝民歌中，还有一些是从少数民族的语言翻译成汉语的作品，其中最著名的如北齐斛律金所唱的敕勒民歌《敕勒歌》等，它所反映出的浑朴苍莽的草原气息，也构成了北朝民歌的一个特色。

唐代以后，虽然也有山歌、吴歌、粤歌以及一些少数民族的歌谣代代相传，不绝如缕；虽然也有人在搜集、整理、辑录这些民歌（明代的冯梦龙，便曾编辑了《挂枝儿》和《山歌》两本民歌集），但是，民歌在许多优秀的文人创作以及其他文学样式的优秀作品的光芒反衬之下，毕竟显得黯淡许多。这期间，最值得一提的是明代。

继民歌相对沉寂了近八百年之后，在明代，民歌又曾一度出现过中兴的景象。在社会经济关系中，地位愈来愈重要的市民阶层的兴起，成了明代民歌兴盛的先决条件。他们要反映自己的生活和要求，要寄托自己的感情，同时又不满、也不习惯空乏无味的所谓正统文学的形式和腔调，其最终必然选择民歌，其结果必然是给民歌注入新的活力，使其再度繁荣，是自然的。明代民歌的大量描写爱情生活，并明显地带有浓厚的市民思想意识，也正是由这一点所决定的。

三

既然我国民歌在文学史上占有着那样重要的地位，产生过那样深远的影响，那么，我国民歌在千百年来的发展演进过程中，到底形成了什么优秀传统、具备哪些特色，我们今天在学习、欣赏它的时候，应该注意哪些问题呢？

第一，民歌是人民大众的创作，它来自于最广泛的生活，所描写、所反映的也正是这些生活现实，它进而通过客观描写，真实地记载所表现不同阶级、阶层的人对这生活的感受、理解和评判。因此，民歌这种特质本身，决定了民歌必须拥有一个严峻的现实主义精神。《诗经》是我国民歌的源起，同时，在它身上，也正完好、集中地体现了民歌的这种优秀的现实主义传统。《诗经》中的民歌，不管是反映反剥削反压迫的要求的作品也好，还是反映恋爱、婚姻生活的作品也好，均能通过对具体事物侧面的真实描写，反映出事物的本来面目、反映出事件的本质来。

第二，我国民歌在表现手法上大量运用了“比”和“兴”，并收到了显著的艺术效果，形成了自己的特色。所谓“比”，用朱熹的说法，是“以彼物比此物也”，也就是譬喻和比拟。刘勰《文心雕龙·比兴》说，它“或喻于声，或方于貌，或拟于心，或譬于事”，也正是这个意思。“兴”，是“先言他物，以引起所咏之词也”（《朱熹《诗集传》），也就是诗或者其中某一章的开端，例如《周南·关雎》的“关关雎鸠，在河之洲”，便是借眼前的景物以发端。这种情况，在古代民歌里很多。“比”“兴”等艺术手法的确立和运用，成了我国诗歌发展的优秀传统。

第三，我国民歌在结构形式上，往往多用重叠、铺陈、对比和问答唱和。重章叠句，是在民歌口耳相传时为便于上口、容易记忆而经常使用的。

第四，民歌的体裁极其丰富，《诗经》多用四言，汉魏乐府多用五言，唐宋以后，七言和杂言的民歌则成了主要形式。但民歌的形式是自由活泼的，一般不受成法的限制。

第五，民歌的语言也具有鲜明的特色，往往具有精炼、直白、准确、生动等优点，读后给人以清新、自然、形象的感觉。《诗经》里一些双声叠韵字和叠字的运用，如“参差”“窈窕”“夭夭”等，对描摹事物、渲染氛围等尤能起到意想不到的效果。到了南朝民歌，大量隐语、双关语的运用，更形成了一种风气。

但是，值得注意的是，中国古代民歌产生于封建社会，在长期流传过程中，它不可能不被打上时代的烙印，在思想意识上受时代的局限；又由于民歌的记录者未必能够准确反映民歌的原貌，故难免加进许多整理者的阶级偏见，使一些民歌在思想上杂有某些糟粕。这都是我们今天在学习古代民歌、研究古代民歌的时候所应仔细加以辨别、取舍的。

读诗释疑

关于改《诗》问题

——讨论《诗经》文字曾否经过修改的一封信

××同志：

关于《诗经》里的文字是否经过统一修改的问题（可以简称为"改《诗》问题"），我看你用不着怀疑。如果你不否认十五国风、二雅、三颂产生于南北东西、各方各地，那就不能不设想其中应该有方言的歧异。这些诗既然汇集到周王廷，为周天子和周的贵族们歌唱，就不能不更改其中的土语方言为周人的普通话，以求使周人听来明白、谐适，能够欣赏。我们从《楚辞》里可以见到楚地的方言，而《周南》《召南》里虽有楚风，不见楚语，正是由于经过周人修改的缘故。

如果你不否认《诗经》各篇都是乐歌，也可以设想到将诗合乐的时候难免有损益词句以就乐律的情况。某些诗篇经历两周，演唱了几百年，乐律上如果有些变化，分章如果有些改变，文字上或许也不得不因之而有些增减。我们看晋乐所奏的汉乐府歌辞，很多是经过增减修改的，其增减修改的字句有时还很多[1]。难保《诗经》不曾有过类似的情形。

《论语·子罕》篇记孔子自述："吾自卫返鲁，然后乐正，雅颂各得其所。"从这几句话可以想象春秋末年雅、颂之乐在鲁、卫有了歧异，所以孔子据卫乐以正鲁乐。这种歧异是否只存在于鲁卫之间？是否只限于雅、颂？这当然是无法推究的，但是由于《论语》这段话，使我们相信风、雅、颂之乐流传日久，在各国传习之中有产生变化的可能。乐的变化引起辞的增减修改同样是有可能的。孔子订正了雅、颂之乐是否因而也更订了雅、颂之辞呢？这当然也不能确知，但也不能说无此可能。至于那些以音乐为专业的周王廷和各诸侯之国的太师，修改风、雅、颂之乐和修改风、雅、颂之辞的可能比孔子当然又多得多了。

以上只是说《诗经》中的文字经过修改的可能性是不小的，它被修改的机会也是不少的。这都是推测之词。到底《诗经》被修改的实际情况如何，从《诗经》本身有无痕迹可寻呢？这才是我要和你讨论的主要问题。

相信《诗经》文字经过统一修改的人提出过这样一些理由：《诗经》各篇音韵差不多一律，句式主要是四言，而散见于先秦子史的"逸诗"都不像这样整齐谐适。《诗经》里还有不少相同的句子重复出现于许多诗篇，如"之子于归""彼其之子""王事靡盬""有杕之杜"等，这些诗篇产生于不同的地区、不同的阶

[1] 例如汉乐府《白头吟》，晋乐所奏分为五解，第三解和第五解各四句都不是原辞所有，另外又在第二解中增加了两句。又如曹操的《短歌行》，晋乐所奏分为六解，每解四句，全篇比原辞减少了六句。

层，原作者彼此借用诗句是不大可能的。当然更不可能有这样多次的偶同巧合。这些现象都是后来统一加工的结果。[1]我以为这些理由都有一定的说服力，不晓得你是否同感，我在这里想从《诗经》中其他一些现象考察这个问题。

你也许已经注意到《诗经》里有几个套子，反复运用，如出一手。例如《小雅·采薇》有“昔我往矣，杨柳依依；今我来思，雨雪霏霏”，《出车》篇有“昔我往矣，黍稷方华；今我来思，雨雪载涂”，《小明》又有“昔我往矣，日月方除；曷云其还，岁聿云莫”。这“昔我……今我……”就是套子之一。这个套子同见于《小雅》同是周人之作，或许可以说是后出的诗模仿流行之词。至于另外一些套子，屡见于各地的风诗，产地相距很远，就不可能以辗转模仿来解释。例如“山有……隰有……”的套子，出于五篇诗，凡九见：

山有榛，隰有苓。

——《邶风·简兮》

山有扶苏，隰有荷华。

——《郑风·山有扶苏》

山有桥松，隰有游龙。

——《郑风·山有扶苏》

山有枢，隰有榆。

——《唐风·山有枢》

[1] 参看郭沫若《简单地谈谈〈诗经〉》（见《雄鸡集》第169页）、罗倬汉《诗乐论》第117页《编诗者之权衡》一节和北京师范学院中文系编写的《中国诗歌史》第75—77页。

山有栲，隰有杻。

——《唐风·山有枢》

山有漆，隰有栗。

——《唐风·山有枢》

山有苞栎，隰有六驳。

——《秦风·晨风》

山有苞棣，隰有树檖。

——《秦风·晨风》

阪有漆，隰有栗。

——《秦风·车邻》

又如“未见……既见……”的套子，出于五篇诗，凡七见[1]：

未见君子，惄如调饥，……既见君子，不我遐弃。

——《周南·汝坟》

未见君子，忧心忡忡，亦既见止，亦既觏止，我心则降。

——《召南·草虫》

未见君子，忧心惙惙，亦既见止，亦既觏止，我心则说。

——《召南·草虫》[2]

未见君子，寺人之令。……既见君子，并坐鼓瑟。……

[1] 此外还有只写出“未见……”，没有“既见……”和写出“既见……”而省略了“未见……”的例子，见于《秦风》的《晨风》和《小雅》的《隰桑》《蓼萧》《菁菁者莪》等。

[2]《草虫》中还有一例：“未见君子，我心伤悲，亦既见止，亦既觏止，我心则夷。”——编者注

既见君子，并坐鼓簧。

——《秦风·车邻》

未见君子，忧心奕奕，既见君子，庶几说怿。

——《小雅·頍弁》

未见君子，忧心怲怲，既见君子，庶几有臧。

——《小雅·頍弁》

未见君子，忧心忡忡，既见君子，我心则降。

——《小雅·出车》

又如用"岂不尔思"一个问句引起下文，这也是一个套子，它出于四篇诗，凡七见：

岂不尔思？远莫致之。

——《卫风·竹竿》

岂不尔思？畏子不敢。

——《王风·大车》

岂不尔思？畏子不奔。

——《王风·大车》

岂不尔思？子不我即。

——《郑风·东门之墠》

岂不尔思？劳心忉忉。

——《桧风·羔裘》

岂不尔思？我心忧伤。

——《桧风·羔裘》

岂不尔思？中心是悼。

——《桧风·羔裘》

以上举了三个套子，此外还有“岂无他人”“岂不怀归”“曷其有×”“维其×矣”等套子，不备举。单就以上三例而论，它们所属的诗篇，有风，有雅，有出于南国，有出于西秦，有出于贵族，有出于民间，有产于西周，有产于东周。论时代，西周贵族之作在前（例如《出车》），要说模仿只能是后出之作模仿前出之作，很难想象民间歌谣（例如《草虫》）模仿贵族的诗，也难想象距离很远的东西南北的歌谣作者彼此模仿。这些套子重复出现的次数这么多，当然也不能说是偶同巧合。如果说这是出于后来统一加工者之手，那倒是比较合理的推测。

《诗经》里还有一些常见的语首助词，为《诗经》以外的先秦书中所少见，如“薄”和“言”。“薄”字用为语首助词如“薄污我私”（《周南·葛覃》），“薄送我畿”（《邶风·谷风》），“薄伐猃狁”（《小雅·六月》），“薄采其芹”（《鲁颂·泮水》）等。“言”字用为语首助词如“言告师氏”“言告言归”（《周南·葛覃》），“言采其蕨”（《召南·草虫》），“言既遂矣”（《卫风·氓》），“言念君子”（《秦风·小戎》），“言私其豵”（《豳风·七月》），“言旋言归”（《小雅·黄鸟》），“言缗之丝”（《大雅·抑》）等。又有“薄”“言”连用者如“薄言采之”“薄言有之”“薄言掇之”“薄言捋之”“薄言袺之”“薄言襭之”（《周南·芣苢》），“薄言还归”（《召南·采蘩》），“薄言往诉”（《邶风·柏舟》），“薄言采芑”（《小雅·采芑》），“薄言观者”（《小雅·采绿》），“薄言震之”（《周颂·时迈》），“薄言追之”（《周颂·有客》），“薄言駉者”（《鲁颂·駉》）等，这些语首助词普遍于风、雅、颂，为《诗经》所特有。

助词出于口语，诗歌和口语比较接近，所以《诗经》里助词特多。《诗经》以四言句为主，经过整齐划一。因为要求句式整齐一律，有时不得不凑字以足句。《诗经》里多用助词，也因为助词无义，便于用来凑足一个句子的缘故。说到口语，我们不能不想到方言。许多“风”诗里的语首助词中何以不约而同都有这个“薄”“言”？“逸诗”中又何以不见这个“薄”“言”？回答这些问题仍然要提出那个推断，就是《诗经》里的文字是经过统一修改的，某些助词的统一也正是修改的结果。

《诗经》里文字经过统一修改也表现于某些称谓语的一致。上文提到“未见君子”“既见君子”，那十多个“君子”里十分之九是妻称夫之词。此外还有“振振君子”（《召南·殷其雷》），“展矣君子”（《邶风·雄雉》），“君子于役”（《王风·君子于役》），“言念君子”（《秦风·小戎》），“君子宜之”“君子有之”（《小雅·裳裳者华》）等句中的“君子”也都是妻称其夫之词。《诗经》女子对丈夫的称谓，除个别处用“良人”以外几乎全统一为“君子”。这种称谓可能是当时上层社会通行的。有人说：“大抵其时妇人之称其夫，皆止就其社会地位而言；统治阶级之妻，称其夫为君子，被统治阶级之妻，不称其夫为君子也。正同后代官腔。妻则称夫为老爷，夫亦称妻为太太，如是而已。”[1]这话似属可信。但是我不因此便相信这些称夫为“君子”的诗都出于当时的统治阶级，倒是觉得这些诗中的“君子”字样乃是由于统治阶级的修改。我们纵然不能立刻判明这些作品属于什么阶

[1] 朱东润《读诗四论》，第50页。

级，总该相信它们是产于不同的地方。很难想象四方各地的妇女对丈夫的称谓本来就是这样统一的。以后世的情况而论，即使在同一城市，妇女提到丈夫也还有多种多样的说法。解放前的北京妇女对人提到丈夫的时候最普通的说法是“我们先生”“当家的”“孩子他爹”，也有说“我们掌柜的”。“粗”一些说法是“我汉子”“我男人”，或“我们那一口子”。最“文雅”的说法是“外子”，官派十足的说法是“我们老爷”，上了年纪的有时也说“我家老头子”，其义都同于“丈夫”。当然也有干脆说“我丈夫”的，这样数来也就不止十种了。以此推论，上面所举的那些诗篇既然不是同一地方所产，称谓应该更不统一。现在的统一显然是按照周贵族阶级的习惯加以修改的结果。

这些现象多少能够表明《诗经》经过统一文字、消灭方言、加工润色之类的修改。另外一些现象又表明《诗经》还经过增减章节、分割拼凑之类的修改，正如汉魏乐府的情形。

宋王柏《诗疑》曾指出《曹风·下泉》的第四章和上三章不类，却和《小雅·黍苗》相似，可能是错简[1]。又指出《召南·行露》的第一章和后二章意思不贯，句法体格也不同，而刘向《列女传》说申人之女作此诗，提到后二章，而没有提前一章。可知前一章是窜乱进去的[2]。他还指出《小雅·小弁》的最后四句“无逝我梁！无发我笱！我躬不阅，遑恤我后？”，既与上文意不贯，也不像对父亲说的话。这四句又见于《邶风·谷

[1] 通志堂本《诗疑》卷一，第9页。

[2] 通志堂本《诗疑》卷一，第1页。

风》。王柏认为可能《小弁》亡脱末四句，而汉儒取《邶风·谷风》中的这四句补了上去[1]。王氏所举三篇，除《下泉》篇内容有关历史事件，不能单从文字去讨论，而何楷《诗经世本古义》解说这篇诗大致可通[2]可以不论外，其余两篇确实是有问题。《行露》首章“厌浥行露。岂不夙夜？谓行多露”和下文“谁谓雀无角，何以穿我屋？谁谓女无家？何以速我狱？虽速我狱，室家不足”等语，确实是毫不相干。《小弁》篇末的“无逝我梁”四句也确实是不伦不类。可以看出这些片段不是原作所有。王柏注意到这类现象，可谓目光锐利，虽然举例不多，对后人还是大有启发。不过这类现象所以产生的缘故却不是王氏所说的“错简”“乱入”“汉人补亡”等所能解释。

《诗经》各篇在战国时代尚为儒者所弦歌[3]，脱离音乐很晚，它们既伴随着音乐而流传，又普遍被人诵习，错简窜乱的可能性不大，和其他古书不同。至于汉儒加以添补的可能性，那就更要小些，汉时传授《诗经》的有齐、鲁、韩、毛四家。如果有人随意增减经文，岂有不被异派经师攻击之理？而且有些可判断为增补的章节，从文意看来显然是赘疣（详下），汉儒为什么要添补这些东西呢？

像《行露》第一章那样和篇中其他部分“不贯”或“不类”

[1] 通志堂本《诗疑》，第14页。

[2]《诗经世本古义》卷二八说《下泉》是曹人美晋荀跞纳周敬王于成周之作。此诗卒章似模仿《黍苗》。作者时代晚，又属士大夫阶层，自有接触西周雅诗，从事模仿的可能。

[3]《墨子·公孟》篇：“诵诗三百，弦诗三百，歌诗三百，舞诗三百。”

的片段，实际是拼凑进去的。这种拼凑在《诗经》里还不是个别现象，拼凑的缘故应是增加章句以合乐。有时截取甲诗加入乙诗，被截取的诗有时就在流传的三百零五篇之中，像王柏所举出的《小弁》末章“无逝我梁”四句截取《邶风·谷风》就是一例。现在另举几篇有拼凑痕迹的诗来看看。且看《邶风·雄雉》：

雄雉于飞，泄泄其羽。我之怀矣，自诒伊阻。

雄雉于飞，下上其音。展矣君子，实劳我心。

瞻彼日月，悠悠我思。道之云远，曷云能来？

百尔君子，不知德行。不忮不求，何用不臧？

这一篇朱熹《诗集传》以为是女子思念久役在外的丈夫之诗，刘克《刘氏诗说》以为是“女子属心于吉士之情而作”。总之，这里所写的是儿女之情。前三章都是相思之词，不需要多加解释。第四章忽然对一般“君子”讲起“德行”来，要他们不忌恨、不贪求，口吻类乎说教，既与上文意思不相贯，也与思妇之词不相类，不能说没有拼凑的嫌疑。“不忮不求，何用不臧”二句为《论语》所引，这里的拼凑一定很早，当然不是后儒所为。再看《小雅·白华》：

白华菅兮，白茅束兮。之子之远，俾我独兮。

英英白云，露彼菅茅。天步艰难，之子不犹。

滮池北流，浸彼稻田。啸歌伤怀，念彼硕人。

樵彼桑薪，卬烘于煁。维彼硕人，实劳我心。

鼓钟于宫，声闻于外。念子懆懆，视我迈迈。

有鹙在梁，有鹤在林。维彼硕人，实劳我心。

鸳鸯在梁，戢其左翼。之子无良，二三其德。

有扁斯石，履之卑兮。之子之远，俾我疷兮。

这也是女子怀念爱人的诗。翻来覆去，说的无非朝思暮想。全诗八章，有拼凑嫌疑的是第七章。为什么独疑这一章是拼凑呢？

一个理由是这一章的词句原是从其他诗篇截取来的，其本身就是杂凑成章。“鸳鸯在梁，戢其左翼”本是《小雅·鸳鸯》篇第二章的头两句。“二三其德”见于《卫风·氓》篇。“之子无良”和《鄘风·鹑之奔奔》的“人之无良”只差一字。这样凑成的四句，文意并不相贯。“鸳鸯在梁，戢其左翼”本是水鸟安宿的形象，可以用来象征幸福的生活，所以在《鸳鸯》篇下接“君子万年，宜其遐福”。在本篇，“鸳鸯”二句和下文“无良”“二德”等语，却没有任何联系。

另一个理由是“之子”二句和全诗情调不能调和。全诗只是道怀念的深情，缠绵往复。虽然偶有一点埋怨之词，仍然表现出柔情千结。这里“无良”的骂词、“二三其德”的指责，便完全是另一种情调。试想当《氓》篇的女主人公说出“士也罔极，二三其德”的时候表现多么强烈的悲愤？本诗和《氓》本不相类，从《氓》篇移植这样的句子，如何能不留斧凿之痕？再说，“硕人”二字在《诗经》里都属美称，本诗女主人公一而再、再而三地称她所怀念的人为“硕人”，而在这一章里忽然骂他为“无良”，这样的矛盾该如何解释？如果这一章本非原作，和其余七章本不出于一手，这些现象就都不足为怪了。

《小雅·出车》篇也是有问题的。全诗六章，第五章却不似原作。

我出我车，于彼牧矣。自天子所，谓我来矣。召彼仆夫，谓之载矣。王事多难，维其棘矣。

我出我车，于彼郊矣。设此旐矣，建彼旄矣。彼旟旐斯，胡不旆旆？忧心悄悄，仆夫况瘁。

王命南仲，往城于方。出车彭彭，旂旐央央。天子命我，城彼朔方。赫赫南仲，玁狁于襄。

昔我往矣，黍稷方华。今我来思，雨雪载涂。王事多难，不遑启居。岂不怀归？畏此简书。

喓喓草虫，趯趯阜螽。未见君子，忧心忡忡；既见君子，我心则降。赫赫南仲，薄伐西戎。

春日迟迟，卉木萋萋。仓庚喈喈，采蘩祁祁。执讯获丑，薄言还归。赫赫南仲，玁狁于夷。

这首诗第一章写南仲受命治车马。第二章写出师。第三章写城于朔方，战胜玁狁。第四章写怀归。第六章写凯旋。第五章却是写女子对征夫的怀念和团聚，又插进“薄伐西戎”，实在不成章法。“喓喓草虫”六句是从《召南·草虫》篇截取来的。拼凑的人可能并不考虑文意，所以使得笺释的人除了附会和曲解便无法解释诗中的矛盾。如果玁狁就是西戎，第三章已经交代“玁狁于襄（除）”，第五章如何又言“薄伐”？而且第六章明明写春天凯旋，而第五章写“既见君子”是在秋虫鸣跃的时节，又是什么缘故？如果说玁狁、西戎是两个民族，南仲于第一年的秋天回家后又出发征伐西戎，第二年春天平了西戎又回来，则何以下章只字不提到西戎而只说“玁狁于夷”？伐西戎的事前无引子，后无交代，又是为何？这都是无法解释的。这首诗的拼凑现象近人已经注意到。有人说这是“编诗者取南诗以凑成雅整齐之篇章”[1]，有人说这诗的“后三章几乎完全是借用词句拼凑出来的”[2]，这些意见都值得咱们参考。

上面所举的例子都是一篇之中拼入个别的章节。这种情形另外还有，如《周南·卷耳》的第一章为思妇之词，以下三章都是征夫之词。可能后三章是完整的一篇，而第一章是拼入[3]。又《小雅·小明》前三章各十二句，都是写征夫怀归而怕得罪，后二章各六句，却是诫在位的“君子”不要习惯于安居。前后情调不一致，语气不相贯，似乎后二章是拼入的部分。不过后二章也可以独立成为一个短篇，因而本篇也可能是两篇的拼合，和前面所学的那些以单章拼整篇的例子又不同了。

两诗拼合为一辞，在汉魏乐府里不乏其例[4]，《诗经》里却很少见。孙作云先生在《诗经的错简》那篇文章里曾判断《大雅·卷阿》篇本是两诗，值得注意。《卷阿》诗云：

> 有卷者阿，飘风自南。岂弟君子，来游来歌，以矢其音。
>
> 伴奂尔游矣，优游尔休矣。岂弟君子，俾尔弥尔性（生），似（嗣）先公酋矣。
>
> 尔土宇昄（版）章，亦孔之厚矣。岂弟君子，俾尔弥尔性（生），百神尔主矣。

---

[1]《诗乐论》，第 165 页。

[2]《中国诗歌史》，第 75 页。

[3] 孙作云《诗经的错简》附注提到日本青木正儿有《诗经章法独是》一文，言《关雎》与《卷耳》原来各为二诗，后误合为一诗。孙文载《人文科学杂志》第一期。

[4] 例如郊祀歌第十章《天马》本是两辞，合并于李延年之手。相和歌中的《长歌行》中“仙人骑白鹿”十句为一首，“岧岧山上亭”以下为另一首，是一首汉诗和一首魏诗的拼合。

尔受命长矣，茀禄尔康矣。岂弟君子，俾尔弥尔性（生），纯嘏尔常矣。

有冯有翼，有孝有德，以引以翼。岂弟君子，四方为则。

颙颙卬卬，如圭如璋，令闻令望。岂弟君子，四方为纲。

凤凰于飞，翙翙其羽，亦集爰止。蔼蔼王多吉士，维君子使，媚于天子。

凤凰于飞，翙翙其羽，亦傅于天。蔼蔼王多吉人，维君子命，媚于庶人。

凤凰鸣矣，于彼高冈。梧桐生矣，于彼朝阳。菶菶萋萋，雍雍喈喈。

君子之车，既庶且多。君子之马，既闲且驰。矢诗不多，维以遂歌。

孙先生认为此诗第一章至第六章为一篇，自第七章至第十章为另一篇。他举了四条理由，较有说服力的是：第一，在赞美周天子的诗中篇末往往用“四方为纲”或“纲纪四方”作结，《大雅·棫朴》可资比较。本诗第六章有“四方为纲”之句，可知它是卒章。第二，前六章为赋体，后四章为兴体，作法不同。第三，最末两句说：“矢（陈）诗不多，维以遂歌。”若此诗自“凤凰于飞”以下为一首，则仅得二十四句，确实是“不多”，如加前六章，则为五十四句，就不能算“不多”了。我看还可以补充一些理由，就是前六章里的“君子”指周天子，而后四章里的“君子”指的是大臣。前六章里有“岂弟君子……似（嗣）先公酋矣”“岂弟君子……百神尔主矣”“岂弟君子，四方为则”“岂弟君子，四方为纲”等语，这个“君子”非周天子不能当。到了后四章，明明说“维君子使，媚于天子”，就是说君子使那些吉士亲爱天子，“君子”和“天子”当然不是一人。所以后人解说这个“君子”指在位的大臣。从内容观察，前六章确实是歌颂周天子的诗，而后四章歌颂的则是朝臣。末章“君子之车，既庶且多”云云，歌颂大臣的贵盛，还不为不得体，如用来颂天子就不相称了。这样看来《卷阿》可信是两篇诗拼合而成。如果《小明》也归入此类，则是无独有偶了。

《诗经》里还有一首诗曾被人疑为从另一篇分割出来的，那就是《豳风·伐柯》。吴闿生先生《诗义会通·豳风·九罭》篇注云：“先大夫曰：《伐柯》《九罭》当为一篇。上言‘我觏之子，笾豆有践’，此言‘我觏之子，衮衣绣裳’，文义相应。后人误分为二，于是上篇无尾而此篇无首，其词皆割裂不完矣。”吴氏的怀疑不为无因，他的假定可备一说。一辞分作两曲的例子在汉乐府里是存在的。崔豹《古今注》云：“《薤露》《蒿里》并丧歌也，本出田横门人……李延年分为二曲，《薤露》送王公贵人，《蒿里》送士大夫庶人。”[1]可知挽歌曾经李延年分割。《诗经》既属乐歌，如果有同样的情形也没有什么可怪。就是上述的这些情况使我相信《诗经》里的篇章字句曾经被人增减分合、统一修改。修改的主要原因是为了消灭方言歧异和便于合乐。修改的人应该主要是周太师，诸侯国家的乐官可能也有份。孔子是否也插过一手？那也难说，因为孔子也曾做过“正乐”的工作。修改也未必限于一次两次。那些由于唱法改变而做的修改，在这些诗篇脱离

[1]《乐府诗集》卷二十七引。

音乐以前都是可能有的。

《诗经》和汉魏乐府歌辞性质相同，所以不妨以汉魏乐府的修改情况推论《诗经》。不过汉魏乐府里许多改过的歌辞和原辞同时存在，甚至改作所依据的另一作品也存在[1]，比较之下，一目了然，研究《诗经》里的修改就没有同样的条件，往往不能不从那些斧凿之痕去推敲。因此上面所谈，推测之词不少，错误一定难免，姑且提出这些问题，以俟讨论。其中如果有些符合事实的地方，或许可以稍减你原来对这个问题的怀疑。请指教。

---

[1] 例如晋乐所奏《西门行》较之汉《西门行》本辞有所增添，也有所删削。其增添的部分是以《古诗十九首》中的“生年不满百”篇为蓝本，三篇俱在，彼此的关系容易从比较中发现。

关于《陈风·株林》今译的几个问题

××同志：

见来信得知你还在修改你的《风诗今译》，你的态度谨慎、译笔明洁，可读。即此已不容易。我于此道只是浅尝，没有什么值得一谈的“经验”可以贡献。至于对某些篇章的理解或感受不同处却是有的，不过问题很小，也不多。既然你还要继续推敲，不妨提出来共同考虑。现在谈谈《陈风·株林》。

《株林》的篇义，《毛诗序》说是“刺灵公也。淫乎夏姬，驱驰而往，朝夕不休息焉”。陈灵公和夏姬的事以及有关人物都见于《左传》和《国语》。《毛序》明白有据，并无异义。不过对诗中词句却有歧解，仍值得分析比较。大致不外地名、隐辞、异文和句读等问题。

这篇诗中有三个地名：株林、株野和株。《毛传》说株林是“夏氏邑”，也就是“朝食于株”的株。《笺》和《正义》无异说。《正义》解释株野为“株林之野”，这个株林所指也就是株邑。这些说法为后来许多说《诗经》者所依据。——这是第一说。

马瑞辰《毛诗传笺通释》云："株为邑名，林则野之别称。刘昭《读郡国志》曰：'陈有株邑，盖朱襄之地。'《路史》：'朱襄氏都于朱。'注：'朱或作株。'是株为邑名，故二章朝食于株得单言株也。《尔雅》：'邑外谓之郊，郊外谓之牧，牧外谓之野，野外谓之林。'野与林对文则异，散文则通，株林犹株野也。《传》云株林夏氏邑者，随文连言之，犹言泥中、中露邑名[1]，两中字皆连类及之耳。非以林为邑名。"——这是第二说。

王先谦《三家诗义集疏》云："株者，其地不详。……《说文》，邑外曰郊，郊外曰野，野外曰林。《鲁颂传》同。此诗林、野显然分列，《传》以株林为邑名，非也。"又云："愚案灵公初往夏氏必托言游株林。自株林至株野乃税其驾，然后微服入株邑，朝食于夏氏。此诗乃实赋其事也。"——这是第三说。

第二、第三两说不完全相同，但都否定了第一说。第一说不可信，一则株邑本是旧邑旧名，只名朱或株，不名株林。毛氏无据。而且从诗的本文看，"匪（非）适株林，从夏南兮"《郑笺》说之未妥，后人也觉费解，原因就在于毛氏将株林、株邑说成一地。如果株林即株邑，夏南本是株邑的主人，"适株林"和"从夏南"就是同一回事，既说"从夏南"，如何能说"匪适株林"呢？何况下文明说"朝食于株"，显然与"匪适"两字矛盾。如训"匪"为"彼"（陈奂说），则此二句完全重复上文，又没有什么意义，所以株与株林不容相混。这一点应不成问题。

马瑞辰把株林和株野理解为二而一，说是说得通的。正如

---

[1]《邶风·式微》《毛传》云："中露，卫邑也。"又云："泥中，卫邑也。"

《召南·野有死麕》篇的“林有朴樕，野有死鹿”二句，林野互文，意义无别。《株林》篇的“株林”换为“株野”似乎为了变文协韵，可以不管其间的界划。但王氏强调林、野“显然分列”(胡承珙《毛诗后笺》强调“株林”与“株野”非一地，王氏从之)，却便于解释这首诗。株野是株邑的近郊，株林是远郊。从陈国的都城出发，先到株林，次到株野，然后进入株邑，层次分明。译诗从王说比较妥当，也是比较方便的。

《株林》诗有一显明的特点，就是多隐辞。说诗者常提到的是“从夏南兮”这一句。一般都注意到诗人因为淫佚之事不便说得太明白，所以只言夏南而不言夏南之母夏姬，是含蓄之笔。迂腐的人就说它是“为尊者讳”，是“忠厚”。但诗意恐不完全在这些地方。“从夏南兮”，诗中反复言之，既是刺灵公，也是对夏南的嘲骂之词。夏南是公族，位为大夫，是夏氏的主人。他的君与母丑名远扬，使他也蒙上奇耻大辱，而他不知道如何自处。灵公将“从夏南”作为往来夏氏的借口，作为抵拒非议的挡箭牌。夏南实际上起了掩护作用。灵公对自己的丑行，初时还有所讳，后来就发展到恣行无忌。夏南实际上助长了这种发展。像他这样的角色如何不被国人嘲骂！

第二章“乘我乘驹”[1]，也是一句大有关系的隐辞。古今说者纷纷。《毛传》说“大夫乘驹”。《郑笺》说“变易车乘以至株林(指株邑)”。毛、郑语虽简，大意尚可懂。此章上文是“驾我乘马，说

[1]“驹”字，《释文》作“骄”，今本《诗经》或作“驹”或作“骄”。“骄”字于韵不叶，故多数作“驹”。林义光《诗经通解》引金文《伯晨鼎》《兮田盘》皆云“锡驹车”，说明驾车之驹，字当作“驹”，不作“骄”。这问题可从林氏说解决。

（税）于株野”。“我”是诗人作灵公口吻说，他命令赶驾四匹马的车奔驰到株野息驾。然后自己改乘驾四匹驹的车再奔向株邑。《公羊传》隐公元年何休注云：“礼，大夫以上至天子皆乘四马。……天子马曰龙，高七尺以上；诸侯曰马，高六尺以上；卿大夫、士皆曰驹，高五尺以上。”灵公先乘自己的车到株野，后改乘大夫的车到株邑，借此遮人耳目，不让人认出他是国君。《国语·周语中》载陈灵公“南冠以如夏氏”。南冠是楚冠。如，往也。可见当时灵公往来夏氏确有所忌讳，不敢让人民知道，有时改装，有时变易车乘。这首诗里驾四驹的大夫之车，可以设想就是夏氏的车（不必牵入其他大夫），因为只有乘夏氏的车以往夏氏，才不会引起路人的猜疑。或许夏南从陈国都城跟着灵公一路同到株野，或许他早已备车在株野迎候。这就是“从夏南”的一例。

“朝食于株”也是隐辞。“朝食”是双关隐语。闻一多《诗经通义》（全集二）说“惄如调（朝）饥”等语，并及《株林》的“朝食”句。他说：“古谓性的行为曰食，性欲未满足时曰饥，既满足时曰饱。”闻氏在《风诗类钞》（全集四）中注《有杕之杜》篇的“曷饮食之”和《丘中有麻》篇的“将其来食”等句，都将饮食解为“性交的象征廋语”。参考闻说，可知“朝食于株”所暗示的是什么。把这句诗译为今语当然是困难的，在今语中找不出这样的双关隐语。不得不借助于注释。不过如能把字面上的意思译清楚，也多少能见言外之意。

你译“说于株野”作“株林郊外歇个脚”，译“朝食于株”作“株林吃饭赶个早”，用口语很生动。鄙意尚可改动一两个字，前一句林字改作邑即可；后一句除林字当改外，吃字也须再酌。

“吃饭赶个早”并不能表示出指的是吃早饭，也可能被误会为吃消夜或午饭。宁可改吃为早，重复一个早字并无妨，甚至就用原语“朝食”也可以。

这首诗本是歌谣，歌谣有时为众口所编唱，不一定是某一个人的创作。读者与其效评点家玩索其笔法格法，不如去体味它的声吻语气。朱熹《诗集传》说“灵公朝夕而往夏氏之邑，故其民相与语曰……”，这“其民相与语”的提法是正确的体会。朱熹把首章看作众人的问答，远比牛运震《诗志》所谓“自问自答，自驳自解”近真。我们应该把这首诗看作陈国群众的街谈巷议、冷嘲热讽，也可能包含陈灵公的仆夫们的窃窃私语。诗中你一句，我一句，句中有笑声，有怒气，不一定都是庄语。

有些本子个别句读或文字的异同可能影响读者对诗中声情的体味。或从或违，应有所选择。例如林义光本，此诗首章作“胡为乎株林从夏南？匪适株林从夏南”二句，就不如陈奂分作四句。林本两个“从夏南”句下无兮字，又不如陈本有兮字。一加吟诵，感觉自会不同。兮字的有无，优劣更为明显。兮字作为句尾，其作用是延长上一字的音，拖长了的字音可以加强句中所表现的感情，或使读者更明白它的语气。译文中把兮字换上一个适当的语助字，也会有同样的效果。由于这些想法，我试粗译《株林》的大意如下（句后为原文）：

（一）

甲：他到株林干啥？（胡为乎株林？）

乙：要去夏南家呀！（从夏南！）

丙：他去株林是假，（匪适株林，）

要到夏南家呀！（从夏南！）

（二）

丁：驾上四匹马儿，（驾我乘马，）

我在株野息驾。（说于株野。）

戊：驾上四匹驹儿，（乘我乘驹，）

我在株邑吃早茶。（朝食于株。）

我对《株林》诗的领会本来很肤浅，译笔又甚拙，姑且借以补充上文未竟之意，兼博一哂。

1981年4月

关于《诗经·伐檀》篇和乐府《孔雀东南飞》的一些问题

编者按[1]**：**读者傅振元、徐在斌、渭泱、刘兆霖、合肥林校语文学科委员会等来信对《诗经·伐檀》和乐府《孔雀东南飞》两篇古典作品提出一些商榷意见。他们提出：本年高中毕业考试复习提纲里列有《伐檀》一篇。高中课本第六册对这篇的最后两句“彼君子兮，不素餐兮”是解释作“有德有位的人是不肯白白地吃饭的啊！”而余冠英先生则译作“那些个大人先生啊，可不是白白吃闲饭！”。究竟哪一个对？《孔雀东南飞》篇中的兰芝和仲卿家，是否属于不同的阶级？兰芝辞别焦母时的一段话究竟是兰芝说的还是焦母说的？鉴于问到这些问题的来信很不少，我们特请余冠英先生做一综合答复，公开发表，以供读者参考。对这些古代作品的词句，过去本来存在不同的解释，自然，余先生的意见也不一定是定论。但这些问题毕竟是比较枝节的问题，我们就不打算在刊物上继续公开讨论了。

---

[1] 此“编者按”为《文艺学习》答读者问栏目编者所加。

一、关于《诗经·伐檀》篇

对于《伐檀》篇的解释向来意见分歧，方玉润在《诗经原始》里就曾说这首诗“三千年纷纷无定解”。近人大都认为此篇是刺不劳而食的诗，对于篇义没有什么争论，但是对于最后两句还有不同的解释。分歧之点在于：（一）“素餐”的意义是白吃饭（无功食禄）呢，还是吃白饭（非肉不饱）；（二）“彼君子”指被讽刺的剥削者呢，还是指理想中的正面人物。这两种解释其实都可以通，并不影响对篇义的了解。不过“素餐”解作干吃、白吃比较普通些，斥骂剥削者也更重些，“彼君子”直接指讽刺对象就更痛快有力些，意味是有些不同的。我的译文是从这样的体会出发的。

傅振元先生认为“彼君子兮”的“彼”字和“胡瞻尔庭有县貆兮”的“尔”不同人称，不能同指一个人或一类人。这是误解。“彼君子兮”的彼是“那个”，不是“他”，和“尔”字并不相抵触。和《狡童》篇比较一下就明白了，《狡童》篇道：“彼狡童兮，不与我食兮。维子之故，使我不能息兮。”“彼狡童”和“子”不是同指一个人吗？

有人以为“君子”只能指好人，因此《伐檀》篇中的“君子”不会是被骂的人，这也是误会。在诗经时代，“君子”还是贵族的通称，和后代用法不同。这里的“君子”只表示人的身份，并不表示德行。《小雅·大东》有“君子所履，小人所视”两句，作者对那君子也是没有好感的，可以参考。

傅先生又认为“彼君子兮”二句表示人民“希望有好人替

他们办事情”，照我的译法就“阉割了”人民的“强烈愿望”。这倒是新鲜的意见。但是古今的讽刺诗只揭出讽刺对象的丑恶而不提出正面人物做对比的例子是很多的，并没有一定的程式。例如《陈风·墓门》指斥统治者为“不良”，而并不提出一个“良”的人来对比。作者把他所反对的是什么说清楚以后，他拥护的是什么往往是不必说出就会明白的。《伐檀》篇指出“不稼不穑”而“取禾三百廛”的君子是素餐者，意思其实已经完足了，并不需要抬出正面人物做对比。

“不素餐兮”这一句可以作为讽刺的反话，也可以将“不”字作为不表示什么意义的发声词，不素餐就是素餐，正如不濡就是濡，不显就是显，《经传释词》所举这类的例子是很多的。另一可能就是将“不”解为“勿”，“勿素餐”就成为警告或劝告的口气。我觉得前两说比较好些，所以译为“可不是白白吃闲饭”，正因为这句话可以意味成正面斥责也可以意味成反言讽刺。我想这样是符合原句的意义和语气的。魏建功先生曾将这两句诗译成“那些个混账王八蛋，无荤不下饭”。我虽然不完全同意他所用的词句，却同意他译成这样的语气。

二、关于《孔雀东南飞》

（一）对于焦刘两家门第不同，曾有人十分强调，简直认为两家属于不同的阶级，也有人完全不承认两家的门第有何差别。当我写《介绍孔雀东南飞》那篇文章的时候想对这个问题表示一下意见，所以就写下了傅先生所引出加以批评的那几句话。刘兰芝十六岁“诵诗书”“知礼仪”，她的装奁有“箱帘六七十”，而且“物物各自异”，她被遣回家之后县令太守两家相继来求婚。从这些叙写看来，她不像是出于很“贫贱”的家庭。刘母所说“贫贱有此女”是自谦的话，我们不能据此认为刘家贫贱，正如不能根据媒人所说“故遣来贵门”那句恭维话就认为刘家是豪贵的。所以焦刘两家属于不同阶级的说法是不合事实的。但是完全否认两家门第的些微差别也不是实事求是的态度，因为兰芝自谓“出野里”，焦母自称“大家”都不可能是无中生有。当然，一个府吏的家不可能是豪富豪贵的家，所以焦家比刘家也不会高得太多。

傅先生认为焦家属于剥削阶级，刘家属于被剥削阶级，那就是说焦家是地主，刘家是农民。且不说上文提到的那些疑难，单说诗中所描写出来的兰芝的形象就不是一个农家女的形象。“指如削葱根，口如含朱丹。纤纤作细步，精妙世无双。”傅先生能说这是农家“劳动妇女”的形象吗？我认为焦刘两家是否属于不同阶级并不是本诗里的重要问题，不过既然作为一个问题提出来就得实事求是地去研究，不能武断，不能在两种意见的任何一方随便投票。

（二）“昔作女儿时……念母劳家里”八句是兰芝的话还是焦母的话？细玩味“今日还家去，念母劳家里”两句便知不是焦母的口吻。兰芝之去正合焦母的心愿，焦母哪会叮嘱兰芝要惦念婆婆呢？这些话出于兰芝之口倒正是一个封建社会的“知礼仪”的媳妇应有之辞。不这样写就不真实了。傅先生认为兰芝说了这些话就是屈服，就没有斗争性。其实这些话倒是带性负气、软中有硬的，并不表示屈服。斗争性也不能从片段的言语表面去看。当刘兄逼兰芝允许太守家的要求时，兰芝不曾说“理实如兄言……处分适兄意……登即相许和……”吗？能不能因此说兰芝在阿兄面前完全屈服，丧失了斗争性呢？

以上是我的一些简单的意见，希望大家指教。

（原载《文艺学习》1955 年第 7 期）

《诗经·郑风·将仲子》乐府新声

女高音独唱

余冠英 译诗
雷雨声 作曲

中速 风趣地

雷雨声同志为古代《诗经》作品谱曲两首，在音乐创作方面做了一次新的有益尝试。为提供参考，现将这里第二首原文以及余冠英同志的解题和注释转录如下。

——编者[1]

一个女子要求她的爱人不要到她家里来私会，因为他们的爱

[1] 此处“编者”指《沈阳音乐学院学报》编者。

情不曾得到父母的同意。

将仲子兮，[①]	将仲子兮，	将仲子兮，
无逾我里，	无逾我墙，	无逾我园，
无折我树杞。[②]	无折我树桑。	无折我树檀。
岂敢爱之，[③]	岂敢爱之，	岂敢爱之，
畏我父母。	畏我诸兄。	畏人之多言
仲可怀也，	仲可怀也，	仲可怀也，
父母之言亦可畏也。	诸兄之言亦可畏也。	人之多言亦可畏也。

① 将：请也。

② 树杞：就是杞树。下文“树桑”“树檀”仿此。

③ 之：指树杞，以下仿此。

（原载《沈阳音乐学院学报》1983 年第 2 期）

乐府歌辞的拼凑和分割

古乐府重声不重辞，乐工取诗合乐，往往随意并合裁剪，不问文义。这种现象和“声辞杂写”同为古乐府歌辞的特色，也同样给读者许多困难。向来笺释家不注意乐府诗里的拼凑痕迹，在本不连贯的地方求连贯，在本无意义的地方找意义。结果是穿凿附会，枉费聪明，徒滋淆惑。本文目的在举出古乐府辞篇章杂凑的重要例子，考察其拼合的方式，并附带讨论有关的几点。所谓拼合方式，约可分为八类，列举如下：

（一）本为两辞合成一章，这种情形最早见于汉郊祀歌。郊祀歌第十章《天马》本是两辞，据《汉书·礼乐志》，“太乙况”一首作于元狩三年（《武帝纪》则云元鼎四年），“天马徕”一首作于太初四年，应是合并于李延年辈之手。相和歌辞平调曲《长歌行》古辞“仙人骑白鹿”篇亦同此例，其辞曰：

仙人骑白鹿，发短耳何长？导我上太华，揽芝获赤幢。来到主人门，奉药一玉箱。主人服此药，身体日康强，发白复更黑，延年寿命长。岧岧山上亭，皎皎云间星，远望使心思，游子恋所生。驱车出北门，遥观洛阳城。凯风吹长棘，夭夭枝叶倾。黄鸟飞相追，咬咬弄音声。伫立望西河，泣下沾罗缨。

这篇歌辞“岧岧山上亭”以下与前十句意思不相接，风格全不同，显然另是一首（严羽《沧浪诗话》、左克明《古乐府》皆别为两首），但《乐府诗集》合为一章，自然因为当初合乐时本是如此。朱乾《乐府正义》假定“岧岧山上亭”以下是《长歌行》正辞，“仙人骑白鹿”十句是艳。《艺文类聚》引“岧岧山上亭”到“遥观洛阳城”八句，题作魏文帝于明津作，可知本篇是一首汉诗和一首魏诗的拼合。

（二）并合两篇联以短章，例如相和歌辞瑟调曲《饮马长城窟行》古辞：

青青河畔草，绵绵思远道。远道不可思，宿昔梦见之。梦见在我旁，忽觉在他乡。他乡各异县，展转不相见。枯桑知天风，海水知天寒，入门各自媚，谁肯相为言？客从远方来，遗我双鲤鱼。呼儿烹鲤鱼，中有尺素书。长跪读素书，书中竟何如？上言加餐饭，下言长相忆。

这一篇载入《文选》，历来有许多人加以解说。关于“枯桑”二句所喻何事，“入门”二句所指何人，说法最纷纭。“客从远方来”以下有人说是写梦境，有人说是叙实事，又有人说是“聊为不必然之词以自媚悦”，也颇不一致。正因为这一篇本不是一个整体，说诗的人勉强串讲，近于猜谜，才这样纷歧。事实上“青青河畔草”八句和“客从远方来”八句各为一首诗。“枯桑”四句并非完章，夹在中间，音节上它是连环的一节，意义上却两无所属。刘大櫆、朱乾都曾注意到这篇拼合的痕迹，刘氏《历朝诗约选》云："疑此诗为拟古二首，一拟《青青河边草》，一拟《客从远方来》也。"朱氏《乐府正义》云："古诗十九首皆乐府也，中有《青青河边草》，又有《客从远方来》，本是两首，惟《孟冬寒气至》一篇下接《客从远方来》，与《饮马长城窟行》章法同，盖古诗有意尽而辞不尽，或辞尽而声不尽，则合此以足之。"两说微异，但均指出用"青青河畔草"与"客从远方来"句起头是古诗陈套，而本篇所包两首都是用现成的套子，实为妙悟。不过刘氏一定要说是"拟古"，却未必然。至于"枯桑"四句，他们似乎以为属于前一首，也不妥当。

（三）一篇之中插入他篇，例如相和瑟调《艳歌何尝行》古辞：

> 飞来双白鹄，乃从西北来，十十五五，罗列成行。（一解）妻卒被病，行不能相随，五里一反顾，六里一徘徊。（二解）"吾欲衔汝去，口噤不能开；吾欲负汝去，毛羽何摧颓！"（三解）"乐哉新相知！忧来生别离！"躇踌顾群侣，泪下不自知。（四解）"念与君离别，气结不能言。各各重自爱，远道归还难。妾当守空房，闭门下重关。若生当相见，亡者会黄泉。"今日乐相乐，延年万岁期。（"念与"下为趋）

上面所抄全依《宋书·乐志》。《玉台新咏》有一首《双白鹄》，实为同一篇，而辞稍不同：

> 飞来双白鹄，乃从西北来，十十将五五，罗列行不齐。忽然卒疲病，不能飞相随。五里一反顾，六里一徘徊。"吾欲衔汝去，口噤不能开。吾将负汝去，羽毛日摧颓。""乐哉

新相知，忧来生别离！”躇蹰顾群侣，泪下纵横垂。今日乐相乐，延年万岁期。

朱嘉徵《乐府广序》疑《玉台》《双白鹄》为《艳歌何尝行》本辞，丁福保《全汉诗》也说《玉台》一首是“最初入乐之辞”，黄晦闻（即黄节，晦闻为其原名。——编者）先生《汉魏乐府风笺》则云：“《玉台新咏》改《艳歌何尝行》为《双白鹄》。”我疑猜这两篇都有改动原辞的地方，而《玉台新咏》的一篇较近原辞。

《艳歌何尝行》第一解“来”字与“行”字相韵，似乎是本来面目。灰韵与阳韵相叶，在汉乐府诗里屡见不鲜，如杂曲歌辞《乐府》“行胡从何方？列国持何来？氍毹毾㲪五木香，迷迭艾蒳及都梁”和《孔雀东南飞》“怅然遥相望，知是故人来，举手拍马鞍，嗟叹使心伤”用韵相同。《双白鹄》“十十将五五，罗列行不齐”两句，四言变为五言，灰阳相韵变为灰齐相韵，当是后代人为了使它更整齐谐适而加的改动。不过《宋志》比《玉台》多出的“念与君离别”八句，也不是原辞所有，这可以下列几个理由说明：

1.“今日乐相乐，延年万岁期”两句应直接上面“泪下不自知”句，因为“期”字是韵脚。这两句虽是入乐时所加的套语，意义和上文尽管不连属，在音节上却须是一个整体，不能失韵，这一层在乐府诗里从无例外，拿《白头吟》（晋乐所奏），《怨歌行》（“为君既不易”篇），宋子侯《董娇饶》和《古歌》（“上金殿”篇）等诗一比较就很明白了。（明、清人选本“延年万岁期”有作“万岁期延年”的，是故意改动以迁就韵脚，自不足据。）

2.“念与君离别”八句本身像是一篇诗，但有模仿杂凑之嫌，非汉人所作。因为前四句和古诗“悲与亲友别，气结不能言，赠子以自爱，远道会见难”太相像，“若生当相见”两句又和伪苏武诗“生当复来归，死当长相思”两句近似。

3. 从“飞来双白鹄”到“泪下不自知”，无论看作比体（喻夫妇）或赋体（咏白鹄），都是空灵活泼、意思完足的诗，加入“念与”八句，就觉得辞不相称、意亦嫌赘。〔有人以为“念与”八句是妻答夫之词，和上文“吾欲衔汝去”八句夫谓妻之词相对，所以不可少。其实夫（雄鹄）谓妻之词只是“吾欲衔汝去”到“毛羽何摧颓”四句。下面“乐哉新相知”两句（或连下两句）正是妻答，即古诗“念子弃我去，新心有所欢”的意思，不需另外再有答词。〕

《宋书·乐志》在此篇后注明“‘念与’下为趋”，原辞的趋该是只有“今日乐相乐”二句，插入八句为的是延长趋曲。

（四）分割甲辞散入乙辞，例如相和瑟调《步出夏门行》魏明帝辞：

步出夏门，东登首阳山。嗟哉夷叔，仲尼称贤。君子退让，小人争先，惟斯二子，于今称传。林钟受谢，节改时迁，日月不居，谁得久存？善哉殊复善，弦歌乐情。（一解）商风夕起，悲彼秋蝉，变形易色，随风东西。乃眷西顾，云雾相连，丹霞蔽日，采虹带天。弱水潺潺，落叶翩翩，孤禽失群，悲鸣其间。善哉殊复善，悲鸣在其间。（二解）朝游青泠，日暮嗟归。（“朝游”上为艳）蹙迫日暮，乌鹊南飞，绕树三匝，何枝可依？卒逢风雨，树折枝摧。雄来惊雌，雌独愁栖，夜失群侣，悲鸣徘徊。芃芃荆棘，葛生绵绵，感彼

风人，惆怅自怜。月盈则冲，华不再繁。古来之说，嗟哉一言。（“蹙迫”下为趋）

此篇除采魏武帝《短歌行》“乌鹊南飞”数句外，又取文帝《丹霞蔽日行》全篇（略易数字），将“丹霞蔽日”到“悲鸣其间”六句插入第二解，又以“月盈则冲”四句放在篇末。

（五）截取他篇加入本篇。上例对于魏文帝《丹霞蔽日行》是采取全篇，分割应用，对于武帝《短歌行》只是截取一部分。后一种情形较为常见。如楚调《怨诗》曹植辞“明月照高楼”篇共七解，其最后的一解“我欲竟此曲，此曲悲且长，今日乐相乐，别后莫相忘”就是截取《怨歌行》古辞末四句。这都可以指出来源。在古辞里往往有明知是截取陈篇，而原篇不传不能指实的，如“皑如山上雪”篇晋乐所奏“郭东亦有樵，郭西亦有樵，两樵相推与，无亲为谁骄”等句，不像是乐工自撰，恐是节录歌谣。

（六）联合数篇各有删节。这一类和第五类不同处——第五类是先有一篇完整的诗做主体，然后加入从他篇截取的部分；这一类是联合几个部分成一篇歌辞，而各部分都不是完整的诗。例如相和曲古辞《鸡鸣》篇：

鸡鸣高树巅，狗吠深宫中。荡子何所之？天下方太平。刑法非有贷，柔协正乱名。

黄金为君门，碧玉为轩（兰）堂，上有双樽酒，作使邯郸倡。刘王碧青甓，后出郭门王。舍后有方池，池中双鸳鸯。鸳鸯七十二，罗列自成行。鸣声何啾啾？闻我殿东厢。兄弟四五人，皆为侍中郎。五日一时来，观者满路傍。黄金络马头，颎颎何煌煌！

桃生露井上，李树生桃傍，虫来啮桃根，李树代桃僵。树木身相代，兄弟还相忘。

这篇歌辞应分为三部分如上式，辞意各不相连。首尾两段本身显然不像完整的诗，来源也不可知。中间一段虽丰长，实际其是从他篇节录，其来源还可以猜得大概。清调曲《相逢行》古辞云：

相逢狭路间，道隘不容车，如何两少年，挟毂问君家。君家诚易知，易知复难忘。黄金为君门，白玉为君堂，堂上置樽酒，作使邯郸倡。中庭生桂树，华镫何煌煌。兄弟两三人，中子为侍郎，五日一来归，道上自生光，黄金络马头，观者满路旁。入门时左顾，但见双鸳鸯，鸳鸯七十二，罗列自成行。音声何噰噰，鹤鸣东西厢。大妇织绮罗，中妇织流黄，小妇无所为，夹瑟上高堂。丈人且安坐，调丝未遽央。

此歌中段和《鸡鸣》中段大同小异。另有一篇《长安有狭斜行》和这篇也差不多，不过歌辞更简单些。大约同此一母题的诗共有三篇：《长安有狭斜行》最简单，应是最早的一篇，姑且称为第一辞；《相逢行》为第二辞；第三辞不传，但其主要的部分被节录拼入《鸡鸣》篇，就是该篇的中段。读者试将三篇比照细看，便知这种猜测并非无理。

魏乐府拼凑方式和此例相同的，有文帝《临高台》篇：

临高行台高以轩，下有水，清且寒，中有黄鹄往且翻。行为臣，当尽忠，愿令皇帝陛下三千岁，宜居此宫。鹄欲南游，雌不能随。我欲躬衔汝，口噤不能开；欲负之，毛衣摧颓。五里一顾，六里徘徊。

此歌在冯惟讷《诗纪》分三段，以“往且翻”以上为第一段，

“宜居此宫”以上为第二段，“鹄欲南游”以下为第三段。冯氏云：“此曲三段辞不相属，‘鹄欲南游’以下乃古辞《飞鹄行》也。”《乐府正义》分为两解，以冯氏所分第二段属上为前解，“鹄欲南游”以下为后解，认为“前约汉铙歌《临高台》，后约瑟调《艳歌何尝行》”。其说很确。“水清”“黄鹄”等句都出于汉铙歌《临高台》曲，“愿令皇帝陛下三千岁”也是从汉曲“令我主寿万年”变来。“鹄欲南游”以下是《艳歌何尝行》的简约，更为显著，这一点与《诗纪》意见相同。《飞鹄行》就是《艳歌何尝行》，见《宋书·乐志》。

（七）以甲辞尾声为乙辞起兴，例如相和瑟调《陇西行》古辞：

天上何所有，历历种白榆，桂树夹道生，青龙对道隅。凤凰鸣啾啾，一母将九雏，顾视世间人，为乐甚独殊。好妇出迎客，颜色正敷愉，伸腰再拜跪，问客平安不。请客北堂上，坐客毡氍毹。清白各异樽，酒上正华疏，酌酒持与客，客言主人持。却略再拜跪，然后持一杯。谈笑未及竟，左顾敕中厨，促令办粗饭，慎莫使稽留。废礼送客出，盈盈府中趋，送客亦不远，足不过门枢。取妇得如此，齐姜亦不如，健妇持门户，亦胜一丈夫。

这篇开端八句和“好妇出迎客”以下截然分为两段，姑依旧说以前段为起兴。和这篇有关的一首诗是《步出夏门行》古辞（与《陇西行》是一曲之两辞）：

邪径过空庐，好人常独居，卒得神仙道，上与天相扶。过谒王父母，乃在太山隅。离天四五里，道逢赤松俱。揽辔为我御，将吾天上游。天上何所有，历历种白榆，桂树夹道生，青龙对伏趺。

此篇末四句和《陇西行》开端相同，陈祚明《采菽堂古诗选》说《步出夏门行》取《陇西行》成语，事实恰恰相反。至于“凤凰鸣啾啾”以下四句，似乎原来也属于《步出夏门行》，可能是传写脱佚，更可能是入乐时所删。曹效曾《古乐府选》引唐汝谔《古诗解》云：“此诗语意未完，而《陇西行》‘天上’数语又与‘好妇’以下绝不相蒙，其为错简无疑，若以此诗合‘为乐甚独殊’为一诗则完篇矣。”也以为《陇西行》前八句应该全属《步出夏门行》，意见极好。至于“错简”的说法自不必采，因为在乐府歌辞里，采彼合此是常有的事，并非错简。

《诗·小雅·出车》第五章“喓喓草虫，趯趯阜螽，未见君子，忧心忡忡”和《召南·草虫》首四句相同，有人引为起兴由尾声变成之例。《陇西行》的起兴也是由尾声变成。此例虽然也可以归入第五类，但毕竟为特殊，所以单列。

（八）套语，在乐府诗句里常见“今日乐相乐，延年万岁期”“今日乐相乐，延年寿千霜”“吾欲竟此曲，此曲愁人肠”“吾欲竟此曲，此曲悲且长”，或“愿令皇帝陛下三千岁”“欲令皇帝陛下三千万”之类，大同小异，已成套语，随意凑合，无关文义。这类例子很多，而且是大家知道的，不备举。

从上举各例看来，可以知道，古乐府歌辞，许多是经过割截拼凑的，方式并无一定，完全为合乐的方便。所谓乐府重声不重辞，可知并非妄说。评点家认为“章法奇绝”的诗往往就是这类七拼八凑的诗。

在这里可以附带论及两事：第一，乐府诗被割截删削，并不限于和其他歌辞相拼凑的时候，如上举五、六、七诸例。单独一篇在入乐的时候有时也被删。上文就说到《步出夏门行》古辞末尾原该有“凤凰鸣啾啾”等句，现在没有，并不一定是脱佚，可能就是入乐时被删。汉曲古辞有些篇幅太短，语意不完的，似乎都属此类，如瑟调曲《上留田行》：“里中有啼儿，似类亲父子，回车问啼儿，慷慨不可止。”这诗也是被认为“奇妙”的一篇，但实在不完全，其原因应如上说。

古曲到后代经删削而后应用的例子也不少，如魏武帝《短歌行》晋乐所奏就比原辞少八句。舞曲歌《淮南王篇》齐代所奏就比晋乐减少四解。

第二，和上面所说的“拼合”相反，一辞分为数曲的例子也不是没有。《乐府诗集》二十七引崔豹《古今注》云：“《薤露》《蒿里》并丧歌也，本出田横门人……至汉武帝时，李延年分为二曲，《薤露》送王公贵人，《蒿里》送士大夫庶人。”据此，可知挽歌曾经李延年分割。又如汉铙歌《有所思》和《上邪》两篇，庄述祖《铙歌句解》说是男女赠答之词，应合为一篇。闻一多先生《乐府诗笺》也说“铙歌十八曲实只十七曲”，认为这两篇本是一篇（见《国文月刊》第三、第四期）。庄、闻之说很有理，这也是一辞分于两曲的实例。这些现象也足以说明乐府重声不重辞。

1947 年 8 月，清华园

四言、五言和七言
——谈古诗的体裁[1]

在这个题目下面，说的是中国古典诗歌的形式体裁问题。当然，古诗体裁不止这三种，尚有三言、六言、杂言以及某些特殊诗体如楚辞等，不过这里的三种却是数千年诗歌史上最为重要的，也是最常见的。

一

我国诗歌的最早形态是怎样的？这要根据最早的诗歌作品来加以归纳总结。从现今能够看到的文字资料来说，最早的诗歌作品有两部分。一部分是先秦两汉典籍中所记载或引用的西周以前的古歌。如《礼记》所载的《蜡辞》，据说是神农时的作品；《论衡》所载《击壤歌》，据说是尧时的作品；此外还有所谓“尧有大唐之歌，舜造南风之诗”等等。不过这些作品被记载，都是与所称时代相隔数百年甚至千余年之后的事，其可靠程度很难说。

---

[1] 此文系余冠英与江殷合作完成。

另一部分是出土的商代卜辞和钟鼎铭文中的材料。它们的可靠性是无可置疑的，但其中可以称得上是诗歌的东西又实在太少。曾有人努力寻找并提出一些作品来，如《卜辞通纂》375（指《卜辞通纂》中所收录编号为375的殷墟出土甲骨上的卜辞。——编者注）、《国语》所载《商铭》、《礼记》所载《盥盘铭》等，不过这些作品只能说是接近于歌谣罢了，还不能算真正的诗歌。

我国现存最早的既可靠又成熟的诗歌，还应推“诗三百”，这是文学史上公认的第一部诗歌总集。“诗三百”中产生时代最早的篇章，要算《大雅》中的《生民》《公刘》《绵》《皇矣》《大明》等，一般认为，这些作品是周民族的史诗，在西周即已写定，而它们作为口头文学流传的时间当更早。从“诗三百”的体裁来看，尽管不那么单纯划一，但很分明地就是以四言为主，这是一部四言诗的总集。尤其应注意的是，其中的民歌（《国风》大部、《小雅》部分）、贵族诗歌（“雅”“南”大部）、庙堂诗歌（三“颂”），都以四言为基本体裁。“诗三百”之外，尚有两周时期的一些佚诗，它们也被记载在先秦两汉的某些典籍里，如《史记》所载《麦秀歌》，《左传》所载《宋城者讴》《子产诵》《鹳鹆歌》等。这些也基本上都是四言体。可见在西周到春秋时期，无论是社会下层还是上层，是娱乐场合还是祭祀场合，所使用的诗歌都以四言为主，四言就是当时最流行发达的诗体。

为什么我国最早的成熟诗体是四言而不是其他形态呢？这个问题我们可以从两方面来解释。第一，古代汉语是以单音节构词法为其特点的，最常见的是一音一字一词，偶尔有复音词，但那是少数，而且一般为双声或叠韵词。既然以单音节词为主，那么每一字的容量、内涵就比较大，可以表达一个独立的意念，这就为运用较少文字来表达较多思想感情提供了条件。没有这个条件，那么仅用区区四字，不要说难以成为一种诗体，连能否较明畅地达意也是问题。第二，诗歌起源于劳动生活，这一点为多数文学史家所承认。因此最早的诗歌形式，往往直接或间接地反映着劳动的节律。鲁迅曾经生动地说过，那由第一个人创造出的文学是“杭唷杭唷派”。“杭唷杭唷”，这里也包含着原始诗歌所应具备的最基本特征：简单的音乐节律和语言平衡。按照这样的基本要求，我们来看，只有四言最相适应。它既简练，又富于节奏感和平衡感，它便于咏唱，便于记忆，且有可能对事物做相当程度的描写。所以，从西周初直到春秋时期，在大约五六百年的时间内，诗歌领域是四言诗的天下。“诗三百”不仅是我国第一个诗歌高潮的标志，也成为整个诗歌史上四言诗最高成就的体现者，无论从抒情或叙事的角度看，四言诗歌艺术在“诗三百”中都几乎臻于极致。如人所共知的诗篇《关雎》《卷耳》《野有死麇》《柏舟》《氓》《大叔于田》《七月》《东山》《采薇》《大东》等，是后世四言诗以及其他诗歌作者所学习借鉴的典范。“诗经”这一名词固然主要是从儒家伦理观念提出的，是西汉经学家的花样，但我想不妨借用这个名词，做另一意义上的解释：它是我国四言诗的经典性作品。

春秋时期以后，四言诗创作并未绝迹。战国时期有些零星歌谣，如《乌鹊歌》《三秦记》民谣等。汉代则有韦孟、东方朔、杨恽等写过四言诗，在汉乐府歌辞中还有不少四言之作，不过多在房中歌、郊祀歌等部分。三国时曹操父子，以及王粲等都有四言作品，魏末的嵇康，西晋的陆机、陆云、潘岳，东晋的陶渊明等，也都是四言诗作者。同时，也出现过若干佳作，如曹操《步出夏门行·龟虽寿》:“老骥伏枥，志在千里。烈士暮年，壮心不已。”人们至今吟诵不衰。然而，总的来看，四言诗的创作势头已大不如前。至南北朝更成强弩之末，除了在一些死守古雅庄严传统的郊庙歌辞中尚保留着地盘外，在愈益丰富多彩的诗歌创作园地里，已经不占重要地位了。

四言诗的衰落，自有其社会和文学本身的原因。从社会方面说，迨及春秋末期，列国争霸发展到兼并战争，至战国，战争愈加频繁，规模也更扩大。这些战争从根本上破坏了广大人民的正常生活，人民的最低安定生活环境都不复存在，这也就破坏了产生并保存大量民歌的社会条件。另外，由于周王室衰微，由天下“共主”沦为一普通的小国，采诗、献诗一套制度早已废弃，所以即使有民歌也只能任其自生自灭了。至于那些大国的统治阶层士大夫，则处在论辩诡说之风大盛之际，当时正忙于连横合纵、处士横议，而对诗歌并无多少兴趣，所以战国时期少诗。从文学方面说，战国时期奴隶制迅速崩溃、新兴封建制度逐步确立，生活的巨变，对艺术形式也提出了不同的要求，反映上古社会生活的四言诗体，此时越来越显得不适应时代的复杂化的要求，诗体本身正酝酿着一场变革。尽管新的诗体尚未正式成立，但四言诗作为旧诗的代表，却已决定性地步入了衰落阶段。到两汉以后，随着五言诗的兴盛和七言诗的发展，它也就更加快了衰退的进程。在这方面，还有一个因素也促成了四言诗的衰退，那就是从战国中期开始的楚辞的兴起。楚辞本是楚地的诗歌，有着浓厚的地方色彩，只能算是一种特殊的诗体。楚辞的兴起，不仅改变着诗坛的风气，而且对后来汉赋的兴盛也很有影响，按刘勰的说法，赋是“受命于诗人，拓宇于楚辞”，实际上主要是楚辞的一种流变。辞、赋在两汉特别是西汉，在文坛占着压倒性优势，这种状况，一定程度上影响了诗歌的进展发达，而四言诗的被排挤也就无可避免了。

二

依次该说到五言。五言诗起源颇早，“诗三百”中就有一些五言诗句。《召南·行露》有：“谁谓雀无角？何以穿我屋？谁谓女无家？何以速我狱？”《大雅·绵》有：“虞芮质厥成，文王蹶厥生。予曰有疏附，予曰有先后，予曰有奔奏，予曰有御侮。”这些成章节的诗句，虽还未形成全篇，但无疑是五言诗的胚胎。战国前期有《孺子歌》：“沧浪之水清兮，可以濯我缨。沧浪之水浊兮，可以濯我足。”此歌见载于《孟子》，似是一首五言歌谣，不过两“兮”字又使它有类于楚辞体。

五言诗的正式兴起，还是在汉代。汉初有《戚夫人歌》，它前二句为三言，后四句为五言，形态尚不够完整，但基本上是五言了。此外，有几首大体上可以判明为西汉中后期的乐府民歌，也是五言体的，如《东光》《江南》。《汉书·五行志》载成帝时童谣“邪径败良田，谗口乱善人。桂树华不实，黄雀巢其颠。昔为人所羡，今为人所怜”，也是西汉后期一篇完整的五言作品。不过这些都属歌谣，在整个西汉时期，文人所作五言诗尚不可得睹。过去有“枚乘诗”“苏（武）李（陵）诗”之说，前人早已辨其不可信。

五言诗在东汉，无论民间歌谣还是文人创作，都有了长足进展。这当是五言体显示了巨大优越性的必然结果。相对于四言诗，五言诗虽然只是一字之增，但它增加的是整整一个节奏，因此句中的容量就大不少，表现功能也强得多，并且给诗句的变化曲折提供了更多余地。

从民间歌谣来看，今存汉乐府民歌中的五言作品，大部分是东汉时期产生的。这里包括一些令人注目的佳作，如《饮马长城窟行》《上山采蘼芜》《双白鹄》《十五从军征》《陌上桑》等等。它们不仅在内容上反映了多方面的社会生活，体现了“感于哀乐，缘事而发”的精神，而且在艺术上也颇具光彩。具体表现为：在叙述故事、描写人物上取得了很大进步，如《陌上桑》运用多种手法，从多种角度描写罗敷的美丽动人，又通过人物语言来刻画她的勇敢机智，写得很成功。另外，在比兴的运用上也很有特色，给人以耳目一新之感，如《枯鱼过河泣》：“枯鱼过河泣，何时悔复及。作书与鲂鲔，相教慎出入。”全篇皆比，比得巧妙新颖，沈德潜评论说：“汉人每有此种奇想。”

从文人创作来看，东汉时期又有一个发展过程。最先写作五言诗的是班固，他的《咏史》五言十六句，写汉文帝时缇萦救父故事，颇整饬，但拘于敷述事迹，技巧尚稚拙，被评为“质木无文”（钟嵘）。这是文人学习民间新诗体之初的现象。班固以后，又有张衡《同声歌》、秦嘉《赠妇诗》、郦炎《见志诗》、蔡邕《翠鸟》、赵壹《疾邪诗》等产生。这些作品，比起班固《咏史》来，有了进步，一个共同的特点是抒情性增强了。秦嘉、蔡邕、赵壹等都是东汉末桓、灵之世人，从他们的作品中，可以看出汉末五言诗已经达到相当高的水准。

但是，能够充分代表东汉文人五言诗水平的，还应推“古诗”。这是一批无主名作品，其总数达四五十首。其中有十九首被萧统收入《文选》，因称《古诗十九首》。就《古诗十九首》看，它们同一般乐府五言民歌有不小的差异。首先，乐府民歌多数重于叙事，而“十九首”则是清一色的抒情性作品。“大率逐臣弃妇、朋友阔绝、死生新故之感”（沈德潜），像《陌上桑》《十五从军征》一类故事性很强的作品，一篇也没有。其次，“十九首”固然还保有不少民歌风格，而在驱遣文辞、巧妙地运用比兴来表现和烘托情绪上，又比乐府民歌更加细腻圆熟。它们写出了自然深婉的意境和清雅感人的气氛。刘勰说它们“婉转附物，怊怅切情”，钟嵘说它们“文温以丽，意悲而远”，甚至“一字千金”。因此，历来论者都以为是汉末文人所作，甚至有人揣测可能是建安诗人曹植、王粲的手笔。要之，“古诗”是文人五言诗初步成熟的标志。

建安时期是我国文学史上的一大高潮，从文学形式方面说，它主要是诗歌的高潮，尤其是五言诗的高潮。建安文人接受了汉代文人的影响，也写辞赋，但不同之处在于，他们明显地把主要的创作注意力转向了诗歌，在诗歌中又主要是五言诗。建安作者中最年长的曹操，他的诗远比赋多，而诗歌中则四言、五言参半。两种诗体中都有佳品，著名的《蒿里行》《薤露行》《苦寒行》等都是五言。曹操的这种四、五言兼涉的情况，与汉末的秦嘉、蔡邕等相似。至于王粲等“七子”和曹丕、曹植兄弟，就显然都以五言诗创作为主了。他们的优秀作品，绝大多数是五言，如王粲《七哀》、徐幹《室思》、阮瑀《驾出北郭门行》、刘桢《赠从弟》、曹丕《清河见挽船士新婚与妻别作》、曹植《送应氏》《杂诗》《赠白马王彪》等。此外如繁钦《定情诗》、蔡琰《悲愤诗》等，也都是五言。建安文人五言诗比起“古诗”来，又有进一步提高。具体表现为描写题材有了很大扩展，不仅有个人抒情述志之作，也有反映社会重大事件的“诗史”式作品，这就大大充实了五言诗的艺术功能。另外在词采的丰富和描写手段的多样等方面，建安五言诗作者们也取得了很大成就。总之，正如刘勰所说“暨建安之初，五言腾踊”(《文心雕龙·明诗》)，五言诗从建安开始，就进入了它的全盛时期，牢牢地占据了文坛的统治地位，它不仅压倒了四言诗，也压倒了辞赋，成为文人展现才华的主要工具。

建安以后，五言诗的优秀作者辈出，如阮籍、左思、刘琨、郭璞、陶渊明、谢灵运、鲍照、谢朓等，他们在我国诗歌史上都是重要人物。到南朝梁、陈时期，出现了“转拘声韵，弥尚丽靡”的靡弱风气，不过作为一种诗体，五言诗却就在此时又做了一次自身的改进，这就是由于声律学的发达而形成了新的五言格律体，从此五言诗又以古体和近体两种面目盛行在诗坛上。

三

一般不专门留意诗体问题的人或许以为，既然五言诗是在四言以后出现的，那么七言诗也一定是在五言以后出现的了。其实，这是一种误解。七言诗的起源并不晚于五言。且不说《诗三百》中也有一些七言句，如“二之日凿冰冲冲，三之日纳于凌阴”（《七月》），“学有缉熙于光明”（《敬之》）等，就以比较完整的形态来说，在战国中后期，就有以七言为主的劳动歌。荀子的《成相辞》是采用民歌的体式和腔调的，它就以七言为主干：“请成相，世之殃，愚暗愚暗堕贤良。人主无贤，如瞽无相何伥伥。”《礼记·檀弓》所载《成人歌》“蚕则绩而蟹有匡，范则冠而蝉有緌，兄则死而子皋为之衰”，也是一例。

西汉时期有一些七言的谣谚，如“画地为狱议不入，刻木为吏期不对”。此谚约产生于武帝时。成帝时的《楼护歌》《上郡歌》亦是七言。乐府歌辞中有些作品如《董逃行》《薤露》《蒿里》等都以七言为主，基本上可以判断它们产生于西汉武帝时。此外有司马相如的《凡将》，就是以七言为句的字书，是一本儿童的启蒙读物。它之所以写成七言形式，就是为了利用当时的歌谣格调，便于记诵流传。又东方朔有“射覆语”：“臣以为龙又无角，谓之为蛇又有足，跂跂脉脉善缘壁，是非守宫即蜥蜴。”实际上也是歌谣体。东汉的七言歌谣现存者较多，丁福保《全汉诗》中就收录有《董宣歌》等十余首。歌谣之外，尚有不少七言谚语，如《戴侍中》等。东汉的七言歌谣和谚语，就其数量言，大大多于五言的同类作品。即便是在杂言体的谣谚里，七言句也比五言句多得多。不过在乐府歌辞里，则又颠倒了过来，五言作品大大多于七言。至于文人七言作品，则整个东汉时期都找不出几篇来，只有张衡写了一篇《四愁诗》。王逸有一篇《琴思》，是七言韵文，但梁启超认为它可能是《楚辞》的某篇注文，不是诗。

两汉时期的七言作品有一特点，即每句用韵。这是与四言、五言诗都不同的。其原因可能是七言句音较舒缓，一句即可咏唱，另外句内字数较多，可以表达比较复杂、完整的意思，所以一句就相当于一章，于是每句都须用韵。也正缘此，七言作品一般句数不多，特别是谣谚，大多为一、二、三句构成，而一句成篇的最多。这也是四言、五言作品中绝少看到的现象。

这一现象是有些令人奇怪的：七言体发源甚早，历史之长不浅于五言，而且在两汉时期七言歌谣和谚语也颇多，数量超过五言的同类作品，但是，它们能够被收入乐府的却很少，而文人们则大多似乎不屑一试。同五言体相比，它显然受着冷落。这里的原因，大抵是与当时的文学观念有直接关联。在两汉人的观念中，七言这种体裁是不能算诗的，《后汉书·东平宪王苍传》说到刘苍著作时是这样叙述的："章奏及所作书记、赋、颂、七言、别字、歌诗。"又同书《张衡传》也写道："所著诗、赋、铭、七言……凡三十二篇。"七言都专列于诗之外。《后汉书》作者范晔是南朝刘宋时人，但他写的是汉代事，所以这可以认为是反映了汉人的观念。另外晋代傅玄作《拟四愁诗》，其序中却云："张平子作四愁诗，体小而俗，七言类也。"可知七言不但不能算诗，而且被认为是一种"体小而俗"的东西，无怪乎它难以被文人所接受了。在此，我们应当佩服张衡，有勇气写出"体小而俗"的作品来。

曹丕是张衡之后创作七言诗的又一文人。他的《燕歌行》，写一思妇在秋夜中怀念征夫的心理活动，颇婉约清丽。《燕歌行》体裁上比《四愁诗》更纯，而技巧上也更成熟，一向被认为是第一篇成熟的七言诗。

然而，正如以上所引傅玄的言论所表明的，文人对七言体的鄙视，并不限于两汉时期，而是一直延续到魏晋以后。所以我们看到，在建安诗歌高潮中，七言诗却少到有似凤毛麟角，而在建安以后的很长时间内，七言又呈消歇状态。除了民间歌谣中续有产生外，一些重要诗人如阮籍、左思、陶渊明、颜延之、谢灵运等全都以五言名家，竟不愿染指七言，只有南朝刘宋的鲍照引人注目地写了不少七言诗，他的《行路难》十八首（包括杂言），以充沛的激情、奇丽的辞采，发唱惊挺，操调险急，写出了他对身处的门阀社会的强烈不满。《行路难》作为一组优秀的抒情七言诗，在形式上也有所改进，它舍弃了七言诗每句用韵的传统，改为隔句（复数句）用韵。这是七言体充分文人化的标志之一。然而，如同鲍照本人被排斥压抑一样，他的七言诗当时也并不受重视。在刘宋时以"休鲍"齐名的汤惠休也写过七言诗，如《白纻歌》《秋风》等，写得也还颇有情致，但却遭到颜延之的鄙薄，说他的诗是"委巷中歌谣耳"。要之，鲍照把七言诗着实地振作了一番，但它在诗坛上的地位仍然是不高的。刘勰《文心雕龙》中论及各种文学体裁，连"连珠""对问""七"这些"杂文"都加以"甄别"讨论，但就是无一语及于七言诗。从梁、陈开始，有一些诗人对七言体逐渐产生了兴趣，作者多起来了，如吴均、王筠等也都写了《行路难》，还有萧纲、刘孝威、庾信、卢思道、薛道衡等，都有作品，对七言体的成见显然在逐渐消失。但与五言诗比较，那数量的多寡、声势的大小，仍不能相提并论。例如庾信的七言乐府就只有四五篇，在他二百余篇诗歌总数中仅占很小比例。至于七言诗的格律化，则是在五言近体已告形成的背景下，在梁、陈时期肇其端的。如简文帝萧纲的《夜望单飞雁》："天霜河白夜星稀，一雁声嘶何处归？早知半路应相失，不如从来本独飞。"就已经大体相当于七言绝句了。

七言诗的兴盛，还是从初唐时期开始的，具体表现为长篇的七言歌行有飞跃发展，著名的如卢照邻《长安古意》、骆宾王《帝京篇》、张若虚《春江花月夜》等，另外七言近体格律诗也为越来越多的诗人所掌握，产生了许多佳篇。不登大雅之堂的局面彻底改观的象征性事件，大约就是久视元年（700）五月武则天驾幸河南石淙山，命侍宴群臣共作了一组十六首的《奉和圣制夏日游石淙山》诗，它们全部是七言，其中有几首（李峤、崔融、薛曜等所作）还是格律严整的近体诗。

在唐代的诗歌大繁荣中，五言、七言是两种最基本的诗体，包括它们各自的古体或近体，都得到空前的大发展。它们在反映社会现实和抒情述志各方面的功能，也发挥到了极致，产生了许多不朽诗篇。在李白、杜甫等伟大诗人手中，往往是五言、七言兼擅，各标其美。然而，四言诗却没能在这百花竞放的大花圃中恢复它的英姿。

汉魏诗里的偏义复词

国语里有一种复合词，由并行的两词组成，在句中有时偏用其中一个的意义，可以称为偏义复词。例如：

“费了那么多精神，到后来还要落褒贬，真不值得！”

“我的丈夫受了重伤，万一有个好歹，叫我怎么过！”

这里“褒贬”偏用“贬”的意义，“好歹”偏用“歹”的意义。“褒贬”“好歹”都成为偏义复词。这种复词在古文里也并不少见。顾亭林《日知录》卷二十七，首先举出“得失，失也”“利害，害也”“缓急，急也”“成败，败也”“异同，异也”“赢缩，缩也”“祸福，祸也”七例。俞曲园《古书疑义举例》卷二续举“因老而及幼”“因车而及马”“因父而连言母”“因昆而连言弟”“因妹而连言姊”“因伯而连言男”“因败而连言成”七例。黎劭西先生曾著《国语中复合词的歧义和偏义》一文，载在《女师大学术季刊》第一卷第二期，添举“会同”“朝夕”“耳目”“日月”“禹稷”等八例。《燕京学报》第十二期有刘盼遂先生《中国文法复词中偏义例续举》一文，又补了“爱情”“陟降”“强弱”“曷来”“安危”“虚盈”“是非”“动静”“上下”等十七例。在诗歌里，因为凑字足句的关系偏义复词也许更多些。本文单从汉魏诗歌续举十七词。这类复合词的辨别往往关系诗的了解，提出来作为讨论资料，似乎不为无益而还可能是饶有兴趣的事情。

（一）“死生”，死也。汉乐府相和歌古辞《乌生》篇：“唶！我人民生各各有寿命，死生何须复道前后？”李因笃《汉诗音注》说：“弹乌、射鹿、煮鹄、钓鱼，总借喻年寿之有穷，世途之难测。”这是本诗的大旨。上面所引的两句是本诗的结尾，意思是说夭寿全属天命，死亡早迟是不足计较的。这里因“死”而连言“生”，“生”字无义。这是所谓句中挟字法。

（二）“东西”，东也（或西也）。汉乐府相和歌《白头吟》本辞：“蹀躞御沟上，沟水东西流。”次句费解。既是沟中的水就只能东流或西流，不能既东又西。假如“东西”不是偏义复词，唯一可能的解释就是一条南流或北流的水注入和它垂直的沟，水分东西两头。但是如参看南朝《神弦歌》里的“蹀躞越桥上，河水东西流，上有神仙居，下有西流鱼”等句，就知道这样的说法不妥。《神弦歌》的河，只是一条河，因为已说明在一座桥下。从“西流鱼”三字看来，“东西流”实在就是东流，因为“河水”和“下有”两句是以古乐府《前缓声歌》“东流之水必有西上之鱼”一句为根据的。由此推论《白头吟》篇的“东西流”，虽不能断言是东流还是西流，“东西”一词用成偏义是很可能的。

（三）“嫁娶”，嫁也。同篇：“凄凄复凄凄，嫁娶不须啼，愿得一心人，白头不相离。”是说人家嫁女常常啼哭，其实嫁女是不必啼哭的，只要嫁得“一心人”，到老不分开，就是幸福了。全诗都是女子口吻，这几句也是就女子方面说。“嫁娶”也是用偏义。

（四）“松柏”，松也。汉乐府相和歌辞《艳歌行》“南山”篇：“南山石嵬嵬，松柏何离离。”这是开端的两句，下文说“洛阳发中梁，松树窃自悲”“斧锯截是松，松树东西摧”，又说“本自南山松，今为宫殿梁”，全篇只写松树的事。开端虽然松柏并提，“柏”字不过是连言而及。

（五）“木石”，木也。汉乐府杂曲歌古辞《前缓声歌》：“心非木石，荆根株数，得覆盖天。”木与荆有根株，石不能有根株。“木石”是常常连言的，所以这里因“木”而及“石”。

（六）“公姥”，姥也。汉乐府杂曲歌古辞《孔雀东南飞》篇“便可白公姥”，又“奉事循公姥”，又“勤心养公姥”。三句都是焦仲卿妻刘氏的话，但细观全诗，焦仲卿的父亲应已不在世，否则诗中有许多地方便说不通了。仲卿决心自杀时说“令母在后单”，从这句话可以见出他没有父亲。诗中叙刘氏嘱仲卿“便可白公姥”，接着便叙仲卿依嘱行事——“堂上启阿母”，从这里也可以见出仲卿没有父亲。刘氏口中屡次所说的“公姥”意思只指阿姥。这和俞曲园所举《礼记·杂记》篇因父而连言母，黎劭西所举《毛诗·将仲子》因母而连言父属于一类。

（七）“作息”，作也。《孔雀东南飞》篇又有“昼夜勤作息”一句，旧注解“作息”两字多不可通。闻一多先生《乐府诗笺》说：“息，生息也，作息谓操作生息之事。”虽属可通，还嫌生强。作息自是对待的并行词，白居易诗云“一日分五时，作息自有常”，这是“作息”通常的用法，和今语相同。这诗的“作息”用成偏义，“终日勤作息”就是终日勤于劳作，也就是上文所谓“鸡鸣入机织，夜夜不得息”的意思。

（八）“父母”，母也。同篇：“我有亲父母。”和上举“公姥”例相似，这是因母而连言父。刘兰芝没有父亲也是显而易见的，她如有父亲就不当说“谢家事夫婿，中道还兄门”了。她的婚姻也不能“处分适兄意”，应当让父亲去做主了。

（九）“父兄”，兄也。同篇：“我有亲父兄，性行暴如雷。”兰芝无父，说已见上。这里“亲父兄”意思只是“亲兄”，“父”字是因“兄”而及。有人说同父之兄叫作亲父兄，似乎缺乏根据。萧涤非先生《汉魏六朝乐府文学史》将这里的“亲父兄”和《上留田行》的“亲父子”相比附。《上留田行》并非完章，那几句诗究何所云，难有定说。“亲父子”的“父”字很可能是“交”字之误，和这里的“亲父兄”不是一类。

（十）“弟兄”，兄也。同篇：“逼迫兼弟兄。”此处“弟兄”一词也是字复义奇。全诗不曾叙兰芝有弟，逼迫者只是阿兄。本句“兼”字是承上句“我有亲父母”来的，上句“父母”只指母，此句“弟兄”只指兄，“兼”是兼母与兄，不得因“兼”字认为兰芝有弟。黎劭西先生说：“今国语谓‘弟’曰‘兄弟’亦连言而成凝定的偏义，若欲称兄及弟则不得云‘兄弟’而必曰‘弟兄’，如云‘两弟兄’，谓兄弟两人也；云‘两兄弟’，则其两弟矣。”那么，这一词的用法古今又有小不同了。

（十一）“洒扫”，扫也。张衡《同声歌》：“洒扫清枕席。”这诗上文“莞蒻席”“匡床”“衾帱”等词都关涉到床榻，这句“洒扫”两字当然直连“枕席”。枕席只可扫，不可洒，“洒”字不应有义，不过借以足句而已。

（十二）“冠带”，冠也。曹操《薤露行》：“沐猴而冠带，知小而谋强。”上句用《史记·项羽本纪》“沐猴而冠”成语，加一“带”字是为了凑成五言。阮籍《咏怀诗》“被褐怀珠玉”用《老子》“被褐怀玉”，加一“珠”字，“珠玉”亦成偏义复词，引用成语，加字足句，因而构成的偏义复词是较普通的一种。

（十三）“西北”，北也。曹植《杂诗》：“西北有织妇，绮缟何缤纷。”黄晦闻先生《曹子建诗注》说“织妇”喻织女星，并引《史记·天官书》说明织女星所在的方位是北方。本诗结句“愿为南流景，驰光见我君”，“南”字与“北”字相应，“西”字无义。

（十四）“西北”，西也。阮籍《咏怀诗》第四：“天马出西北，由来从东道。”这两句诗本于汉郊祀歌“天马徕，从西极……经千里，循东道”。“北”字无义。这一类的偏义复词在诗歌里亦较常见，如古乐府“日出东南隅”之偏用“东”义，曹植“光景西南驰”之偏用“西”义等，不备举。

（十五）“存亡”，存也。阮籍《咏怀诗》第八十：“存亡有长短，慷慨将焉知。”这里“长短”指寿命（喻国祚）；诗中“三山招松乔，万世谁与期”是说长存不可指望，“不见季秋草，摧折在今时”是说夭折却在意中。一本“存亡”作“存日”，意义不变，但日字恐是后人不明复词偏义之例故意改的。注家也有人将“长短”解为“长短术”，似乎未得诗意。（刘盼遂先生所举也有“存亡，亡也”一条，据《三国志·诸葛亮传》，可参考。）

（十六）“丝竹”，丝也。伪苏武诗：“幸有弦歌曲，可以喻中怀，请为游子吟，泠泠一何悲！丝竹厉清响，慷慨有余哀。”《游子吟》本是琴曲，所以上句说“幸有弦歌曲”。下文“丝竹厉清响”，“竹”字自是因“丝”连言而及。

（十七）“弦望”，望也。伪李陵诗：“安知非日月，弦望自有时。”此例黎劭西先生曾举过，他说：“日月，月也。日安得有弦望？”以“日月”为偏义复词固然可通，但“望”字本取日月相望之义，（《尚书》“惟二月既望”，孔安国曰：“十五日日月相望也。”阮籍诗云：“日月正相望。”）假如这两句诗改作“安知非日月，相望自有时”，不也可通吗？那么问题岂不是只在“弦”字？所以也不妨说“弦望”是偏义复词。

以上十七条，是笔者平日读汉魏诗偶然注意、偶然札录的东西，相信如专意去搜寻一番，当有较多的发现。他日有暇，再来补充。

1948 年夏

曹操的两首诗

《三国志演义》里的曹操是一个被否定的典型，是一个具备各种丑恶欲的封建统治阶级的阴谋家和野心家（虽然有一些记载的根据，却是大大地夸张了的），而历史上真正的曹操却是那个阶级里杰出的政治家、军事家和诗人。在汉末起义农民军黄巾和地主阶级的公开对抗中他虽然参加了对黄巾的镇压，但他在统一北方的过程中却做了不少对人民有益的事情，例如反对士族大地主，抑制土地兼并，减轻对农民的剥削，恢复生产，排除北方外族的威胁，使黄河流域的人民生活安定下来，起了对历史的推动作用。

作为一个诗人，他在文学史上有过好的影响。他的诗流传不过二十首，其中有一部分应该列入当时第一流的作品之中。现在举出下面两首，看看它们的主要特色是什么。首先看看《蒿里行》：

关东有义士，兴兵讨群凶。初期会盟津，乃心在咸阳。军合力不齐，踌躇而雁行。势力使人争，嗣还自相戕。淮南弟称号，刻玺于北方。铠甲生虮虱，万姓以死亡。白骨露于野，千里无鸡鸣。生民百遗一，念之断人肠。

《蒿里行》是汉代乐府民歌里旧有的题目，本是挽歌。曹操用来写人民在战乱中的丧亡，也是哀挽的性质。这诗开头两句叙述关东诸将组成联军讨伐董卓。当时曹操自己是讨董最积极的人。从第三句以下说本来希望团结群雄像周武王在孟津会合诸侯，也像刘邦、项羽攻入咸阳似的，直捣洛阳，消灭董卓。不料起兵之后诸将观望不前，后来竟然争权夺利、互相残杀起来。袁绍的从弟袁术在淮南称帝，袁绍在北方也曾打算拥立刘虞，刻制印玺。他们引起连年混战，使得兵士长期不得解甲，老百姓大批死亡，百不遗一，以至于千里荒凉。

全诗在叙述中间夹杂议论，寄寓感慨，指出当时万姓丧亡的原因是由于少数人争夺势力，对殃民者的斥责是严正的。“白骨露于野，千里无鸡鸣”等句描写战祸的惨酷，惊心动魄。作者的哀感也很深沉，令人联想起当时其他诗人类似的诗句，如王粲的“出门无所见，白骨蔽平原”（《七哀诗》），“四望无烟火，但见林与丘”（《从军诗》）。蔡文姬的“城郭为山林，庭宇生荆艾。白骨不知谁，纵横莫覆盖”（《悲愤诗》），曹植的“垣墙皆顿擗，荆棘上参天。……中野何萧条，千里无人烟”（《送应氏》），都是为时代的灾难留影。建安时代的诗歌许多是直接取材于社会现实，反映了人民的疾苦。这些诗直接继承了汉代乐府民歌的现实主义精神，也影响了后代的现实主义诗人。

《蒿里行》文字质朴，叙写平直，但有一定的感人力量。曹操在长期的戎马生活中亲眼看到社会残破和人民流离死亡的景象，感触深刻，所以写得很真实，而且流露着对死难者的同情，和一般概念化的作品自然不同。曹操对于民间疾苦的同情在其他作品中也有表示，不限于此篇。有人以为曹操的《蒿里行》是“目的在于骗取人民信任的虚伪诗篇”，这是没有根据的说法。封建统治阶级的某些上层人物对于民生疾苦有时抱同情态度并不是稀有的事，唐朝的白居易，宋朝的范成大，官都做得不小，他们都作了许多同情人民疾苦的诗。曹操写出《蒿里行》这样的作品并没有什么可怪。

曹操的《蒿里行》是借古乐府写当时的实事，这是一个创举。（清人沈德潜道：“借古乐府写时事始于曹公。”）我们不要低估这个创举的价值。明朝的诗人钟惺评这首诗道：“汉末实录，真诗史也。”我们知道唐代伟大诗人杜甫就是因为在诗里“善陈时事”才被人称为“诗史”的，钟惺的评语自然是很高的称赞。曹操的诗当然不如杜诗那样丰富地反映现实，但也是走了现实主义的道路。白居易提倡现实主义的口号是“为时而著”“为事而作”，元稹也提倡“讽兴当时之事，以贻后世之人”。曹操的《蒿里行》正是这样的诗。元白的理论是从历代现实主义的文学创作经验总结出来的，其中也包括曹操等建安作家的创作经验。

现在让我们从四言诗《短歌行》来看看曹操诗歌另一方面的特色。

对酒当歌，人生几何。譬如朝露，去日苦多。
慨当以慷，忧思难忘。何以解忧？唯有杜康。
青青子衿，悠悠我心。但为君故，沉吟至今。
呦呦鹿鸣，食野之苹。我有嘉宾，鼓瑟吹笙。

明明如月，何时可掇？忧从中来，不可断绝。
越陌度阡，枉用相存。契阔谈宴，心念旧恩。
月明星稀，乌鹊南飞。绕树三匝，何枝可依？
山不厌高，海不厌深。周公吐哺，天下归心。

《短歌行》也是乐府题，本篇大约是用于宴会场合的。歌辞全篇分为八章，每章四句。一开头从酒和歌说起，饮酒听歌本是宴会中的当前实事。这时的歌声是慷慨的，因为他表达着忧思。这忧思是深重的，所以不得不借酒来消解。一、二两章就借着歌和酒道出对时光消逝的感慨。第三章“青青”两句用《诗经》中的成语，第一句的“子”和第三句的“君”都是指作者所思慕的贤才，也包括正在座的某些“嘉宾”。第四章全用《诗经·鹿鸣》篇的成句。《鹿鸣》本是宴会的诗，就借来表示对“嘉宾”的欢迎。第五章再说忧思之深。第六章说嘉宾远来，主客投契。第七章除写景外又以乌鹊无依这个比喻表达作者自己复杂的感慨，这里情和景是交融的。第八章说明求贤建业的远大抱负。

最后两章是全诗关键所在。第八章是了解作者主观思想的关键，这是很明白的，不必去谈。第七章则是形成全诗气氛的关键，也是全诗艺术感染力最强的地方，读者最难忘的诗句也在这里（苏东坡凭吊赤壁时就想起“月明星稀，乌鹊南飞”来）。

“乌鹊”等句既包含着比喻，读者对它的意义难免有不同的猜测。从上下文义和全诗的气氛来看，这里不一定完全是作者自比。旧说这是劝告士人善于择主，不要南去吴蜀，也是不甚可通的，因为“乌鹊南飞”是叙述已然的语气，不是设想未然。

由于汉末大乱，北方人口大量迁移，流民的绝大部分是向南方去的，其中迁到荆州的为最多，也有到江东和交广的。刘表死后，荆州成为三国交战的中心，居民不得不一迁再迁。本诗的“乌鹊南飞……何枝可依”等句，除了可能含有像在作者另一首乐府诗《却东西门行》中所表现的征夫怀乡之感，表示作者在南征北讨，不能定居的生活中一时的厌烦以外，似乎也可能含有慨叹人民流离迁徙的情感。正因为这一章是这样的内容，读者才觉得诗中反复道出的忧思根源所在，而且真正被它感动，仿佛它不只是个人的感触，同时还能够从其中感觉到当时社会的氛围。

（原载《文学知识》1959 年 4 月）

建安诗人代表曹植

一

曹植（192—231）的文学创作生活，如果从他十九岁（212）作《铜雀台赋》算起，共有二十二年，其初十年正当汉献帝建安时代的后半，所以他也是“建安诗人”之一。

建安时代是怎样的时代呢？

这时代正当大规模农民起义冲破了旧社会的秩序之后，帝王的权威垮了，地方官吏与豪右各各招兵买马，乘机扩张势力，成了军人割据、“群雄”逐鹿的局面。“群雄”之中有的属于强宗世族，如袁绍；有的是寒门小族出身，如曹操。他们属于统治阶级内部的两个社会阶层。在东汉末叶，后一个阶层已经走上政治舞台，成为新兴势力，和前一个阶层发生矛盾。黄巾起义的时候，这两个阶层暂时团结起来镇压农民，后来重又展开斗争。在曹操挟天子令诸侯，控制政权以后，新兴阶层取得一时的大胜利。

曹操在政治、经济各方面的设施，都不顾东汉以来的传统，决心压抑世族。他的用人标准是“唯才是举”，取消了家世门第的限制。他的屯田制度是没收抛荒的土地改为公田，其中包括流亡大地主的土地。这些新政和人民的愿望是有符合之处的。曹操深知如要巩固他的政权，必须抚辑流亡，恢复生产。要达到这个目的就得相当照顾人民的要求，所以他的口号是“爱民”，他的政策是减轻剥削，限制豪强兼并，使丧乱时代饱经忧患的人民舒一口气。因为曹操能执行这些向人民让步的政策，终于战胜袁绍等旧势力的武装，建立新兴阶层的统治。

君主失权和大地主失势也就是旧统治势力垮台，因而旧统治阶层所提倡的儒学也失掉拘束人心的力量，所以这时代又是思想得到一定程度的解放、个性得到发展的时代，从当时的抒情诗歌就可以见出。新兴阶层的知识分子早就放弃了经术，他们除治国用兵之学以外，特别重视文学，他们发展了文学。

作家解脱了儒家思想的束缚是这时代文学发展的一个因素，但更重要的因素却是从民间文学吸取了滋养。这时的新兴阶层的文人熟悉西汉以来逐渐丰富起来的乐府民歌，通过这些乐府民歌领略到民间文学的优美。因而他们自己的作品，无论内容和形式都受到很大的影响。

建安文学的中心在邺下。曹氏父子是重视文学的，当时邺下成为新兴阶层文人荟萃的地方，在曹氏领导之下形成一个集团。这个集团所产生的文学有其共同的特征，显出相当的进步性。曹植是这个集团的代表人物，从他的作品就可以见出那时代的文学特征和进步性。

二

曹植生在大动荡时代，他自己说是“生于乱，长于军”。但在他能懂事的年纪，中原已经大略安定（曹操消灭他的最大敌人袁绍，开始取得邺城做根据地的那年，曹植正十三岁）。他在有文学气氛的家庭里受教养，十岁时已经能诵读诗论辞赋数十万言。十九岁作《铜雀台赋》，开始显露他的文学才能。次年受封平原侯。同年跟随曹操西征马超，路过洛阳，作了一篇《洛阳赋》（仅存四句）。又有两首五言诗送他的朋友诗人应玚，在第一首里描写了残破的洛阳，是他为时代的灾难所留影像之一。

步登北邙阪，遥望洛阳山。洛阳何寂寞，宫室尽烧焚。垣墙皆顿擗，荆棘上参天。不见旧耆老，但睹新少年。侧足无行径，荒畴不复田。游子久不归，不识陌与阡。中野何萧条，千里无人烟。念我平生亲，气结不能言。

可以和这一首对照着看的是《名都篇》，以繁盛时期的洛阳为背景，暴露都市里贵游子弟的腐化生活，也是有现实性的作品。至于他个人青年时期的生活却须从《公宴》《斗鸡》《侍太子座》等篇去看，这些是所谓“怜风月，狎池苑”的诗，是他在邺城度过的安逸生活的留影，也是邺下诗人集团生活的留影。大约在建安十六年到二十二年之间，曹植和他的哥哥曹丕以及一班幕僚兼朋友，王粲、徐幹、应玚、刘桢、陈琳、阮瑀等人常常聚会，“行则连舆，止则接席……酒酣耳热，仰而赋诗”（曹丕《与吴质书》）。他们互相赠答，或一题分咏。这种情形是以往作家所少有的。

他们最常用的文学形式是五言诗。这是从乐府歌谣发展出来的新诗体。这种诗体到汉末三国才开始普遍起来，尤其是邺下诗人大量采用，曹植用得更多。比起四言诗来，五言是较进步的形式。表现这时代新的文学内容，正需要新的文学体裁。他们对于文学语言也有新的要求，深奥典雅和过于质朴的语言都不能满足这时代的作家了。

正因为五言诗是从民间来的通俗体，当时诗人写五言诗所用的语言比四言诗通俗得多。曹操、曹丕、王粲都是这样，曹植也是这样。不过有些作家，尤其是曹植的诗在语言上的加工是相当多的。他把通俗的语言再加提炼。原来这时的诗多少受到辞赋的影响。曹丕《典论·论文》说“诗赋欲丽”，正是当时的标准，曹植最能符合这个标准。不过辞赋对于这时五言诗的影响，比之于乐府的影响，那是微小得多的，前者只影响声律、对仗、词藻，影响的程度也并不很深，而后者却影响诗的精神。因此曹植的诗确如黄侃《诗品讲疏》所说“文采缤纷，而不能离闾里歌谣之质”。我们可以举他的《美女篇》来说明：

> 美女妖且闲，采桑歧路间。柔条纷冉冉，落叶何翩翩。攘袖见素手，皓腕约金环。头上金爵钗，腰佩翠琅玕，明珠交玉体，珊瑚间木难。罗衣何飘飖，轻裾随风还。顾眄遗光彩，长啸气若兰。行徒用息驾，休者以忘餐。借问女安居？乃在城南端。青楼临大路，高门结重关。容华耀朝日，谁不希令颜？媒氏何所营？玉帛不时安。佳人慕高义，求贤良独难。众人徒嗷嗷，安知彼所观？盛年处房室，中夜起长叹。

这一篇被人认为是建安“修词之章”的代表，如拿来和汉乐府

《陌上桑》《羽林郎》比较，词句更加精炼，但风调气息还是很相近的。所不同者，《陌上桑》《羽林郎》是叙事诗，《美女篇》却该算作抒情诗。作者显然不是以描写美女为目的而是在自抒胸臆。乐府本以叙事为主，建安文人的乐府诗也叙事，但更多的是个人抒情，这在曹植尤为显著，更清楚的例子是后来的《吁嗟行》《薤露行》等篇。乐府诗用于个人抒情，实质上和一般的徒诗已经没有分别了。这是乐府诗的一大变化。

建安时代的抒情诗有一个特征，就是《文心雕龙》所说的"慷慨以任气"。"慷慨"是这时新兴阶层文人普遍的感情。曹植说他自己"雅好慷慨"，在他的诗里也常见"慷慨"这两个字。慷慨一方面是社会不平所引起的悲愤，另一方面是立事立功的壮怀。曹操的《蒿里行》"白骨露于野，千里无鸡鸣。生民百遗一，念之断人肠"是慷慨；《碣石篇》"老骥伏枥，志在千里。烈士暮年，壮心不已"也是慷慨。曹植有一篇《泰山梁甫行》：

> 八方各异气，千里殊风雨。剧哉边海民，寄身于草野。妻子象禽兽，行止依林阻。柴门何萧条，狐兔翔我宇。

这诗和上引《送应氏》诗同为"忧生之嗟"，也是慷慨之音，表现同情疾苦的人道主义，正是建安诗的最可注意的特征。这首诗和王粲著名的"灞岸之篇"以及曹操、陈琳、阮瑀的一些叙事乐府有共同的精神，都是注目社会，反映现实。这种精神是从汉乐府一脉相承的。

曹植说："烈士多悲心，小人偷自闲。"（《杂诗》）又说："泛泊徒嗷嗷，谁知壮士忧？"（《鰕䱇篇》）认为烈士和壮士有一种慷慨之情为流俗所不能理会。烈士壮士的忧悲不全是关系个人的，上述从人道主义出发的是一种，从爱国主义出发的是又一种。曹植的《杂诗》说："闲居非吾志，甘心赴国忧。"又说："国仇亮不塞，甘心思丧元。"《白马篇》说："长驱蹈匈奴，左顾陵鲜卑。弃身锋刃端，性命安可怀？父母且不顾，何言子与妻？名在壮士籍，不得中顾私。捐躯赴国难，视死忽如归。"都是爱国的慷慨之言。他的《薤露行》说：

天地无穷极，阴阳转相因。人居一世间，忽若风吹尘。愿得展功勤，输力于明君。怀此王佐才，慷慨独不群。鳞介尊神龙，走兽宗麒麟。虫兽犹知德，何况于士人？孔氏删诗书，王业灿已分。骋我径寸翰，流藻垂华芬。

这种恐惧生命短促、恐惧没世无闻、追求不朽、亟亟于乘时立业的思想，建安诗人大都有之。这正是新兴阶层文人积极向上的精神，正是他们不同于过去寄生阶级倡优式文人的地方。不过其结合爱国忧民的感情或多或少，不尽相同。如陈琳诗："骋哉日月逝，年命将西倾。建功不及时，钟鼎何所铭！"（《游览》二首之一）还是个人的荣名之想。至于曹操的"不戚年往，忧世不治"（《秋胡行》）就和孔融一样，是"负其高气，志在靖乱"（语见《后汉书·孔融传》）了。曹植所谓"戮力上国，流惠下民"（《与杨修书》）也正是同样的怀抱。正因为如此，我们读他的"慷慨独不群"云云只感到"高气"，而不会将它和狂生的大言等视。

曹植的"慷慨"是积极的、焕发的精神，构成其诗文的"骨气"，后人所推重的"建安风骨"也就是指这种精神。钟嵘《诗品》说曹植诗"骨气奇高，词采华茂，情兼雅怨，体被文质”，“文”就是词采，“质”就是骨气。沈约《宋书·谢灵运传论》所谓“以情纬文，以文被质”是建安诗的特征，这种特征表现在曹植的诗里尤其明显。

三

曹植的实际政治才能，未经考验，不晓得究竟怎样。但曹操认为曹植在他的诸儿之中“最可定大事”，所以曾考虑立为太子。后来因为他失掉父亲的宠爱和信任，受任大事的机会也就没有了。230年曹丕受汉禅让，做了大魏皇帝，对一向被他猜忌的曹植就开始迫害。首先是剪除曹植的羽翼，杀掉一向拥护曹植的丁仪和丁廙。当时曹植自己也是俎上之肉，当然无法救他的朋友，但希望有别人来援手。这种心情表现在《野田黄雀行》：

高树多悲风，海水扬其波。利剑不在掌，结友何须多？不见篱间雀，见鹞自投罗？罗家见雀喜，少年见雀悲。拔剑捎罗网，黄雀得飞飞。飞飞摩苍天，来下谢少年。

这样“风波”喻险恶，“利剑”喻权力，“雀”喻被难的朋友，“少年”喻假想的有力来援救的人。当时作者自己也正似罗网里的黄雀，虽然保全性命，自由却丝毫没有。被遣就国之后，监国使者天天在旁找他的错儿，随时可以得罪。他的《离缴雁赋》所谓“挂微躯之轻翼，忽颓落而离群”，《鹦鹉赋》“常戢心以怀惧，虽处安其若危”，都是比况自己的处境和心情。黄初二年（曹丕即位第二年），监国使者果然控告他“饮酒悖慢，胁劫使者”。曹丕给了他贬爵的处分。他的《乐府歌》：“胶漆至坚，浸之则离。皎皎素丝，随染色移。君不我弃，谗人所为。”表示对于监国使者的怨愤。《当墙欲高行》说得更痛切：

> 龙欲升天须浮云，人之仕进待中人。众口可以铄金，谗言三至，慈母不亲。愦愦俗间，不辨伪真。愿欲披心自说陈，君门以九重，道远河无津。

黄初四年，曹植和任城王曹彰、白马王曹彪一同入朝，曹彰到洛阳后不明不白地死了。曹彪回国，曹植希望和他同路东归（这时他的封地是雍丘），但监国使者不给他这个自由。他十分愤慨，写了有名的《赠白马王彪》诗七章。第三章“鸱枭鸣衡轭，豺狼当路衢，苍蝇间白黑，谗巧令亲疏”等句痛骂监国，最为愤激。第五章“奈何念同生，一往形不归……存者忽复过，亡没身自衰。人生处一世，去若朝露晞。年在桑榆间，影响不能追。自顾非金石，咄唶令心悲”等句，从曹彰的暴死想到自己朝不保夕，又悲又怕，最为深痛，而第六章更能感人：

> 心悲动我神，弃置莫复陈。丈夫志四海，万里犹比邻。爱恩苟不亏，在远分日亲。何必同衾帱，然后展殷勤。忧思成疾疢，无乃儿女仁？仓卒骨肉情，能不怀苦辛？

这一章前面的话全是宽慰曹彪，嘱他不要悲伤，末后忽然又说要想不悲伤是办不到的。好像劝人停止啼哭，话还没说完自己倒“哇”的一声哭出来了，全是真情实感的自然表现。另有一首失题诗，写别离的伤感和畏祸的心情，大约也是这时所作：

> 双鹤俱远游，相失东海旁。雄飞窜北朔，雌惊赴南湘。弃我交颈欢，离别各异方。不惜万里道，但恐天网张。

曹丕死后曹叡继位，曹植的生活并未改善。他这时所感的痛苦，一是再三改封，居处不定；二是兄弟隔绝，不许交通；三是土地贫瘠，衣食不继；四是闲居坐废，功业无望。《迁都赋序》说：“余初封平原，转出临淄，中命鄄城，遂徙雍丘，改邑浚仪，而末适于东阿。号则六易，居实三迁。连遇瘠土，衣食不继。”因为几次改邑徙都，所以有漂泊之感，表现在《吁嗟篇》：

吁嗟此转蓬，居世何独然！长去本根逝，宿夜无休闲。东西经七陌，南北越九阡，卒遇回风起，吹我入云间。自谓终天路，忽然下沉泉。惊飙接我出，故归彼中田？当南而更北，谓东而反西。宕宕当何依，忽亡而复存。飘飖周八泽，连翩历五山。流转无恒处，谁知吾苦艰？愿为中林草，秋随野火燔，糜灭岂不痛？愿与株荄连。

这诗用转蓬自喻。其中“宕宕何依”“飘飖”“流转”的感觉还不是最痛苦的，更深的悲感是“长去本根”。原来明帝不许诸王入朝，曹植苦于“婚媾不通，兄弟永绝……恩纪之违，甚于路人，隔阂之异，殊于胡越”（《求通亲亲表》），骨肉之间生离等于死别，所以本篇末四句说得那么沉痛。

文帝和明帝对待诸侯都极其苛薄，对曹植更甚。曹植自述贫困的情形又见于《转封东阿王谢表》：“桑田无业，左右贫穷，食裁糊口，形有裸露。”他的部曲既少，又多老弱，许多是“卧在床席，非糜不食，眼不能视，气息裁属”（《谏取诸国士息表》）的，当然不能有什么生产。不过比贫穷更难忍受的是生活的孤寂。《闲居赋》说：“何吾人之介特，去朋匹而无俦。出靡时以娱志，入无乐以消忧。”可见其“块然独处”的烦闷。《白鹤赋》“伤本规之违忤，怅离群而独处，恒窜伏以穷栖，独哀鸣而戢羽”也正是自喻。他尤其不能甘心的是长此废弃，使建功立业的希望永远断绝。但他还想竭力争取，太和二年上书给明帝，要求让他“乘危蹈险，骋舟奋骊，突刃触锋，为士卒先”，宁愿“身分蜀境，首悬吴阙”，而不愿“禽息鸟视，终于白首”，做“圈牢之养物”。但明帝也是疑忌他的，终不肯把他放出圈牢。

明帝的疑忌也不为无因。太和二年明帝幸长安的时候，洛阳竟发生谣言说皇帝死在长安，从驾群臣迎立曹植。(《三国志》注引《魏略》) 足见曹植在当时臣民的心目中还大有威望，这对于曹植是不利的。他自己当然也知道这种关系，所以有一篇《怨歌行》，以周公自比，以周成王比明帝，感叹“为君既不易，为臣良独难。忠信事不显，乃有见疑患”，而希望有一天能像周公表明心迹，如“金縢”故事。但这想法是落空了，他只能郁郁到死。

曹植在忧谗畏讥的生活中有不少“讽君”之作，《怨歌行》《七步诗》都是后人所熟悉的。此外如“明月照高楼”“种葛南山下”“浮萍寄清水”等篇，做怨女弃妇口吻，也都是有所托喻。这一类，在他的作品里也是艺术性较高的。他又有游仙诗多篇，其中有些也表现作者苦闷的感情，如《游仙》:“人生不满百，岁岁少欢娱。意欲奋六翮，排雾凌紫虚。”《五游》:“九州不足步，愿得凌云翔。逍遥八纮外，游目历遐荒。”都是有激而发，并不是真的歌颂列仙之趣和追求奇幻的境界。曹植在《辨道论》里骂过方士，在《赠白马王彪》里又明白说出“虚无求列仙，松子久吾欺”，可见他本不是迷信神仙的。

曹植在黄初以后的生活造成其诗歌“抑扬怨哀”的一面，和他早年那些“不及世事，但美遨游”的作品成为鲜明的对照。

四

曹植是好大喜功的人，强烈地追求身后荣名。他的第一志愿是在政治上有所建树，立“经国之大业”，其次是在学说上有所贡献，“成一家之言”，最后才是做一个文学家，“以翰墨为勋绩，辞赋为君子”。但究竟还算看得起文学，他相信文学也可以使人不朽，所以他在王佐事业上碰壁以后还是下决心“骋我径寸翰，流藻垂华芬”。

虽然做诗人是他的第三志愿，他却是第一个以诗为事业的人。诗终于使他不朽。

他的文学观念是进步的。他在《与杨德祖书》中曾说：“街谈巷说必有可采，击辕之歌有应风雅，匹夫之思未易轻弃。”他也熟习民间文艺，他曾对邯郸淳背诵“俳优小说数千言”（《三国志·王粲传》注引《魏略》），对于乐府民歌的欣赏更不消说。“通俗”是当时新兴阶层文人的进步倾向，在汉灵帝时已经如此，保守的、属于旧阶层的文人如蔡邕，就反对这种倾向。（详见《后汉书·蔡邕传》）这种倾向使曹植重视五言诗，用来做主要的文学形式。

他有很深的古典文学——诗、骚、赋、颂——的修养，这对于他提炼诗的语言有所帮助。但他是在乐府民歌的基础上来提炼，不是把诗骚赋颂移植到诗里来。所以他发展了乐府民歌，不是僵化了它。他把五言诗从“质木无文”发展到“词采华茂”，是功绩，不是罪愆。至于后来陆机、颜延之等人受他的影响而走得太过，却不是他所应该负责的。

因为他所属的阶层在当时有一定程度的进步性，比较接近人民，又因为他自己在政治上是受压迫的，生活是艰辛的，自然产生对贫苦人民的同情，所以在诗里有人道主义的成分。

他在压迫之下并不颓丧，不放弃英雄事业的理想，始终意气慷慨，所以他的诗感情强烈，精神焕发，骨气奇高。

热情和壮志使他成为爱国者。他渴望统一，不忘平吴伐蜀，也关心边患，高呼“蹈匈奴”“陵鲜卑”。以当时较进步的魏国来统一吴蜀是推进历史的合理办法，解除西北外族的威胁也是当时的迫切任务，所以他的口号不是黩武的，而是爱国的精神。这精神鲜明地表现在他的诗里。

不过，他所属的阶级究竟是剥削阶级，他的阶级出身不能不限制他。因而他的同情疾苦，反映社会的诗究竟是少数，多数作品是只关系他个人的。时代也限制他，他选择文学形式也不能完全放弃四言诗、辞赋等旧体，做了不少的假古董，不能彻底走革新的路。因此我们觉得钟嵘《诗品》说曹植在文学领域里的地位“如人伦之有周孔，鳞羽之有龙凤”稍嫌过分一些。但是话说回来，他毕竟是奠定五言诗基础的最大功臣，他的成就毕竟超过同时代的作者。当时文学的进步性在他的诗里表现得非常鲜明。他确实是建安诗人最适当的代表。我们既重视建安时代的诗，哪能不重视这一个代表人物？

1951 年 8 月 25 日

论蔡琰《悲愤诗》

相传属于蔡琰的三首诗，除《胡笳十八拍》后人多指为假托，已成定论外，其余被称作《悲愤诗》的两首，虽然载在正史，读者也并不全信。不过引起问题的只是其中五言的一首，对于骚体的一篇似乎向少疑问。苏轼《仇池笔记》“拟作”条云：

> 《列女传》蔡琰二诗，其诗明白感慨，颇类《木兰诗》，东京无此格也。建安七子犹含蓄，不尽发见，况伯喈女乎？琰之流离，必在父殁之后，董卓既诛，伯喈乃遇祸，此诗乃云为董卓所驱虏入胡，尤知其非真也。盖范晔荒浅，遂载之本传。

苏氏虽同时提到这两首诗，其怀疑论实在只对五言一首而发。其后胡应麟《诗薮》但称文姬骚体，不及五言，似以五言一首为伪作。许学夷《诗源辨体》也独信骚体一章。郑振铎先生《插图本中国文学史》道：

> 细读二诗，楚歌体的文字最浑朴，最简练，最着意于炼句造语……没有一句空言废话。确是最适合于琰的悲愤的

> 口吻。琰如果有诗的话，则这一首当然是她写的无疑。琰在学者的家门，古典的气习极重，当然极有采用了这个诗体的可能。至于五言体的一首，在字句上便大增形容的了。……且琰父邕原在董卓的门下，终以卓党之故被杀。琰为了父故，似未便那么痛斥卓吧？……

两首《悲愤诗》叙写颇不一致，其中如有一首可信，另一首就很可疑。关于两诗的真伪是本文所要讨论的，但在讨论之前有一件重要的工作要做，就是弄明白它的本事。否则，讨论起来没有较切实的依据，也就不能有可靠的结论了。

蔡琰被掳的经过，范晔《后汉书》叙述不详。《董祀妻传》云：

> 夫亡无子，归宁于家。[1]兴平中，天下丧乱，文姬为胡骑所获，没于南匈奴左贤王。在胡中十二年，生二子。曹操素与邕善，痛其无嗣，乃遣使者以金璧赎之，而重嫁于祀。……后感伤乱离，追怀悲愤，作诗二章。

关于蔡琰被什么军队所掳，以及如何流落到南匈奴，本传都没有交代，因此后人纷做揣测。沈钦韩云：

> 《南匈奴传》："灵帝崩，天下大乱，於夫罗单于将数千骑与白波贼合寇河内诸郡。"《魏志》："初平三年，太祖击匈奴於夫罗于内黄，大破之。……四年春……袁术引军入陈留，屯封丘。黑山余贼及於夫罗等佐之。"据史则匈奴曾寇陈留，文姬所以没也。玩文姬诗词，则其被掠在山东牧守兴兵讨卓。卓劫帝入长安，遣将徐荣、李蒙四出侵掠。文姬为羌胡

[1]《后汉书·蔡邕传》云："蔡邕……陈留圉人也。"

所得，后乃流落至南匈奴也。……此当为初平年事，传云兴平非也。

何焯云：

《董卓传》："卓以牛辅子婿，素所亲信，使以兵屯陕。辅分遣其校尉李傕、郭汜、张济将步骑数万，击破河南尹朱儁于中牟，因掠陈留、颍川诸县，杀略男女，所过无复遗类。"文姬流离当在此时。

王先谦《后汉书集解》并引沈、何两说，不置可否。但沈说和蔡诗、范史显有不合的地方，诗中明说"卓众来东下"，而於夫罗和董卓并无关系；传文明说"兴平中没于南匈奴"，而於夫罗到陈留不在兴平。如以本传"兴平"两字是"初平"之误，那就太武断了。何焯的假定就合理得多。李、郭等本是董卓的部属，而董卓所部本多羌氐。《后汉书·董卓传》云：

六年，征卓为少府，不肯就，上书言："所将湟中义从及秦胡兵皆诣臣曰：'牢直不毕，廪赐断绝，妻子饥冻。'牵挽臣车，使不得行。羌胡敝肠狗态，臣不能禁止。"

李傕军中杂有羌胡，也见于记载，袁宏《后汉纪·献帝纪》云：

于是李傕召羌胡数千人，先以御物、缯采与之，许以宫人妇女，欲令攻郭汜。

蔡琰必是被掳于李、郭等军中的羌胡，所以诗中说"卓众来东下"，又说"来兵皆胡羌"。董卓所部抄掠陈留，于史可稽的也只有李、郭等东下这一回。《后汉纪·献帝纪》载其事云：

（初平）三年春正月，丁丑，大赦天下。牛辅遣李傕、郭汜、张倕、贾诩出兵击关东，先向孙坚。坚移屯梁东，大为傕等所破。坚率千骑溃围而去。复相合，战于阳人，大破傕军。傕遂掠至陈留、颍川。

据此，李、郭等劫掠陈留在初平三年，和蔡琰本传所云“兴平中”仍然不合，而且和南匈奴也没有关系，这是何说启人疑窦的地方。其实何氏并未说错，不过只道着一半罢了。蔡琰从李、郭军到南匈奴部是经过一次转手的，关键是李傕等和南匈奴左贤王的一次战争。《后汉书·献帝纪》云：

壬申，幸曹阳，露次田中。杨奉、董承引白波帅胡才、李乐、韩暹及匈奴左贤王去卑，率师奉迎，与李傕等战，破之。

《董卓传》和《南匈奴传》也记载这件事，不过称去卑为右贤王。《后汉纪·献帝纪》云：

董卓、杨奉间使至河东，招故白波帅李乐、韩暹、胡才及匈奴右贤王去卑，牵其众来，与傕等战，大破之，斩首数千级。

也称右贤王，去卑的称号该是“右贤”或“左贤”且不去管它，可注意的是南匈奴军和李傕、郭汜打了这么一回仗，获得不小的胜利。李、郭军中的子女玉帛在这时转移到胜利者手中是当然的。这一件事范晔和袁宏都叙在兴平二年十一月，和《董祀妻传》记琰没入南匈奴之年正相符合。蔡琰就在这次战争中由李、郭军转入南匈奴军，最为可能。所以蔡琰被虏的事实，原分两段：初平三年在陈留被李傕等军中的羌胡驱掠入关，到兴平二年冬脱离，是第一段；从兴平二年冬流入南匈奴，到十二年后被赎，是第二段。明白了全部事实，从前的种种纷纭都可以理清了。

从上引《后汉纪·献帝纪》文，又知道南匈奴左（或右）贤王去卑本居河东。这一支匈奴人是汉灵帝时从於夫罗单于流亡到内地来的，其居留地是河东平阳（今山西临汾附近）。[1]《南匈奴传》云：

> 建安元年，献帝自长安东归。右贤王去卑……侍卫天子……及车驾还洛阳，又徙迁许，然后归国。二十一年，单于来朝，曹操因留于邺，而遣去卑归监其国焉。

李贤于“归国”下注云：“谓归河东平阳也。”又于“留于邺”下注云：“留呼厨泉于邺，而遣去卑归平阳，监其五部国。”可知这一部分的匈奴后来仍住平阳，未尝迁移。蔡琰本传说她在胡中十二年，生二子，然后被曹操赎还，所谓“胡中”就是平阳，并非塞外。从兴平二年起历十二年，是建安十一年。这一年春天曹操征高幹，取道河内的羊肠坂[2]，北上太行，攻围壶关。行军所到的地方离平阳不远。高幹曾投奔南匈奴求助，被拒绝。曹操或在这时和南匈奴通信使，得知蔡琰下落，因而赎还。

蔡琰在胡中十二年，和她同居生子的是何等人，已无法知道。但从文姬可以用金璧赎取这一点推测，她不像是单于或胡王的妃妾。从诗中“有客从外来，闻之常欢喜，迎问其消息，辄复非乡里”等句想象她的生活，也不像是深居高供的人。以常情论，蔡琰在胡中如果身份高贵，享奉优裕，她自己也未必肯回乡

[1]《南匈奴传》云：“持至尸逐侯单于於夫罗，中平五年立，国人杀其父者遂叛，共立须卜骨都侯为单于，而於夫罗诣阙自讼。会灵帝崩，天下大乱。……复欲归国，国人不受。乃止河东。”注：“遂止河东平阳也。”

[2] 参看黄节《汉魏乐府风笺》曹操《苦寒行》注。

改嫁了。

关于蔡琰被虏入胡到被赎，可以考知和可以揣测的情形，大略如上，较之前人所知道的事实稍稍有所增加，这时来辨证两首《悲愤诗》的真伪便可以有一些新依据了。我以为蔡琰如曾作诗来写她的悲愤，可信的倒是五言这一首，而骚体一首断然非真，因为五言《悲愤诗》所叙事实一一和史籍相合，而骚体一首的描写不切于实际的情景。且看下列诗句：

惟彼方兮远阳精，阴气凝兮雪夏零，沙漠壅兮尘冥冥，有草木兮春不荣。

这样写来，直以蔡琰所居的胡中为穷北荒漠之地，哪里是南匈奴的景象？更何尝是去卑一支所住的河东平阳的景象？五言《悲愤诗》只说“处所多霜雪，胡风春夏起”，便觉毫无夸张。再看：

岁聿暮兮时迈征，夜悠长兮禁门扃，不能寐兮起屏营，登胡殿兮临广庭。

乐人兴兮弹琴筝，音相和兮悲且清。

从这些诗句见出作者想象蔡琰在胡中的生活是居宫廷、娱丝竹，简直似乌孙公主、王昭君的身份了，又岂合于事实？又如：

身执略兮入西关，历险阻兮之羌蛮。

二句，称匈奴为“羌蛮”，且似谓蔡琰被虏于羌，直至其国，显然是错误。如这诗出自蔡琰手笔，怎么会有这许多不真实的叙写呢？五言一篇就没有这些破绽，其写情的部分又深切感人，远过骚体，确有如陈祚明所谓“他人所不能言”者。范晔称为琰作，自属可信。

现在不妨将怀疑的意见拿来研究了。苏氏以为蔡琰被虏必在父死之后，上文所考事实已经证明其不确。他只根据本传“兴平中”云云来揣想事实，绝不曾想到蔡琰的流离还有兴平以前的一段。后来阎百诗却相信苏说，《尚书古文疏证》卷五下云：

> 予尝谓事有实证，有虚会，……如东坡谓蔡琰二诗东京无此格，此虚会也；谓琰流落在董卓既诛父被祸之后，今诗乃云为董卓所驱掠入胡，尤知非真，此实证也。传本云兴平中天下丧乱，文姬为胡骑所获，没于胡中者十二年，始赎归。兴平凡二年，甲戌、乙亥，距卓诛于初平三年壬申已后两三载，坡说是也。

阎氏这里的论证远不如平时考经细心，他受了东坡的影响，有了“《悲愤诗》非真”的先入之见，所以一见诗中叙事和本传不合，便立刻据史驳诗，全不想传文那样简单，如何能包括全部事实？诗纵使是别人所作，也不见得不据事实。读者正该注意诗和传的参差，参考其他资料来判明其所以然，看诗和传的叙事是否可以互相补充，不应在事实未判明之前遽下断语，抹煞一方面。苏、阎二氏的疏忽由于被成见蒙蔽了。

再看苏氏“虚会”之处。他说《悲愤诗》“明白感慨，东京无此格”，亦属武断得很，试看同时曹操有《薤露行》《蒿里行》，王粲有《七哀诗》，阮瑀有《驾出北郭门行》，无名氏有《孔雀东南飞》，可知叙事、写实，五言正是当时普遍流行的诗体。如果说五言《悲愤诗》不该产生在这段时间里，那么在建安之后、范晔著史之前，放在哪一段时间里才更合适呢？在汉末与刘宋之间又有什么作品比《七哀》或《孔雀东南飞》之类更和《悲愤诗》

相似呢？何焯《义门读书记》云："《春渚纪闻》载东坡手帖云：'史载文姬两诗，特为俊伟，非独为妇人之奇，乃伯喈所不逮。'当是公晚年语耳。"苏氏前后议论矛盾如此，《仇池笔记》或者不可靠吧？

至于郑振铎先生所提出的疑问，其本身似乎很可以引起疑问，他说骚体一篇是浑朴简练、字句锻炼的诗，最适合于蔡琰的口吻，但为什么像五言一篇"激昂酸楚"（沈德潜语）、"局阵恢张"（张玉穀语）的诗就不适合于她的口吻呢？如说写悲愤的诗只可浑朴简单，岂不和东坡认建安诗不能"明白感慨"同样无据？他说生于学者家门的蔡琰，极有采用古典的骚体的可能，然而为什么饱经世患，"流离成鄙贱"的蔡琰就没有采用当时流行的五言体的可能？蔡邕不也作五言诗吗？他说蔡邕以卓党被杀，蔡琰不应痛斥董卓。蔡邕应否列为"卓党"，固然大可商酌；即可算作卓党，蔡琰身受"卓众"的蹂躏到那种程度，难道还能隐忍不言？难道还要看父亲面上为董卓遮盖？这岂不太出于情理之外？

总之，对五言《悲愤诗》虽有人提出疑难，其实都是容易解决的，决不能动摇蔡琰的著作权。此外关于蔡邕父女的传记还有两个小问题，和蔡琰诗多少有些牵连，不妨附带讨论一下。

第一是蔡邕有无后嗣的问题。《悲愤诗》说"既至家人尽"，本传说蔡邕"无嗣"，恰相符合，但《世说·轻诋》篇注引《蔡充别传》说蔡充的祖父蔡睦是蔡邕之孙。《晋书·羊祜传》说羊祜是蔡邕的外孙，又称蔡袭为羊祜的"舅子"。那么蔡邕至少有两孙，一名睦，一名袭。范晔说他无嗣，岂非错误？范晔说错了还不碍紧，蔡琰所云“家人尽”岂非同样失真？有了这一个破绽，此诗岂不也蒙赝鼎的嫌疑？这里的问题其实包括两件事：一是蔡邕有无子孙的考定，一是“既至家人尽”这句诗的解释。前者是缠讼已久的案子，一时恐难判决，但范晔未必处在不利的地位。《晋书·蔡豹传》说蔡睦是蔡邕的叔父蔡质之孙，和《蔡充别传》不同，《别传》不一定可据。《晋书·羊祜传》所谓“舅子”依侯康《后汉书补注续》说“非必即邕之孙，虽从孙亦得蒙此称也”。那么，范晔错不错现在还不能论定。即使范晔错了，蔡琰这首诗也不一定非受连累不可，因为“家人尽”不一定就是说死亡无余，也可能是说流散殆尽。何况经多年流离隔绝，蔡琰如有“家人”在远方，当时她尽可以不知而误以为“尽”，这并非情理所无的事啊。

第二是蔡琰是否在陈留被虏的问题。王先谦《后汉书集解校补》云：

> 案本传言文姬归宁于家，为胡骑所获。疑本于路被留，并未抵家也。邕文字亦无言及其家被祸者。

这一个假定如果能成立，蔡琰被虏是否与李傕等有关就成问题，而《悲愤诗》本事的考定就要重起炉灶了。但传文“兴平中，天下丧乱”云云叙在“归宁于家”之后。“归宁于家”一句语气业已顿住，其事亦必在兴平以前。对于这一节文字的解释似不当如“校补”所说。至于蔡邕文字无言其家被祸一层，也很容易解释。一则李、郭等抄掠陈留时在初平三年春，邕于长安被杀在同年夏四月，空间距离很远，时间距离极近，消息传不了那么快。何况干戈遍地，又非平时可比。文姬被虏曾经过长安，尚且不能知道父死消息[1]，蔡邕不能知道其家被祸又有什么可怪？二则据《蔡邕传》，他的著述因李傕之乱颇有湮没，不尽流传，又如何能因为不见于他的文字，就断为并无其事？《校补》所疑，根据太薄弱了，当然也不能影响《悲愤诗》的辨证。

[1] 由诗中“感时念父母”句可知。

说“小子无官职，衣冠仕洛阳”

乐府相和歌清调曲《长安有狭斜行》古辞云：

> 长安有狭斜，狭斜不容车，适逢两少年，夹毂问君家。君家新市傍，易知复难忘。大子二千石，中子孝廉郎，小子无官职，衣冠仕洛阳。三子俱入室，室中自生光。大妇织绮罗，中妇织流黄，小妇无所为，挟瑟上高堂，丈人且安坐，调弦未讵央！

“小子无官职”二句令人疑惑，因为既然“仕洛阳”就不该说“无官职”了，朱乾《乐府正义》解释道：

> 无官职而云仕洛阳者，散郎谓之外郎，在三署郎之外。自西汉盛时，以赀为郎，以谷拜爵免罪，为权宜之计。至其末世，安帝永初，桓帝延熹，关内侯、虎贲、羽林、缇骑、营士、五大夫入钱有差。至于灵帝光和、中平，开西邸，输东园。公卿州郡，下至黄绶，靡不货取。官爵之滥至于如此，汉安得不亡乎？

朱乾以为小子官散郎，虽有官衔，并无职事，所以谓之“无官职”。后来解这篇古辞的人往往采取此说（事实上也不曾有过其他解说）。但“无官职”和“仕”终竟不免矛盾，在古人诗文里没有同式的句子足为朱说佐证，我们不敢轻易信从。而况即使“无官职”三字照朱氏解释，他也不能自圆其说。汉代的郎官都是散官，秩禄虽有多寡，无定职一点是相同的[1]。

本诗云“中子孝廉郎”，中子既是郎官，自然也是有秩无职，如“无官职”系指无职事而言，中子也当包括在内，如何能独指小子呢？我以为这两句诗并非写同一时间的事，“无官职”是现在，“仕洛阳”是将来，上句是实叙，下句是虚拟。在汉诗里另有两句，与此相类，可资比较。那两句就是《孔雀东南飞》篇的“汝本大家子，仕宦于台阁”。这两句是焦母对仲卿说的，焦仲卿不过是一个“府小吏”，竟说他“仕宦于台阁”，实在可怪。闻一多先生说这是“指仲卿之先世”[2]，大约也觉得下句和仲卿的身份不符，所以立此一说。但下句的主词分明是上句中的“汝”字，若指仲卿的先世，文法上很难说得通。我以为下句仍当指仲卿，不过是预拟之辞。这两句的意思是说：“你出身大家，有所凭借，将来一定会仕宦于台阁的。”焦母要仲卿相信自己前途远大，禄命不薄，犯不着和兰芝一同死，所以才如此云云。句中省去了“行”“将”一类的字，但从语气仍然可以辨别。

以此例彼，可以帮助我们了解“小子无官职，衣冠仕洛阳”。

在现代的俚歌里也有相类的句子可资比较。小时在扬州曾听

---

[1] 参看陶希圣《秦汉政治制度》。

[2]《闻一多全集·乐府诗笺》。

“送麒麟”[1]的人唱道：

锣鼓一打喜连天，贵府少爷肩挨肩，武官做到××使，文官做到××员。

又扬州乞丐所唱《莲花落》也有相似的词儿：

穿大街，过小巷，送财送到你府上。小小少爷手里搀，将来是个沈万三。

这类唱词无非祝颂的话头，唱者往往见景生情，随口编造，大都既切眼前实事，又合听者身份，用来博对方一笑，换取几文赏钱。上述两例，都是为着小孩子唱的，一祝贵，一祝富。后者有“将来”字样，预拟的意思很显明；前者略去这种字样，预拟的意思也很显明。

以今例古，也可以帮助我们了解“小子无官职，衣冠仕洛阳”。所以，这两句诗如译为白话，就是：

小少爷在目前虽没有一官半职，将来少不得到洛阳做个京官儿。

朱乾认《长安有狭斜行》是讽刺诗，他觉得这两句也是讽刺，所以有上文所引的那一段解说。李因笃《汉诗音注》说“既曰无官职，又曰仕洛阳，世胄子弟当自愧矣”，也觉得这里有所讽刺（他们以美刺说乐府，先具成见）。但据上文所释，从其中只见到祝颂的意味，绝不似讽刺的口吻，全篇极写一家的贵盛，也只见赞羡，并无刺意，这种歌词大致用于“娱宾遣兴”的场

[1] 旧历正月初二至十五，常有成群的人敲锣鼓，扛纸糊麒麟，挨户歌唱讨赏，叫作“送麒麟”，扬州附近各地皆有此俗。

合，讽刺似乎用不着也容不得吧？

和这篇同一母题的《相逢行》古辞有"堂上置樽酒，作使邯郸倡"二句，（又见《鸡鸣》篇，上句作"上有双樽酒"）我相信那就是这类歌辞应用的场合。当时的富贵之家歌舞的嗜好很普遍，贵戚"至与人主争女乐"（见《汉书·礼乐志》），一般的豪富吏民亦复"倡讴伎乐，列乎深堂"（见仲长统《昌言·理乱》篇）。所用的歌辞有时出于乐工自撰，其中常有祝颂主人的言语。现存的乐府古辞中有许多祝颂之辞，都是乐工的口吻。流行的歌曲，传唱既久，字句便不免有增减变换，其中祝颂之辞更不能固定不变，因为切合于这一家的不一定也切合于那一家。所以《长安有狭斜行》，叙三子的地位时是大子最阔，中子次之，小子无官；在《相逢行》就只有"中子为侍郎"；在《鸡鸣》篇，"三子"变为"兄弟四五人"，他们的官衔又变为"皆为侍中郎"了。《相逢行》与《鸡鸣》篇的中段结构用语大同小异，和《长安有狭斜行》是一曲之异辞。[1]其内容所以稍有变易者，就因为歌者所主之家不同，也就是祝颂的对象变了。这些话自然都是臆测，但也许离真相不远。

至于这篇《长安有狭斜行》的产生时代，应属东汉无疑，从"衣冠仕洛阳"句可见，但产地仍当是长安，从首句可见。《相逢行》似以此篇为蓝本[2]，而不言长安，大约已经从长安流传到别地了。

1947 年冬

[1] 参看《乐府歌辞的拼凑和分割》一文。
[2] 同上。

关于《孔雀东南飞》疑义

傅庚生先生在本刊[1]上期提出《孔雀东南飞》诗中几个字句问题来讨论，其中一、二两条是比较异文，另外两条是疏通文义。这几个问题，其为疑难的程度虽不相同，却无一不是异说纷纭。或许正如傅先生所说："诗中的疑义，往往生于原句的模棱两可；见仁见智，就难免有些出入的地方。"正因为如此，傅先生的主张虽然足备一说，却还不能完全祛除我的疑惑。在这里把我的疑问提出来继续向傅先生请教。尽管问题很小，分歧也不是很大，却多少会涉及一些方法或原则问题，讨论一番，不为无益。

一、关于"新妇初来时，小姑如我长"两句，一本作"新妇初来时，小姑始扶床；今日被驱遣，小姑如我长"四句，原诗的面目究竟如何的问题。傅先生认为：从四句本为好，如删去中间两句，或依另一种意见全删这四句，"都有美中不足或文义不足的缺陷"，"必非原作之真"。这是傅先生从文义和修辞角度分析，得出的结论。但是这个问题是否单从文义、修辞着眼就可以解决

[1] "本刊"指《文学评论》，此文原载《文学评论》1961年第2期。——编者注

呢？这是我的一大疑问。

《孔雀东南飞》出于《玉台新咏》。宋本《玉台新咏》只有“新妇初来时，小姑如我长”两句。宋本和元明刻本《乐府诗集》都是这样。增加两句始于元人左克明所编的《古乐府》。从本子先后情况看来，只能认为作两句的本子合于“原作之真”，作四句的是元朝人的改本。

这四句又见于唐人顾况的《弃妇词》而小异。顾诗中的四句是：“记得初嫁君，小姑始扶床；今日君弃妾，小姑如我长。”究竟是顾况袭用《孔雀东南飞》的陈句，还是后人以顾诗加入《孔雀东南飞》呢？如果承认宋刻《玉台新咏》和《乐府诗集》的权威性，答案应该是顾况袭用《孔雀东南飞》而增加了两句，后人又将顾诗所增的两句加入《孔雀东南飞》。如果再从词理角度考察这四句诗在两处的不同情况，所得印象和上述答案也没有什么矛盾。顾诗中的弃妇，从结发嫁夫到色衰被弃，大致经过了十几年，小姑从扶床到长成所需的时间也正是十几年，诗中“记得”四句表示女在夫家历时非短，由此生出感慨。至于《孔雀东南飞》中的兰芝和仲卿，“共事二三年，始尔未为久”，在上文已经交代。这里“新妇”四句所表示的时间却长了五六倍，无论如何不能说和上文没有矛盾。如果说在修辞上这种矛盾不是什么大缺点，那是另一问题，在这里因为是同顾况《弃妇词》比较，这个矛盾正说明一个问题，就是这样的四句诗放在《孔雀东南飞》不如放在《弃妇词》里那么自然妥帖，正好像一件衣服，甲穿来稳称腰身，乙穿来不甚合体，如问谁借谁的衣服穿，答案大概是不会有分歧的。

在《乐府诗选》里《孔雀东南飞》这一段的正文依从宋本

《玉台新咏》和《乐府诗集》，我在注中介绍了别本的异同并略论其得失，理由不外上文所说。此外又介绍了另一种意见，就是认为连原有的两句也都是后人所加的（见闻一多《乐府诗笺》）。这一说全凭臆测，其实可以置之不论。

增加两句也有一定的优点，我丝毫不否认。那优点就是语气比原诗更完全，今昔对比更鲜明，音节也更美好。但尽管有这些优点，改本仍然是改本，它可以和原作并行，却不能代替原作。词章之美和“原作之真”毕竟是两回事，不宜混淆。明人杨升庵曾假托“古本”，将杜甫的《丽人行》增加了“足下何所著，红蕖罗袜穿镫银”二句，有些文人很表示欣赏，但钱牧斋因为遍考宋版杜集无此二句，不从杨说。这种态度是谨严可法的。

文义和修辞的标准尺度不免因时代改变而有所不同。先秦的文章不同于汉魏，汉魏不同于南北朝，南北朝不同于唐宋以后。如果单从文义、修辞的推求论断古人文字的真伪，还得提防以后人的标准错加于古人。《孔雀东南飞》以“新妇初来时”二句直接“勤心养公姥”，并非词理不可通，比起改本不过显得朴拙一些罢了。这种朴拙在后人看来不免美中不足，但在汉魏诗中却并不妨碍它为“原作之真”。在下面的一个问题里这一点就更显著了。

二、关于“汝今无罪过，不迎而自归？”一本“无”字作“何”，两本优劣得失的问题。傅先生认为“以‘何’易‘无’，于义为长”，仍然是从文义修辞着眼。但是在这里本子的情况更明白地表示了孰为原作。《玉台新咏》《乐府诗集》和《古乐府》都作“汝今无罪过”，没有作“何罪过”的。以“何”易“无”始于明人的编选本。纪容舒《玉台新咏考异》说：“无，诗乘诸书并作何。按‘无罪过’不似问词，作何为是。然皆不言所本，盖明人推求文义，以意改之。”纪氏根据本子说话，认为“何”字是明人臆改，这是对的。但是他又认为从文义推求作“何”为是，却并不然。明人的改动和纪氏的赞同都是由于对原文词义有所误解。闻一多《乐府诗笺》说：“今犹若也。《论衡·感虚》篇曰：‘汤之致旱，以过乎？是不与天地同德也。今不以过致旱乎？自责祷谢，亦无益也。’今不以过致旱，即若不以过致旱。诗乘等不识今字之义，改无为何，误甚。”闻说是中肯的。“今犹若也”说本王念孙，见《经传释词》。杨树达《词诠》和裴学海《古书虚字集释》都罗列了许多例子加以说明。纪容舒以“今”字为今昔的今，所以觉得“汝今无罪过”不似问词，便不得不以明人的臆改为是。这是以明清人心目中的文义推求汉魏间的诗，发生误解本来是不足怪的。

傅庚生先生主张以“何”易“无”又有新的理由，他说：

> 上面既说“……十七遣汝嫁，谓言无誓（愆）违”，下面正可接以“汝今何罪过，不迎而自归？”。母亲说：一切妇职女红，桩桩件件都教你学好了，才将你许聘给人家，我已尽了心力，你也不差什么，应该没有问题了；到底是触犯了什么律条，竟被人家休回你来了呢？所以下面又接“兰芝惭阿母：‘儿实无罪过’”，……“实”是概括了二三年间所受煎熬逼迫的省炼语，“无罪过”是回答阿母问询的“何罪过”。当时自然要详述了“鸡鸣入机织……”等等一切被人折磨的生活情形，所以“阿母大悲摧”。
>
> 这样才丝丝入扣，合情合理。若在兰芝还没有说“儿实无罪过”之前，阿母就先已提出“汝今无罪过，不迎而自

> 归？”反而显得出语无根。而且语气之间更有必是你自己犯了什么罪过，才被人家把你赶回来的武断涵意，不契合慈母对爱女的衷情。……

对于《孔雀东南飞》这一段文字的体会我和傅先生不同。我的浅见倒是觉得原诗“汝今无罪过，不迎而自归？”可能比改“无”为“何”更为合情合理。从上面的“阿母大拊掌，不图子自归！”到这里共有十句。这十句写出了阿母乍见兰芝一时惊疑矛盾的复杂心理和既是责备又是询问的迫切语气。阿母见女儿自归，先是大吃一惊，因为自归必是犯了过错。继而转念一想，女儿在家曾受过很好的教育，又好像不应该有什么问题。可是女儿被婆家驱逐是眼前千真万真的事实，不容怀疑，因而又发生女儿要是无过又何以发生这种事情的疑问。这种惊疑矛盾是合情合理的，如果最后两句中的“无”字易为“何”，就缺少反复，不能表达这种复杂心理了。“你如果没有错，怎么会不迎自归？”的问语并不是武断女儿有过，也不是武断她无过，是阿母在希望女儿无过又不能断定她无过的时候逼她赶快解释的语气。这语气是严厉的，因为还含有责备，当时情况正该如此。如作“何罪过”那就太平淡了。不仅太平淡，而且情理上也似乎有不大切合的地方，因为阿母这时候首先要知道的是女儿有罪过还是无罪过，而不是“触犯了什么律条”，如果问到她“触犯了什么律条”，那倒好像已经武断她是有罪过的了。

至于下文的“儿实无罪过”，自是“剖白之词”，话虽说得简单却是有声有泪，包含无限的委屈。阿母是疼爱女儿又是信任女儿的，不需要她说出更多的话便立刻变责备为怜惜，化疑云为泪雨，所以“大悲摧”。当时兰芝是否“自然要详述了‘鸡鸣入机织……’等等一切被人折磨的生活情形”呢？似乎不然。当时她的心里虽然有千言万语也只能并成那么一句简单的剖白之词，其余只能让眼泪去说。二三年中的悲苦生活，不是三言两语所能述，也不是三朝两日所能述，而且一时也不知道从何述起。所以我看不出“儿实无罪过”这一句诗里有傅先生所设想的那许多涵意，无论上文是“无罪过”还是“何罪过”，似乎都不能增加这一句的涵意。

三、关于兰芝请阿母拒绝县令家结亲要求时所说的“自可断来信，徐徐更谓之”，“之”字何所指的问题。傅先生认为“之”当指媒人，“徐徐更谓”表示“婉词峻拒”。此说远胜以“之”字指焦仲卿的旧说。我在《乐府诗选》注文中以“之”字指再嫁这件事，则是另一种考虑。原诗上文叙阿母听了媒人的话之后便对兰芝说“汝可去应之”，兰芝的回答是“兰芝初还时，府吏见丁宁，结誓不别离。今日违情义，恐此事非奇”。“此事”即指违誓再嫁，“非奇”犹言“不美”。兰芝矢志不嫁，没有丝毫动摇，是无疑的，但是“恐此事非奇”（意即恐怕这样不大好）却是非常委婉的语气。“徐徐更谓之”（意即慢慢再谈它吧），和此句语气正相类似。傅先生以为此时此际只该斩钉截铁地表示坚决不嫁，但“处境极苦”的兰芝在当时的考虑可能不是这样简单。她被逐回家已经使得娘家人觉得丢脸，以后不嫁又势必增加娘家的负担，现在她第一次拒绝婚议，对母亲说出自己的心事，并没有把握一定得到母亲的支持。她的地位正是所谓“那得自任专”的，虽在母女之间也不能不考虑说话的方式。而且和县令家结亲又是阿母所愿意的，她已经向女儿说“汝可去应之”了。在这时候兰芝对母亲恐怕只能婉词推宕一下，慢慢地再求得她的谅解。因此我仍然觉得我在《乐府诗选》注中对“徐徐”句所做的解释未尝无当于情理。如果嫌这样解释语气稍软，则上文“恐此事非奇”句也会引起同样问题，不晓得傅先生对于那一句是否另有解释。

四、关于“媒人去数日”以下几句如何解释的问题。这几句是全诗中疑义最多的地方，其实也是这首诗的弱点所在。最费解之处如“寻遣丞请还”句，遣是何人遣？请是向谁请？所请何事？还于何所？又“说‘有兰家女’”句，说是谁说？兰家女指何人？这些问题的解决成为疏通这一段文义的关键，而“兰家女”的问题，更需要首先解决。过去以“兰家女”指兰芝的人或疑“兰”字是“刘”字之误；或疑“家”字是“芝”字之误。以“兰家女”另有所指的人又疑这两句当在下文“阿母谢媒人”下。这些怀疑都有一定的理由，尤其是将“说‘有兰家女’，承籍有宦官”移作阿母辞谢媒人的话，于词理较顺。可惜总嫌臆改无据。我曾想在不改动原文的条件下，试为疏浚。将“寻遣”句解为县令因事遣丞请于太守而回。将“说有”二句解为县丞向县令建议另向兰家求婚，言兰家承籍有宦官，比刘家门第更好。县丞受太守委托，恐怕县令不愉快，所以替他家另说一门亲事，这是可以说得通的。但也许不免如傅先生所说，“有些枝蔓”，是一缺点。依傅先生的解释，便可以“一根线贯下去”，同时上文的“说”和下文的“云”分属两人也似乎比较明白。但可惜的是对于何以称兰芝为“兰家女”，未有圆满的解释。傅先生说“民歌在姓氏称呼上原都不甚沾滞”，“不太拘泥于先后层次以至一词一字之微”。这样取消问题似乎说服力是不足的。何况将《孔雀东南飞》完全作一般民歌看待也不一定妥当。傅先生以本篇中的秦罗敷为比，其实问题并非一类。如果以前曾有什么作品或记载提到过姓兰名芝的女子，像《陌上桑》提到“秦氏有好女，自名为罗敷”那样，那就很有助于说明兰芝是作者“信手拈来”的姓名了。但是并没有这样的根据。傅先生文中又说：“何况兰芝姓刘，又只有序中提到呢？”似乎认为诗和序虽有矛盾，论者却不必据序疑诗。这个意见却比把问题取消好得多。序中叙述本事虽然有名有姓，诗中却可能把真名实姓隐去了（焦仲卿的姓名在诗里也不曾出现）。假如这样解释诗和序相矛盾的原因，未尝不可通。正不必据诗疑序，也不必据序改诗。不过说兰芝姓兰也还有一个小缺点，她对阿母几次自称兰芝，如果不是称名而是连名带姓，又不大符合惯例。不久以前有人据《列子·说符篇》张湛注“凡人物不知生出者谓之兰也”，解释本篇“兰家女”犹“今人说某某人家的女儿”。其说能否成立，可以研究，这是解决此句疑义的又一途径。总之，对于这一段文字至今还没有完全令人满意的解释，疏浚工作或许还待努力。解释困难也未尝不由于这几句诗本身有缺点。这里连续几句都省略了主词，所以弄得头绪不清。“简而不当”尚不止“请”“还”两字而已。至于傅先生的析疑自然是可备一说，值得大家认真研究的。

以上就傅庚生先生所提出的问题，大胆献疑，算不得争鸣，不过希望聊助于讨论罢了。

1961年3月14日

说鲍诗

鲍诗传精采于劲骨，申直气于高弦，骨劲故丽而不浮，气直故炼而更逸。并曹、刘之天纵，启李、杜于方来，沿流者乐其夸奇，知味者赏其高古。独居古今之际，特有振绝之观，钟氏以为总四家而擅美，跨两代而孤出，非虚誉也。至谓不避危仄，颇伤清雅，疑非本源之论，盖不可从。

《乐府诗集》作家姓氏考异

比读郭茂倩《乐府诗集》，以涵芬楼影印汲古阁本与其他总集并各史志、专集、类书等互校之，其中夺失讹乱几乎无页无之。关于各诗及郭氏题解小序中字句之异同已另为校记，其章节编次之谬误及采录未当者亦将于另文论之。今但举书中作家姓氏缺漏而可于他书考见者，与夫本书已著姓氏而复与他书违异者条列于下，间下己意，正其得失。其证验不备，不能遽定其谁是谁非者，亦姑著其异同，以俟诸异日。

【第十三卷燕射歌辞第十一页】

《晋四厢乐歌正旦大会行礼歌》〔十五首〕

案《晋书·乐志》作成公绥，此失题，当据补。

【第十八卷鼓吹曲辞汉铙歌下第二页】

《临高台》（“高台半行云”首） 简文帝

案《玉台新咏》七作梁武帝。

【第二十二卷横吹曲辞汉横吹曲第三页】

《出塞曲》 刘济

案《中兴间气集》下作刘湾，《唐文粹》十二同。此误。

【第二十七卷相和歌辞相和曲中第十页】

《对酒》（“春水望桃花”首） 庚信

案《文苑英华》一九五作范荣。

【第二十八卷相和歌辞相和曲下第六页】

《陌上桑》（“令月开和景”首） 王台卿

案《玉台》十作萧子显。

【同上】

前题（“人传陌上桑”首） 王筠

案《汉魏六朝百三家集》载《王司空褒集》中。

【同上】

前题（“日出秦楼明”首） 亡名氏

案《玉台》十作萧子显。左克明《古乐府》四作王筠。

【第二十九卷相和歌辞吟叹曲第四页】

《王昭君》（“猗兰恩宠歇”首）

案此诗与庚信作相连，但庚集不载，疑非庚诗。

【同卷第七页】

前题〔二首〕 令狐楚

案第二首《全唐诗》十三作张仲素。

【同卷第十二页】

《王子乔》（“子乔好轻举”首） 江淹

案此首《江文通集》不载。

【第三十二卷相和歌辞平调曲第一页】

《君子行》 古辞

案五臣本《文选》亦作古辞，《艺文类聚》四十一作曹植辞，影印宋十卷本曹集亦载之。

【同卷第四页】

《燕歌行》（“四时推迁迅不停”首） 谢灵运

案此诗《谢康乐集》各本皆不载，《谢惠连集》载之，《艺文类聚》四十二引此诗正作惠连。此因与灵运诗相连而误。

【第三十三卷相和歌辞平调曲第十页】

《苦寒行》〔二首六解〕 魏文帝

案题下小序引《乐府解题》“晋乐奏魏武帝‘北上’篇”云云，此“文”字当是“武”之误，《宋志》正作武帝辞，《艺文类聚》卷四十一作文帝，误也。

【第三十四卷相和歌辞清调曲第八页】

《相逢行》（“行行即长道”首） 谢惠连

案《艺文类聚》卷四十一作谢灵运

【第三十六卷相和歌辞瑟调曲第十页】

《善哉行》〔五解〕 魏武帝

案《宋志》作魏文帝辞。《古今乐录》引《荀氏录》作武帝，为本书所据。《古乐府》及《诗纪》并从《宋志》。此无以定。

【第三十七卷相和歌辞瑟调曲第四页】

《步出夏门行》〔二解〕 魏明帝

案《宋志》亦作明帝，《技录》云“《陇西行》歌武帝‘碣石’、文帝‘夏门’二篇”，是以此篇为文帝辞也。

【第三十八卷相和歌辞瑟调曲第一页】

《饮马长城窟行》（“青青河畔草”首）　古辞

案《文选》亦作古辞，《玉台》一作蔡邕诗，《乐府解题》曰“或云蔡邕之辞”。黄晦闻先生《汉魏乐府风笺》云：“李善注云‘此辞不知作者姓名’。案郦道元《水经注》云‘余每读《琴操》见《琴慎相和雅歌录》云：饮马长城窟。及其跋涉斯途，远怀古事，始知信矣’。《琴操》为蔡邕所作而有是篇名，《乐府解题》谓或云蔡邕之词，于此盖可证矣。”此辞似本为歌谣二首，拼合入乐，观古诗有《青青河畔草》，又有《客从远方来》可知也。疑作古辞不误。以为蔡邕诗者，盖因《琴操》有是篇名而致误会。

【第三十九卷相和歌辞瑟调曲第六页】

《雁门太守行》（“三月杨花合”首）　褚翔

案《艺文类聚》四十二作梁简文帝。

【同上第八页】

《艳歌何尝行》〔五解〕　魏文帝

案《宋志》作古辞。

【同上第十二页】

《煌煌京洛行》〔二首〕　鲍照

案第二首（“南游偃师县”首）鲍集不载，《百三家集·梁简文帝集》中载之，题为《京洛篇》。以为《乐府》逸作者之名，或以为鲍诗者，皆非。此诗不类鲍体，疑归之简文不误。《艺文类聚》四十二引此正作简文。《古乐府》五仅载第一首。

【第四十卷相和歌辞瑟调曲第二页】

《门有车马客行》（“门前车马客，疑是故乡来”首）何晏

案何晏应次陆机前，“晏”字必误，且诗亦不似魏人作，“寸心”二句用夜鹊南飞事，尤可证其非平叔诗也。《文苑英华》作何逊，《诗纪》作何妥，此“晏”字为“妥”之误。

【第四十二卷相和歌辞楚调曲第二页】

《怨歌行》（“为君既不易”首）　曹植

案《艺文类聚》四十一亦作曹植，《技录》《乐府解题》皆以为古辞。

【第四十三卷相和歌辞楚调曲第二页】

《班婕妤》（“日落应门闭”首）　王叔英妻沈氏

案《玉台》八作徐悱妻刘氏。《艺文类聚》三十同。《南史·刘孝绰传》云：“其三妹一适琅琊王叔英，一适吴郡张嵊，一适东海徐悱。”《乐苑》云：“王叔英妻刘氏，刘缯女孝绰之妹。”据此则“沈”当为“刘”之误，其为王叔英妻或徐悱妻，则未可臆断。

【第四十四卷清商曲辞吴声歌曲第四页】

《子夜歌》〔四十二首〕　晋宋齐辞

案“恃爱如欲进”“朝日照绮窗”二首，《玉台》十

作梁武帝,《梁武帝集》亦载之。闻一多先生谓此二首与前诸歌作风迥异，郭书误录无疑。《子夜歌》本只四十首，适为成数，题中“二”字，亦后人妄增。

【同卷第十一页】

《子夜四时歌》〔八首〕　王金珠

案《春歌》“朱日光素水”首、“阶上香入怀”首、“吹漏不可停”首,《夏歌》“玉盘贮朱李”首,《玉台》十俱作梁武帝诗,《梁武帝集》亦载之。“阶上”首又见《艺文类聚》四十三，亦作梁武帝。

【第四十五卷清商曲辞吴声曲辞第三页】

《子夜变歌》(“七采紫金柱”首)　王金珠

案《玉台》十作梁武帝《子夜秋歌》。

【同卷第四页】

《上声歌》(“花色过桃杏”首)　王金珠

案《玉台》十作梁武帝。

【同卷第四页】

《欢闻歌》(“艳艳金楼女”首)　王金珠

案《玉台》十作梁武帝。

【同卷第五页】

《欢闻变歌》　王金珠

案《玉台》十作梁武帝，与前合题《欢闻歌》二首。

【同卷第八页】

《团扇郎》(“手中白团扇”首)

案《玉台》十作梁武帝诗，程琰本此题下注云“《乐府》作王金珠”，此处失题王名。《艺文类聚》四十三引此诗亦作梁武帝。

【同卷第十页】

《碧玉歌》（“感郎不羞郎”及“杏梁日始照”二首）

案“杏梁”首《玉台》十作梁武帝诗，“感郎”首《艺文》四十三作晋孙绰《情人诗》。

【第四十八卷清商曲辞西曲歌中第一页】

《乌栖曲》〔六首〕 梁元帝

案元帝集只载后四首，《玉台》九前二首作萧子显，“浓黛”首见《艺文》四十二亦作萧子显。此以六首并作元帝诗，误也。

【同卷第五页】

《估客乐》（“大艑珂峨头”首）

案《古乐府》七作释宝月，此失题作者名。

【第四十九卷清商曲辞西曲歌下第六页】

《白附鸠》 吴均

案此诗吴集不载，其辞颇质朴，恐是《拂舞曲》原辞，题下“吴均”二字，涉下吴氏《白浮鸠诗》而误衍耳。

【第五十卷清商曲辞第三页】

《江南弄》〔三首〕 梁昭明太子

案《艺文》四十二作简文帝。《英华》二〇一同。

【同卷第五页】

《采莲曲》〔二首〕 梁简文帝

案此诗简文集不载。

【同卷第十页】

《凤吹笙曲》 沈佺期

案此李白诗，李集各本均载之，此偶脱作者名，后人以其与沈作相连，因据以误补耳。

【第五十九卷琴曲歌辞第三页】

《游春曲》〔二首〕 王维 《游春辞》〔二首〕 王维

案《右丞集》俱不载，《全唐诗》卷二（《乐府》七）作王涯，此因行书“维”“涯”字形略似而误。

【第六十二卷杂曲歌辞第一页】

《伤歌行》 古辞

案《文选》亦作古辞，《玉台》二作魏明帝诗。

【同卷第八页】

《妾薄命》（“薄命头欲白”首） 王贞

案唐诗人无王贞者，《全唐诗》作王贞白，此脱“白”字无疑。

【第六十三卷杂曲歌辞第六页】

《白马篇》〔二首〕 孔稚圭

案“白马金贝装”首《文苑英华》二〇九作隋炀帝诗，诗中多叙征辽之事，疑归之炀帝为是。

【第六十七卷杂曲歌辞第九页】

《壮士吟》 贾岛

案《唐文粹》作孟迟。

【第七十卷杂曲歌辞第六页】

《行路难》〔二首〕 费昶

案《玉台》九《文苑英华》二〇〇同，程琰本《玉台》于第二首题下注云"《艺文》作吴均诗"。今考《艺文类聚》无此诗，《百三家集·吴朝请集》载之。

【第七十二卷杂曲歌辞第一页】

《古离别》〔二首〕 赵微明

案第一首《箧中集》作张彪，第二首题曰《思归》，作赵微明，王荆公《唐百家诗选》同，宜据改。

【同卷第二页】

前题（"西江上"首）

案此诗载顾况集中，此失题。

【第七十三卷杂曲歌辞第九页】

《于阗采花》

案此诗与庾信作相连，但庾集不载，似非庾诗，此失题作者名。

【第七十四卷杂曲歌辞第五页】

《饮酒乐》（"葡萄四时芳醇"首） 陆机

案《百三家集·陆平原集》此诗下注云："《乐府》作《还台乐》，谓陈陆琼诗。"今按七十七卷载陆琼《还台乐》词与此同而下多"秋月春风恒好，欢醉日月言新"二句，涵芬楼影印明翻宋本《陆士衡集》载此诗，亦作《饮酒乐》，无此二句。似陆琼《还台乐》乃取士衡《饮酒乐》辞增"秋月"二句而成者。张溥本

《陆机集》有此二句，盖误据琼作补入耳。

【同上】

前题（“饮酒须饮多”首）

案此失作者名，《百三家集》亦载《陆平原集》中，此诗句调实非晋人，《百三家集》因《乐府诗集》与陆机作相连误收，影印翻宋本《陆士衡集》无之。

【第七十五卷第二页】

《上皇三台》

案《全唐诗》二（《乐府》十）作韦应物，韦集无此诗。此失作者名，但疑非韦诗，《全唐诗》此题下“韦应物”三字似涉上首韦氏《三台诗》而误衍。

【第七十六卷第二页】

《大垂手》 吴均

案《玉台》七作梁简文帝。

【同上】

《夜夜曲》〔二首〕 沈约

《古乐府》十同，《玉台》十以“北斗阑干去”首为简文帝诗。

【同上】

《秋夜曲》〔二首〕 王维

案“丁丁漏水”首《全唐诗》卷二（《乐府》十）作张仲素，“桂魄初生”首作王涯。《右丞集》无此诗，此作王维疑误。“桂魄”一首见《全唐诗话》三，亦以为张仲素诗，似《全唐诗》亦非也。

【第七十七卷第一页】

《春江曲》〔三首〕 张仲素

案“摇漾越江春”首《全唐诗》二（《乐府》十一）作王涯。

【同卷第二页】

《越城曲》

案《古乐府》十作范静妇，此失题。

【同卷第三页】

《浮游花》

案《古乐府》十作隋辛德源诗，此失题。

【第七十九卷近代曲辞第三页】

《昔昔盐》（“碧落风烟外”首）

案此失作者名，此诗与薛道衡作相连，但非薛诗，玩辞意似亦非此题也。

【第八十卷近代曲辞第十一页】

《圣明乐》〔三首〕 张仲素

案《全唐诗》卷二（《乐府》十一）以“海浪恬丹徼”首为令狐楚诗。

【第八十二卷近代曲辞第三页】

《太平乐》〔二首〕 王维

案王维不当次白居易后，“风俗今和厚”首《全唐诗》十二作王涯，“圣德超千古”首《全唐诗》十三作张仲素。疑“维”为“涯”之误。

【第八十四卷杂歌谣辞歌辞第十二页】

《黄门倡歌》

案此非汉人诗，题下失作者名。

【第八十五卷杂歌谣辞歌辞第十三页】

《河中之水歌》 梁武帝

案《艺文》四十三作古歌，《玉台》九以此与古辞《东飞伯劳歌》合题《歌辞二首》，程琰注云“一作晋辞”。疑此误。

【第八十六卷新歌谣辞歌辞第三页】

《滟预歌》(“滟预大如服”首) 梁简文帝

案《古乐府》一作古辞，简文集亦不载此诗。

【第八十七卷杂歌谣辞谣辞第十页】

《箜篌谣》

案题下失作者名，似是汉魏人诗。《太平御览》四百六引首四句作《古歌词》。

【第九十一卷新乐府辞乐府杂题第四页】

《圣寿无疆词》〔十首〕 韦巨源

案此十首《全唐诗》十二载杨巨源诗中，别无韦巨源诗。韦巨源为韦安石子，初唐人，《旧唐书》九十二，《新唐书》一二二并有传。此诗中有“赏协元和德”句，作杨诗时代方合，此韦字误也。“代是文明昼”首又见王荆公《唐百家诗选》，亦作杨巨源诗。

【第九十二卷新乐府辞乐府杂题第三页】

《塞上曲》〔二首〕 王维

案王维应次戎昱等之前,《右丞集》无此诗,《全唐诗》十二载王涯诗中，此亦字误。

【同卷第四页】

《塞上行》 周朴

案《全唐诗》周朴诗中不载。

【第九十五卷第六页】

《平戎辞》〔二首〕 王维

案《全唐诗》十二亦作王涯。

【同卷第七页】

《思君恩》〔三首〕 令狐楚

案《全唐诗》十二令狐楚诗中仅载“小苑莺歌歇”一首。

【同卷第七页】

《汉苑行》〔三首〕 张仲素

案“二月风光变柳条”一首《全唐诗》张仲素诗中不载。

以上所举皆显为《乐府》误，或待考定者，此外亦有《乐府》不误而他书误，或本集失收者。如：

【第十七卷鼓吹曲辞汉铙歌中第九页】

《有所思》(“如何有所思”首） 王融

案此诗王集不载,《艺文类聚》四十一作王融,《谢宣城集》二（涵芬楼影印明依宋抄本）附此诗，亦题王融作，知《乐府》不误。

【第四十卷相和歌辞瑟调曲第六页】

《蜀道难》〔二首〕 刘孝威

案此诗刘集不载，《艺文类聚》四十二引此诗亦以为刘作也。

【第四十五卷清商曲辞吴声曲辞第三页】

《大子夜歌》〔二首〕

《子夜警歌》〔二首〕

案《全唐诗》二（《乐府》五）作陆龟蒙诗，误也，此皆晋宋辞，与下《子夜变歌》同，《全唐诗》因乐府与陆龟蒙相连，遂误收。

【第九十三卷新乐府辞乐府杂题第五页】

《塞下》 李宣远

案《全唐诗》十七题作《并州路》，注云："一作杨达诗，题云《塞下》。"考《御览诗》《才调集》，皆作李宣远，题亦作《塞下》。《全唐诗》不知何据。

1926年冬

谈《西洲曲》

忆梅下西洲，折梅寄江北。单衫杏子红（一作“黄”），双鬓鸦雏色。西洲在何处？两桨桥头渡。日暮伯劳飞，风吹乌桕树。树下即门前，门中露翠钿。开门郎不至，出门采红莲。采莲南塘秋，莲花过人头。低头弄莲子，莲子清如水。置莲怀袖中，莲心彻底红。忆郎郎不至，仰首望飞鸿。鸿飞满西洲，望郎上青楼；楼高望不见，尽日阑干头。阑干十二曲，垂手明如玉。卷帘天自高，海水摇空绿。“海水梦悠悠，君愁我亦愁。南风知我意，吹梦到西洲。”

上面这首《西洲曲》,《乐府诗集》收在杂曲歌辞里，题为“古辞”。《玉台新咏》作江淹诗，但宋本不载。明清人的古诗选本或题“晋辞”，或归之于梁武帝。这诗可能原是“街陌谣讴”，后经文人修饰，郭茂倩将它列于杂曲古辞，必有所据。郭书不曾注明这诗产生的时代，猜想可能和江淹、梁武帝同时。我们看《子夜》诸歌都不能这样流丽,《西洲曲》自然产生在后，说它是晋辞，似乎嫌太早些。至于产生的地域，该和清商曲的西曲歌相同，从温庭筠的《西洲曲》辞“西洲风色好，遥见武昌楼”两句可以推见。

这首诗表面看来是几首绝句连接而成，其实是两句一截。因为多用“接字”或“钩句”，产生一种特殊的节奏，因而有一种特殊的姿致。《古诗归》说它“声情摇曳而纡回”，《古诗源》说它“续续相生，连跗接萼，摇曳无穷，情味愈出”，这是每个读者都能感到的。不过有些句子意义若断若连，诗中所云不能让人一目了然，读者来理解它，不免要用几分猜度，因之解释就有了纷歧。有人说这诗是若干短章的拼合，内容未必是完整统一的。这话我却不敢信，因为诗的起讫都提到“西洲”，中间也一再提到“西洲”，分明首尾可以贯串，全篇必然是一个整体，且必然道着一个与西洲有关的故事。

近来《申报》《文史副刊》有游国恩先生和叶玉华先生讨论《西洲曲》的文章，他们对这诗的解释有很大的差异。

游先生说从开头到“海水摇空绿”句都是一个男子的口气，写他正在忆着梅（可能是女子的名或姓）而想到西洲（她的住处在江南）去的时候，恰巧他的情人寄了一枝梅花到江北（他的住处）来，因而忆及她的仪容、家门、服饰、生活和心绪。末尾四句改作女子的口气，自道她的心事，希望“向南的风”将他的梦吹到西洲。

叶先生说全诗都是女子的口吻，她忆想的情郎居西洲，而西洲即在江北。她自己在江的南岸。她同她的情郎欢晤是在梅花季节，他离开她到西洲去了，不易会面；又到梅开的时候，她折梅请人寄交他。篇末是说她希望自己的梦云被南风吹向情郎的住处。

游、叶两先生所见恰恰相反，而各能自圆其说，这是很有趣的，教人想起“诗无达诂”那句老话来。

我对于这篇诗的了解和他们两位又有许多不同的地方，现在也来妄谈一番。

一、说“忆梅下西洲，折梅寄江北”。游、叶两先生都将第一句里的这个“下”字解作“思君不见下渝州”的“下”，因而兜了小小的圈子。叶先生把“忆”与“下”分属男女两方，游先生也把“忆”和“寄”分属男女两方，都是不得已，都是从“下”字的解释生出来的一点勉强。我以为这“下”字是“洞庭波兮木叶下”的“下”，就是落，它属梅不属人。西洲必是诗中男女共同纪念的地方，落梅时节必是他们共同纪念的时节。这两句诗是说一个女子忆起梅落西洲那一个可纪念的时节，便折一枝梅花寄给现居江北的情人，来唤起他相同的记忆。句中省略了主词，主词不是“我”而是“她”，这两句不是男子或女子自己的口气，而是作者或歌者叙述的口气。

也许有人要问这样解释时第一句岂不成了上一下四句法，会不会有害诗的音调呢？我说不会，这样的上一下四句念成上二下三还是很自然的。这种句法在乐府古诗里本属常见，例如《孔雀东南飞》篇“恐此事非奇”“还必相迎取”“因求假暂归”都是上一下四；曹操《蒿里行》“乃心在咸阳”，蔡琰《悲愤诗》“欲共讨不祥”也是上一下四，放在诗里读起来并不拗口。还有更适于拿来作比的句子，就是清商曲《那呵滩》的“闻欢下扬州”，它和“忆梅下西洲”句法完全相同，那也是南朝的民歌呀。

二、说“单衫杏子红，双鬓鸦雏色”。《西洲曲》本是写“四季相思”，这话游先生也说了。诗中有些表明季节的句子，如“折梅寄江北”“出门采红莲”“采莲南塘秋”“低头弄莲子”“仰首望飞鸿”和“卷帘天自高”都是一望而知的；另外还有几句，表季节的意思不很显明，容易被忽略过去，像这“单衫”两句就是。

上文说这诗是两句一截，这一点和这两句诗的了解便有关系。假如把开头四句一气念下，便不知不觉地将后两句的意思过于紧密地连向上文，以为这是对寄梅人容貌服装的描写。但是着单衫的时候离寄梅的时候已经很远，梅是冬春的花，在长江附近最迟阴历二月就开完了，单衫却是春夏之交的服装。在同一句中从“杏子红”三字也见出季节，杏儿红熟的时候不正是春夏之交吗？不但这一句，下句的“鸦雏色”何尝不表明同一季节？鸦雏出世可不也正是春夏之交吗？所以这两句诗的作用不但是点明诗中的主角，而且表示自春徂夏的时节变迁。

三、说“日暮伯劳飞，风吹乌桕树”。“伯劳飞”三个字也表示时节的变迁。《礼记·月令》说“仲夏鵙始鸣”，鵙就是伯劳。这一句表明时间进入五月了。下面写“采红莲”是六月，“南塘秋”是初秋，因为还有“莲花过人头”，“弄莲子”便到八月，“鸿飞满西洲”则是深秋景象了。全诗写时间是渐进的，假如没有“单衫”两句和“日暮伯劳飞”这一句，“折梅”和“采莲”之间便隔开太远，和采莲以后的时序叙述就不相称了。

“日暮伯劳飞”的意义自然不仅是表时序。《古微书》说“博劳好单栖”，博劳也就是伯劳，那么岂不正可喻诗中主人的孤独？“日暮”是伯劳就栖的时间，下句说到树，树是伯劳栖息的地方，此树就在她的门前，由鸟及树，由树及门，由门及人，真是“相续相生”。这两句很容易被读者误认作闲句，事实上这首诗里并无闲句。

四、说“卷帘天自高，海水摇空绿”。上文说这诗写四季相思，其实也写日夜相思。“尽日阑干头”中“尽日”两字结束了白昼，一卷帘便又搭上了夜晚。为什么卷帘呢？自然因为“水晶帘外金波下”“开帘欲与嫦娥亲”。天高气清，乍一开帘分外觉得，也许正是“帘开最明夜”，纤云四卷，所以霜天如海。“海”，本来没有海；“水”，本不是真水，所以绿成了“空绿”。（说“空绿”是杜撰吗？民歌里就常有此类杜撰的好词。“海水摇空”可以连读却不必连读。）

但为什么会“摇”呢？谁曾见天摇过来？这就先要明白这两句是倒装，摇是帘摇，隔帘见天倒真像海水滉漾，那竹帘的绿自然也加入天海的绿，待帘一卷起，这滉漾之感也就消失了，只觉得天高了。但滉漾虽然不滉漾，像海还是像的，这海比真海还要“悠悠”，就拿它来比楼头思妇无穷无尽的相思梦罢。这时的景是“月明如练天如水”，这时的情呢，正是“碧海青天夜夜心”啊。

五、说“南风知我意，吹梦到西洲”。先说“梦”，这个“梦”不必泥定作梦寐的梦，白日梦也是梦，上文说“忆梅”“忆郎”，“忆”就是梦。“低头弄莲子”是在梦着，“仰首望飞鸿”也是在梦着，“尽日阑干头”更是在梦着。西洲常在忆中，也就是常在梦中。西洲的事“我”不能忘，“君”又何尝能忘？“我”

为忆（梦）西洲而愁，“君”亦何尝不然？那么在忆（梦）西洲的时候正是两情相通的时候，这忆（梦）虽苦，苦中也有甜在，整日的忆（梦），终年的忆（梦）不也很值得吗？然则南风是该感谢的，常常吹送我的梦忆向西洲去的正是它呀。

篇末四句当然是女子的口气，这四句以上却不妨都作为第三者的叙述，（旧诗文直接、间接口气本不细分，但从“垂手明如玉”等句看来，作为第三者的叙述毕竟妥当些。）从第三者的叙述忽然变为诗中人物说话，在乐府诗中也是常见的。

最后，对于西洲在何处——江南还是江北——这一个问题试做解答：西洲固然不是诗中女子现在居住之地，也不是男子现在居住之地，它是另一个地方。西洲离江南岸并不远，既然两桨可渡，鸿飞可见，能说它远吗？“江北”可不见得近啊！要是近，就不会有这许多梦、许多愁，也就没有这首诗了。那么，西洲到底在哪儿？它不在江南是一定的了，难道也不在江北？是啊，它为什么不在江南就一定在江北呢？它何妨是一个名副其实的江中的洲呢？

不过，这么说，倒好像在逃避问题，又好像有意在走游、叶两先生的“中间路线”了。

1948 年 5 月 25 日

李白纪念馆成立纪念

神州自古焕文章，李杜之业何煌煌。蜀山耸翠水沧浪，其间乃有青莲之馆、浣花之草堂。游人到此仰辉光，古今入望思何长。盛唐育李杜，李杜光盛唐。今人思古不忘祖，祖望子孙能颉颃。昔贤往矣史留芳，后贤继美有新章。江山佳气无穷尽，新史会有新盛唐。

诗论十首[1]

一

恍惚之思奇丽情，慨慷犹是建安声。
庄生屈子通呼吸，举袂朝阳作凤鸣。

二

景阳警秀左思雄，爽气苍然望两峰。
咏史英风真绝代，振衣千仞太康中。

三

郁勃涵于平淡中，挥杯劝影对孤松。
金刚怒目有时见，难测诗家隐逸宗。

---

[1] 这组诗是作者晚年之作。

四

下接唐贤上建安，鲍家诗在古今间。
高弦一振惊沙起，六代铮铮行路难。

五

永明诗变有唐音，秀句何须论古今。
为向宣城裁片锦，试参摩诘辋川吟。

六

银潢屈注本天成，规矩常随音节生。
欲悟杜陵诗律细，姑从秋兴味声情。

七

佳人比兴羌村赋，非汉非陶真杜诗。
肖古非难难脱古，纷纷摹写几人知。

八

文体为诗非异端，从来诗国道途宽。
唐人自有唐人古，莫怪元和异建安。

九

硬语如磐妥帖施，昌黎蹈险每如夷。
天街小雨描来细，不为才高废小诗。

十

五十丝弦记逝年，庄生晓梦已如烟。
诗人比兴容多义，无事纷纭议郑笺。

注诗选摘

《诗经》今译六篇

关　雎

【题解】

这诗写男恋女之情。大意是：河边一个采荇菜的姑娘引起一个男子的思慕。那“左右采之”的窈窕形象使他寤寐不忘，而“琴瑟友之”“钟鼓乐之”便成为他寤寐求其实现的愿望。

关关雎鸠〔一〕，
在河之洲〔二〕。
窈窕淑女〔三〕，
君子好逑〔四〕。

参差荇菜〔五〕，
左右流之〔六〕。
窈窕淑女，
寤寐求之〔七〕。

求之不得，
寤寐思服〔八〕。
悠哉悠哉〔九〕，
辗转反侧〔一〇〕。

参差荇菜，

左右采之。
窈窕淑女，
琴瑟友之〔一一〕。

参差荇菜，
左右芼之〔一二〕。
窈窕淑女，
钟鼓乐之〔一三〕。

【注释】

〔一〕关关：雎鸠和鸣声。雎鸠：即鱼鹰。

〔二〕河：黄河。洲：水中央的陆地。一、二两句是诗人就所见以起兴（起头儿）。

〔三〕窈窕（音要挑上声）：美好貌。淑：善。“淑女”等于说好姑娘。

〔四〕君子：当时贵族阶级男子的通称。好：男女相悦。逑：同“仇”，配偶。“好”“逑”在这里是动词（和《尚书大传》所载《微子歌》“不我好仇”句同例），就是爱慕而希望成为配偶的意思。

〔五〕参差：不齐。荇（音杏）：生长在水里的一种植物，叶心形，浮在水上，可以吃。

〔六〕流：通“摎”，就是求或捋取。和下文“采”“芼”义相近。以上两句言彼女左右采荇。她采荇时的美好姿态使那“君子”时刻不忘，见于梦寐。

〔七〕寤寐：在这里犹言“日夜”。睡醒为“寤”，睡着为“寐”。

〔八〕服（古读如“愎”）：思念。“思”“服”两字同义。

〔九〕悠哉悠哉：犹“悠悠”，就是长。这句是说思念绵绵不断。

〔一〇〕辗：就是转。“反”是覆身而卧，“侧”是侧身而卧。“辗转反侧”是说不能安睡。第二、三章写思服之苦。

〔一一〕友：亲。“友”字古读如“以”，和上文“采（古音cǐ）”相韵。

〔一二〕芼（音冒）：“覒”的借字，就是择。“芼之”也就是“流之”“采之”的意思，因为分章换韵所以变换文字。

〔一三〕乐：娱悦。“友”“乐”的对象就是那“采”“芼”之人。最后两章是设想和彼女结婚。琴瑟钟鼓的热闹是结婚时应有的事。

【今译】

鱼鹰儿关关和唱，
在河心小小洲上。
好姑娘苗苗条条，
哥儿想和她成双。

水荇菜长短不齐，
采荇菜左右东西。
好姑娘苗苗条条，
追求她直到梦里。

追求她成了空想，
睁眼想闭眼也想。
夜长长相思不断，
尽翻身直到天光。

长和短水边荇莱，
采荇人左采右采。
好姑娘苗苗条条，
弹琴瑟迎她过来。

水荇菜长长短短，
采荇人左拣右拣。
好姑娘苗苗条条，
娶她来钟鼓喧喧。

氓

【题解】

这是弃妇的诗，诉述她错误的爱情、不幸的婚姻，她的悔、她的恨和她的决绝。第一、二章写结婚经过，第三章追悔自陷情网，第四、五章写男方负情背德，第六章表示对男方的深恨。

氓之蚩蚩〔一〕，
抱布贸丝〔二〕，
匪来贸丝，
来即我谋〔三〕。
送子涉淇，
至于顿丘〔四〕。
匪我愆期，
子无良媒〔五〕。
将子无怒〔六〕，
秋以为期。

乘彼垝垣〔七〕，
以望复关〔八〕。
不见复关，
泣涕涟涟〔九〕。
既见复关，
载笑载言。
尔卜尔筮〔一〇〕，
体无咎言〔一一〕。
以尔车来，
以我贿迁〔一二〕。

桑之未落，
其叶沃若〔一三〕。
于嗟鸠兮，
无食桑葚！
于嗟女兮，
无与士耽（酖）〔一四〕！
士之耽兮，
犹可说（脱）也〔一五〕；
女之耽兮，
不可说（脱）也。

三岁为妇，
靡室劳矣〔二五〕，
夙兴夜寐〔二六〕，
靡有朝矣。
言既遂矣〔二七〕，
至于暴矣。
兄弟不知，
咥其笑矣〔二八〕。
静言思之，
躬自悼矣。

桑之落矣，
其黄而陨（殒）〔一六〕。
自我徂尔〔一七〕，
三岁食贫〔一八〕。
淇水汤汤〔一九〕，
渐车帷裳〔二〇〕。
女也不爽〔二一〕，
士贰（貣）其行〔二二〕。
士也罔极〔二三〕，
二三其德〔二四〕。

及尔偕老，
老使我怨〔二九〕。
淇则有岸，
隰（湿）则有泮〔三〇〕。
总角之宴〔三一〕，
言笑晏晏〔三二〕，
信誓旦旦〔三三〕，
不思其反〔三四〕。
反是不思〔三五〕，
亦已焉哉〔三六〕！

【注释】

〔一〕氓（音盲）：民。蚩蚩：同“嗤嗤”，戏笑貌。

〔二〕贸：交易。抱布贸丝是以物易物。

〔三〕即：就。谋：古音 mī 。匪：读为“非”。“匪来”二句是说那人并非真来买丝，是找我商量事情来了。所商量的事就是结婚。

〔四〕淇：水名。顿丘：地名。丘，古读如“欺”。

〔五〕愆期：过期。这两句是说并非我要拖过约定的婚期而不肯嫁，是因为你没有找好媒人。

〔六〕将（音枪）：愿请。

〔七〕垝（音诡）：和“垣”通，墙。

〔八〕复：返。关：在往来要道所设的关卡。女望男到期来会。他来时一定要经过关门。一说“复”是关名。

〔九〕涟涟：涕泪下流貌。她初时不见彼氓回到关门来，以为他负约不来了，因而伤心泪下。

〔一〇〕卜筮：烧灼龟甲，观察龟甲的裂纹以判吉凶，叫作“卜”；用蓍草占卦叫作“筮”。

〔一一〕体：指龟兆和卦兆，即卜筮的结果。无咎言：就是无凶辞。

〔一二〕贿：财物，指妆奁。以上四句是说你从卜筮看一看吉凶吧，只要卜筮的结果好，你就打发车子来迎娶，并将嫁妆搬去。

〔一三〕沃若：犹“沃然”，润泽貌。以上二句以桑的茂盛时期比自己恋爱满足、生活美好的时期。

〔一四〕耽（音担）：贪乐太甚。以上四句以鸠贪吃桑葚（据说鸟吃桑葚过多会昏醉）比女子迷惑于爱情。

〔一五〕说：读为“脱”，解脱。

〔一六〕陨：读为“熉”，黄貌。（“其黄而熉”，犹《裳裳者华》篇的“芸其黄矣”，芸也是黄色。）

〔一七〕徂：往。

〔一八〕食贫：过贫穷的生活。

〔一九〕汤汤：水盛貌。

〔二〇〕渐：浸湿。帷裳：车旁的布幔。以上两句是说被弃逐后渡淇水而归。

〔二一〕爽：差错。

〔二二〕贰：“貣”的误字。“貣”就是“忒”，和“爽”同义。以上两句是说女方没有过失而男方行为不对。

〔二三〕罔极：无常，就是没有定准。

〔二四〕二三其德：言行为前后不一致。

〔二五〕靡：无。“靡室劳矣”言所有的家庭劳作一身担负无余。

〔二六〕兴：起。这句连下句就是说起早睡迟，朝朝如此，不能计算了。

〔二七〕言既遂矣：“言”字无义。“既遂”就是《谷风》篇“既生既育”的意思，言生活既已过得顺心。

〔二八〕咥（音戏）：笑貌。以上两句是说兄弟还不晓得我的遭遇，见面时嬉笑如常。

〔二九〕“及尔”二句：言当初曾相约和你一同过到老，现在偕老之说徒然使我怨恨罢了。

〔三〇〕隰：当作“湿”，水名，就是漯河，黄河的支流，流经卫国境内。泮：同“畔”，边。以上二句承上文，以水流必有畔岸喻凡事都有边际。言外之意，如果和这样的男人偕老，那就是苦海无边了。

〔三一〕总角：男女未成年时结发成两角叫作“总角”。宴：乐。

〔三二〕晏晏：温和。

〔三三〕旦旦：明。

〔三四〕反：即“返”字。“不思其返”言不想那样的生活再回来。

〔三五〕反是不思：是重复上句的意思，变换句法为的是和下句叶韵。

〔三六〕哉：古读如“兹”。末句等于说撒开算了罢！

【今译】

那汉子满脸笑嘻嘻，
抱着布匹来换丝。
换丝哪儿是真换丝，
悄悄儿求我成好事。
那天送你过淇水，
送到顿丘才转回。
不是我约期又改悔，
只怨你不曾请好媒。
我求你别生我的气，
重订了秋天好日期。

到时候城上来等待，
盼望你回到关门来。
左盼右盼不见你的影，
不由得泪珠滚过腮。
一等再等到底见你来，
眼泪不干就把笑口开。
只为你求神问过卦，
卦词儿偏偏还不坏。
我让你打发车儿来，
把我的嫁妆一齐带。

桑树叶儿不曾落，
又绿又嫩真新鲜。
斑鸠儿啊，
见着桑葚千万别嘴馋！
姑娘们啊，
见着男人不要和他缠！
男子们寻欢，
说甩马上甩；
女人沾上了，
摆也摆不开。

三年媳妇说短也不短，
一家活儿一个人来担，
起早睡迟辛苦千千万，
朝朝日日数也数不完。
一家生活渐渐兜得转，
把我折腾越来越凶残。
亲弟亲哥哪晓我的事，
见我回家偏是笑得欢。
前思后想泪向肚里咽，
自个儿伤心不用谁来怜。

桑树叶儿离了枝，
干黄憔悴真可怜。
打我嫁到你家去，
三年挨穷没怨言。
一条淇河莽洋洋的水，
车儿过河湿了半截帷。
做媳妇的哪有半点错，
男子汉儿口是又心非。
十个男人九个行不正，
朝三暮四哪儿有个准。

当初说过和你过到老，
这样到老那才真够冤。
淇水虽宽总有它的岸，
漯河虽阔也有它的边。
记得当年我小他也小，
说说笑笑哪儿有愁烦，
记得当年和他许的愿，
事儿过了想它也枉然。
回头日子我也不妄想，
撒手拉倒好赖都承当！

黍离

【题解】

《毛诗序》说周人东迁后有大夫行役到故都，见宗庙宫室，平为田地，遍种黍稷。他忧伤彷徨，“闵周室之颠覆”，因而作了这首诗。此说在旧说之中最为通行，但从诗的本身体味，只见出这是一个流浪人诉忧之辞，是否有关周室播迁的事却很难说。所以“闵周”之说只可供参考而不必拘泥。

彼黍离离〔一〕，
彼稷之苗〔二〕。
行迈靡靡〔三〕，
中心摇摇〔四〕。
知我者谓我心忧，
不知我者谓我何求〔五〕。
悠悠苍天〔六〕！
此何人（仁）哉〔七〕？

彼黍离离，
彼稷之穗〔八〕。
行迈靡靡，
中心如醉。
知我者谓我心忧，
不知我者谓我何求。
悠悠苍天！
此何人（仁）哉？

彼黍离离，
彼稷之实。
行迈靡靡，
中心如噎〔九〕。
知我者谓我心忧，
不知我者谓我何求。
悠悠苍天！
此何人（仁）哉？

【注释】

〔一〕黍：小米。离离：行列貌。

〔二〕稷：高粱。头两句是说黍稷离离成行，正在长苗的时候。“离离”和“苗”虽然分在两句实际是兼写黍稷。下二章仿此。

〔三〕迈：行远。“行迈”等于说“行行”。靡靡：脚步缓慢的样子。

〔四〕中心：就是心中。摇摇：又作“愮愮”，是心忧不能自主的感觉。

〔五〕“知我”二句：这两句说，了解我的人见我在这里徘徊，晓得我心里忧愁，不了解我的人还当我在寻找什么呢。

〔六〕悠悠：犹“遥遥”。

〔七〕此：指苍天。人：读为“仁”（人、仁古字通），问苍天何仁，等于说“昊天不惠”。

〔八〕“彼黍”二句：第二、三章的头两句是说黍稷成穗结实。从抽苗到结实要经过六七个月。不过苗、穗、实等字的变换也可能为了分章换韵，不必呆看作写时序的变迁。

〔九〕噎：气逆不能呼吸。

【今译】

黍子齐齐整整，
高粱一片新苗。
步儿慢慢腾腾，
心儿晃晃摇摇。
知道我的说我心烦恼，
不知道的问我把谁找。
苍天苍天你在上啊！
是谁害得我这个样啊？

黍子排成了队，
高粱长出了穗。
步儿慢慢腾腾，
心里好像酒醉。
知道我的说我心烦恼，
不知道的问我把谁找。
苍天苍天你在上啊！
是谁害得我这个样啊？

黍子整整齐齐，
高粱长足了米。
步儿慢慢腾腾，
心里像噎着气。
知道我的说我心烦恼，
不知道的问我把谁找。
苍天苍天你在上啊！
是谁害得我这个样啊？

伐　檀

【题解】

这诗反映被剥削者对于剥削者的不满。每章一、二两句写劳动者伐木。第四句以下写伐木者对于不劳而食的君子的冷嘲热骂。

坎坎伐檀兮〔一〕，
寘之河之干兮〔二〕，
河水清且涟猗〔三〕。
不稼不穑〔四〕，
胡取禾三百廛（缠）兮〔五〕？
不狩不猎〔六〕，
胡瞻尔庭有县（悬）貆兮〔七〕？
彼君子兮，
不素餐兮〔八〕！

坎坎伐辐兮〔九〕，
寘之河之侧兮，
河水清且直猗。
不稼不穑，
胡取禾三百亿（繶）兮〔一〇〕？
不狩不猎，
胡瞻尔庭有县（悬）特兮〔一一〕？
彼君子兮，
不素食兮！

坎坎伐轮兮，
寘之河之漘兮〔一二〕，
河水清且沦猗〔一三〕。
不稼不穑，
胡取禾三百囷（稛）兮〔一四〕？
不狩不猎，
胡瞻尔庭有县（悬）鹑兮〔一五〕？
彼君子兮，
不素飧兮〔一六〕。

【注释】

〔一〕坎坎：伐木声。

〔二〕寘：即“置”字，见《卷耳》篇。干：岸。

〔三〕涟：即“澜”，大波。猗（音医）：托声字，犹“兮”。

〔四〕稼：耕种。穑：收获。

〔五〕廛：“缠”字的假借。“三百缠”就是三百束，三百言其很多，不一定是确数。下二章仿此。

〔六〕狩：冬猎。

〔七〕尔：指“不稼不穑”“不狩不猎”的人，也就是下文的“君子”。貆（音暄）：兽名，就是貒，今名猪獾。

〔八〕素餐：言不劳而食。素就是白，就是空，就是有其名无其实。上文“不稼不穑”四句正是说那“君子”不劳而食，这里“不素餐”是以反语为讥刺。

〔九〕辐：车轮中的直木。“伐辐”是说伐取制辐的木材，承上伐檀而言。下章“伐轮”仿此。

〔一〇〕亿：“繶”的假借，犹“缠”。

〔一一〕特：三岁之兽。一说兽四岁为特。

〔一二〕漘（音唇）：水边。

〔一三〕沦：水纹有伦理。

〔一四〕囷："稛"的假借。稛也是束。

〔一五〕鹑：鸟名，俗名鹌鹑。

〔一六〕飧（音孙）：熟食。

【今译】

丁丁冬冬来把檀树砍，
砍下檀树放河边，
河水清清水上起波澜。
栽秧割稻你不管，
凭什么千捆万捆往
　家搬？
上山打猎你不沾，
凭什么你家满院挂
　猪獾？
那些个大人先生啊，
可不是白白吃闲饭！

做车辐丁冬砍木头，
砍来放在河埠头，
河水清清河水直溜溜。
栽秧割稻你闲瞅，
凭什么千捆万捆你
　来收？
别人打猎你抄手，
凭什么满院挂野兽？
那些个大人先生啊，
可不是无功把禄受！

做车轮儿砍树丁冬响，
砍来放在大河旁，
河水清清圈儿连得长。
下种收割你不忙，
凭什么千捆万捆下
　了仓？
上山打猎你不帮，
凭什么你家鹌鹑挂
　成行？
那些个大人先生啊，
可不是白白受供养！

蒹葭

【题解】

这篇似是情诗。男或女词。诗中所写的是：一个秋天的早晨，芦苇上露水还不曾干，诗人来寻所谓"伊人"。伊人所在的地方有流水环绕，好像藏身洲岛之上，可望而不可即。每章一、二两句写景，以下六句写伊人所在。

蒹葭苍苍〔一〕，
白露为霜。
所谓伊人〔二〕，
在水一方〔三〕。
溯洄从之〔四〕，
道阻且长〔五〕。
溯游从之〔六〕，
宛在水中央〔七〕。

蒹葭凄凄〔八〕，
白露未晞〔九〕。
所谓伊人，
在水之湄〔一〇〕。
溯洄从之，
道阻且跻〔一一〕。
溯游从之，
宛在水中坻〔一二〕。

蒹葭采采〔一三〕，
白露未已。
所谓伊人，
在水之涘〔一四〕。
溯洄从之，
道阻且右〔一五〕。
溯游从之，
宛在水中沚〔一六〕。

【注释】

〔一〕蒹：荻。葭（音加）：芦。苍苍：鲜明之貌。

〔二〕所谓：所念。伊人：犹“是人”或“彼人”。指诗人所思念追寻的人。

〔三〕方：边。“在水一方”就是说在水的另一边。

〔四〕溯（音素）：逆水而行。这里是说傍水走向上游。看下文“道阻且跻”可知是陆行而非水行。洄：回曲盘纡的水道。从：就。

〔五〕阻：难。

〔六〕游：通“流”，流是直流的水道。

〔七〕宛：可见貌，犹言“仿佛是”。从以上四句见出彼人所在的地点似是一条曲水和一条直流相交之处。诗人如沿直流上行，就看见彼人在曲水的彼方，好像被水包围着；如走向曲水的上游，虽然可绕到彼人所在的地方，但道路艰难而且遥远。

〔八〕凄凄：一作“萋萋”，犹“苍苍”。

〔九〕晞：干。

〔一〇〕湄：水草交接之处。

〔一一〕跻（音齐）：升高。

〔一二〕坻（音迟）：水中高地。

〔一三〕采采：犹“萋萋”。

〔一四〕涘：水边。

〔一五〕右：古读为“已”，迂曲。

〔一六〕沚：小渚。

【今译】

芦花一片白苍苍，
清早露水变成霜。
心上人儿他在哪，
人儿正在水那方。
逆着曲水去找他，
绕来绕去道儿长。
逆着直水去找他，
像在四边不着水中央。

芦花一片白翻翻，
露水珠儿不曾干。
心上人儿他在哪，
那人正在隔水滩。
逆着曲水去找他，
越走越高道儿难。
逆着直水去找他，
像在小小洲上水中间。

一片芦花照眼明，
太阳不出露水新。
心上人儿他在哪，
隔河对岸看得清。
逆着曲水去找他，
曲曲弯弯道儿拧。
逆着直水去找他，
好像藏身小岛水中心。

无　衣

【题解】

这诗是兵士相语的口吻，当是军中的歌谣。史书说秦俗尚武，这诗反映出战士友爱和慷慨从军的精神。

岂曰无衣？
与子同袍〔一〕。
王于兴师〔二〕，
修我戈矛〔三〕。
与子同仇〔四〕。

岂曰无衣？
与子同泽〔五〕。
王于兴师，
修我矛戟〔六〕。
与子偕作〔七〕。

岂曰无衣？
与子同裳。
王于兴师，
修我甲兵。
与子偕行。

【注释】

〔一〕袍：长衣。行军者日以当衣，夜以当被。就是今之披风，或名斗篷。“同袍”是友爱之辞。

〔二〕于：语助词，犹“曰”或“聿”。兴师：出兵。秦国常和西戎交兵。秦穆公伐戎，开地千里。当时戎族是周的敌人，和戎人打仗也就是为周王征伐，秦国伐戎必然打起“王命”的旗号。

〔三〕戈、矛：都是长柄的兵器，戈平头而旁有枝，矛头尖锐。

〔四〕仇：《吴越春秋》引作“讐”。“讐”与“仇”同义。“与子同仇”等于说你的仇敌就是我的仇敌。

〔五〕泽：汗衣。

〔六〕戟：兵器名。古戟形似戈，具横直两锋。

〔七〕作：起来。

【今译】

谁说没有衣裳？
斗篷伙着披，
我的就是你的。
国家出兵打仗，
且把武器修理。
一个敌人，
你的就是我的。

谁说没有衣裳？
汗衫伙着穿，

你穿就是我穿。
国家出兵打仗，
咱们修好枪杆。
大伙起来，
你干我也要干。

谁说没有衣裳？
衣裳这就有，
我有就是你有。
国家出兵打仗，
咱们修好甲胄。
一个队伍，
你我一块儿走。

《诗经》今译六首

芣　苢

【题解】

这篇似是妇女采芣苢子时所唱的歌。开始是泛言往取，最后是满载而归，欢乐之情可以从这历程见出来。

采采芣苢〔一〕，
薄言采之〔二〕。
采采芣苢，
薄言有之〔三〕。

采采芣苢，
薄言掇之〔四〕。
采采芣苢，
薄言捋之〔五〕。

采采芣苢，
薄言袺之〔六〕。
采采芣苢，
薄言襭之〔七〕。

【注释】

〔一〕芣苢（音浮以）：植物名，就是车前，古人相信它的种子可以治妇女不孕。

〔二〕薄、言：都是语助词。

〔三〕有（古读如“以”）：采取。上面“采之”是泛言去采，尚未见到芣苢，这里“有之”是见到芣苢动手采取。

〔四〕掇：拾取。

〔五〕捋：成把地从茎上抹取。

〔六〕袺（音结）：手持衣襟来盛东西。

〔七〕襭（音协）：将衣襟掖在带间来盛东西，比手持衣角兜得更多些。

【今译】

车前子儿采呀采，
采呀快快采些来。
车前子儿采呀采，
采呀快快采起来。

车前子儿采呀采，
一颗一颗拾起来。
车前子儿采呀采，
一把一把捋下来。

车前子儿采呀采，
手提着衣襟兜起来。
车前子儿采呀采，
掖起了衣襟兜回来。

小　星

【题解】

本篇写小臣出差，连夜赶路，想到尊卑之间劳逸不均，不觉发出怨言。“寔命不同”“寔命不犹”是和朝中居高位的人比较，虽说委之于命，实在是不平之鸣。和《小雅·北山》的四、五、六等章相类。

嘒（嘒）彼小星〔一〕，
三五在东〔二〕。
肃肃宵征〔三〕，
夙夜在公〔四〕。
实（寔）命不同〔五〕！

嘒（嘒）彼小星，
维参与昴〔六〕。
肃肃宵征，
抱衾与裯〔七〕。
实（寔）命不犹〔八〕！

【注释】

〔一〕嘒：《广韵》作“嘒（音惠）”，光芒微弱的样子。

〔二〕三、五：似即指下章所提到参、昴（详下）。

〔三〕肃肃：急急忙忙。宵征：夜行。

〔四〕夙夜：早晨和夜晚，和《行露》篇的“夙夜”意义不同。公：指公事。这句是说不分早晚都在办着国君的事。

〔五〕实：当作“寔”，即是。

〔六〕参：星宿名，共七星，四角四星，中间横列三星。古人又以横列的三星代表参宿。《绸缪》篇的“三星在户”和本篇的“三五在东”都以三星指参星。昴（音卯）：也是星宿名，又叫旄头，共七星。古人又以为五星，有昴宿之精变化成五老的传说。上章“三五”的五即指昴星。参、昴相近，可以同时出现在东方。

〔七〕衾：被。裯：床帐。

〔八〕不犹：不如。

【今译】

小小星儿闪着微微亮，
三颗五颗出现在东方。
急急忙忙半夜来赶路，
为了官家早忙晚也忙。
人人有命人人不一样！

小小星儿闪着微微亮，
旄头星儿挨在参星旁。
急急忙忙半夜来赶路，
被子帐子都得自己扛。
人人有命人人比我强！

野有死麕

【题解】

这诗写丛林里一个猎人，获得了獐和鹿，也获得了爱情。

野有死麕〔一〕，
白茅包之〔二〕。
有女怀春〔三〕，
吉士诱之〔四〕。

林有朴樕〔五〕，

野有死鹿，
白茅纯束〔六〕。
有女如玉。
“舒而脱脱兮〔七〕！
无感我帨兮〔八〕！
无使尨也吠〔九〕！”

【注释】

〔一〕麇（音军）：兽名，就是獐。

〔二〕白茅：草名，属禾本科。在阴历三四月间开白花。包：古音读 bǒu。

〔三〕怀春：春指男女的情欲。

〔四〕吉士：男子的美称，指那猎获獐子的人。

〔五〕朴樕（音速）：小木。

〔六〕纯束：归总在一块儿捆起来。那“吉士”砍了朴樕做柴薪，用白茅纠成绳索，将它和打死的鹿捆在一处。

〔七〕舒而：犹“舒然”，就是慢慢地。脱脱（音兑）：舒缓的样子。

〔八〕无：表示禁止的词，和“毋”同，“感”是“撼”字的古写，动。帨（音税）：是佩巾，或蔽膝，系在腹前。

〔九〕尨（音忙）：多毛的狗。末章是女子对那吉士所说的话。她要求他别冒冒失失，别动手动脚，别惹得狗儿叫起来，惊动了人。

【今译】

死獐子撂在荒郊，
白茅草把它来包。
姑娘啊心儿动了，
小伙子把她来撩。

森林里砍倒小树，
野地里躺着死鹿，
茅草索一齐捆住。
姑娘啊像块美玉。

“慢慢儿来啊，悄悄地来啊！
我的围裙可别动！
别惹得狗儿叫起来啊！”

匏有苦叶

【题解】

这诗所写的是：一个秋天的早晨，红通通的太阳才升上地平线，照在济水上。一个女子正在岸边徘徊，她惦着住在河那边的未婚夫，心想：他如果没忘了结婚的事，该趁着河里还不曾结冰，赶快过来迎娶才是，再迟怕来不及了。现在这济水虽然涨高，也不过半车轮子深浅，那迎亲的车子该不难渡过吧？这时耳边传来野鸡和雁鹅叫唤的声音，更触动她的心事。

匏有苦（枯）叶〔一〕，
济有深涉〔二〕。
深则厉〔三〕，
浅则揭〔四〕。

有弥济盈〔五〕。
有鷕雉鸣〔六〕。
济盈不濡轨〔七〕。
雉鸣求其牡〔八〕。

雝雝鸣雁〔九〕，
旭日始旦〔一〇〕。
士如归妻〔一一〕，
迨冰未泮（牉）〔一二〕。

招招舟子〔一三〕，
人涉卬否〔一四〕。
人涉卬否，
卬须我友〔一五〕。

【注释】

〔一〕匏：葫芦。涉水的人佩带着葫芦以防沉溺。苦：和“枯”通。叶枯则匏干可用。

〔二〕济：水名。深涉：步行过河叫作“涉”，涉水的渡口也叫作“涉”。渡处本来是较浅的地段，现在水涨，也有水深的渡处了。

〔三〕厉：连衣下水而涉。一说厉是带，在腰间。

〔四〕揭（音器）：揽起衣裳。一说揭是挑在肩头。

〔五〕有弥（音米）：犹“弥弥”，水大时茫茫一片的景象。

〔六〕有鷕（音窈）：犹“鷕鷕”，雉鸣声。

〔七〕濡：湿。轨（古读如“九”）：车轴的两端。这句是说济水虽满也不过半个车轮那么高。那时人常乘车渡水，所以用车轴做标准来记水位。

〔八〕牡：雄。

〔九〕雝雝：群雁鸣声。

〔一〇〕旭日：初出的太阳。旦：明。

〔一一〕归妻：等于说娶妻。

〔一二〕迨：见《摽有梅》。泮（音叛）：同“胖”，合。以上两句是说男人如来迎娶，要赶在河冰未合以前。古人以春秋两季为嫁娶正时，这时正是秋季。

〔一三〕招招：摇摆，一说号召之貌。舟子：船夫。

〔一四〕卬（音昂）：我，女性第一人称代名词。否：古读如“痞”。

〔一五〕须：等待。末章说舟子摇船送大家渡河，人家都过去了，我独自留着，我本是来等朋友的啊。

【今译】

葫芦带叶叶儿黄，
济水深处也能蹚。
水深连着衣裳过，
水浅提起长衣裳。

白水茫茫济河满，
野鸡呦呦将谁唤。
水满不过半轮高，
野鸡婆把鸡公叫。

雁鹅声声唤雁鹅，
太阳一出红济河。
哥如有心来娶妹，
莫等冰封早过河。

船夫摇摇把船摆，
旁人过河我等待。
旁人过河我等待，
等个人儿过河来。

七　月

【题解】

这诗叙述农人全年的劳动，绝大部分的劳动是为公家的，小部分是为自己的。诗共分八章。第一章从岁寒写到春耕开始。第二章写妇女蚕桑。第三章写布帛衣料的制造。第四章写猎取野兽。第五章写一年将尽，为自己收拾屋子过冬。第六章写采藏果蔬和造酒，这都是为公家的，为自己采藏的食物是瓜瓠麻子苦菜之类。第七章写收成完毕后为公家做修屋或室内工作，然后修理自家的茅屋。末章写凿冰的劳动和一年一次的年终燕饮。

七月流火〔一〕，
九月授衣〔二〕。
一之日觱发〔三〕，
二之日栗烈〔四〕，
无衣无褐〔五〕，
何以卒岁！
三之日于耜〔六〕，
四之日举趾〔七〕，
同我妇子，
馌彼南亩〔八〕。
田畯至喜〔九〕。

七月流火，
九月授衣。
春日载阳〔一〇〕，
有鸣仓庚〔一一〕。
女执懿筐〔一二〕，
遵彼微行〔一三〕，
爰求柔桑〔一四〕。
春日迟迟〔一五〕，
采蘩祁祁〔一六〕。
女心伤悲，
殆及公子同归〔一七〕。

七月流火，
八月萑苇〔一八〕。
蚕月条桑〔一九〕，
取彼斧斨〔二〇〕，
以伐远扬〔二一〕，
猗（掎）彼女桑〔二二〕。
七月鸣鵙〔二三〕，
八月载绩。
载玄载黄〔二四〕，
我朱孔阳〔二五〕，
为公子裳。

四月秀葽〔二六〕，
五月鸣蜩〔二七〕。
八月其获，
十月陨萚〔二八〕。
一之日于貉〔二九〕，
取彼狐狸，
为公子裘。
二之日其同〔三〇〕，
载缵武功〔三一〕。
言私其豵〔三二〕，
献豜于公〔三三〕。

六月食郁及薁〔四〇〕，
七月亨（烹）葵及菽〔四一〕。
八月剥（扑）枣〔四二〕，
十月获稻，
为此春酒〔四三〕，
以介眉寿〔四四〕。
七月食瓜，
八月断壶〔四五〕。
九月叔苴〔四六〕，
采荼薪樗〔四七〕，
食我农夫。

五月斯螽动股〔三四〕，
六月莎鸡振羽〔三五〕。
七月在野，
八月在宇，
九月在户，
十月蟋蟀入我床
　下〔三六〕。
穹窒熏鼠〔三七〕，
塞向墐户〔三八〕。
嗟我妇子，
曰为改岁〔三九〕，
入此室处。

九月筑场圃〔四八〕，
十月纳禾稼〔四九〕。
黍稷重（种）穋（稑）〔五〇〕，
禾麻菽麦〔五一〕。
嗟我农夫！
我稼既同，
上（尚）入执宫功〔五二〕。
昼尔于茅，
宵尔索绹〔五三〕，
亟其乘屋〔五四〕，
其始播百谷。

二之日凿冰冲冲〔五五〕，
三之日纳于凌阴〔五六〕，
四之日其蚤（叉）〔五七〕，
献羔祭韭〔五八〕。
九月肃霜〔五九〕，
十月涤场〔六〇〕。
朋酒斯飨〔六一〕，
曰杀羔羊。
跻彼公堂〔六二〕，
称彼兕觥〔六三〕，
“万寿无疆”〔六四〕！

【注释】

〔一〕七月流火：火（古读如“毁”），或称大火，星名，即心宿。每年夏历五月，黄昏时候，这颗星当正南方，也就是正中和最高的位置。过了六月就偏西向下了，这就叫作“流”。

〔二〕授衣：将裁制冬衣的工作交给女工。九月丝麻等事结束，所以在这时开始做冬衣。

〔三〕一之日：十月以后第一个月的日子。以下二之日、三之日等仿此。觱（音必）发：大风触物声。

〔四〕栗烈：或作“凛冽”，形容气寒。

〔五〕褐：粗布衣。

〔六〕于：犹“为”。为耜（音似）是说修理耒耜（耕田起土之具）。

〔七〕趾：足。“举趾”是说去耕田。

〔八〕馌（音叶）：是馈送食物。“亩”指田身。田耕成若干垄，高处为亩，低处为畎。田垄东西向的叫作“东亩”，南北向的叫作“南亩”。这两句是说妇人童子往田里送饭给耕者。

〔九〕田畯（音俊）：农官名，又称农正或田大夫。

〔一〇〕春日：指二月。载：始。阳：温暖。

〔一一〕仓庚：鸟名，就是黄莺。

〔一二〕懿筐：深筐。

〔一三〕微行：小径（桑间道）。

〔一四〕爰：语词，犹“曰”。“柔桑”是初生的桑叶。

〔一五〕迟迟：是天长的意思。

〔一六〕蘩：菊科植物，即白蒿。古人用于祭祀，女子在嫁前有“教成之祭”。一说用蘩“沃”蚕子，则蚕易出，所以养蚕者需要它。其法未详。祁祁，众多（指采蘩者）。

〔一七〕公子：指国君之子。殆及公子同归：是说怕被公子强迫带回家去。一说指怕被女公子带去陪嫁。

〔一八〕萑苇：芦类。八月萑苇长成，收割下来，可以做箔。

〔一九〕蚕月：指三月。条桑：修剪桑树。

〔二〇〕斨（音枪）：方孔的斧。

〔二一〕远扬：指长得太长而高扬的枝条。

〔二二〕猗：《说文》《广雅》作“掎”，牵引。“掎桑”是用手拉着桑枝来采叶。南朝乐府诗《采桑度》云“系条采春桑，采叶何纷纷”，似先用绳系桑然后拉着绳子采。女桑：小桑。

〔二三〕鵙：鸟名，即伯劳。

〔二四〕玄：黑而有赤的颜色。玄、黄指丝织品与麻织品的染色。

〔二五〕朱：赤色。阳：鲜明。以上二句言染色有玄有黄有朱，而朱色尤为鲜明。

〔二六〕葽（音腰）：植物名，今名远志。“秀葽”言远志结实。

〔二七〕蜩（音条）：蝉。

〔二八〕陨萚：落叶。

〔二九〕貉（音骂）：通“祃”。田猎者演习武事的礼叫祃祭或貉祭。“于貉”言举行貉祭。

〔三〇〕同：聚合，言狩猎之前聚合众人。

〔三一〕缵：继续。“武功”指田猎。

〔三二〕豵（音宗）：一岁小猪，这里用来代表比较小的兽。“私其豵”言小兽归猎者私有。

〔三三〕豜（音坚）：三岁大猪，代表大兽。大兽献给公家。

〔三四〕斯螽（音终）：虫名，蝗类。旧说斯螽以两股相切发声，“动股”言其发出鸣声。

〔三五〕莎（音蓑）鸡：虫名，今名纺织娘。“振羽”言鼓翅发声。

〔三六〕“七月”四句：以上四句都指蟋蟀，先在野地，后移宇下（檐下），再移到户内，最后入床下。言其鸣声由远而近。

〔三七〕穹：与“空”通。窒：塞满。“穹窒”言将室内满塞的角落搬空，搬空了才便于熏鼠。

〔三八〕向：朝北的窗。墐：用泥涂上。贫家门扇用柴竹编成，涂泥使它不通风。

〔三九〕曰：《汉书》引作“聿”，语词。“改岁”是说旧年将尽，新年快到。

〔四〇〕郁：植物名，唐棣之类。树高五六尺，果实像李子，赤色。薁（音郁）：植物名，果实大如桂圆。

〔四一〕菽：豆的总名。

〔四二〕剥：读为“扑”，击。

〔四三〕春酒：冬天酿酒经春始成，叫作“春酒”。枣和稻都是酿酒的原料。

〔四四〕介：祈求。眉寿：长寿，人老眉间有毫毛，叫秀眉，所以长寿称眉寿。

〔四五〕壶：葫芦。

〔四六〕叔：拾。苴：秋麻之子，可以吃。

〔四七〕樗：臭椿。“薪樗”言采樗木为薪。

〔四八〕场：打谷的场地。圃：菜园。春夏做菜园的地方秋冬就做成场地，所以场圃连成一词。

〔四九〕纳：收进谷仓。稼：古读如“故”。禾稼：谷类通称。

〔五〇〕黍稷重穋：“重”“穋（音陆）”，就是“种”“稑”。种是先种后熟的谷，稑是后种先熟的谷。

〔五一〕禾：这句的“禾”专指一种谷，即今之小米。

〔五二〕功：事。“宫功”指建筑宫室，或指室内的事。

〔五三〕索：动词，指制绳。“绹”就是绳，“索绹”是说打绳子。上两句言白天取茅草，夜晚打绳子。

〔五四〕亟：急。乘屋：盖屋。茅和绳都是盖屋需用的东西。以上三句言宫功完毕后，急忙修理自己的屋子。因为播谷的工作又要开始了，不得不急。

〔五五〕冲冲（古读如“沉”）：凿冰之声。

〔五六〕凌：聚积的冰。阴：指藏冰之处。

〔五七〕蚤：读为“叉”（音爪），取。这句是说取冰。

〔五八〕献羔祭韭：这句是说用羔羊和韭菜祭祖。《礼记·月令》说仲春献羔开冰，四之日正是仲春。

〔五九〕肃霜：犹“肃爽”，双声连语。这句是说九月天高气爽。

〔六〇〕涤场：清扫场地。这句是说十月农事完全结束，将场地打扫洁净。

一说“涤场”即“涤荡”，“十月涤荡”是说到了十月草木摇落无余。

〔六一〕朋酒：两樽酒。这句连下句是说年终燕乐。

〔六二〕跻：登。“公堂”或指公共场所，不一定是国君的朝堂。

〔六三〕称：举。

〔六四〕万：大。无疆：无穷。以上三句言升堂举觞，祝君长寿。

【今译】

七月火星向西沉，
九月人家寒衣分。
冬月北风叫得尖，
腊月寒气添，
粗布衣裳无一件，
怎样挨过年！
正月里修耒头，
二月里忙下田，
女人孩子一齐干，
送汤送饭上垄边。
田官老爷露笑脸。

七月火星向西沉，
九月人家寒衣分。
春天里好太阳，
黄莺儿叫得忙。
姑娘们拿起高筐筐，
走在小路上，
去采养蚕桑。
春天里太阳慢悠悠，
白蒿子采得够。
姑娘们心里正发愁，
怕被公子带了走。

七月火星向西沉，
八月苇秆好收成。
三月里修桑条，
拿起斧和斨，
太长的枝儿都砍掉，
拉着枝条采嫩桑。
七月里伯劳还在嚷，
八月里绩麻更要忙。
染出丝来有黑也有黄，
朱红色儿更漂亮，
得给那公子做衣裳。

四月里远志把子结，
五月里知了叫不歇。
八月里收谷，
十月落树叶。
冬月里打貉子，
还得捉狐狸，
要给公子做皮衣。
腊月里大伙又聚齐，
打猎习武艺。
小个儿野猪给自己，
大个儿野猪献公爷。

五月斯螽弹腿响，
六月纺织娘抖翅膀。
七月蛐蛐儿在野地，
八月里在屋檐底，
九月门口叫，
十月床下移。
火烟熏耗子，窟窿尽
　堵起，
塞起北窗户，柴门涂
　上泥。
叫唤儿子和老妻，
如今快过年，
且来搬屋里。

六月里吃山楂樱桃，
七月里煮葵菜豆角。
八月里打枣，
十月里煮稻，
做成甜酒叫冻醪，
老人家喝了精神饱。
七月里把瓜儿采，
八月里把葫芦摘。
九月里收麻子，
掐些苦菜打些柴，
咱农夫把嘴糊起来。

九月垫好打谷场，
十月谷上仓。
早谷晚谷黄米高粱，
芝麻豆麦满满装。
咱们这些泥腿郎！
地里庄稼才收起，
城里差事又要当。
白天割的茅草多，
夜里打的草索长，
赶紧盖好房，
耕田撒种又要忙。

十二月打冰冲冲响，
正月抬冰窖里藏，
二月取冰来上祭，
献上韭菜和羔羊。
九月里下霜，
十月里扫场。
捧上两樽酒，
杀上一只羊。
齐上公爷堂，
牛角杯儿举头上，
祝一声“长寿无量”！

无　羊

【题解】

这是歌咏牛羊蕃盛的诗。前三章，尤其是第二章，描写牧场上的人畜动态，是本诗最生动的部分。

谁谓尔无羊，
三百维群〔一〕。
谁谓尔无牛，
九十其犉〔二〕。
尔羊来思，
其角濈濈〔三〕。
尔牛来思，
其耳湿湿〔四〕。

或降于阿〔五〕，
或饮于池，
或寝或讹〔六〕。
尔牧来思，
何（荷）蓑何（荷）笠〔七〕，
或负其糇。
三十维物〔八〕，
尔牲则具〔九〕。

尔牧来思，
以薪以蒸〔一〇〕，
以雌以雄〔一一〕。
尔羊来思，
矜矜兢兢〔一二〕，
不骞不崩〔一三〕。
麾之以肱〔一四〕，
毕来既升〔一五〕。

牧人乃梦〔一六〕：
众维鱼矣〔一七〕，
旐维旟矣〔一八〕。
大人占之：
众维鱼矣，
实维丰年；
旐维旟矣，
室家溱溱〔一九〕。

【注释】

〔一〕维：犹“为”。这句是说以三百羊为一群。
〔二〕犉（音纯）：七尺的牛。以上言牛羊之多。
〔三〕濈濈（音及）：一作“戢戢”，聚集。
〔四〕湿湿：耳动貌。
〔五〕阿：丘陵。
〔六〕“或降”三句：“池”古读如“沱”；讹，《玉篇》引作“吪”，动。以上三句写牛羊的动态，承上章“羊来”“牛来”。

〔七〕何：同“荷”。肩上担东西叫作“荷”。

〔八〕物：毛色。“三十维物”是说毛色有多种。

〔九〕具（古音够）：备。这句是说供祭祀用的牲都具备了。古人有些祭祀用牲的毛色不同，如阳祀用骍（赤色），阴祀用黝（黑色）之类，见《周礼·地官·牧人》。

〔一〇〕蒸：细小的柴薪。

〔一一〕雌、雄：指捕得的鸟兽，如雉兔之类。以上三句写牧者除放牧牛羊外，兼做打柴草、猎野味的事。

〔一二〕矜矜兢兢：谨慎坚持、唯恐失群的样子。

〔一三〕骞：亏损。崩：溃散。以上三句是说群羊驯谨相随，不会散失。

〔一四〕麾：指挥。肱：臂。这句是说牧者不用鞭箬，只以手臂指挥，是承接上文写羊的驯顺。

〔一五〕毕来既升：“毕”“既”都训“尽”。升：进。这句是说牛羊全都赶入圈牢。

〔一六〕牧人：官名，掌畜牧。上文的“牧”指一般放牧牛羊的人，与此不同。

〔一七〕众维鱼矣：犹“维众鱼矣”。一说“众”是“螽”字之省，螽就是蠡，蝗类。“螽维鱼矣”就是螽化为鱼。

〔一八〕旐维旟矣：“旐”（音兆）、“旟”（音余）都是用来聚众的旗子。旐画龟蛇，旟画鸟隼。以上二句言牧人梦见鱼、旐等物。

〔一九〕溱溱：《潜夫论》引作“蓁蓁”，众多貌。“室家溱溱”言丁口旺盛。以上四句记“大人”对此梦的解释。

【今译】

谁说你家羊儿少，
一群就是三百只。
谁说你家没有牛，
七尺黄牛九十头。
你的羊儿都来了，
羊儿犄角挨犄角。
你的牛儿都来了，
牛儿都把耳朵摇。

有些牛羊正下坡，
有些池边来饮水，
也有动弹也有睡。

你的牧人都来了，
背着蓑衣和斗笠，
有把干粮袋子背。
牛羊毛色三十种，
各色祭牲都齐备。

你的牧人都来了，
他们一路打柴草，
又捉雌鸟和雄鸟。
你的羊儿都来了，
谨谨慎慎相依靠，
不奔不散不亏少。
摆动胳膊来指挥，
一股脑儿进圈牢。

牧官做梦真稀奇，
梦见蝗虫变成鱼，
龟蛇旗儿变鸟旗。
占梦先生来推详：
梦见蝗虫变成鱼，
来年丰收谷满仓；
龟蛇旗儿变鸟旗，
添人进门喜洋洋。

汉铙歌六曲注

朱　鹭

【题解】

这是咏鼓的歌，鼓上的装饰作朱鹭衔鱼形象（用鹭鸟为装饰的鼓直到隋朝还有，见《隋书·乐志》）。歌辞大意是说：朱鹭已经把鱼呕出来了，鹭鸶吃什么？本来是吃鱼的呀，现在不把鱼吃下，又不吐掉，是要送给谏者吧（赠送礼物是表示敬意，敢谏之士是值得尊敬的人）？《禽经》所谓“朱鹭不吞鲤”，就是因这种鼓饰产生出来的传说。

朱鹭〔一〕，鱼以乌〔二〕。〔路訾邪〕鹭何食〔三〕？食茄下〔四〕。不之食，不以吐，将以问谏者〔五〕？

【注释】

〔一〕朱鹭：朱色的鹭鸟，是鼓上的装饰。

〔二〕以：同“已”。乌：读为“歍”。歍，呕也。

〔三〕路訾邪：都是表声的字，无意义。汉铙歌常有“声”和“辞”相混杂的例（说见《乐府诗选》前言），本篇是其中之一。

〔四〕茄：古“荷”字。“荷下”暗指鱼。

〔五〕问谏者：“问”就是赠予。古代有所谓“谏鼓”，人臣有事向君主进谏就击鼓。“谏者”指来击鼓进谏的人。

战城南

【题解】

这是诅咒战争和劳役的诗。

战城南，死郭北，野死不葬乌可食。为我谓乌〔一〕：“且为客豪〔二〕，野死谅不葬，腐肉安能去子逃？”水深激激〔三〕，蒲苇冥冥〔四〕，枭骑战斗死〔五〕，驽马徘徊鸣。〔梁〕筑室〔六〕，何以南〔梁〕何以北，禾黍不获君何食〔七〕？愿为忠臣安可得〔八〕？思子良臣〔九〕，良臣诚可思，朝行出攻，莫不夜归。

【注释】

〔一〕我：诗人自称。

〔二〕客：指死者。豪：读为“嚎”，就是“号”。古人对于新死者须行招魂的礼，招时且哭且说，就是“号”。诗人要求乌先为死者招魂，然后吃他。

〔三〕激激：清也。

〔四〕冥冥：幽也。

〔五〕枭骑：就是“骁骑”，良马也，喻战死的英雄，也就是指上文的“客”和下文的“忠臣”。

〔六〕梁：此篇和下篇的“梁”字似均为表声之字。筑室：指土木工事。

〔七〕“何以南何以北”两句：言那些服工役的人为何也像兵士南北征调呢？壮丁既不能在乡从事生产，君主也就无从得食了。

〔八〕忠臣：指战死的军人。“愿为”句是说那些应役筑室而南北奔走劳苦致死的人，即使愿意痛快地战死，落个忠臣名号，还得不着呢。

〔九〕良臣：指善于谋划调度的大臣。假如有良臣，纵然免不了打仗也可以少些死伤啊。

巫山高

【题解】

这是游子怀乡的诗。身在蜀土，东归不得，假想临淮远望的光景。

巫山高，高以大〔一〕。淮水深，深以逝〔二〕。我欲东归，害〔梁〕不为〔三〕？我集无高曳〔四〕，水何〔梁〕汤汤回回〔五〕。临水远望，泣下沾衣。远道之人心思归，谓之何！

【注释】

〔一〕以：犹“且”。

〔二〕深以逝：就是深且急。逝，速也。

〔三〕害：音曷，何也。

〔四〕集：止也。此句是说，我要东归，为什么又不归呢？因为淮水深急，我停在水边，没有篙楫助我渡过啊。或疑“集”是“今”字之误，因为用古文写起来两字形状相近。高曳：当为“篙栧”。“栧”同“枻”，楫也。

〔五〕汤汤回回：都是奔流之貌。

有所思

【题解】

这是情诗，叙女子要和她的情人断绝，下了决心，但回想起当初定情时偷偷地相会，惊鸡动犬、提心吊胆的光景，又觉得很难断绝。究竟绝不绝呢？她说：等天亮了，天日自会照彻我的心。

有所思，乃在大海南。何用问遗君〔一〕？双珠玳瑁簪〔二〕，用玉绍缭之〔三〕。闻君有他心，拉杂摧烧之。摧烧之，当风扬其灰。从今以往，勿复相思！相思与君绝！鸡鸣狗吠，兄嫂当知之。〔妃呼狶〕秋风肃肃晨风飔〔四〕，东方须臾高知之〔五〕。

【注释】

〔一〕问遗：赠予。“何用问遗君”就是说拿什么送给你呢？

〔二〕簪：古人用来连接冠和发髻，横穿髻上。簪长一尺，两端悬挂珠玉等饰物。“双珠玳瑁簪”是簪的两端各悬一珠。

〔三〕绍缭：缠绕也。

〔四〕妃呼狶：是表声的字。肃肃：即飕飕，风声。晨风：鸟名，就是鹯，和鹞子是一类，飞起来很快。飔：疾速。

〔五〕高：读为“皓”，“东方皓”就是“东方白”。

上　邪

【题解】

这也是情诗，似和上篇有关联，有人认为应合为一篇。两篇是同一女子的话，上篇考虑和情人断绝，欲决未决，这篇是打定主意后的誓辞。

上邪〔一〕！我欲与君相知〔二〕，长命无绝衰〔三〕。山无陵，江水为竭，冬雷震震，夏雨雪，天地合，乃敢与君绝！

【注释】

〔一〕上：指天。邪：音耶。“上邪”犹言“天啊”，指天为誓。

〔二〕相知：相亲也。

〔三〕命：令也，使也。从“长命无绝衰”以下是说不但要“与君相知”，还要使这种相知成为永远，除非天地间起了亘古未有的大变化，一切不可能的变为可能，如高山变为平地等，咱们的交情才会断绝。

雉子班

【题解】

这诗写雉鸟亲子死别的哀情，三次呼唤“雉子”，语调感情大有分别，第一个“雉子”是爱抚，第二是叮嘱，最后是哀呼。

“雉子〔一〕，班如此〔二〕！之于雉梁〔三〕。无以吾翁孺〔四〕，雉子！”知得雉子高蜚止〔五〕。黄鹄蜚〔六〕，之以千里王可思〔七〕。雄来蜚从雌，视子趋一雉。“雉子！”车大驾马滕〔八〕，被王送行所中〔九〕。尧羊蜚从王孙行〔一〇〕。

【注释】

〔一〕雉子：就是小野鸡。

〔二〕班：同“斑”。老雉呼唤小雉，夸赞它羽毛斑斓好看。

〔三〕之：往也。梁：和“粱”通。“之于雉梁”就是说去野鸡可以吃粱粟的地方。

〔四〕无以吾翁孺：“吾”应作“俉”。俉，迎也。“翁孺”指人类。老雉嘱咐小雉对于人类无论老少都要避着点儿。

〔五〕蜚：同“飞”。老雉知道小雉被人捕得，赶紧高飞来到。

〔六〕黄鹄：是一种大鸟，能远飞。

〔七〕千里：《乐府诗集》“千里”两字误合成“重”字，据《乐府古题要解》改正。“之以千里”是说一飞以千里计算。王：读去声，就是“旺”。“王可思”是说气力旺盛可慕。雉飞行不快，力又不长，所以羡慕黄鹄。

〔八〕滕：通“腾”，驰也。

〔九〕王送：应从庄述祖校改作“生送”，就是活生生地送去。行所：天子所在的地方，也可以称“行在”或“行在所”。

〔一〇〕尧羊：读为“翱翔”，古音近。王孙：指猎获雉子的贵人，和雉子同在车上。飞随王孙也就是飞随雉子。

《古诗十九首》注

古诗之一

【题解】

“古诗”本是后代人对于古代诗的普通称谓，汉人称《诗经》为古诗，六朝人也称汉魏诗为古诗。汉诗中有一批流传到梁、陈时代，不但“不知作者”或作者“疑不能明”，而且题目也失传了（其中有些是乐府歌辞，但篇题已失），对于这些诗，编集者便一概题为“古诗”，例如《文选》卷二十九所录的《古诗十九首》就是这样。“古诗”中有一部分曾被指为或疑是某些知名作家（如枚乘、傅毅、曹植、王粲等）的诗，都不可信。《行行重行行》篇以下到《明月何皎皎》篇都见于《文选》。本篇是写女子对于离家远行的爱人的思念。首先追叙初别，然后说到路远难行，然后诉述自己的相思憔悴和游子行不顾返，两相对照，最后表示什么都撇开不谈，只希望在外的人自家保重。这诗的题材是民歌中常见的，它的风格也和民歌接近。

行行重行行〔一〕，与君生别离。相去万余里，各在天一涯〔二〕。道路阻且长，会面安可知？胡马依北风，越鸟巢南枝〔三〕。相去日已远，衣带日已缓〔四〕。浮云蔽白日〔五〕，游子不顾返〔六〕。思君令人老，岁月忽已晚〔七〕。弃捐勿复道〔八〕，努力加餐饭。

【注释】

〔一〕重行行：走个不停。

〔二〕天一涯：天的一边。

〔三〕古称北狄为“胡”，北狄就是汉朝的匈奴，在汉的北方。依：依恋。越：这里用来和“胡”相对，应是指越族，就是“百越”的“越”，其地最南为交趾。以上二句说北地所产的马依恋北风，南方所产的鸟巢于南枝，比喻不忘本。暗示物尚有情，何况于人？

〔四〕日已远：一天比一天远了。已，同“以”。缓：宽松。衣带日缓，表示人一天比一天瘦。这两句套用汉乐府《古歌》“离家日趋远，衣带日趋缓”旧句。

〔五〕浮云蔽日：比喻游子的心有所惑。

〔六〕顾：念。

〔七〕岁月已晚：指秋冬之季岁月无多的时候。

〔八〕捐：弃。

古诗之二

【题解】

这也是思妇的诗。诗中明白交代了思妇的身世，就是由“倡家女”成为“荡子妇”。荡子在外遨游忘返。当春光明媚的季节，那少妇凭倚楼窗，望着青青的杨柳和芳草，想着远方的人，为自己的孤独和寂寞发出叹息。全诗共十句，首二句写景色，次四句写思妇的姿容仪态，再次四句写思妇的身世和愁思。

青青河畔草，郁郁园中柳〔一〕。盈盈楼上女〔二〕，皎皎当窗牖〔三〕。娥娥红粉妆〔四〕，纤纤出素手〔五〕。昔为倡家女〔六〕，今为荡子妇〔七〕。荡子行不归，空床难独守。

【注释】

〔一〕郁郁：浓密茂盛的样子。汉人有折柳赠别的风俗，“园中柳”是容易引起离别的回忆的。

〔二〕盈：通“赢”，也就是“嬴”，美好多仪态的意思。

〔三〕皎皎：白皙明洁貌。

〔四〕娥娥：美貌。

〔五〕纤纤：细。

〔六〕倡：歌舞妓。

〔七〕荡子：在外乡漫游的人，和游子的意思差不多。后世所谓荡子是浪荡不务正业的人，与此不同。

古诗之三

【题解】

这首诗上半从人生短促之感写到行乐的愿望，从行乐的愿望写到“游戏宛洛”的具体行动。下半写在京洛所见的繁华景象和最后得到的一个印象，就是那些权贵豪门原来是戚戚如有所迫的。弦外之音是富贵而可忧不如贫贱之可乐。《北堂书钞》引本篇作《古乐府》，《乐府诗集》未收。

青青陵上柏，磊磊涧中石〔一〕。人生天地间，忽如远行客〔二〕。斗酒相娱乐，聊厚不为薄〔三〕。驱车策驽马，游戏宛与洛〔四〕。洛中何郁郁〔五〕，冠带自相索〔六〕。长衢罗夹巷〔七〕，王侯多第宅。两宫遥相望〔八〕，双阙百余尺〔九〕。极宴娱心意，戚戚何所迫〔一〇〕？

【注释】

〔一〕磊磊：众石累积貌。

〔二〕忽如远行客：言人在世上为时短暂，犹如远行作客，匆匆走过，不能像陵上的柏树常青青，涧中的众石常磊磊。

〔三〕聊厚不为薄：言“斗酒”虽少，聊以为厚，不以为薄，而用它来“相娱乐”。同样的看法，驽马虽劣也可以驾之而游。

〔四〕宛与洛：宛县和洛阳。宛县是南阳郡治所在，汉时有“南都”之称。洛阳是东汉的京城。这诗本是东汉作品，宛、洛代表当时最繁华的都市。

〔五〕郁郁：在这里形容繁盛热闹的气象。

〔六〕冠带：指贵人。索：求访。这句是说那些冠带人物自相往来交结。从“自”字可以意味到他们自成集团，高高在上。

〔七〕罗：列。这句是说大街上排列小巷。

〔八〕两宫：洛阳有南北两宫，相距七里。

〔九〕双阙：宫门前的两座望楼。

〔一〇〕极宴：言穷极奢侈地尽情宴乐。戚戚：忧惧貌。以上二句是说那些住在第宅宫阙的人本可以极宴娱心，为什么反倒戚戚忧惧，有什么迫不得已的原因呢？

古诗之四

【题解】

这诗所歌咏的是听曲感心。托为阐明曲中的真意，发了一番议论。议论的内容是：人生短促，富贵可乐，不必长守贫贱，枉受苦辛。这些是感愤的言语，也有自嘲的意味。

今日良宴会，欢乐难具陈〔一〕。弹筝奋逸响〔二〕，新声妙入神。令德唱高言〔三〕，识曲听其真〔四〕。齐心同所愿〔五〕，含意俱未伸〔六〕。人生寄一世，奄忽若飙尘〔七〕。何不策高足，先据要路津〔八〕？无为守穷贱，轗轲长苦辛〔九〕。

【注释】

〔一〕具陈：全部说出。

〔二〕筝：乐器名，瑟类。古筝竹身五弦，秦汉时筝木身十二弦。奋逸响：发出超越寻常的音响。

〔三〕令德：贤者，指作歌辞的人。高言：高妙之论，指歌辞。

〔四〕识曲：知音者。真：真理。这句是说知音者请听歌中的真意。所谓“高言”和“真”都指下文“人生寄一世”六句。

〔五〕齐心同所愿：人人所想的都是这样，心同理同。齐，一致。

〔六〕含意：心中都已认识那曲中的真理。未伸：口中表达不出来。

〔七〕奄忽：急遽的意思。暴风自下而上为“飙”（音标）。飙尘：是卷地狂风里的一阵尘土。以上二句是说人在世上是暂时寄居，一忽儿就完了。

〔八〕策：鞭马前进。高足：指快马。要路津：比喻有权有势的地位。津，渡口。以上二句是说应该赶快取得高官要职。

〔九〕轗轲（音坎渴）：本是车行不利的意思，引申为人不得志的意思。以上六句就是座中人人佩服的高言、真理，这里面含有愤慨和嘲讽，而不是正言庄语。

古诗之五

【题解】

这诗所咏的是高楼上的哀歌，引起一个楼外人对于歌者的同情和知音稀少的感慨。前部写歌者所在的地方，中部写歌声，后部写听者所感。

西北有高楼，上与浮云齐。交疏结绮窗〔一〕，阿阁三重阶〔二〕。上有弦歌声，音响一何悲！谁能为此曲？无乃杞梁妻〔三〕。

清商随风发〔四〕，中曲正徘徊〔五〕。一弹再三叹〔六〕，慷慨有余哀。不惜歌者苦，但伤知音稀〔七〕。愿为双鸿鹄，奋翅起高飞〔八〕。

【注释】

〔一〕交疏：花格子。结绮：格子联结着如丝织品的花纹。这句是说窗子都是“交疏结绮”的，言其玲珑工细。

〔二〕阿阁：四面有檐的阁子。三重阶：阶梯有三重。言阁之高。

〔三〕杞梁妻：杞梁，名殖，字梁，春秋时代齐国的大夫，为齐国伐莒，死于莒国城下。他的妻哭了十天，然后自杀。琴曲有《杞梁妻叹》,《琴操》说是杞梁妻所作,《古今注》说是杞梁妻妹朝日所作。以上二句言这样的哀曲莫不是杞梁妻那样的寡妇所作吗？也就是说其悲哀可比《杞梁妻叹》。

〔四〕清商：乐曲名。

〔五〕中曲：一曲分数段，中曲就是曲子的中段。徘徊：萦绕。

〔六〕叹：《乐记》所谓“一倡而三叹”的“叹”，就是和声。

〔七〕知音：能听出奏曲者的感情叫作知音（此从伯牙和钟子期的故事中来，相传伯牙善鼓琴，子期善听琴。当伯牙弹琴志在登高山的时候，子期便从琴音感到峨峨若泰山；当伯牙志在流水的时候，子期又感到洋洋若江河。子期死后伯牙便绝弦不弹，因为再没有知音者了）。引申用起来，人和人彼此知心也叫知音。以上二句是说我所痛惜的还不是歌者心有痛苦，而是歌者心里的痛苦没有人能够理解。这种缺少知音的悲哀乃是楼中歌者和楼外听者所共有的（听者设想如此），所以闻歌而引起情绪的共鸣。

〔八〕双鸿鹄：一作“双鸣鹤”。末二句是借愿为双鸟共飞这一古诗中的套语来表示对于楼中歌者的深切同情。

古诗之六

【题解】

这诗写游子怀念远在故乡的一个“同心”的人。诗共八句，先说采得美花香草，欲有所赠；次说所思在远道，欲赠不能；然后说还乡的路偏是这样漫长，同心的人偏是分隔两地，这忧伤怎么排遣得了呢？

涉江采芙蓉，兰泽多芳草〔一〕。采之欲遗谁？所思在远道〔二〕。还顾望旧乡，长路漫浩浩〔三〕。同心而离居，忧伤以终老。

【注释】

〔一〕芙蓉：荷花。兰泽：有兰草的低湿之地。以上二句言涉江可以采得芙蓉，而泽中又有兰和其他芳草，可采者不仅是芙蓉，可以赠给“所思”的芳物很多。

〔二〕遗：赠送。以芳草送人是结恩情的表示，古代有此风俗，屡见于《诗经》和《楚辞》。以上二句是说这些赠物是没法子送到的。

〔三〕漫：犹“漫漫”，长。这里是叠字省为单词。浩浩：广大貌。

古诗之七

【题解】

这首诗写的是悲秋和对于世态凉薄的怨愤。前半写景物和景物所引起的“时节复易”之感，后半写朋友新贵而弃旧交和因此而引起的“虚名何益”之感。

明月皎夜光，促织鸣东壁〔一〕。玉衡指孟冬〔二〕，众星何历历〔三〕。白露沾野草，时节忽复易〔四〕。秋蝉鸣树间，玄鸟逝安适〔五〕？昔我同门友〔六〕，高举振六翮〔七〕。不念携手好，弃我如遗迹〔八〕。南箕北有斗〔九〕，牵牛不负轭〔一〇〕。良无盘石固〔一一〕，虚名复何益？

【注释】

〔一〕促织：蟋蟀。

〔二〕玉衡：指北斗星七星中的第五星，又可以指北斗的斗柄三星。北斗七星形状像个舀酒的斗，第一星至第四星呈勺形，叫斗魁，第五星至第七星为斗柄。指孟冬：由于地球绕日公转，若每天在一固定时刻看北斗某一星，则每年旋转一周，每月变一方位（三十度），所以古人以固定时间的斗星所指的方位来辨节令的推移。本篇第一句说明时间是半夜，这时看玉衡所指的方位（西北），知道节令已到孟冬（夏历十月）。

〔三〕历历：分明貌。

〔四〕时节忽复易：指由秋到冬。

〔五〕玄鸟：燕子。以上所描写的是季秋之月初立冬时的景物。

〔六〕同门友：同学。

〔七〕振六翮：是以鸟的高飞比人的腾达。六翮，鸟的翅膀。翮，羽茎。

〔八〕如遗迹：就像行路人遗弃脚迹一样。

〔九〕南箕：星名，即箕宿。箕宿四星，连起来呈梯形，也就是簸箕形。斗：指南斗星。北有斗：南斗六星，聚成斗形，当它和箕星同在南方的时候，箕在南，斗在北。《诗经·大东》："维南有箕，不可以簸扬；维北有斗，不可以挹酒浆。"言箕星和斗星徒然有箕斗的名称，而没有簸米去糠和舀酒的实用。本篇只引了《诗经》中诗句的上半句，下半句的意思让读者自己去联想，这是歇后的手法。

〔一〇〕牵牛：星名，河鼓三星之一。它是天鹰座主星，在银河南，民间通称为扁担星。不负轭：不拉车。轭，车前架在牛颈上的部分。牛拉车必须负起轭来。《诗经·大东》："睆彼牵牛，不以服箱。"就是说牵牛星名叫牵牛而不能用来拉车，本篇用此意思而略改说法。以上二句是用星宿的有虚名无实用来比喻朋友的有名无实。

〔一一〕盘石：大石。这句是说朋友交情不能像盘石那样坚固而不可移。

古诗之八

【题解】

这首诗写女子新婚后久别的怨情。《乐府诗集》收在《杂曲歌辞》。

冉冉孤生竹，结根泰山阿〔一〕。与君为新婚，菟丝附女萝〔二〕。菟丝生有时，夫妇会有宜〔三〕。千里远结婚，悠悠隔山陂〔四〕。思君令人老，轩车来何迟〔五〕。伤彼蕙兰花，含英扬光辉，过时而不采，将随秋草萎〔六〕。君亮执高节〔七〕，贱妾亦何为？

【注释】

〔一〕冉冉：柔弱下垂貌。阿：山曲。以上二句是诗中主人公用比喻说明自己本无兄弟姊妹，有如孤生之竹。未嫁时依靠父母，有如孤竹托根于泰山。或说“泰山”应作“大山”，魏明帝（曹叡）《种瓜篇》：“愿托不肖躯，有如倚大山。”本此。

〔二〕菟丝：一种柔弱蔓生的植物。女萝：古人或以为就是菟丝；或说是松萝，松萝也是柔弱植物。以上二句言嫁后得不着依靠，好像以柔弱的菟丝依附柔弱的女萝。

〔三〕宜：指适当的时间。以上二句是说夫妇该及时相聚，也正像菟丝及时而生。

〔四〕悠悠：远貌。陂：山坡。以上二句，上句说离家远嫁，结婚不易；下句说婚后不能相聚，又久别远离。

〔五〕轩车：有屏障的车。古时大夫以上乘轩车。这女子的夫婿想是远宦不归，使她久盼。

〔六〕以上四句以蕙兰自比。伤彼：也就是自伤。蕙兰以芳香和颜色为重，过时不采就和秋草一块儿蔫了，人的青春也不能长久保持，在相思中白白地老去，难道不伤心吗？

〔七〕亮：诚信。最后二句是说知道丈夫守节不移，他准会来的，那我又何必自伤呢？这是无可奈何的自慰。

古诗之九

【题解】

这篇和《涉江采芙蓉》相似，也是怀人的诗，也是写所思在远方，采芳而不能寄，所不同者那是在外的思念在家的，这是在家的思念在外的。本篇也只八句，从庭树开花说到折花欲寄远人，再说到怀藏多时，没人送去，最后却说这微物送不送本来算不了什么，不过是因久别而生痴想罢了。

庭中有奇树〔一〕，绿叶发华滋〔二〕。攀条折其荣〔三〕，将以遗所思。馨香盈怀袖〔四〕，路远莫致之。此物何足贡？但感别经时〔五〕。

【注释】

〔一〕奇树：犹“嘉树”。“奇”本有佳美的意义。

〔二〕发华滋：开花开得很繁盛。

〔三〕荣：花。

〔四〕馨：香气。香盈怀袖：表示怀藏了不少时间。

〔五〕贡：一作“贵”。最后两句含蕴意思很深曲，那是说花是区区微物本不值得献给在远方的爱人，不过一个久别伤怀的人对着这谢了又开的花，不知有多少感触，假如能将这枝花送到那人的手里，岂不是就代替了千言万语吗？

古诗之十

【题解】

这诗全篇刻画织女望牵牛的心情，借牛女的故事写夫妇的离别之感。《玉烛宝典》引本篇作《古乐府》，《乐府诗集》未收。

迢迢牵牛星〔一〕，皎皎河汉女〔二〕。纤纤擢素手〔三〕，札札弄机杼〔四〕。终日不成章〔五〕，泣涕零如雨〔六〕。河汉清且浅，相去复几许？盈盈一水间，脉脉不得语〔七〕。

【注释】

〔一〕迢迢：远貌。一作“苕苕”，高貌。

〔二〕河汉：银河。河汉女：就是织女星。它是天琴座主星，在银河北，和牵牛星相对。牵牛织女为夫妇的传说故事大约产生在西汉时。

〔三〕擢：举。

〔四〕札札：织机声。

〔五〕不成章：言不能织成经纬文理。《诗经·大东》："跂彼织女，终日七襄；虽则七襄，不成报章。"据郑玄解释，这是说织女空有织之名，不能像人用梭，一去一来，一反一复。既然不能反复，自然织不成章了。本篇"终日不成章"句不一定从《诗经》来，但诗人所以有"不成章"的想象，可以用郑玄的话来解释。

〔六〕零：落。泣涕如雨和织不成章都是由于离别的哀愁。

〔七〕脉脉：当作"眽眽"，也就是"觑觑"，相视貌。

古诗之十一

【题解】

这一篇是自警自励的诗。诗人久客还乡，一路看到种种事物今昔不同，由新故盛衰的变化想到人生短暂，又想到正因为人生短暂就该及时努力，建功立业，谋取不朽的荣名。

回车驾言迈〔一〕，悠悠涉长道。四顾何茫茫〔二〕，东风摇百草。所遇无故物，焉得不速老〔三〕？盛衰各有时，立身苦不早〔四〕。人生非金石，岂能长寿考？奄忽随物化，荣名以为宝〔五〕。

【注释】

〔一〕驾言迈：犹言驾而行。

〔二〕茫茫：草木广盛貌。

〔三〕焉得：怎能。以上四句是说茫茫绿原都是新草代替了陈草。一路所见种种事物也都是新的代替了旧的，和自己所记得的不一样了，一切变化是这样地快，人又怎能是例外呢？

〔四〕立身：指立德立功立言等各种事业的建树。苦：患。以上二句是说各物的荣盛时期都有一定，过时就衰了。人生的盛年也是有限的，所以立身必须及时，否则徒遗悔恨。

〔五〕物化：死亡。末二句是说人的形体很快地就化为异物，只有荣名可以传到身后，所以是宝贵的。

古诗之十二

【题解】

这篇和《燕赵多佳人》十句在《文选》和《玉台新咏》都合为一首，但文义不连贯，情调不一致。张凤翼《文选纂注》和刘大槐《历朝诗约选》都分为两首。乐府歌辞有时以两诗并合为一辞，疑此诗原是乐府歌辞，所以有此现象。今依《文选纂注》分“燕赵多佳人”以下为另一首。本篇十句，内容是感叹年华容易消逝，主张荡涤忧愁，摆脱束缚，采取放任情志的生活态度。结构是从外写到内，从景写到情，从古人的情写到自己的情。

东城高且长，逶迤自相属〔一〕。回风动地起〔二〕，秋草萋已绿〔三〕。四时更变化，岁暮一何速。晨风怀苦心〔四〕，蟋蟀伤局促〔五〕。荡涤放情志，何为自结束〔六〕？

【注释】

〔一〕逶迤（音萎移）：长貌。相属：连续不断。

〔二〕回风：旋风。

〔三〕萋已绿：犹言“萋且绿”。萋，盛也。以上四句写景物，这时正是秋风初起，草木未衰，但变化即将来到的时候。

〔四〕晨风：《诗经·秦风》篇名。《晨风》是女子怀人的诗，诗中说“未见君子，忧心钦钦”，情调是哀苦的。

〔五〕蟋蟀：《诗经·唐风》篇名。《蟋蟀》是感时之作，大意是因岁暮而感到时光易逝，因而生出及时行乐的想法，又因乐字而想到“好乐无荒”，而以“思忧”和效法“良士”自勉。局促：言所见不大。

〔六〕结束：犹拘束。以上四句是说《晨风》的作者徒然自苦，《蟋蟀》的作者徒然自缚，不如扫除烦恼，摆脱羁绊，放情自娱。

古诗之十三

【题解】

这诗说人生如寄，圣贤同归一死，神仙虚幻，长生不能追求，不如且满足衣食口腹的欲望，图个眼前的快意，反映社会混乱时期一部分人的颓废思想。

驱车上东门〔一〕，遥望郭北墓〔二〕。白杨何萧萧，松柏夹广路。下有陈死人〔三〕，杳杳即长暮〔四〕。潜寐黄泉下〔五〕，千载永不寤。浩浩阴阳移〔六〕，年命如朝露。人生忽如寄〔七〕，寿无金石固。万岁更相送〔八〕，贤圣莫能度〔九〕。服食求神仙，多为药所误〔一〇〕。不如饮美酒，被服纨与素。

【注释】

〔一〕上东门：洛阳有十二门，东面三门，最北头的门名“上东门”。

〔二〕洛阳城北有邙山，山上多坟墓。“郭北墓”指此。

〔三〕陈死人：死去已久的人。

〔四〕杳杳：幽暗。即：就（动词）。长暮：犹长夜。人死后在坟墓里长眠等于到了无穷尽的黑夜里。

〔五〕潜：深藏。

〔六〕浩浩：水流貌。阴阳移：言四时变迁，古人谓春夏为阳，秋冬为阴。

〔七〕忽：急遽貌。这句是说人活在世上时间极短促，好像暂时寄居。

〔八〕万岁更相送：是说人生一代一代更递相送，千秋万岁永无了时。

〔九〕度：越过。

〔一〇〕服食：指吃丹方。古代有些人相信有一种药可以使人长生。秦始皇、汉武帝时代的“不死药”都是自然的植物或矿物，东汉就有了合炼而成的丹药。信方士修神仙的人都想借服药延年，但是这种药不但不能使人长生，反而伤害身体，所以说“多为药所误”。

古诗之十四

【题解】

这是客中经过墟墓有感，因而思归的诗。诗的大意说：少年时代越去越远了，老年一天比一天逼近了，满眼丘坟就是人生的归宿，就连丘坟也不是能长保的，这多么叫人伤感啊！回家乡吧，别等到那一天把骨头抛在异乡。但是回乡有回乡的条件，自己正是有家归不得的人啊！

去者日以疏，来者日以亲〔一〕。出郭门直视，但见丘与坟。古墓犁为田，松柏摧为薪。白杨多悲风，萧萧愁杀人。思还故里闾，欲归道无因。

【注释】

〔一〕去者：指逝去的日子，也就是少年。疏：远。以：一作“已”，古通用。来者：指将来的日子，也就是老年。亲：近。以上二句是说青春日远一日，衰老日近一日。旧说以“去者”“来者”指死者和生者，稍嫌曲折。

古诗之十五

【题解】

本篇出于古乐府《西门行》。诗旨是主张及时行乐，并讽刺富贵贪愚的人不能达观。诗的首尾都是讽世破惑的话，中段“昼短”四句是说行乐和惜时。

生年不满百，常怀千岁忧〔一〕。昼短苦夜长，何不秉烛游〔二〕？为乐当及时，何能待来兹〔三〕？愚者爱惜费，但为后世嗤。仙人王子乔，难可与等期〔四〕。

【注释】

〔一〕千岁忧：指身后的种种考虑，如为子孙的生活打算，为自己的冢墓计划等。

〔二〕秉烛：是说夜以继日。秉，持。

〔三〕来兹：来年。

〔四〕王子乔：古仙人名。相传是周灵王的太子，被浮丘公接上嵩高山，成仙。等期：做同样的希冀。末二句是说对于升仙得道的事是不能存什么希望的。世上的富贵人像秦始皇那样想法的很多，秦始皇一方面要传二世三世以至千万世，一方面自己希求长生，求不死之药，就是作者所谓“常怀千岁忧”的“愚者”。

古诗之十六

【题解】

这是女子想念丈夫的诗。因岁暮风寒想起他乡游子。由想而梦，梦后更想。

凛凛岁云暮〔一〕，蝼蛄夕鸣悲〔二〕。凉风率已厉〔三〕，游子寒无衣。锦衾遗洛浦〔四〕，同袍与我违〔五〕。独宿累长夜〔六〕，梦想见容辉〔七〕。良人惟古欢，枉驾惠前绥〔八〕。“愿得常巧笑，携手同车归〔九〕。”既来不须臾〔一〇〕，又不处重闱〔一一〕。亮无晨风翼〔一二〕，焉能凌风飞〔一三〕？眄睐以适意，引领遥相睎〔一四〕。徙倚怀感伤〔一五〕，垂涕沾双扉〔一六〕。

【注释】

〔一〕凛：寒。

〔二〕蝼蛄：虫名，俗称土狗，又叫拉拉蛄。

〔三〕率：疾急貌。厉：猛烈。

〔四〕衾：大被。洛浦：洛水之滨。传说洛水女神名宓妃。张衡《思玄赋》云："召洛浦之宓妃。"这句诗说丈夫将锦被送向洛浦，就是设想他另有所欢。

〔五〕袍：被襟，今名披风，古代行军者白天用来当衣穿，夜里用来当被盖，也叫"裾"。《说文》："裾，衣袍也。"《玉篇》："裾，被也。"《诗经・无衣》有句云："与子同袍。"那是军士表示友爱的话。本篇以"同袍"代同衾，指夫妇。违：离。这句是说与我有同袍之亲的人现在和我离得远了（指形体，也指感情）。

〔六〕累长夜：言经历了许多长夜。

〔七〕容辉：犹言风采。

〔八〕良人：女子对丈夫的称谓。惟古欢：思旧爱。惠：授。绥：车上的索子，上车的时候拉着它。古代风俗，结婚时丈夫驾车迎接新妇，把绥授给她，引她上车，见《礼记・昏义》。以上二句是说丈夫不忘旧日的恩爱，驾车来迎，亲自递给我索子，助我上车。这是梦中所见。

〔九〕以上二句是良人的话。这是梦中所闻。

〔一〇〕须臾：一会儿。

〔一一〕重闱：犹言"深闺"。闱，闺门。

〔一二〕亮：同"谅"。晨风：鸟名。

〔一三〕凌风：乘风。以上四句是说良人既来，顷刻间就不见了，又不曾进屋子。难道他会飞走吗？这是梦中所想。

〔一四〕眄睐：邪视貌。适意：宽心。引领：伸长脖子。睎：望。一本无此二句。胡克家《文选考异》云："六臣本校云：'善无此二句。'此或尤本校添，但依文义恐不当有。"

〔一五〕徙倚：犹"徘徊"。

〔一六〕沾：湿。扉：门扇。徘徊而泪湿门扉似不近理，疑"扉"当作

“扉”。扉是粗屦。凡草屦、麻屦、皮屦都叫扉。扉又作“菲”，古乐府《孤儿行》有句云“足下无菲”，也是和“归”“悲”等字押韵。

古诗之十七

【题解】

这也是思妇的诗。上半说冬夜漫漫，愁人不寐，往往是望星望月地度过。下半追述曾接到爱人一封多情的书札，藏在怀袖中已经三年了，因为保护得好，丝毫不曾磨损，这种拳拳忠爱之心不晓得远方人知还是不知。

孟冬寒气至，北风何惨慄〔一〕。愁多知夜长，仰观众星列。三五明月满〔二〕，四五蟾兔缺〔三〕。客从远方来，遗我一书札。上言长相思，下言久离别。置书怀袖中，三岁字不灭。一心抱区区〔四〕，惧君不识察。

【注释】

〔一〕惨慄：寒貌。一说当作“栗冽”。

〔二〕三五：十五日。

〔三〕四五：二十日。蟾兔：月的代词。古代神话说月中有玉兔捣药不息，又说后羿妻姮娥偷吃神药，飞入月宫，化为蟾蜍。月中有兔的传说曾见于《楚辞·天问》。月中有蟾蜍的传说曾见于汉乐府。《董逃行》：“白兔长跪捣药虾蟆丸。”虾蟆就是蟾蜍。

〔四〕区区：忠爱。

古诗之十八

【题解】

这也是歌咏爱情的诗，主人公是女性。诗中大意说：故人老远地寄来半匹花绸子，那上面的文采不是别的而是一双鸳鸯。我把它做成合欢被，装进丝绵，四边用连环不解的结做装饰。这被就是我和他如胶似漆的爱情的象征。古诗中往往有和歌谣风味很相近的，本篇就是显著的例子。

客从远方来，遗我一端绮〔一〕。相去万余里，故人心尚尔。文采双鸳鸯，裁为合欢被〔二〕。著以长相思〔三〕，缘以结不解〔四〕。以胶投漆中，谁能别离此〔五〕。

【注释】

〔一〕一端：半匹。《左传·昭公二十六年》注："二丈为一端，二端为一两，所谓匹也。"

〔二〕合欢：一种图案花纹的名称，这种花纹是象征和合欢乐的，凡器物有合欢纹的往往就以合欢为名，如"合欢席""合欢扇""合欢被"等。

〔三〕著：在衣被中装绵叫作著，也叫作"楮"，字通。长相思：丝绵的代称。"思"和"丝"字谐音，"长"与"绵绵"同义，所以用"长相思"代称丝绵。

〔四〕缘：沿边装饰。结不解：以丝缕为结，表示不能解开的意思。这是用来象征爱情的，和同心结之类相似。

〔五〕别：分开。离：离间。此：指固结之情。以上二句是说彼此的爱情如胶和漆结合在一起，任何力量不能将它分开。

古诗之十九

【题解】

这诗有人说是游子久客思归的诗，有人解为女子闺中望夫的诗，两说都可以通。诗的情调和古乐府《伤歌行》、曹丕《燕歌行》相类，作思妇的诗为是。诗写月明之夜因忧愁而不寐，因不寐而徘徊，由徘徊而出户，出户之后仍然徘徊，徘徊久之，忧愁仍然不能排遣，回到房中独自下泪。

明月何皎皎，照我罗床帏〔一〕。忧愁不能寐，揽衣起徘徊〔二〕。客行虽云乐，不如早旋归〔三〕。出户独彷徨〔四〕，愁思当告谁。引领还入房〔五〕，泪下沾裳衣〔六〕。

【注释】

〔一〕床帏：就是帐帏。一作“裳帏”。

〔二〕揽：持。

〔三〕旋：回转。以上二句是望夫之词。客行乐不乐，闺中的人本不得而知，不过出门的人既然久久不归，猜想他或许有可乐之道。但即使可乐也不会比在家好，假如并不可乐，那就更应该回家来了。这两句诗是盼他回家，劝他回家，也可能有揣测他为何不回家的意思。

〔四〕彷徨：犹“徘徊”。

〔五〕引领：抬头远望。这句是说入房的时候还要仰望，仰望一番还只得入房。这是彷徨孤独、百无聊赖的情境。

〔六〕裳衣：一作“衣裳”，与上句“引领还入房”为韵。

《别诗》四首注

其　一

【题解】

相传苏武和李陵相赠答的五言诗，《文选》卷二十九载七首，《古文苑》卷四载十首，此外还有些零句或篇名见于其他书籍所引。这些诗经近代人研究，断定不是苏、李的作品，真正的作者已不可考，产生的时期大致都在东汉末年。这些诗大都写朋友、夫妇、兄弟之间的离别，可以总题为《别诗》。

这里以《文选》作为苏武诗的四篇为一组。第一首是送别兄弟的诗，从平日的恩情说到临别的感想，再说到饯送的意思。

骨肉缘枝叶〔一〕，结交亦相因〔二〕。四海皆兄弟，谁为行路人〔三〕？况我连枝树〔四〕，与子同一身。昔为鸳与鸯，今为参与辰〔五〕。昔者长相近，邈若胡与秦〔六〕。惟念当乖离〔七〕，恩情日以新〔八〕。鹿鸣思野草，可以喻嘉宾〔九〕。我有一樽酒，欲以赠远人。愿子留斟酌，叙此平生亲〔一〇〕。

【注释】

〔一〕骨肉：指兄弟。首句以叶之缘枝而生比喻兄弟骨肉天然相亲。

〔二〕因：亲。这句是说结识朋友也是相亲的。

〔三〕这句是用《论语》“四海之内皆为兄弟”的话。以上二句是说天下的人谁都不是漠不相关的陌路人。

〔四〕连枝树：即“连理树”，不同根的两树枝或干连生为一名为连理。通常用连理树喻夫妇，这里用来喻兄弟。

〔五〕参、辰：二星名，参星居西方，辰星（又名商星）居东方，出没两不相见。

〔六〕邈：远。胡与秦：犹言外国和中国。当时西域人称中国为“秦”。以上四句是说往日形迹亲近，今后就疏远了。

〔七〕乖：暌别。

〔八〕“恩情”句：言情谊比平时更觉不同，平时情谊固然深厚，临别更觉难舍。

〔九〕《诗经·小雅》有《鹿鸣》篇，是宴宾客的诗，以“呦呦鹿鸣，食野之苹（蒿类）”起兴，是以鹿得食物呼唤同类比喻燕乐嘉宾。

〔一〇〕樽：酒器。斟酌：用勺舀酒。结尾四句是说这一樽酒本为赠远人用的，现在希望你再留一会儿酌饮此酒。

其　二

【题解】

这是客中送客的诗。前幅连用比喻表示临别依依，中幅借描写弦歌的音响说明人心的情绪，后幅直写伤感，仍用比喻作结。

黄鹄一远别，千里顾徘徊。胡马失其群，思心常依依〔一〕。何况双飞龙〔二〕，羽翼临当乖。幸有弦歌曲，可以喻中怀〔三〕。请为游子吟〔四〕，泠泠一何悲〔五〕！丝竹厉清声〔六〕，慷慨有余哀。长歌正激烈〔七〕，中心怆以摧。欲展清商曲〔八〕，念子不得归〔九〕。俯仰内伤心，泪下不可挥。愿为双黄鹄，送子俱远飞。

【注释】

〔一〕依依：恋恋不舍。以上四句言鸟兽分别尚不免怀顾恋之情。

〔二〕飞龙：龙是传说中的神物，蛇身，有四足，爪像狗的爪，有马的头鬣和尾，有鹿的角、鱼的鳞和须，能飞行。有一种有翼的，像飞鸟。又有一种鸟名称就叫飞龙，见张衡《思玄赋》。这里是以飞龙喻作者送别的朋友和他自己。

〔三〕喻中怀：晓示心怀。

〔四〕游子吟：琴曲。《琴操》云："楚引者，楚游子龙丘高出游三年，思归故乡，望楚而长叹。故曰楚引。"《游子吟》或许就是指此曲。因为是客中送客，《游子吟》正可以表示主客两方的情怀。

〔五〕泠泠：形容音韵清。

〔六〕丝：指用丝弦的乐器，如琴瑟。竹：指竹制的乐器，如箫管。这里"丝竹"是偏义复词，上文只提到弦歌，有丝无竹。厉：强烈。

〔七〕长歌：乐府歌有《长歌行》，又有《短歌行》，据《乐府解题》，其分别在歌声的长短。长歌是慷慨激烈的，短歌是微吟低徊的。

〔八〕展：重（平声）。清商曲：是短歌而不是长歌。曹丕《燕歌行》："援琴鸣弦发清商，短歌微吟不能长。"

〔九〕念子不得归：我虽想念你而不能随你同归。以上四句是说长歌之后续以短歌，以写心中激烈的伤痛。

其　三

【题解】

这一首是征夫辞家留别妻的诗。《玉台新咏》卷十收入此篇，题目就作《留别妻》。大意先述平时的恩爱，次说临别难舍，最后嘱来日珍重。

结发为夫妻〔一〕，恩爱两不疑。欢娱在今夕，燕婉及良时〔二〕。

征夫怀往路[三]，起视夜何其[四]？参辰皆已没[五]，去去从此辞。行役在战场[六]，相见未有期。握手一长叹，泪为生别滋[七]。努力爱春华[八]，莫忘欢乐时。生当复来归，死当长相思。

【注释】

〔一〕结发：指男女初成年时。男子二十岁束发加冠，女子十五岁束发加笄表示成年，通称结发。

〔二〕燕婉：欢好貌。以上二句是说良时的燕婉不能再得，欢娱只有今夜了。

〔三〕怀往路：惦着走上旅途。往路，《玉台新咏》作“远路”。

〔四〕夜何其（音基）：《诗经·庭燎》云：“夜如何其？”这里用《诗经》成语。其：语尾助词，犹“哉”。

〔五〕参辰皆已没：言天将明。

〔六〕行役：应役远行。

〔七〕滋：多。

〔八〕春华：喻少壮时期。

其　四

【题解】

这一首是从中州送友南去的诗。起头六句写将别时的光景。次四句预计行人的路程。以下八句言别后山川阻隔，嘉会难再，应珍重目前的欢聚。

烛烛晨明月[一]，馥馥秋兰芳[二]。芬馨良夜发，随风闻我堂。征夫怀远路，游子恋故乡[三]。寒冬十二月，晨起践严霜。俯观江汉流，仰视浮云翔[四]。良友远别离，各在天一方。山海隔中州[五]，相去悠且长。嘉会难再遇，欢乐殊未央[六]。愿君崇令德，随时爱景光〔七〕。

【注释】

〔一〕烛烛：明貌。

〔二〕馥馥：芳香。秋：《文选》本作“我”，《选诗补注》云：“当作‘秋’。”

〔三〕游子：指行人，也可能是指作者自己。如果是作者自谓，这篇就是客中送客的诗。

〔四〕江汉：长江和汉水。以上四句是说预计年终行人已到达江汉之间了。古人误信这是苏武赠李陵的诗，见江汉不是李陵所去的地方，便将“江汉”“浮云”都说成比喻。又见“秋兰”和“寒冬”相矛盾，便将起头的四句也说成比喻，都是牵强的。

〔五〕山海：可以是泛说，犹言山川；也可以是实指，近人逯钦立《汉诗别录》引东汉、魏、晋人的话说明当时人常用“山海”指赴交州所经的艰险，山指五岭，海指南海。依此说，这诗中的行人要去的地方还不止于江汉而是远达交州。中州：指古豫州（今河南省地），因其居九州之中。

〔六〕未央：未尽。这句是说现在欲别未别，欢乐还未尽。

〔七〕景光：犹“光阴”。

《别诗》三首注

其　一

【题解】

这三首《文选》作李陵诗。第一首《艺文类聚》题苏武作。本篇是送别而不是留别的诗。

良时不再至，离别在须臾〔一〕。屏营衢路侧〔二〕，执手野踟蹰。仰视浮云驰，奄忽互相逾。风波一失所，各在天一隅〔三〕。长当从此别，且复立斯须〔四〕。欲因晨风发，送子以贱躯〔五〕。

【注释】

〔一〕须臾：短时。

〔二〕屏营：彷徨。

〔三〕风波：被风所播荡。波，动词。失所：一作“失路”。以上四句以浮云吹散比喻人的分离。

〔四〕斯须：犹“须臾”。

〔五〕晨风：鸟名。末二句是说愿附鸟翼，送你远去。

其　二

【题解】

这一首是饯别朋友的诗。大意说过去相聚三年，不可再得。临别惆怅，连劝酒也没心思了，但是拿什么解愁呢？还是得靠这盈觞之酒啊。

嘉会难再遇，三载为千秋〔一〕。临河濯长缨〔二〕，念子怅悠悠〔三〕。远望悲风至，对酒不能酬〔四〕。行人怀往路，何以慰我愁？独有盈觞酒，与子结绸缪〔五〕。

【注释】

〔一〕三载：指过去相聚的时间。“三载”等于“千秋”，言其可贵。

〔二〕濯：洗涤。长缨：指驾车时系在马颈的革带，又叫马鞅。

〔三〕念子：一作“念别”。

〔四〕酬：劝酒。

〔五〕绸缪：指缠绵不解的情意。上文说“对酒不能酬”，结尾又说“独有盈觞酒，与子结绸缪”，见出烦忧重叠和无可奈何之情。

其　三

【题解】

这一首也是送别友人的诗。诗中不说“良时不再”或“嘉会难遇”，而说相见有期，各自努力，这是和前两首不同的地方。

携手上河梁，游子暮何之〔一〕？徘徊蹊路侧〔二〕，悢悢不能辞〔三〕。行人难久留，各言长相思。安知非日月，弦望自有时〔四〕？努力崇明德，皓首以为期〔五〕。

【注释】

〔一〕何之：何往。

〔二〕蹊：径。

〔三〕悢悢（音谅）：惆怅貌。《文选》五臣注及《太平御览》卷四八九引作"恨恨"，犹"悬悬"，形容相恋之情。不能辞：犹言不能成辞，就是不能作临别赠言。

〔四〕弦望：月形如弓的时候叫作弦，阴历每月初七八为上弦，二十三四为下弦。每月十五日叫作望，取日月相望之义。以上二句是说怎知道我们不像日和月似的，也有相望之时？比喻有离别也有会合。"弦望"是偏义复词，弦字无义。或以"弦望"喻离合，以"日月"为偏义复词（偏用"月"字的意义），也可以通。

〔五〕皓首：白头，喻老年。末二句是勉励努力崇德，直到白头。

鲍照诗十首注

鲍照（约415—470），字明远，东海（今山东郯城西南）人。家世贫贱。临川王义庆任命他为国侍郎，宋文帝迁为中书舍人。后临海王子顼镇荆州，鲍照为前军参军。子顼作乱，照为乱兵所杀。鲍诗气骨劲健，语言精练，词采华丽，常常表现慷慨不平的思想情感。在刘宋一代的诗人中最为特出。七言诗到他手里有显著的发展，对于唐代作家颇有影响。

代东门行

【题解】

东门行，古乐府相和歌。代，犹拟。本篇写行客念家。前半追叙临别的苦景，后半描写客中的愁况。

伤禽恶弦惊〔一〕，倦客恶离声〔二〕。离声断客情，宾御皆涕零〔三〕。涕零心断绝，将去复还诀〔四〕。一息不相知〔五〕，何况异乡别。遥遥征驾远，杳杳白日晚。居人掩闺卧，行子夜中饭。野风吹草木〔六〕，行子心肠断。食梅常苦酸，衣葛常苦寒〔七〕。丝竹徒满坐，忧人不解颜。长歌欲自慰，弥起长恨端〔八〕。

【注释】

〔一〕首句用《战国策·楚策》更嬴的故事。更嬴用无箭的空弓射下一只悲鸣而徐飞着的雁。他解释空弓为什么能射下这只雁的道理说：这雁本已受伤，所以飞得慢，又因久已失群，所以悲鸣。旧创还在，惊心未忘，所以一听见弓弦声就竭力高飞，这样就使得它的创伤骤然加剧，所以立刻掉了下来。

〔二〕离声：离歌之声。

〔三〕宾：指送别者。御：御车者。

〔四〕诀：别。这句是说临去又回头告别。

〔五〕一息：一喘息之间，即片刻。

〔六〕草：一作“秋”。

〔七〕这二句是比喻，言作客总是忧苦的，好像食梅衣葛，酸寒自知。梅，不能使它不酸；葛，不能使它不寒；忧人，不能使他快乐。

〔八〕解颜：开口而笑。末四句言乐歌不能解忧，反而更引起愁绪。

代放歌行

【题解】

放歌行，相和歌。这篇歌辞写旷士不仕而自放，小人奔竞不知疲。

蓼虫避葵堇，习苦不言非〔一〕。小人自龌龊〔二〕，安知旷士怀〔三〕？鸡鸣洛城里，禁门平旦开〔四〕。冠盖纵横至〔五〕，车骑四方来。素带曳长飙，华缨结远埃〔六〕。日中安能止？钟鸣犹未归〔七〕。夷世不可逢〔八〕，贤君信爱才〔九〕。明虑自天断〔一〇〕，不受外嫌猜。一言分珪爵〔一一〕，片善辞草莱〔一二〕。岂伊白璧赐〔一三〕，将起黄金台〔一四〕。今君有何疾，临路独迟回〔一五〕？

【注释】

〔一〕蓼：水蓼，植物名，味辛辣。生存于蓼上的虫习惯于辛味。堇：甘菜。一名堇葵。首二句以蓼虫生来不识甘味比小人不知旷士的高尚。

〔二〕龌龊：拘牵于琐碎的事情，局限于狭隘的境地。

〔三〕旷士：旷达之士。“旷达”就是“龌龊”的反面。

〔四〕禁门：天子所住的地方为禁中，门有禁卫，称禁门。平旦：天正明的时候。

〔五〕冠盖：冠冕和车盖。这里指仕宦的人。

〔六〕素带：古大夫所用的带，就是“绅”。华缨：用彩色丝做成的冠缨。“结远埃”和上句的“曳长飙”都是形容在风尘中奔驰的形状。

〔七〕钟鸣：指夜残漏尽的时候。后汉安帝《禁夜行诏》云：“钟鸣漏尽，洛阳城中不得有行者。”这里说“钟鸣未归”，见奔竞日盛，古风不存。

〔八〕夷世：太平之世。这句是说现在正是太平之世，是不容易再遇到的。从此以下八句都是写小人歌颂当朝，熟于揣摩。

〔九〕信：一作“言”。

〔一〇〕天：指君。

〔一一〕珪：上圆下方的玉。古时封功臣要赐给珪。这句是说只要有一言之美就分给封地和爵位。

〔一二〕草莱：指山野。这句是说只要有片善可取就被引上朝堂，辞别山野。

〔一三〕伊：犹“惟”。

〔一四〕黄金台：台名。燕昭王筑此台，上置千金以招聘天下贤士。

〔一五〕末二句是小人诘问旷士之词。临路迟回，言不肯向仕途前进。

代东武吟

【题解】

东武吟，和《泰山吟》《梁甫吟》同类，是齐地的土风。东武，泰山下小山名。这诗假托汉朝老军人的自白，来讽谏当时的君主。宋文帝（刘义隆）屡次对北魏用兵不利，也许有遇下寡恩，或使老将闲废，不能人尽其力的情况。

主人且勿喧，贱子歌一言：仆本寒乡士，出身蒙汉恩。始随张校尉〔一〕，召募到河源〔二〕。后逐李轻车，追虏出塞垣〔三〕。密途亘万里〔四〕，宁岁犹七奔〔五〕。肌力尽鞍甲，心思历凉温〔六〕。将军既下世〔七〕，部曲亦罕存〔八〕。时事一朝异，孤绩谁复论〔九〕？少壮辞家去，穷老还入门。腰镰刈葵藿，倚杖牧鸡豚〔一〇〕。昔如鞲上鹰〔一一〕，今似槛中猿。徒结千载恨，空负百年怨〔一二〕。弃席思君幄〔一三〕，疲马恋君轩〔一四〕。愿垂晋主惠〔一五〕，不愧田子魂〔一六〕。

【注释】

〔一〕张校尉：指张骞。骞以校尉的身份从大将军击匈奴。

〔二〕召：一作“占”。河源：黄河之源。

〔三〕李轻车：指李蔡，蔡于汉武帝元朔（前128—前123）中为轻车将军，击匈奴右贤王有功。出：一作“穷”。

〔四〕密：近。亘：绵延之意。这句是说最近的路也走了万里，其余就不用问了。

〔五〕这句是说最安静的年头尚有七次奔命。七奔，用《左传》成语，《左传·成公七年》：“吴始伐楚。……子重、子反于是乎一岁七奔命。”

〔六〕历凉温：言经过寒暑。

〔七〕下世：死亡。

〔八〕部曲：指将军统率的兵士。汉代军队编制，营有部，部有曲。

〔九〕孤绩：独有的功绩。

〔一〇〕豚：猪。

〔一一〕鞲：革制的臂衣。打猎时用鹰，鹰立在鞲上。此句以“鞲上鹰”比昔日的英俊有为。

〔一二〕怨：读平声。

〔一三〕这句用晋文公故事。《韩非子·外储说左上》记载晋公子重耳在多年流浪之后回到晋国为君（文公），走到黄河边上，就下令说："笾豆捐之，席蓐捐之，手足胼胝面目黧黑者后之。"他手下的功臣咎犯讽谏他道："笾豆所以食也，而君捐之，席蓐所以卧也，而君弃之，手足胼胝面目黧黑有功劳者也，而君后之。今臣与在后中，不胜其哀。"重耳听了便收回成命。

〔一四〕这句用战国魏人田子方故事。《韩诗外传》卷八："田子方出见老马于道，喟然有志焉，以问于御者曰：'此何马也？'曰：'故公家畜也，罢而不为用，故出放也。'田子方曰：'少尽其力而老去其身，仁者不为也。'束帛而赎之。"

〔一五〕晋主：指晋文公。

〔一六〕田子：指田子方。魂：通"云"，语末助词。

代出自蓟北门行

【题解】

本篇也是拟乐府，属杂曲歌辞，写壮士从军卫国的壮志和朔方边塞的风物。

羽檄起边亭〔一〕，烽火入咸阳。征骑屯广武〔二〕，分兵救朔方〔三〕。严秋筋竿劲〔四〕，虏阵精且强。天子按剑怒，使者遥相望〔五〕。雁行缘石径，鱼贯度飞梁〔六〕。箫鼓流汉思〔七〕，旌甲被胡霜。疾风冲塞起，沙砾自飘扬。马毛缩如猬，角弓不可张〔八〕。时危见臣节，世乱识忠良。投躯报明主，身死为国殇〔九〕。

【注释】

〔一〕边亭：边境上的亭候，驻兵伺候敌寇的地方。

〔二〕广武：县名，今山西代县。

〔三〕朔方：郡名，今鄂尔多斯右翼后旗套外黄河西岸。

〔四〕筋竿：即弓箭。

〔五〕遥相望：言不绝于路。

〔六〕这二句写队伍在途中前进。飞梁，高架的桥梁像凌空飞起。

〔七〕此句言军乐传达出汉人的情思。一说“思”当作“飔”，似非。下云“疾风”，此句不应言“飔”。作者《送别王宣城》诗亦有“发郢流楚思”之句可以相证。

〔八〕角弓：用角装饰的弓。

〔九〕国殇：为国战死的人。

拟行路难 七首

其 一

【题解】

行路难，乐府杂曲，本为汉代歌谣，晋人袁山松改变其音调，制造新词，流行一时。古辞和袁辞都不存，鲍照作十八首，歌咏人世的种种忧患，寄寓悲愤。今选七首。本篇原列第一首，言时光易逝，需要排忧行乐。

奉君金卮之美酒，玳瑁玉匣之雕琴，七彩芙蓉之羽帐，九华蒲萄之锦衾〔一〕。红颜零落岁将暮，寒光宛转时欲沉〔二〕。愿君裁悲且减思〔三〕，听我抵节行路吟〔四〕。不见柏梁铜雀上，宁闻古时清吹音〔五〕？

【注释】

〔一〕羽帐：用翠鸟的毛羽做成之帐。九华蒲萄：指锦上的花纹图案。以上四句言贡献排除忧愁的四种物件。

〔二〕光：一作“花”。

〔三〕裁悲、减思（读去声）：言略消忧愁。

〔四〕抵（音纸）：侧击，和“抵”字不同。节：乐器名，又名拊鼓。行路吟：指歌《行路难》曲。

〔五〕柏梁：台名，汉武帝元封三年（前108）筑，在长安。铜雀：台名，建安十五年（210）曹操建，在邺城西北。清吹（读去声）：指管乐。末二句引古事说明听歌行乐须及时。

其　二

【题解】

本篇原列第二首，设为闺怨，言人心易改，可为长叹。

洛阳名工铸为金博山〔一〕，千斫复万镂，上刻秦女携手仙〔二〕。承君清夜之欢娱，列置帏里明烛前。外发龙鳞之丹彩〔三〕，内含麝芬之紫烟〔四〕。如今君心一朝异，对此长叹终百年。

【注释】

〔一〕博山：香炉名，形状像海中的博山。

〔二〕秦女携手仙：指弄玉和萧史。相传弄玉是春秋时秦穆公的女儿，嫁给萧史，夫妇骑龙凤飞升而去。这里有意以仙侣携手和情人变心相比照。

〔三〕此句言香炉在烛前光彩炫耀，有如龙鳞。

〔四〕此句言炉内烧麝香。

其　三

【题解】

本篇原列第三首，也是闺怨诗。诗中所咏的女子似是小家碧玉，嫁在富贵人家，但不忘旧日的爱人。“云间”“野中”和“别鹤”“双凫”的比较，就是今和昔的比较。《古诗·西北有高楼》所写楼上弦歌的女子，有人猜测就是梁冀西第中的婢妾。这诗椒阁上的金兰，大约也是同样遭遇的人。《宋书》说南郡王义宣后房千余，和汉时梁冀正不相上下。当时被豪贵之家当笼鸟养着的女子正不知有多少。这诗如非别有寄托，很可能就是为这类的女子诉苦。

璇闺玉墀上椒阁〔一〕，文窗绣户垂绮幕〔二〕。中有一人字金兰，被服纤罗蕴芳藿〔三〕。春燕差池风散梅，开帏对影弄禽爵〔四〕。含歌揽涕恒抱愁〔五〕，人生几时得为乐？宁作野中之双凫，不愿云间之别鹤〔六〕。

【注释】

〔一〕璇闺、玉墀：形容建筑之美。璇闺，又专作女子居处的美称。璇，美石。椒阁：阁内以花椒涂壁。汉朝后妃的住屋用椒末和泥涂壁，取其芳香，称为椒房。

〔二〕绮：一作“罗”。

〔三〕藿：即藿香，芳香的草。

〔四〕差池：不齐。影：本作“景”，指日光。禽：一作“春”。爵：即“雀”。

〔五〕含歌：歌声衔而不发。揽涕：犹“收涕”。揽，敛也。此句一作“含歌揽泪不能言”。

〔六〕之双凫：一作“双飞凫”。别鹤：失去配偶的鹤。之别鹤，一作“别翅鹤”。最后两句是说宁愿贫贱而双栖，不愿富贵而孤独。

其　四

【题解】

本篇原列第四首，言人生有命，愁闷须自己宽解。但人心易感，宽解毕竟很难，而且所愁所感有时是难言和不敢言的。

泻水置平地，各自东西南北流〔一〕。人生亦有命，安能行叹复坐愁？酌酒以自宽，举杯断绝歌路难〔二〕。心非木石岂无感？吞声踯躅不敢言〔三〕。

【注释】

〔一〕泻：倾也。首二句以平地倒水，水流方向不一喻人生贵贱不齐。这和范缜《神灭论》里的“飘茵堕溷”是同样有名的比喻。

〔二〕这句是说《行路难》的歌唱因饮酒而中断。

〔三〕吞声：声将发又止。从“吞声”“踯躅”“不敢”见出所忧不是细微的事。

其　五

【题解】

本篇原列第六首，言孤直难容，只得退出仕途。这是门第社会中的不平之鸣。钟嵘《诗品》说鲍照“才秀人微，取湮当代”，这诗见出一个才高、气盛、敏感、自尊的诗人在贵族统治社会压抑下的无可奈何之情。

对案不能食〔一〕，拔剑击柱长叹息。丈夫生世能几时？安能叠燮垂羽翼〔二〕？弃檄罢官去〔三〕，还家自休息。朝出与亲辞，暮还在亲侧。弄儿床前戏，看妇机中织。自古圣贤尽贫贱，何况我辈孤且直〔四〕。

【注释】

〔一〕案：放食器的小几（形如有脚的托盘）。

〔二〕叠燮：即“蹀躞”，小步走路。

〔三〕檄：文书。一作“置”。

〔四〕孤：孤寒，谓身世寒微。

其　六

【题解】

本篇原列第七首，言富贵无常。晋恭帝（司马德文）禅位给刘裕，和杜宇处境相类。恭帝废为零陵王之后一年中，在宋兵看守之下，生活狼狈，与褚妃共处一室，亲自在床前烹煮食物。刘裕在永初二年（421）杀了零陵王。以往禅位之君少有被杀的，刘裕开了一个残暴的例。疑诗中“羽毛憔悴”“岂忆往日”和“死生变化非常理”云云都有所指。

愁思忽而至，跨马出北门。举头四顾望，但见松柏园〔一〕。荆棘郁蹲蹲〔二〕。中有一鸟名杜鹃，言是古时蜀帝魂〔三〕。声音哀苦鸣不息，羽毛憔悴似人髡〔四〕。飞走树间啄虫蚁〔五〕，岂忆往日天子尊？念此死生变化非常理，中心恻怆不能言。

【注释】

〔一〕松柏园：指坟园。古人坟地种松柏。

〔二〕蹲蹲：或作“撙撙”，丛聚茂密貌。

〔三〕蜀帝：指杜宇，周末时蜀国的王，称帝后号为望帝。后来禅位给开明，自己入山隐去。相传他的灵魂变为杜鹃鸟。

〔四〕髡：剃发。

〔五〕啄：一作“逐”。

其　七

【题解】

本篇原列第八首，写夫妇久别、妇人独居的惆怅。

中庭五株桃，一株先作花。阳春夭冶二三月，从风簸荡落西家〔一〕。西家思妇见悲惋，零泪沾衣抚心叹：初我送君出户时，何言淹留节回换〔二〕？床席生尘明镜垢，纤腰瘦削发蓬乱。人生不得长称意，惆怅徙倚至夜半〔三〕。

【注释】

〔一〕落西家：花落西家可见风从东来。《礼记·月令》："孟春之月东风解冻。"东风是春季常起的风。

〔二〕"何言"句：何尝说到在外淹留如此之久，至于时节转换呢？

〔三〕徙倚：犹"徘徊"。

赠傅都曹别

【题解】

都曹：官名，《宋书·百官志》："都官尚书领都官、水部、库部、功部四曹。"傅都曹：名字未详。闻人倓《古诗笺》说这首是赠傅亮诗，傅卒于元嘉三年（426），时鲍尚幼，闻人倓说似不足据。本篇通篇用比体，以"轻鸿"喻傅，"孤雁"自喻。

轻鸿戏江潭〔一〕，孤雁集洲沚〔二〕。邂逅两相亲〔三〕，缘念共无已。风雨好东西〔四〕，一隔顿万里。追忆栖宿时，声容满心耳。

落日川渚寒，愁云绕天起。短翮不能翔，徘徊烟雾里〔五〕。

【注释】

〔一〕潭（音浔）：水崖。

〔二〕集：止也。沚：小洲。

〔三〕邂逅：不期而会。

〔四〕好：读去声。这句本于《尚书·洪范》："星有好风，星有好雨。"注："箕星好风，毕星好雨。"箕是东方木宿，毕是西方金宿。

〔五〕短翮：言翅小。末二句是谦辞。

发后渚

【题解】

本篇写方冬行役，辞家就道，景色荒寒，意绪愁惨。后渚：在建业城外江上。

江上气早寒，仲秋始霜雪〔一〕。从军乏衣粮，方冬与家别。萧条背乡心，凄怆清渚发。凉埃晦平皋〔二〕，飞潮隐修樾〔三〕。孤光独徘徊〔四〕，空烟视升灭。途随前峰远，意逐后云结。华志分驰年〔五〕，韶颜惨惊节〔六〕。推琴三起叹，声为君断绝。

【注释】

〔一〕始：同"初"。近人用"始"字有迟久而后得的意思，此不同。

〔二〕皋：水边地。

〔三〕修樾：长长的树荫。

〔四〕孤光：指日。这句写空江寥阔，但见日影孤悬而已。王维《使至塞上》"长河落日圆"，写景相似。

〔五〕华志：犹言美志。作者在《吴兴黄浦亭庾中郎别》诗中又有"藻志远存追”句，华志也就是藻志。这句是说美好的愿望消散于奔驰的岁月之中。

〔六〕韶：美。这句是说颜色惨伤因为心惊节序的变迁。

咏 史

【题解】

本篇咏严君平的穷居寂寞。以富贵名利、豪侈繁华的享受和安贫乐道的生活相对照。

五都矜财雄〔一〕，三川养声利〔二〕。百金不市死〔三〕，明经有高位〔四〕。京城十二衢，飞甍各鳞次〔五〕。仕子彯华缨〔六〕，游客竦轻辔。明星晨未晞〔七〕，轩盖已云至〔八〕。宾御纷飒沓〔九〕，鞍马光照地。寒暑在一时，繁华及春媚〔一〇〕。君平独寂寞〔一一〕，身世两相弃〔一二〕。

【注释】

〔一〕五都：洛阳、邯郸、临淄、宛、成都。

〔二〕三川：郡名，其地有河、洛、伊三水。声利：名利。

〔三〕不市死：不死于市。

〔四〕明经：通经学。汉朝以明经术者为博士官。

〔五〕飞甍（音萌）：言高屋如凌空。甍，屋脊。

〔六〕彯（音飘）：《广雅》：“彯彯，长组之貌。”

〔七〕明星晨未晞：言尚早。刘峻《广绝交论》“鸡人始唱，鹤盖成阴”，与此同意。明星，金星。晞，本作“稀”。

〔八〕轩：有藩蔽的车，贵者所乘。云至：言纷纷来会，其多如云。

〔九〕飒沓：众盛貌。

〔一〇〕这两句是比喻春光明媚、百物繁华的盛况和个人冷淡萧条的情味同时存在，相映可叹。

〔一一〕君平：姓严名遵，汉代人。在成都卖卜，每日得百钱则闭户下帘而读《老子》。

〔一二〕末句言君平隐于卜筮，不图仕进，是弃绝世俗。世俗的人都追逐繁华，当然也摒弃君平，让他寂寞穷居。李白《古风》十三演此语为“君平既弃世，世亦弃君平”两句。

拟　古 二首

其　一

【题解】

鲍集有《拟古八首》，这是第三首，歌咏幽、并少年骑射精妙，意气豪壮，有报国立功的志向。主题和曹植《白马篇》相类。

幽并重骑射，少年好驰逐。毡带佩双鞬〔一〕，象弧插雕服〔二〕。兽肥春草短，飞鞚越平陆〔三〕。朝游雁门上，暮还楼烦宿〔四〕。石梁有余劲，惊雀无全目〔五〕。汉虏方未和，边城屡翻覆。留我一白羽，将以分虎竹〔六〕。

【注释】

〔一〕鞬（音件）：盛弓之器。

〔二〕象弧：用象牙装饰的弓。雕服：雕画的盛箭器。

〔三〕飞鞚：跑马。鞚，马勒。

〔四〕雁门：指雁门山，在今山西代县西北，魏、晋时代这里是边地要塞。楼烦：县名，在今山西崞县东。以上二句写驰骋之捷。

〔五〕“石梁”句：用宋景公故事。《阚子》：“宋景公使工人为弓，九年乃成。公曰：‘何其迟也？’工人对曰：‘臣不复见君矣。臣之精尽于此弓矣。’献弓而归，三日而死。景公登虎圈之台，援东面而射之。矢逾于西霜之山，集于彭城之东，其余力逸劲，犹饮羽于石梁。”“惊雀”句：用后羿故事。《帝王世纪》：“帝羿有穷氏与吴贺北游。贺使羿射雀。羿曰：‘生之乎？杀之乎？’贺曰：‘射其左目。’羿引弓射之，误中右目。羿抑首而愧，终身不忘。”以上二句写射术之精。

〔六〕白羽：矢名。虎竹：铜虎符和竹使符，这是汉朝用于军事征发的两种符。符剖为左右两半，古人用作凭信。汉制右符留在京师，左符分给郡守。末二句言愿从军立边功，为郡守。

其　二

【题解】

这是《拟古八首》的第四首，言少壮时专攻学问，徒然自苦，老年应该放志行乐，引古事证明贤愚同尽，毁誉也无所谓。这都是愤词。

凿井北陵隈，百丈不及泉〔一〕。生事本澜漫，何用独精坚〔二〕？幼壮重寸阴〔三〕，衰暮反轻年〔四〕。放驾息朝歌〔五〕，提爵止中山〔六〕。日夕登城隅〔七〕，周回视洛川。街衢积冻草，城郭宿寒烟。繁华悉何在？宫阙久崩填。空谤齐景非，徒称夷叔贤〔八〕。

【注释】

〔一〕北陵：地名。《尔雅》称雁门山为北陵。首二句是比喻，言徒劳无益。

〔二〕澜漫：此言分散与繁多。精坚：言专心刻苦。以上二句是说人生可做的事是多方面的、无穷无尽的，何必专守一途。

〔三〕寸阴：极短的时间。

〔四〕轻年：言不重视时间。反：一作“及”。

〔五〕朝歌：商纣的都城，在今河南淇县北。《汉书·邹阳传》：“邑号朝歌，墨子回车。”墨子反对音乐，相传他憎恶“朝歌”这两字的意义而不肯走近那地方。本句反用这个故事。

〔六〕爵：饮酒器。中山：汉郡名，本古中山国地，在今河北定县。《搜神